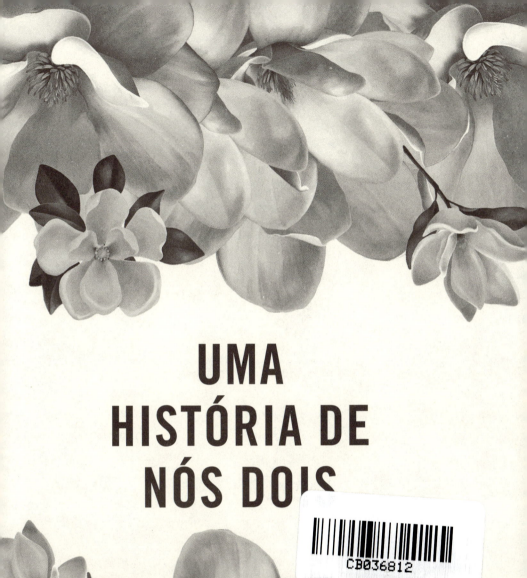

UMA HISTÓRIA DE NÓS DOIS

KENNEDY RYAN

Tradução de Adriana Krainski

UMA HISTÓRIA DE NÓS DOIS

COPYRIGHT © 2024 *THIS COULD BE US* BY KENNEDY RYAN
READING GROUP GUIDE COPYRIGHT © 2024 BY KENNEDY RYAN AND HACHETTE BOOK GROUP, INC.
COPYRIGHT © FARO EDITORIAL, 2025

Todos os direitos reservados.
Nenhuma parte deste livro pode ser reproduzida sob quaisquer meios existentes sem autorização por escrito do editor.

Diretor editorial PEDRO ALMEIDA
Coordenação editorial CARLA SACRATO
Assistente editorial LETÍCIA CANEVER
Tradução ADRIANA KRAINSKI
Preparação DANIELA TOLEDO
Revisão ANA SANTOS E BARBARA PARENTE
Capa e diagramação OSMANE GARCIA FILHO
Projeto gráfico VANESSA S. MARINE
Imagem de capa SOFIA ZHURAVETC | SHUTTERSTOCK

Dados Internacionais de Catalogação na Publicação (CIP)
Jéssica de Oliveira Molinari CRB-8/9852

Ryan, Kennedy
    Uma história de nós dois / Kennedy Ryan ; tradução de Adriana Krainski— São Paulo : Faro Editorial, 2025.
    320 p.

    ISBN 978-65-5957-737-8
    Título original: This could be us

    1. Ficção inglesa I. Título II. Krainski, Adriana

24-5671   CDD 823

Índice para catálogo sistemático:
1. Ficção inglesa

1ª edição brasileira: 2025
Direitos de edição em língua portuguesa, para o Brasil,
adquiridos por FARO EDITORIAL
Avenida Andrômeda, 885 – Sala 310
Alphaville — Barueri — SP — Brasil
CEP: 06473-000
www.faroeditorial.com.br

Para aqueles que não se encaixam nos espaços que criaram para nós.
Que possamos encontrar outros como nós.
Que possamos seguir nosso caminho.
Que possamos encontrar nosso lar.

PLAYLIST

Escaneie o QR Code para ouvir a playlist de *Uma história de nós dois*.

NOTA DA AUTORA

Há partes desta história que venho escrevendo pelos últimos 20 anos. Para ser mais exata, há aspectos de *Uma história de nós dois* que tenho *vivido* por 20 anos, desde o dia em que meu filho foi diagnosticado com autismo. Um filho que já rompeu com tantos padrões. Uma estrela de brilho sem igual que consegue transmitir tanta compaixão, bondade e curiosidade mesmo sem muitas palavras. Ele é um cara grandão, com mais de 1,80 de altura, e por onde passa, as pessoas o chamam de "gigante gentil". Engraçado. Ele não é de muitas palavras, mas se *comunica*. A vida dele comunica, e eu quis retratar nas minhas páginas de ficção um personagem que explora o mundo da mesma maneira que ele faz todos os dias. Quando dizem que o autismo é um espectro, não é mentira. Um espectro que abrange desde o meu filho, que precisa de supervisão intensa e alto nível de apoio, até alguém muito mais independente e que, visto de fora, parece ser bem comum. Essas pessoas enfrentam seus próprios desafios. Ambos os "extremos" do espectro e todos que estão entre eles merecem respeito e dignidade.

Posso mandar a real? Será? Lá vai. Levei muito tempo para escrever sobre o autismo porque me preocupava em "errar" a mão. Já escrevi muitas histórias que não refletiam minha experiência pessoal, sempre me baseando em entrevistas, pesquisa e leitores sensíveis. Mas aqui, a minha experiência como mãe e como alguém que ama uma pessoa autista me deixou um pouco intimidada. O que eu menos queria era representar de forma incorreta ou prejudicar sem intenção a comunidade que acolheu minha família e meu filho com tanta gentileza ao longo de toda a vida dele. Mas quando comecei a pensar na história de Soledad e na sua devoção às filhas *dela*, percebi que os dois garotos que vocês estão prestes a conhecer em *Uma história de nós dois* teriam um papel importante, então era o momento certo.

Para escrever esta história, entrevistei várias pessoas autistas e pais, buscando capturar uma ampla variedade de experiências. Não é possível que todos se vejam aqui, mas espero que muitos se identifiquem, se sintam vistos, cuidados, respeitados e cheios de esperança.

Muitas questões na comunidade autista se tornam motivo de "intensos debates". Inclusive a forma correta de se dirigir às pessoas no espectro. Para ser mais exata, como alguém "que tem autismo" em vez de "uma pessoa autista". Optei por usar "autista" nesta história e respeito aqueles que optam pelo outro termo. Também menciono o nível 1 e o nível 3 como classificações clínicas. Há quem não adote essas expressões, há quem adote. Menciono dessa forma na história simplesmente como um aspecto de diagnósticos formais. Se você é autista ou tem um ente querido que é, todos nós passamos por momentos difíceis e, com sorte, celebramos momentos fantásticos quando acontecem. No entanto, não importa como esteja se sentindo, não importa como esteja lidando com as coisas, eu entendo e desejo apenas o melhor para você.

Espero ter retratado os irmãos gêmeos desta história com a mesma compaixão com que espero que tratem o meu filho. Espero que você os ame como eu.

Antes de começar a ler esta história, é importante citar que há menção à morte de uma mãe, no passado, fora das páginas, e de câncer. Por favor, seja gentil consigo mesmo ao ler :)

"Há anos que questionam e anos que respondem."
— **Zora Neale Hurston,**
Seus Olhos Viam Deus

PRÓLOGO

JUDAH

Tenho certeza de que já a amei.

E de que ela me amou.

Lembro-me das emoções conturbadas do início, da paixão ardente, do compromisso que parecia cimentado. Virou algo que demandava pouca reflexão ou sentimento. Aquilo que um dia foi uma fenda esculpida entre nossos corações se acomodou com um conforto triste, virando só rotina. Sentado diante de Tremaine, enquanto "mediamos" o fim do nosso casamento, olho nos olhos dela e vejo apenas o que sobrou desse amor: afeto mútuo e respeito.

Falhamos absurdamente um com o outro. Não por crueldade ou infidelidade, mas por negligência. O nosso ideal de amor eterno foi vítima das adversidades e da indiferença. Deveria doer mais. Eu deveria estar mais abalado com o fim do meu casamento, mas só consigo sentir um alívio que quase me consome. Soltei aquele suspiro que estava preso atrás das minhas costelas, talvez por anos, quando Tremaine finalmente pediu o divórcio. O que deveria ter me partido ao meio não passou de um suspiro.

Pois é, deveria doer mais, mas não dói. Então, tudo que consigo pensar agora é no fim e no novo começo, seja lá o que isso signifique para ela, para mim e para nossos filhos gêmeos, Adam e Aaron.

— Quanto à custódia, precisamos definir o regime de guarda — Kimberly diz, a assistente social, tirando os olhos da pilha de papéis amontoados na mesinha de centro da nossa sala.

— Certo — Tremaine concorda, com uma insegurança atípica no olhar. Um leve franzir da testa marca sua pele marrom entre as sobrancelhas. O cabelo dela, estilizado com tranças *twist*, flui ao redor do rosto como uma planta pendente, suavizando seus traços marcantes. — Não sei até que ponto eles entendem.

— Adam entende — digo. — Ele não para de perguntar sobre o divórcio. Ele me contou hoje que a palavra vem do latim *divortere*, que significa separação. Adam nem sempre consegue lidar com as emoções, aí prefere se basear em fatos.

— De quem será que ele puxou isso? — Tremaine pergunta, com um sorriso irônico.

Tremaine costumava brincar que os diagnósticos dos nossos gêmeos talvez não fosse autismo. Talvez eles só fossem *meus* filhos, porque somos parecidos em muitos aspectos. Ainda que eu não tenha um diagnóstico formal, tenho compreendido e me entendido cada vez mais à medida que fomos aprendendo mais sobre autismo ao longo da última década.

— Quando me encontrei com os meninos, me pareceu que o Adam entendeu o que estava acontecendo — Kimberly continua. — Já o Aaron… não tenho tanta certeza.

Os dois estão no espectro, mas têm comportamentos diferentes. Aaron não se expressa muito através da linguagem e é classificado como nível 3, o que indica simplesmente a intensidade de suporte de que ele precisa. Ele costuma ser subestimado e ignorado, já que não fala muito. Adam, classificado como nível 1 de suporte, é menos "perceptivelmente" autista do que Aaron, então as pessoas muitas vezes presumem que ele precisa de menos suporte do que precisa de verdade. Como ele é brilhante pelos padrões mensuráveis de inteligência, as pessoas não fazem tantas concessões ou esperam dele coisas com as quais ele tem dificuldade de lidar. Há quem diga em termos de gravidade, mas, de qualquer forma, é autismo. São apenas necessidades diferentes que evoluem e nós as atendemos da melhor maneira possível.

Não ficamos fazendo comparações entre Aaron e Adam, e sim tentamos ir de encontro a cada um deles onde eles estão, com tudo de que eles precisam. O ponto de partida para os dois foi o mesmo, mas, ao longo do tempo, seus caminhos divergiram. Adam avançou mais rápido e Aaron foi ficando para trás, progredindo, porém de forma mais lenta e gradual.

— Aaron pode não ser muito falante, mas a comunicação receptiva, o entendimento dele, é muito mais avançado — digo.

— Na maioria das vezes, ele simplesmente não liga em mostrar que está entendendo o que as pessoas estão dizendo. — Um sorriso forma covinhas no rosto de Tremaine. — Aquele menino. Ele guarda um mundo inteiro na cabeça.

— Eu percebi — Kimberly diz. — Entendendo ou não, estamos falando de uma grande mudança. Já seria assim para a maioria das pessoas, ainda mais para crianças que precisam de rotina e previsibilidade, crianças como Aaron e Adam, crianças com autismo. — Ela faz uma pausa e olha para nós dois. — Me desculpem, eu deveria ter perguntado. Os meninos gostam de ser chamados de "autistas" ou "com autismo" ou…

— Pode ser "autista" — Tremaine responde. — Obrigada por perguntar.

— Só queria confirmar. Cada família prefere de um jeito. — Kimberly fecha a pasta em cima da mesinha de centro. — Vamos ter que ser cuidadosos ao lidar com essa transição.

— Eu e Tremaine queremos fazer tudo o que for necessário para facilitar a vida deles — digo.

— Essa é a finalidade de todo esse processo, não é? — Tremaine me lança um olhar rápido, como que para confirmar que estamos alinhados. Concordo com a cabeça e estendo a mão para apertar a dela, que está apoiada nos joelhos.

Nós dois fizemos sacrifícios. Trabalhamos de casa ou deixamos de trabalhar no início, quando os meninos foram expulsos das creches ou quando tivemos que assumir que seríamos nós os responsáveis pela escolarização deles. Adam, tão brilhante que acabou sendo colocado nas turmas para alunos superdotados, teve dificuldades em aprender a usar o banheiro até os sete anos de idade. Ele tem uma interocepção limitada, o que quer dizer que seu corpo nem sempre consegue perceber as sensações internas. Ele não conseguia se dar conta de quando precisava ir ao banheiro, e quando notava, já era tarde. A interocepção é um conceito complexo até mesmo para alguns adultos, e os coleguinhas com certeza não eram compreensivos. Implicaram muito com ele. Adam ficava tão envergonhado quando aconteciam escapadas na escola que acabou implorando para que o deixássemos estudar em casa. Tremaine atrasou a conclusão da faculdade de direito e trabalhou à noite para ficar em casa com os meninos durante o dia, enquanto eu assumia as noites. Durante um ano, trabalhei como freelancer, me dedicando a casos de contabilidade forense que me permitiam trabalhar de forma remota, encaixando o trabalho entre as aulas dos meninos, enquanto Tremaine dava duro no escritório.

— Decidimos que os meninos vão ficar aqui com Tremaine durante a semana e comigo aos fins de semana — digo.

— Sim — Tremaine comenta. — Se eles puderem ficar no mesmo lugar durante a semana toda, vão ter uma rotina escolar mais estável.

— Vamos nos dividir para as questões de condução, consultas médicas, terapias e outras coisas da maneira mais equilibrada possível — digo. — Mas eles vão passar a maior parte do tempo aqui em casa, onde se sentem mais à vontade.

— Vocês já contaram para os meninos? — Kimberly pergunta.

— Ainda não. A gente queria ouvir a sua opinião primeiro — Tremaine afirma. — Aaron responde melhor aos estímulos visuais, então vamos elaborar um cronograma para explicar quando com cada um vai estar com um de nós, para ajudá-lo a entender.

— Parece uma excelente ideia. — Kimberly fecha as mãos, batendo palmas uma vez. — O melhor momento é agora. Por que não chamamos os meninos aqui para baixo e perguntamos o que eles acham?

Tremaine se levanta e vai até a escada. Mesmo em casa, vestindo uma roupa casual, ela é elegante e imponente, de um jeito que a faz parecer que poderia persuadir qualquer júri ou juiz.

— Vou buscá-los.

Nosso divórcio é o que chamam de "consensual". É um processo bastante amigável, como se espera quando duas pessoas que se respeitam profundamente e que já se amaram concordam que os filhos são a única coisa que ainda têm em comum.

— Que bom que encontramos você — digo a Kimberly. — Obrigado por se dispor a vir até nós.

Kimberly costuma receber os clientes em seu escritório, mas ela abriu uma exceção desta vez, levando em consideração que Adam tem passado por um momento difícil. Bem quando achamos ter encontrado uma solução para reduzir as convulsões causadas pela esclerose tuberosa, elas voltaram com força total.

— Imagina. — Ela pega o copo d'água na mesinha de centro e toma um gole rápido. — Adoramos ver os pais colocando os filhos em primeiro lugar em situações como essa.

Os meninos descem as escadas correndo. Eles são idênticos e tão diferentes. Ambos têm os meus olhos e formato de rosto, mas o sorriso deles é todo de Tremaine. O cabelo deles é um pouco mais grosso que o meu. A pele, um pouco mais clara. Adam vê Kimberly e olha para mim, com uma expressão curiosa. Aaron não olha para ninguém, mas se senta no sofá, com um tablet de comunicação assistiva no colo. Demoramos bastante para convencê-lo a usar, mas agora ele não o larga mais. Sua apraxia severa limita as palavras que ele consegue *pronunciar*, mas o tablet usa imagens e simulações de voz para aumentar consideravelmente sua capacidade de *expressão*.

— Meninos — Kimberly começa, olhando para Aaron e Adam —, vocês se lembram do que a gente conversou da última vez? Que logo vocês terão duas casas? E a mamãe vai morar em uma e o papai vai morar em outra?

— Divórcio, que vem da palavra *divortere* — Adam diz de imediato. — *Di* significa separado e *verte* significa caminhos. Mamãe e papai vão seguir caminhos separados.

— Isso mesmo — digo com cautela. — Vocês vão ficar aqui nesta casa com a mamãe. Eu vou continuar morando em Skyland. A apenas alguns quarteirões daqui. Vocês vão ficar comigo durante os fins de semana, mas também vou ver vocês durante a semana.

— Você entende o que estamos dizendo, Aaron? — Tremaine pergunta, franzindo as sobrancelhas.

Ele não responde, mas começa a rolar pelas imagens e cartões ilustrados que coletamos e transferimos para o tablet ao longo dos anos.

— Pode ser que leve mais tempo — Kimberly comenta, observando Aaron com seu dispositivo. — Pode ser que ele não... — Ela para no meio da frase quando Aaron, sem dizer uma palavra, coloca o tablet no colo dela. Ela olha para baixo e uma careta se forma em seu rosto. — Não entendo...

— Deixa eu ver. — Estendo a mão para pegar o tablet e olho para a imagem que ele escolheu mostrar.

É uma foto cheia de ternura que Tremaine tirou de nós há alguns anos. Os dois sempre tiveram problemas para dormir. Durante um dos grandes picos de crescimento de Aaron, ele mal pregava os olhos. Às vezes, eu lia para ele, torcendo para que a leitura pudesse ajudar, quando a melatonina não funcionava. Nessa foto, eu tinha adormecido na cama com ele, com o livro *Boa Noite, Lua* aberto entre nós.

Ergo a cabeça e vejo que ele está me observando com atenção. Fazer contato visual é um desafio para os meninos. Eles costumam obter informações por meio de olhares rápidos e fugazes, e por outros sentidos, explorando o mundo de maneira mais profunda com o tato, a audição e o paladar. Às vezes, a forma de conexão deles é ficar sentado a meu lado ou segurar a minha mão. Mas, agora, Aaron está sustentando o meu *olhar*. Seus olhos perfuraram os meus, transmitindo uma mensagem silenciosa que rezo para entender. É uma janela que se abre para sua mente, um mundo ao qual nem sempre tenho acesso fácil.

— Filho, eu não... — Vacilo, sem querer admitir que não entendo o que ele está me dizendo. Quando ele se esforça assim, tento não decepcionar. Queria muito saber exatamente o que ele está tentando dizer. Será que ele quer ter certeza de que ainda vou ler para ele quando eu me mudar?

Ele pega o tablet, os dedos percorrem a tela, juntando palavras para formar uma frase curta. Sua leitura é quase tão limitada quanto sua fala. Por alguma razão, palavras numa página parecem não fazer sentido para ele. A leitura tem sido uma maré, com altos e baixos. Progredimos e depois regredimos. Ele consegue adquirir algumas palavras, mas elas logo escapam da sua mente antes que ele possa de fato fixá-las, embora ele consiga lidar com frases simples. Ele aperta dois botões e uma voz digitalizada sai do alto-falante do dispositivo.

— *Fica. Comigo.*

Ele não tem aquele filtro que a maioria dos garotos de doze anos têm, que os faz se sentirem pouco à vontade ao expressar preferência por um dos pais. Essa é uma das bênçãos desse garoto. Ele é o que é.

Sem falsidade, sem enganação, sem dissimulação.

Ele quer ficar comigo, ou melhor, quer que eu fique *aqui*.

Em algum momento ao longo da nossa história, eu e Tremaine nos tornamos cuidadores, colegas que dividem a casa e até melhores amigos. Pode ser que a paixão tenha ido embora, mas temos este vínculo e nos conhecemos muito bem. Arrisco lançar um olhar para a minha futura ex-mulher. Ela é uma mãe incrível, seja nos momentos de luta ou de carinho. Ouvir de Aaron que ele prefere que eu fique aqui pode machucá-la. Ela olha nos meus olhos, um meio sorriso vai aparecendo no canto da boca, e pisca para conter as lágrimas.

— A gente já devia ter imaginado que isso ia acontecer — ela diz, erguendo os ombros e passando rápido a mão nos olhos. — Você é o cara para ele, Judah. Com você e o Adam ao lado dele, tudo se encaixa perfeitamente. Eu sei que ele me ama. Não se preocupe. Só temos que inverter. Cinco dias com você. Dois dias comigo. Você fica aqui e eu fico com a casa nova. Assim, a gente facilita a transição para ele. E sabemos que Adam só quer estar onde Aaron estiver.

— Tem certeza? — pergunto, ainda preocupado que a mágoa seja maior do que ela está demonstrando.

— *Você* tem certeza? — Tremaine ri. — Você sabe que a gente vai dividir todas as responsabilidades da maneira mais equilibrada possível. Vou vê-los todos os dias, mas assim eles vão passar a maior parte do tempo com você.

Foram as palavras de Aaron. Cada palavra desse garoto é preciosa para mim, mesmo quando emitida por um sintetizador de voz. Não vou medir esforços para tornar esta transição mais fácil para os nossos filhos.

— Claro — concordo, sem conseguir desviar o olhar de Aaron e Adam, com o coração dividido em duas partes iguais. — Certeza absoluta.

PARTE I

"Quanto mais vivo, mais profundamente aprendo que o amor — quer o chamemos de amizade, família ou romance — é o trabalho de espelhar e ampliar a luz um do outro."
— **James Baldwin,** *Nothing Personal*

1

SOLEDAD

Três anos depois

— Hoje, a noite é bem importante, Sol.

Ergo os olhos do meu porta-joias para olhar para o meu marido de costas enquanto ele entra no nosso closet.

— É uma festa de Natal da sua empresa — respondo de forma seca. — Não é uma reunião da diretoria.

— É como se fosse — Edward resmunga, ajeitando a gravata que sua mãe lhe deu no Natal passado.

Cara, como eu odeio essa gravata. Ela é infestada de bolinhas vermelhas enormes que lembram gotas de sangue.

— Delores Callahan vai estar lá — ele continua, e seu tom e o olhar que me dirige por cima do ombro parecem um aviso. — Não vamos repetir o que aconteceu da última vez.

— Foi ela que perguntou. — Faço careta, me lembrando da última conversa que tive com a filha do CEO da CalPot.

— Com certeza ela não esperava uma resenha crítica do nosso produto. Muito menos uma tão dura.

— Não foi dura. — Atravesso o quarto para me aproximar dele no closet e percorro com os dedos as suas gravatas, que organizei por cor. — Foi sincera. Eu só disse que na nova frigideira só cabem três peitos de frango médios, e eu preferiria se conseguisse preparar quatro de cada vez.

— E aquilo que você falou do calor? — Seus olhos verdes se apertam de irritação.

Dou de ombros, pegando uma gravata Armani bordada da seção vermelha.

— É verdade, a frigideira *não* aquece de maneira uniforme. Tenho que ficar virando a comida a cada poucos minutos para que a carne fique ao ponto. É uma das maiores empresas de utensílios de cozinha do mercado. Frigideiras não deveriam ser o forte deles?

— Só estou dizendo que o Cross está no meu pé. Não preciso da Delores Callahan me atazanando também.

— Cross é o novo contador?

— É, diretor de contabilidade.

Paro de frente para ele e afasto seus dedos, soltando a gravata medonha e a jogando no chão.

— Essa gravata não, querido. Vai por mim.

— Se você está dizendo.

— Estou, sim. — Dou um nó na minha gravata preferida. — Além disso, essa aqui combina com o vestido vermelho que você me pediu para usar hoje.

— Adorei aquele vestido em você.

— Gosto mais do dourado.

— Dourado é muito chamativo. É uma festa de Natal, não um show de strip-tease. Não quero dar brecha para o Cross criticar nada hoje. Não quero chamar atenção para a gente. Tô te falando, Sol. Esse cara tá na minha cola desde o dia em que apareceu na CalPot.

— Mas não faz só seis meses que ele entrou? Pode ser que ainda esteja se adaptando.

— Faz um ano. — Edward faz careta. — Um ano que ele fica de olho em mim feito um urubu e farejando meu departamento o tempo todo.

— Deixa ele olhar, oras. Você não tem nada a esconder.

A expressão que se forma no rosto de Edward não é bem uma careta, mas, sim… uma contração. Um pequeno desvio na simetria das suas belas feições, que desaparece quase antes de poder ser detectada. Só que estamos casados há 16 anos e juntos há 18. Faço questão de detectar tudo o que tenha a ver com o meu marido e as nossas três filhas. Noto até quando esse homem perde um cílio, fico sintonizada com o seu humor e suas emoções. Ou pelo menos é como costuma ser. Ultimamente, tem sido mais difícil decifrá-lo e prever suas ações.

— É, tá bom — ele diz. — Não preciso de um contador nerd me enchendo o saco.

Fico na ponta dos pés para pressionar os lábios no lóbulo da sua orelha.

— Tive uma ideia. — Agarro a mão que está pendurada ao lado do seu corpo e a coloco na curva nua da minha bunda, coberta apenas por uma calcinha fio dental que eu esperava que ele já tivesse notado a esta altura. — Em vez de pensar tanto no Cross em cima de você, que tal pensar em como *eu* vou ficar em cima de você quando a gente chegar em casa?

Ele engole em seco e aquela contração acontece de novo. Num piscar de olhos ela desaparece como um dente-de-leão soprado no seu rosto. Ele tira a mão de mim e segue mais para dentro do closet, se aproximando das prateleiras dos seus sapatos sob medida.

— Droga, Sol — ele diz, com o tom de voz tranquilo —, estou dizendo que ando estressado no trabalho, e você só quer saber de sexo.

Fico tensa e me obrigo a responder de forma equilibrada.

— Não foi a minha intenção ofender seus sentimentos delicados, mas como faz quase dois meses que você não transa com a sua esposa, é normal que ela toque no assunto de vez em quando.

— Não faz dois meses.

— Faz, sim.

— Se você está com tanto fogo assim — ele diz, se virando para mim —, tem uma solução que funciona a pilhas na sua mesa de cabeceira.

— Ah, vai por mim, ele tem cumprido a sua função com excelência. — Vou praticamente batendo os pés até o meu lado do armário. — E se você achou que me deixaria envergonhada com esse comentário sarcástico, lamento te decepcionar. Eu tenho as minhas necessidades e não fico envergonhada pela forma como me satisfaço, se *você* não dá conta.

Alguma coisa importante mudou no nosso casamento nos últimos dois anos. Todo casal passa por altos e baixos, fases de monotonia. Não somos exceção, mas é mais do que isso. Senti Edward se afastando do casamento, da família. Já tentei de tudo para impedir, mas, a cada dia, meus braços ficam mais vazios, nossa cama, mais fria. Não consigo evitar um desmoronamento sozinha, e ultimamente Edward parece estar tranquilo, mesmo vendo que tudo vai desabar.

Viro as costas para a fileira de vestidos de grife e encontro seu olhar duro.

— Eu amo sexo, Edward. Sempre amei. Você também gostava.

— Será que dá para a gente não fazer isso agora? — Suas palavras saem cheias de irritação. — Já tenho problemas demais sem ter que pensar em satisfazer o fogo da minha esposa insaciável.

— Que injusto. Por que você está tentando me fazer sentir mal por querer salvar a nossa vida sexual? Por querer salvar este casamento? Eu entendo se...

— Você não entende porra nenhuma.

— Eu entendo se... — continuo, tendo cuidado com as minhas próximas palavras — você estiver com problemas nesse departamento. Às vezes, quando os homens vão ficando mais velhos...

— Eu tenho quarenta anos, Sol — ele responde. — Não oitenta. Já passou pela sua cabeça que talvez o problema não seja comigo, mas com você?

— Como assim?

— O corpo da mulher muda.

— Estou na melhor forma da minha vida. — Ouço um tom defensivo surgindo na minha voz e me recomponho. — Faço ioga e Pilates várias vezes por semana. Na verdade, estou tentando não perder isto aqui.

Agarro minha bunda farta. Herança da minha *abuela*, que não vai sair daqui tão cedo. Esta bunda já passou pelo teste do tempo e resiste ao tranco dos meus exercícios, e é assim que eu gosto.

— Não estou falando do exterior. — Ele pega o terno. — Você *pariu* três bebês. As coisas ficam frouxas lá embaixo. Como se chama aquela coisa que as mulheres fazem para ficarem mais apertadas? Rejuvenescimento vaginal ou coisa do tipo? Pode ser por aí o ponto de partida para reacender a nossa vida sexual.

O soco me deixa sem ar. Fico imóvel, com a mão pairando sobre o vestido vermelho. Não acredito que ele disse isso, e de forma tão intencional.

— *Suas* três filhas — respondo, cuidando para que o tremor que sinto por dentro não faça a minha voz vacilar. — Eu fiz força para parir *suas* três filhas. Minha vagina teve que ser literalmente costurada depois da última. Só venha reclamar comigo da minha vagina frouxa quando você souber o que é uma laceração de terceiro grau. Vá sozinho para essa festa, cacete.

Saio do closet, entro no quarto e pego meu roupão do banco ao pé da nossa cama. Passo os braços pelas mangas, me sento e apoio as mãos no banco para disfarçar o tremor.

Quando foi que Edward se tornou tão cruel? Ele não era assim. Talvez eu tenha me deixado enganar tanto pelo seu brilho e sua beleza que esse seu lado feio passou despercebido. Ele era ambicioso, sim, e às vezes não se importava, mas agora parece que tem algo apodrecendo dentro dele. E só agora venho sentindo o fedor da podridão.

Ele volta para o quarto descalço e com passos precisos. O olhar que lança para mim é cuidadoso e calculista. Eu conheço esse homem. Ele precisa que eu o acompanhe nesta festa e está pensando no que deve dizer para me convencer a ir.

Ele se abaixa na minha frente, segura minhas mãos.

— Olha, eu não deveria ter dito aquilo…

— Não, mas você disse. — Fico olhando bem para ele, sem suavizar o olhar, embora ele *pareça* arrependido.

— Me desculpa — ele diz. — Você sabe que ando enfrentando muita pressão no trabalho…

— Isso não é desculpa para tudo, Edward. Para ficar menos em casa comigo e com as meninas. Para trabalhar o tempo todo. Para dizer o nome da sua assistente enquanto você dorme.

Ele ergue a cabeça.

— Eu já expliquei sobre isso. Não está rolando nada entre mim e a Amber. A gente só anda trabalhando tanto nesses projetos que eu…

— Que você sonha com ela? — Inclino a cabeça para o lado, puxo as mãos e cruzo os braços.

— Não, eu… — Ele ergue a cabeça, com o arrependimento e a paciência se esgotando. — Não temos tempo para discutir isso de novo. Agora não.

Aconteceu só algumas vezes. Caramba, você está me culpando pelo que o meu subconsciente faz? Já te disse que não foi nada. Podemos ir logo? — Ele pega minhas mãos novamente, olhando para mim com olhos suplicantes. — Sol, querida, eu preciso de você.

Me levanto e fico olhando para ele, ainda não estou pronta para abrir mão da minha indignação.

— Então demonstre isso.

Deixo meu marido lá e volto para o closet para escolher a roupa que procuro. O vestido dourado de um ombro só que eu queria usar brilha entre os pretos, cinza e outras cores mais discretas. Nunca o usei, mas lembro como ele marca os meus seios e deixa minhas pernas à mostra. Deixo o roupão cair no chão, tiro o vestido do cabide e o coloco pela cabeça, sem muito cuidado com o material delicado.

— Achei que a gente tinha concordado que você usaria o vermelho — Edward diz, franzindo a testa.

— Você gosta tanto assim do vestido vermelho? — Enfio os pés nos sapatos de salto de dez centímetros que fiquei namorando pela internet por meses antes de ceder e comprar. — Então use você.

Saio do quarto vestida de uma fúria dourada, subo as escadas num ritmo vertiginoso, diminuindo o passo quando me dou conta de que poderia literalmente quebrar o pescoço com este salto.

— Caramba, mãe. — Minha filha Lupe assobia ao pé da escada. — Você está linda.

— Obrigada, querida. — Faço uma pausa para beijar seu rosto. Aos quinze anos, ela já está alguns centímetros mais alta do que eu, mas o salto me dá uma ligeira vantagem. — Estou com a sensação de que vou me arrepender de usar este sapato.

— Ainda dá tempo de trocar.

— E abrir mão de todo esse glamour? — Levanto o calcanhar e me obrigo a sorrir, embora ainda esteja fervendo de raiva após a discussão com Edward. — De jeito nenhum. Pode valer a pena perder o mindinho para ficar tão maravilhosa assim. A beleza às vezes dói.

— Vou me lembrar disso para o meu baile de formatura da escola.

Meu sorriso desaparece e levo a mão à testa.

— Aff. Será que dá para não falar sobre o baile de formatura agora? Ainda não estou preparada.

— Você tem bastante tempo para se acostumar com a ideia. Pode ser que ninguém me convide.

Minha filha é tão linda que vive sendo parada na rua por agentes de modelos. Nós duas sabemos que alguém tomará coragem para convidá-la, mas não estou pronta para vê-la crescer. Logo, virá a faculdade, e provavelmente terei que arranjar vários gatos e um cachorro para lidar com isso.

— Não esqueça de verificar se as suas irmãs fizeram a lição de casa — digo, mudando o rumo da conversa. Eu já estava irritada. Por que acrescentar o fator melancolia ao caos emocional antes mesmo de chegarmos à festa?

O barulho dos passos de Edward descendo as escadas reacende minha raiva, que desce afiada pela minha espinha. Quando ele passa a mão pelo meu quadril, mal consigo resistir ao impulso de afastá-lo com um tapa.

— Vamos chegar tarde, gatinha — ele diz a Lupe. — Liga se precisar de alguma coisa.

— Tá bom, pai. — Ela lança um olhar para nós dois, franzindo as sobrancelhas de leve.

Minhas três filhas são a minha maior alegria. Lupe é a que menos se parece comigo, com o cabelo ruivo que herdou do meu pai, os olhos verdes de Edward e sua própria pele dourada, mas, quanto ao temperamento, é a que mais se parece comigo. Sempre superando expectativas. Naturalmente acolhedora e profundamente intuitiva. Ela nota qualquer ondulação diferente na água. Um tsunâmi está acontecendo entre os pais dela e acho que ela se deu conta de que estou tensa. Me concentrando para relaxar meus músculos, me afasto de Edward e vou para a garagem.

— Te amo, Lupe — grito, olhando por cima do ombro, sem esperar para ver se Edward está vindo atrás de mim. — Cuide das suas irmãs, e não espere acordada.

O trajeto de 30 minutos até a casa de Brett Callahan é silencioso e frio de tensão. Nenhum de nós quebra o silêncio frágil. A primeira vez que fomos a uma dessas festas de fim de ano na enorme mansão do CEO, uns anos atrás, Edward tinha acabado de entrar para a CalPot. Mal conseguíamos esconder nosso espanto, e ficamos nos cutucando e tentando não ficar de queixo caído com tanta ostentação.

— Um dia vou comprar uma dessas para a gente, Sol — ele prometeu, olhando para o teto alto e os quadros de valor incalculável que decoravam as paredes.

Dei risada porque, embora a nossa vida em Skyland seja confortável, e em muitos aspectos privilegiada por vivermos em um dos bairros mais desejados da cidade de Atlanta, provavelmente nunca teremos uma casa como aquela. A casa luxuosa de Brett Callahan é praticamente uma mansão localizada no norte de Atlanta. Sempre me sinto incomodada quando chegamos ao extremo norte da cidade, por ser um daqueles lugares que menos de meio século atrás não aceitavam pessoas como eu.

Abaixo o espelho para conferir a maquiagem. À luz do espelho, vejo minha pele com um brilho dourado num tom de canela, realçando minhas maçãs do rosto, meus lábios brilhantes, meus cílios postiços favoritos e o cabelo, em geral cacheado, hoje está alisado, formando uma cascata sedosa que cai sobre meus ombros.

Edward mostra sua carteira de motorista para o segurança ao portão e passa. Ele solta um longo suspiro quando paramos na ampla garagem circular.

— Não acredito que você colocou esse vestido. — Ele olha para mim no banco do passageiro e franze a testa ao ver minha perna exposta pela fenda profunda do vestido.

— Não tem nada de errado com o vestido. — Passo a mão pelo tecido sedoso. — Não sei por que você está tão nervoso por causa da noite e desse tal de Cross.

— Sei que não faz sentido. — Edward pega a minha mão e se vira para mim quando o manobrista contratado se aproxima. — Mas vai por mim quando digo que o Cross não é nosso amigo. Só fique fora do radar dele. Pode fazer isso por mim, Sol?

Ele acaricia a minha mão e meu coração amolece um pouco diante da primeira demonstração de carinho que ele manifesta em dias. Talvez eu esteja subestimando a pressão que ele vem enfrentando. Esse tal de Cross deve ser um verdadeiro monstro para perturbar meu marido, em geral tão tranquilo.

— Já disse que sim. Pode deixar. — Aperto sua mão, olho firme para ele e sorrio. — E prometo não dizer para a Delores Callahan que o revestimento antiaderente das frigideiras começa a descascar depois de pouco tempo de uso.

Ele solta uma risada curta, balança a cabeça e abre a porta para entregar as chaves.

Ao entrar, noto as poucas mudanças que fizeram na decoração desde que estive aqui na festa do ano passado. Uma nova luminária de cristal. Um papel de parede um pouco mais exagerado no hall de entrada. Novas molduras nas janelas? Não me lembro de ser tão cafona assim. Tanto dinheiro e tão pouco bom gosto. Sério, que tragédia.

— Edward, que bom que vocês vieram. — Delores Callahan nos cumprimenta antes de entrarmos na sala onde a festa está acontecendo. Seu cabelo escuro está bem cacheado hoje, e ela não parece muito à vontade num vestido floral, com seus maravilhosos ombros largos e sua personalidade forte pressionando a costura e esticando o decote.

— Delores — Edward diz, com o sorriso rígido e apertando de leve meu cotovelo. — A gente não se vê desde a reunião do comercial que fizemos algumas semanas atrás. Sentimos sua falta lá no escritório.

— Eu estava no Canadá — Delores responde, e seus olhos brilham com uma inteligência aguçada ao observar o meu marido. — O pessoal lá anda comentando sobre o seu programa White Glove. Vários clientes nossos relataram ter ouvido falar muito bem e querem participar. Não acredito que a gente não tinha pensado em nada parecido antes.

— Você me conhece. — Edward praticamente estufa o peito de orgulho. — Vivo procurando formas de inovar.

Quase não consigo não revirar os olhos e mantenho o sorriso firme.

— Quem imaginaria que as pessoas pagariam tanto dinheiro só para sentir que estão tendo um tratamento VIP? — Delores balança a cabeça, com uma admiração relutante estampada no rosto. — E aquela ideia dos retiros? Que toque genial.

Fiquei desconfiada quando Edward apresentou o programa White Glove para clientes da CalPot que comprassem produtos e gastassem acima de um certo limite. Eles teriam agentes especiais designados para suas contas, sempre disponíveis para perguntas e dúvidas, além de entrega rápida e retiros como um agradecimento pela parceria. Para mim, parecia um desperdício de dinheiro, mas eu estava enganada. O programa deu certo e rendeu um bônus bem gordo para o Edward no ano passado.

E foi por isso que, segundo Edward, ele e Amber tiveram que trabalhar tanto e tão próximos.

— O próximo destino é Cabo — Edward diz, me trazendo de volta para a conversa. — Isto é, se o Cross me der sossego.

— Ele só está fazendo o trabalho dele. Temos sorte de poder contar com ele. Ele é o melhor na área — Delores diz.

— E qual é essa área? — pergunto, ignorando o olhar intimidador que Edward me lança.

— Contabilidade forense. Não foi exatamente para isso que o contratamos, mas foi nisso que ele se formou — Delores responde, olhando para mim de olhos semicerrados. Não é um gesto antipático, parece mais como se ela estivesse tentando se lembrar de alguma coisa. — Você é a esposa, não é?

— Isso. — Abro um sorriso doce e me aproximo de Edward. — E também respondo pelo meu nome, que é Soledad.

Edward tosse e puxa minha mão.

— É melhor a gente entrar na festa.

— Peito de frango. — Delores estala os dedos e aponta para mim. — Você queria uma frigideira maior.

Fico procurando uma resposta que não coloque Edward numa situação desconfortável ou o aborreça.

— Bom, eu...

— Nosso grupo de teste concordou — ela diz.

Meu meio pedido de desculpas fica no ar.

— É mesmo?

— Sim. — Ela balança a cabeça, quase abrindo um sorriso. — Eu não conseguia parar de pensar naquele peito de frango solitário ao lado da frigideira, tendo que esperar porque a nossa frigideira era pequena demais.

Olho de canto de olho para ela e me surpreendo ao ver sua boca se contorcendo. Seguro uma risadinha.

— Minha nossa. Que piada. Você está falando sério?

— Seríssimo. — Ela ergue as sobrancelhas grossas que me dão uma vontade doida de aparar. — Tipo, não a parte do peito de frango solitário, mas eu de fato levei essa questão para os nossos designers. Eles entrevistaram um grupo de consumidores que concordaram unanimemente com você.

— Óbvio — Edward interrompe, passando um braço em volta do meu ombro. — A Sol é cheia de boas ideias. Sempre digo que ela deveria falar com mais frequência.

Contenho a vontade de retrucar sua mentira deslavada e acompanho Delores e ele até o salão com mesas repletas de comida. O cheiro delicioso faz meu estômago vazio roncar, mesmo sabendo que, se a tradição se mantiver, a comida não estará tão gostosa quanto o cheiro. Entramos na fila do bufê e Edward toca no meu cotovelo para chamar minha atenção.

— Ei, a Amber está ali. Tenho que perguntar uma coisa para ela — ele sussurra, se inclinando para perto de mim.

Meu corpo involuntariamente fica tenso ao ouvir o nome daquela mulher. Ele deve ter notado como meus músculos ficaram rígidos, pois aperta meu braço de leve para me tranquilizar.

— Não vou demorar, é que a gente estava concluindo uma questão antes de eu sair do escritório. Não podemos errar.

— Claro — digo, tensa, pegando um prato de porcelana da pilha ao final da mesa.

— Já volto.

Ele se afasta e vai na direção da mulher, que sorri para ele do outro lado da sala. Já vi o nome dela aparecer no celular dele e até já consegui ver seu rosto jovem e bonito e seu cabelo loiro-platinado na tela durante as videoconferências, mas esta é a primeira vez que estamos na mesma sala. Ela transpira sensualidade num vestido colado no seu corpo esguio. A julgar pelo sorriso de aprovação no rosto de Edward, ele não liga para o fato de o vestido *dela* mostrar demais ou chamar atenção indevida. Eles saem da sala, cochichando com os rostos próximos. Segurando meu prato vazio, tento me livrar da sensação insistente de desconforto.

— Você está na fila?

Uma mulher, que identifico como a esposa de um dos chefes do departamento, está atrás de mim, lançando um olhar impaciente ao ver que não estou me mexendo.

— Ai, desculpa! — Deixo-a passar na minha frente na fila do bufê. Sabendo como é horrível o sabor da comida nas festas de Natal, aposto que daqui a pouco ela já não estará mais tão animada.

Estou me servindo de vagens que parecem tão duras e sem sabor quanto um pedaço de pano engomado quando um movimento na porta chama a minha atenção. Um homem alto está parado a alguns passos de distância, ocupando a entrada. É um cara bonito, com a pele escura que envolve suas feições esculpidas em aço e pedra, mas não é isso que me prende tanto. Ele não é *tão* alto assim. Pouco mais de 1,80. Ele ultrapassa meu 1,75 de altura, mas não é seu tamanho que o destaca. É o contraste entre a completa imobilidade do seu corpo atlético e a energia que ele irradia em ondas, como se houvesse um milhão de pensamentos girando por trás daqueles olhos escuros. Há algo de imponente na postura dos seus ombros, no ângulo altivo da sua cabeça, que transmite um ar de superioridade. Não exatamente arrogância, mas é como se ele, literalmente, tivesse que olhar para baixo, como se observasse o cenário como uma foto aérea, analisando tudo e todos nos mínimos detalhes. Aqueles olhos atentos brilham sob uma sobrancelha franzida, formando uma linha escura no seu cenho levemente franzido.

Ele fica ali, parece que à vontade, com as mãos enfiadas nos bolsos da calça com belo corte. Seu olhar passa lentamente pelos ocupantes do salão, sem se demorar muito em qualquer coisa ou pessoa. Qual seria a sensação de ter toda a atenção dele voltada para mim? Ser objeto daquele olhar, um olhar tão penetrante que poderia me colar na parede. É como se ele estivesse procurando por alguém que ainda não encontrou. Seu olhar chega à mesa do bufê, passando com indiferença por nós, mas depois volta.

Para mim.

Imaginei como seria ter toda a atenção dele voltada para mim, e não é nada como pensei. Não há nada de frio em seu olhar intenso. É um olhar quente de interesse. Achei que me sentiria como um inseto preso sob o vidro frio de um microscópio. Mas não: fico sem fôlego quando ele inclina a cabeça para o lado e olha para mim com olhos semicerrados, como se eu fosse uma borboleta particularmente fascinante, que ele gostaria de conhecer nos mínimos detalhes antes que ela saísse voando. Ao me dar conta de que estamos nos olhando há alguns segundos, olho para baixo e consigo respirar fundo pela primeira vez desde que ele entrou na sala. Tentando ignorar as batidas excessivamente frenéticas do meu coração, pego o garfo e perfuro uma coxa de frango anêmica.

— O frango parece seco — comenta um homem a meu lado.

Levo um susto, tentando não parecer chocada ao ver aquele homem que atravessou a sala e chegou a meu lado tão rápido.

— Parece mesmo. — Olho para a carne sem graça no meu prato e pigarreio. — Nada apetitoso.

Eu me arrasto para a frente, fixando o olhar nas costas da mulher que estava ansiosa para chegar logo a essa comida insípida.

— Não que eu possa falar alguma coisa — ele continua, sua voz envolve meus ombros e pescoço, com um estrondo que me causa arrepios que fazia muito tempo eu não sentia. — Não sou um grande cozinheiro, mas como não sou eu que estou cozinhando neste evento, não preciso de grandes dotes culinários.

— É verdade. — Solto uma risada, e mesmo sem olhar para trás, dá para sentir seu olhar queimando minhas costas.

— Pode ser que o sabor esteja melhor do que a aparência — ele fala, e o som baixinho dele se servindo chega até mim.

— Não está. — Suavizo a voz, irritada por estar tão afetada por um homem que está simplesmente se servindo na fila do bufê. — Tenho quase certeza de que é uma prima dos Callahan que serve a comida desta festa todos os anos, aí logo, logo você vai conhecer o doce sabor do nepotismo.

— Ah, isso explica muita coisa. Você cozinha?

— Ah, cozinho.

— Cozinha bem? — ele pergunta, parecendo estar se divertindo com a pergunta.

Faço uma pausa e olho para trás, por cima do ombro, me permitindo dar um sorrisinho.

— Cozinho muito bem, sim.

— Uma mulher confiante. — Seu sorriso se desfaz nos cantos da boca enquanto nossos olhares se fixam. — Gostei.

Vou logo me virando e seguindo em frente, colocando uma montanha de purê de batatas no prato.

— Qual o prato que você mais gosta de fazer? — ele pergunta.

Sorrio, mas não me arrisco a encará-lo outra vez.

— *Sancocho*.

— Como é? Não conheço. *Sancocho* é alguma carne?

— É um ensopado de carne que fazemos em Porto Rico.

— Você é porto-riquenha?

— Não nasci lá — admito —, mas a minha avó morava lá e a gente ia visitá-la no verão. Ela me ensinou a cozinhar muitas coisas, mas *sancocho* é meu prato preferido. É a comida mais aconchegante de todas. Eu sempre preparo para a minha família.

A palavra "família" paira no ar, pesando um momento antes de ele continuar:

— Em que departamento você trabalha? Só faz um ano que trabalho aqui, mas teria me lembrado se tivesse visto você.

Ao ouvir isso, olho por cima do ombro e nossos olhares se cruzam. Minha respiração fica presa entre os pulmões e a boca, em algum lugar do meu peito enquanto ele espera pela minha resposta.

— Eu não trabalho aqui. — Passo a língua pelos lábios e abaixo o olhar, mas me obrigo a erguê-lo. — Meu marido trabalha.

Sua expressão se torna indecifrável. Tem alguma coisa ali, um parente distante de uma decepção, que surge em seu olhar, mas ele logo disfarça.

— Seu marido. — Ele concorda com a cabeça e volta a atenção para o bufê, ignorando as vagens, mas colocando uma porção conservadora de batatas no prato. — Cara de sorte.

Consigo abrir um sorriso fraco e olho para a frente, sabendo que é melhor encerrar a conversa ali, mas odiando ter que ir embora. Edward tem sido mesquinho não só com sexo ultimamente. É a atenção. Conversa. Interesse. Todas as coisas que encontrei inesperadamente em poucos momentos com um estranho, e sinto como se o sol estivesse tocando o meu rosto depois do inverno. É tão difícil se afastar do calor depois de ficar tanto tempo no frio.

Sinto um toque no cotovelo, que me faz pular e quase deixar cair o prato.

— Opa — Edward diz, rindo e segurando a minha mão. — Está tudo bem?

— Sim, tudo. — Sorrio para ele e me esforço para não olhar para o homem quieto atrás do meu marido. Meu leve sentimento de culpa é infundado, irracional.

— Que bom. — Edward pega um tomate cereja da salada que nem me lembro de ter colocado no meu prato. — Foi mal ter que sair assim. A Amber estava terminando uma coisa antes de sair do escritório e precisava me atualizar.

— Claro — respondo, distraída, sem nem conseguir desconfiar da assistente de Edward depois do impacto da minha breve interação com o estranho. — Você não vai pegar um prato?

— Sim, vou pegar. — Ao se virar, ele para e diz com a voz um pouco alta demais: — Cross, não vi você aí.

Me viro, com os olhos arregalados saltando entre meu marido e o homem de quem ele tanto reclama.

— *Você* é o Cross? — deixo escapar. — O nerd? — O horror se infiltra no vazio de silêncio que segue minhas palavras, então me dou conta do tamanho da besteira que eu disse. — Não, quer dizer... — Aperto os dedos no prato e engulo em seco. — Desculpa. Eu não...

— Não precisa se desculpar — Cross diz, respondendo a meu comentário, mas sem desviar o olhar de Edward. — Estou vendo que a minha reputação me precede.

Os dois se entreolham, com uma hostilidade crepitando no ar, embora ambos mantenham olhares impassíveis. Eles não poderiam ser mais diferentes. Meu marido, com sua palidez invernal, pele clara e algumas sardas. Cabelo loiro-escuro ondulado, cortado rente e repartido de lado. Edward sempre foi um sedutor carismático que atrai as pessoas com facilidade. Cross, alguns centímetros mais alto e mais largo, de certa forma transmite uma cautela que o faz parecer inacessível, só que não foi assim que me senti alguns momentos atrás, antes de ele saber quem eu era. Com quem sou casada. Um músculo se contrai na linha inabalável da sua mandíbula, e seus olhos se enrugam nos cantos, com algo que parece uma diversão indolente que não combina com a frieza do seu olhar.

— Minha esposa — Edward murmura, colocando a mão nas minhas costas e gentilmente me trazendo para mais perto de si. — Soledad.

Não há qualquer sinal de calor naqueles olhos frios que se alternam entre meu marido e mim.

— Prazer em conhecê-la, senhora Barnes — ele diz, com uma formalidade muito diferente da interação calorosa que tivemos poucos momentos atrás.

— O prazer é meu, senhor Cross. — Olho para cima e trocamos um breve olhar.

— Judah — ele responde, com o olhar um pouco mais suave.

— Perdão — digo. — Como?

— Meu nome é Judah. Judah Cross.

Ofereço um sorriso que parece de cera endurecendo em meu rosto.

— Já ouvi falar muito sobre... — Deixo as palavras se esvaírem, porque ele já deve saber que tudo o que Edward falou sobre ele foram insultos.

— Vamos sentar — Edward diz, cerrando os dedos em volta do meu pulso, provavelmente com mais força do que pretendia, pois me contorço com a dor. Contenho um gritinho, mas, ao sentir o aperto doloroso dos seus dedos no meu pulso, lanço um olhar furioso primeiro para seus dedos e depois para seu rosto. Ele deixa a mão cair e massageia o local dolorido no meu pulso. — Desculpa, querida, mas precisamos encontrar nossos lugares para comer. Estou morrendo de fome.

Ele vai guiando o caminho. Não olho para trás, mas estou muito ciente de Cross... de Judah... atrás de nós. Antes mesmo de Edward terminar de se servir, eu me afasto e ando depressa na direção das mesas do outro lado do salão, me sento sem nem olhar para as plaquinhas com os nomes para ver se estou no lugar certo. Mesmo sabendo que os colegas de trabalho de Edward estão por perto, não consigo desfazer a cara feia.

— Qual o problema? — Edward murmura em voz baixa apenas para eu ouvir, sorrindo para um colega de trabalho que está do outro lado da mesa. — Foi você quem me fez parecer um idiota na frente do homem que eu disse que estava me enchendo o saco. Eu que deveria estar bravo.

— Você me deixou sozinha para sair por aí com a Amber — digo com veemência, espetando a coxa de frango com o garfo.

— Eu não saí por aí. Falei exatamente para onde estava indo e que tinha que resolver uma coisa com a minha assistente. Pelo jeito que vi o Cross te olhando, eu é que deveria estar desconfiado.

Minha mão trava, com o garfo suspenso entre o prato e a boca.

— Como assim?

— Ele não conseguia tirar os olhos da sua bunda. — Edward sorri. — Não sabia que ele era desse tipo. Ele é sempre tão banana.

O jeito como ele fixou o olhar em mim. O sorriso caloroso que se escondeu atrás de uma nuvem quando Edward chegou. Judah não me pareceu nada banana. Um cara focado. Determinado. Imperturbável. Isso, sim. Mas banana?

Ao me lembrar dos poucos momentos que tivemos juntos na fila do bufê, meu rosto fica corado, mas sinto um arrepio.

— É por causa desse vestido minúsculo — Edward diz com a boca cheia de vagens.

— Hein? — Me forço a prestar atenção às suas palavras.

— Se você estivesse usando o vestido vermelho que eu gostei, não estaria com frio agora.

Ao olhar para meu braço nu, vejo os pelos arrepiados me entregarem.

— Não estou com frio.

— Bem, não vou reclamar... O jeito que o Cross ficou olhando para você com esse vestido. — Ele ri e pega uma taça de vinho da mesa. — E depois se dando conta de que você é *minha* esposa. Foi impagável.

O semblante de satisfação no rosto do meu marido rouba o pouco que resta do meu apetite. Empurro o prato e me levanto. Ele olha para mim, com uma pergunta silenciosa no olhar.

— Banheiro. — Jogo o guardanapo de linho sobre meu prato quase intocado de comida insípida. — Já volto.

Deixo a sala, sentindo o alívio relaxar meus ombros assim que saio de vista. Um longo corredor se estende diante de mim, que, se bem me lembro, leva a um lavabo. Ao chegar lá dentro, olho para meu reflexo no espelho.

O jeito que o Cross ficou olhando para você.

As palavras de Edward ressoam na minha cabeça. O que Judah viu quando olhou para mim? Avalio a mulher no espelho, me virando de um lado para o outro, para me ver com o vestido dourado de todos os ângulos. Nada mal para uma mãe de três filhas.

Rejuvenescimento o caralho.

Ainda que eu reconheça a insignificância do comentário maldoso de Edward, uma pequena pontada de incerteza fere meu coração. Passei toda a minha vida adulta com um único homem. Dormi com um único homem por quase duas décadas. Ele não foi o meu primeiro, mas foi o último e eu fui a dele. E agora tenho que implorar para ele me comer?

Será que outra pessoa me desejaria? Talvez eu esteja... talvez eu não esteja...

Respiro fundo e ajeito o cabelo por cima dos ombros. Terei minha crise de meia-idade como qualquer outra mulher que se preze em Skyland: na intimidade do meu lar, com um bom vinho para afogar as dúvidas, sem medo de humilhação pública.

Saio do banheiro e fico parada no corredor, temendo voltar para a mesa e para os sorrisos falsos e comentários atravessados que eu e Edward trocamos a noite toda. A semana toda, porra. Em algum lugar próximo, uma risada ecoa no corredor. Curiosa, sigo o som, espiando com cuidado pelo canto. Amber está em um nicho, quase escondida. Um homem de cabelo escuro a abraça, com uma das mãos em sua bunda. Ela ri, olhando para o sujeito, mas me vê por cima do ombro dele.

— Senhora Barnes! — ela grita, pulando para longe do homem com uma expressão de culpa.

— Desculpa. — Ergo as mãos como se estivesse me defendendo. — Eu estava procurando o lavabo e acabei me perdendo.

— Ah. Claro… claro… — ela gagueja, passando os olhos de mim para o cara. — Esse é meu… primo Gerald.

Primo? Assim, na moita? Com a mão na bunda dela? Imagina só a reunião *dessa* família. Incesto que o diga, hein?

Ele se vira para mim, com um sorriso falso estampado no rosto.

— Gerald trabalha com TI — Amber continua. — Não é, Gerald?

Gerald acena com a cabeça.

— Isso.

— Ah, que ótimo — murmuro. — Bom, foi um prazer finalmente conhecer você, Amber. Edward diz que você é insubstituível.

— Obrigada. — Ela desvia o olhar, mas volta a me encarar. — Ele é um ótimo chefe.

— Bom, vou deixar você voltar para… — Voltar para o quê? Para ser apalpada por um parente? — É melhor eu voltar. Até mais.

Acho que estou tão feliz por me afastar deles quanto eles estão ao me ver ir embora. Já deu meu tempo aqui. Se eu não voltar logo, Edward virá me procurar. Cada passo pelo corredor se torna mais agonizante. Uma dor aguda pega meu dedinho do pé e meu calcanhar.

— Eu sabia que estes sapatos seriam a minha morte — resmungo, me abaixando para tirar um scarpin e depois o outro. Seguro os sapatos na mão, nem que seja por apenas alguns passos antes de ter que colocá-los de novo. — A beleza não vale essa dor toda. Eu daria qualquer coisa por um sapato ortopédico agora.

Vou pisando com cuidado com os pés descalços no chão de mármore escorregadio, quando um som vindo de uma sala à frente me faz parar.

Clac-clac-clac.

Me aproximo, parando diante da porta entreaberta e, ao espiar, vejo uma biblioteca. Livros alinhados nas prateleiras, cheiro de charutos caros se misturando com o cheiro de cera de limão, que deve estar fazendo a madeira brilhar sob um tapete persa estampado.

Um menino, talvez com seus quatorze ou quinze anos, está sentado em uma das duas poltronas ao lado de uma mesa, segurando um abajur e quatro cubos mágicos. Com fones de ouvido, ele pega mais um cubo, aparentemente alheio à minha presença. Estou prestes a sair quando ele ergue o olhar, fazendo contato visual comigo por um breve momento antes de desviar os olhos. Seus dedos são ágeis. Eu congelo, sem saber por que aquele olhar, breve como foi, me pareceu familiar. Ele para apenas pelo tempo suficiente de deslizar um dos cubos pela mesa e então volta a fazer movimentos ágeis com as mãos. Não tenho certeza, mas acho que foi um convite.

Entro na sala, atravesso para me sentar na outra poltrona e pego o cubo que ele me ofereceu. Edward tem me feito esperar bastante ultimamente. Ele vai ficar bem se tiver que passar mais alguns minutos sozinho ou com sua assistente bonitona para lhe fazer companhia.

— Faz muito tempo que não monto um desses — digo, rindo um pouco enquanto me acomodo e mexo sem jeito a fileira de baixo. — Qual é o seu nome?

A sala fica em silêncio por alguns instantes, e começo a pensar que ele não vai responder, que não consegue me ouvir com os fones de ouvido, mas então ele responde:

— Aaron.

— Oi, Aaron. Eu sou Soledad. — Cruzo os pés descalços na altura dos tornozelos e viro o cubo mais algumas vezes, chateada ao perceber que, depois de vários minutos, não estou nem perto de conseguir deixar um lado de uma só cor. Enquanto isso, Aaron coloca um cubo pronto no chão e pega outro sem perder o ritmo. — Uau — digo, completamente impressionada. — Você é muito bom nisso.

Ele não me agradece nem reconhece o elogio, mas continua girando, torcendo, alinhando os blocos e formando lados de cores sólidas. Pode parecer estranho para alguém que observa de fora: eu sentada em silêncio com um adolescente que não conheço, e os únicos sons na sala são os *clac-clac* dos nossos cubos mágicos. Seus movimentos são rápidos e eficientes. Os meus são mais lentos e menos seguros. Ele está terminando outro cubo quando a porta se abre. Judah Cross está ali, com um ombro apoiado no batente da porta. Meus dedos vacilam.

— Pelo jeito, ele recrutou você — Judah diz sem rodeios, avançando para dentro da sala.

— Não sei se recrutar é a palavra certa. — Viro a fileira de baixo, tirando os olhos do cubo por tempo suficiente para sorrir para ele. — Ele é muito rápido.

— Você deveria estar competindo com ele — diz Judah, com uma graça no olhar e curvando de leve os lábios carnudos.

— Ah. — Paro e rio, colocando o cubo em cima da mesa. — Então eu desisto. Jamais conseguiria ganhar de você, Aaron.

— Ele disse o nome para você? — Judah arqueia as sobrancelhas.

— Disse. Ele não deveria dizer porque eu sou uma desconhecida ou coisa parecida?

— Não, não. — Judah balança a cabeça e se aproxima, pegando um dos cubos. — É só que às vezes ele não tem muita vontade de conversar. Não é, amigão?

Aaron não responde, mas lança um olhar de relance para o pai antes de voltar a se concentrar no cubo.

— A única pessoa que quase consegue competir com ele é meu outro filho, irmão gêmeo de Aaron, o Adam — Judah diz.

— Nossa, mas é... — Paro, de olhos arregalados. — Você tem gêmeos?

— Tenho.

— A sua, hum, esposa está aqui hoje? — A pergunta não sai com facilidade. Se sentir atraída por um homem casado, sendo uma mulher casada, deixa as coisas bem estranhas.

— Ela está com o Adam. — Ele me analisa antes de continuar falando. — Ela fica com eles na maioria dos fins de semana. Somos divorciados. Tem horas que o Aaron só quer ficar no quarto dele, na minha casa. Minha ex-mulher tinha outros planos e ele não quis participar. Logo...

Ele não conclui o raciocínio, mas faz um sinal com a cabeça para o filho, que está completando mais um cubo e pegando outro.

— Você arrasa, Aaron — digo, observando sua concentração absoluta e seus dedos rápidos.

Minha filha do meio, Inez, fazia companhia para um colega autista na escola durante o almoço. Diziam que a companhia de alunos neurotípicos ajudava na socialização. Aaron me parece ter autismo, mas posso estar errada.

— Conseguiu terminar de comer o frango? — provoco Judah com sutileza.

— É, até que sim. — Ele abre um sorriso. — Comi o que deu para encarar.

— Eu falei. — Puxo, nervosa, a barra da minha saia. — Olha, me desculpa pelo que eu disse naquela hora.

— Quando você me chamou de nerd? — Ele lança um olhar para mim, com uma expressão um pouco divertida, e não irritada. — Mas eu sou mesmo. Sempre fui. Ganho a vida trabalhando com números. Estou acostumado a ser chamado de nerd.

Eu me mexo pouco à vontade na cadeira, me lembrando de todas as outras descrições nada lisonjeiras que Edward fez do "Cross da contabilidade" no último ano.

— Mas ainda assim me sinto mal.

— Por quê? É o seu marido que não gosta de mim. Está tudo bem. Eu também não gosto dele.

Ficamos nos encaramos em meio a um silêncio constrangedor que se segue a sua afirmação. Constrangedor para mim, pelo menos. Ele parece bem à vontade ao insultar meu marido na minha cara. Tento pensar numa resposta à altura, mas, quando me dou conta de que não existe nenhuma resposta possível, Judah me assusta com um toque.

É um toque suave com seus dedos longos e fortes no meu pulso. Um hematoma escuro já está se formando onde Edward me agarrou com força. Respiro fundo e afasto o braço, como se esse toque leve me queimasse.

— Desculpa — ele diz, franzindo a testa — Está doendo?

— Não, não... não foi nada, sério. Eu me machuco fácil. Sempre foi assim.

— Sempre? — ele pergunta, franzindo ainda mais a testa.

— Não que ele fica me *machucando* — digo, com uma risada nervosa — Ele nunca... Ele não faz isso. Ele só agiu sem pensar.

— Como de costume — Judah responde, com um leve tom sarcástico.

Mordo o lábio e desvio o olhar, incapaz de encará-lo.

— Aqui está você — Edward diz da porta. O tom dele é amistoso, mas eu o conheço bem o suficiente a ponto de perceber a irritação no olhar que ele lança para nós dois. — Hora de ir embora, Sol.

— Ah.

Me levanto e passo a mão no vestido, parando ao lembrar que Edward disse que Judah ficou me secando, olhando para a minha bunda. Só que agora ele não está olhando para minha bunda. Está olhando para o meu pulso, seus olhos frios passam do hematoma para Edward. Seus lábios formam uma linha firme e ele se aproxima, pegando dois cubos mágicos. Ele puxa a manga da blusa de Aaron e diz:

— Vamos.

Aaron tira os fones de ouvido, guarda num estojo que pega do chão, coloca os cubos mágicos numa mochila e se levanta. Pai e filho se encaram e entendo por que Aaron me pareceu tão familiar. Seus perfis foram talhados na mesma pedra, as linhas de seus rostos e queixos são delineados em mármore. Aaron é um menino bonito e deve se parecer muito com o Judah mais novo.

— Vai se despedir da senhora Barnes, Aaron? — Judah pergunta, apontando para mim.

Aaron olha para mim, franzindo a testa.

— Soledad — ele diz, me surpreendendo.

— Isso mesmo. — Um sorriso se abre no meu rosto, como se eu tivesse ganhado alguma coisa. Talvez eu tenha ganhado mesmo. Me conectar com Aaron por alguns poucos minutos, um privilégio que poucas pessoas têm, parece mesmo um prêmio. — Pode me chamar de Soledad. Foi um prazer conhecer você, Aaron.

Ele caminha na direção da porta sem responder.

A boca de Judah se transforma em um meio sorriso.

— Acho que essa é a minha deixa. Foi um prazer conhecer você, Soledad. — Seu olhar congela quando ele olha para Edward. — Até segunda, Barnes.

E, depois de se despedir, ele segue o filho para fora da sala.

— Agora você entende o que eu digo? — Edward pergunta assim que ficamos sozinhos. — Falei que ele é um idiota.

Me lembro do sorriso caloroso que parecia o sol de uma manhã de janeiro. Uma alegria autêntica marcava os cantos dos seus olhos escuros e atentos. Dedos gentis tocaram a marca da força bruta do meu marido.

— É — concordo, pegando meus sapatos do chão. — Entendo perfeitamente o que você quer dizer.

2

SOLEDAD

— O treinador quer que eu chegue no ginásio às cinco da manhã — Lottie diz, pegando um pepino da salada e colocando na boca. — Você me leva, mãe?

— Claro.

Meu eu do passado se arrepende um pouco de ter incentivado minha filha mais nova a se interessar por ginástica. Como eu poderia saber que ela seria tão boa? Ou que seria tão caro? Um dia, essa garotinha vai ter que trazer prêmios em ouro para casa, considerando o quanto esse "passatempo" me custa, tanto em dinheiro quanto em sono.

— De lá, vamos direto para a escola.

— E eu, como vou para a escola? — Inez pergunta, franzindo a testa, com seus olhos escuros alternando entre mim e a irmã. — O papai sai cedinho para trabalhar.

— Eu volto para pegar você enquanto a Lottie estiver treinando. Aqui, querido — digo, passando uma travessa de bife perfeitamente marinado (se me permitem dizer) para Edward. — Depois, a gente passa no ginásio para buscar a Lot, e deixo vocês duas em Harrington.

— Cara, que alívio não frequentar mais aquela escola elitista — Lupe diz, arrastando as palavras.

— Aham. A APS é tããão maneira — Inez diz, revirando os olhos. — Enquanto isso, eu e a Lottie, coitadinhas, temos que frequentar uma das melhores escolas do estado, com piscina olímpica, uma estrutura moderna e comida boa no refeitório. Escola pública é uma maravilha, né?

— A gente faz esse sacrifício — Lottie diz. — Cada vez que eu jogo polo aquático, um anjo ganha asas.

Abafo uma risada com a mão e me sirvo de um pouco de risoto, que pela primeira vez ficou perfeitamente aerado.

— Eu trocaria tudo isso para estar numa escola que tenha ao menos um pouco de diversidade — Lupe responde. — Harrington é o antro da branquitude.

— Você aprendeu isso com a Deja. — Inez revira os olhos.

— Claro — Lupe diz com um sorriso satisfeito. — Ela é a minha melhor amiga.

Adoro o fato de que a minha filha seja a melhor amiga da filha de uma das minhas melhores amigas, a Yasmen Wade, e nunca me arrependi de ter permitido que a Lupe saísse da escola particular quando Deja saiu também. Lupe pode até ser mais parecida com Edward do que minhas outras duas filhas, que mergulharam fundo na herança afro-americana e porto-riquenha do meu lado, mas seu punho permanece erguido em prol da cultura.

Eu costumava ficar incomodada quando as pessoas presumiam que, com meus cabelos cacheados e pele mais escura, eu era a babá de Lupe. Olho ao redor da mesa e vejo minha mãe e minha *avó* em Inez e Lottie, com cabelos, pele e olhos tão parecidos com os nossos. Com tantas etnias e culturas correndo no meu sangue e no de Edward, jogamos na roleta genética e tiramos a sorte grande. As nossas meninas são lindas exatamente como são, e sempre faço questão de que elas saibam disso.

Quando eu e minhas duas irmãs, Lola e Nayeli, visitávamos nossa *abuela* no verão, ela costumava nos contar sobre o colorismo que testemunhou nos velhos tempos na ilha.

— Quando *mi mami* conheceu a sogra *dela* — a *abuela* disse, fazendo o sinal da cruz às pressas —, que ela descanse em paz, ela jogou a xícara fora depois que a *mami* tomou o café. Porto-riquenhos brancos. Porto-riquenhos negros.

Minha *abuela* olhava para nós três com olhos oniscientes: eu e Nayeli mais claras e com cabelos mais sedosos que nossa meia-irmã, Lola.

— Do mesmo jeito — ela dizia. — Vocês têm que se amar e cuidar uma da outra do mesmo jeito, hein?

— Do mesmo jeito — sempre repetíamos, rindo um pouco do absurdo daquilo, porque nunca nos ocorreu que *não* éramos nada do mesmo jeito. Para nós, Lola não era a nossa metade. Ela era o nosso coração inteiro, e nós éramos o dela. Todo mundo sabia que as filhas da minha mãe eram unidas. Quem mexesse com uma das garotas Catelaya, mexeria com todas.

Agora, criando esta bela paleta de filhas, sei muito bem que o resto do mundo nem sempre ama do mesmo jeito. Agradeço minha *abuela* e *mami* por fazerem questão de nos ensinar isso. Posso criar esse mesmo amor incondicional aqui na minha casa entre Lupe, Inez e Lottie.

— Eu poderia levar vocês para a escola, mas preciso chegar mais cedo amanhã — Edward diz, cortando o bife. — Eu e a Amber temos uma apresentação importante para o conselho em alguns dias.

Arrumo a postura involuntariamente. O nome da Amber é sempre um gatilho para mim. É o efeito colateral de ficar acordada ao lado do marido enquanto ele diz o nome de outra mulher durante o sono.

— Parece que você e a Amber têm feito muitas horas extras ultimamente — falo, mantendo o tom neutro.

— Pois é, graças àquele Judah Cross. — Edward corta a carne macia com tanta força que seu prato desliza pela mesa. — Aquele babaca está infernizando a minha vida, enfiando o nariz onde não foi chamado.

— Edward — digo, olhando para Lottie — Olha a boca.

— Eu conheço a palavra *babaca* — Lottie me garante, com molho de bife na boca. — O treinador disse na semana passada.

— Bom, a gente não fala essa palavra — digo a ela. — E ele também não deveria dizer na sua frente.

Faço uma nota mental para falar com o treinador Krisensky. Ele que xingue os próprios filhos, não as minhas.

— Eu não deveria ter dito isso — Edward admite, tomando um grande gole de vinho. — É que esse cara vive me deixando...

— Quer mais vinagrete na salada, querido? — interrompo, salvando-o de si mesmo e de mais palavrões à mesa.

Ele tem a decência de parecer envergonhado, mas balança a cabeça, negando.

— Desculpa. É que ele me deixa puto.

Lottie olha para mim, com os olhos arregalados, como se tivesse flagrado o pai cometendo outra gafe, porque aqui em casa também não dizemos que alguém "nos deixa puto". Pelo menos minha filha de onze anos ainda não chegou a esse ponto. Queria poder guardar cada pedacinho da sua inocência, mas sei como essa fase é passageira e como passa rápido. Às vezes, reclamo de todos os treinos, de ter que lavar roupa, cozinhar... de todo o trabalho e do caos que acompanha a criação de três meninas ativas, mas que deus me ajude quando isso tudo acabar. Uma casa tranquila pode parecer um paraíso agora, mas sei que um dia, quando elas forem embora, vai acabar parecendo um inferno.

— Por que o Judah Cross é tão imbecil? — Inez, a clássica filhinha do papai, pergunta de cara feia.

— Ele não é — digo, sem conseguir me conter.

No silêncio absoluto que se segue ao meu comentário infeliz, observo a reação da minha família, que vai da confusão à dúvida e, no caso do Edward, chegando à raiva.

— Não, é que… — Pigarreio. — Sei que vocês se desentendem no trabalho, querido, mas na festa de Natal, ele…

— Você conheceu esse cara por dez minutos na festa de Natal da empresa — Edward retruca, afastando o prato com raiva. — Você ficou se achando porque ele ficou olhando pra sua bunda a noite toda, e ainda defende o cara mesmo ele fazendo da minha vida no trabalho a porra de um pesadelo? Que maravilha, hein, Sol? Muito obrigado.

Ondas de choque reverberam sobre a mesa, e as três garotas ficam nos observando com olhos arregalados e preocupados.

— Ele não ficou… — Paro, me recusando a expor isso na frente das nossas filhas. — Vamos deixar isso pra lá.

— Claro. — Ele se afasta da mesa e se levanta. — Caso encerrado.

— Você não terminou o jantar — protesto timidamente, cerrando os punhos no colo.

Ele para ao lado da minha cadeira, olhando para mim com um ar de desprezo.

— Perdi o apetite. — Ele dá passos rápidos para sair da sala de jantar. — Vou dar um tempo lá nos fundos.

"Lá nos fundos" é sua masmorra masculina. Quando compramos a casa, havia um pequeno galpão no quintal. Edward disse que transformaria aquele lugar num esconderijo para quando o estrogênio de quatro mulheres na casa fosse demais. Ele escolheu os móveis, a pintura, o tapete e a gigantesca televisão de plasma. E, claro, instalou sua coleção "inestimável" de bugigangas do Boston Celtics.

Eu me levanto e o sigo, dizendo às meninas:

— Já volto. — Eu o encontro no hall de entrada e seguro seu braço. — Que merda foi aquela? — pergunto, com a voz baixa, mas indignada. — Como ousa falar assim comigo na frente das nossas filhas? Como ousa falar comigo *daquele jeito*? Você está tão irritado assim com o Judah para perder o controle assim?

— Eu falei alguma mentira? Você acha que eu não vi o jeito que ele ficou te observando? Ele queria você.

— Foi por isso que você resolveu me comer naquela noite quando a gente chegou em casa? Porque o vilão da historinha que você criou na sua cabeça me desejou? É o único jeito de te levantar hoje em dia? O vilão Viagra deve ter perdido o efeito, porque desde então você não compareceu.

Ele estende a mão e me agarra pelos braços, apertando com tanta força que estremeço.

— Não me provoca, Sol — ele resmunga. — Você não tem ideia do que estou passando. Você não ficaria do lado dele se soubesse.

— Me solta — reclamo. — Você está me machucando.

Suas mãos soltam imediatamente e ele passa os dedos pelos cabelos, desgrenhando o elegante penteado loiro arrumadinho.

— Não sei o que deu em você ultimamente — digo, esfregando os braços —, mas você precisa...

O toque da campainha interrompe o discurso que eu tinha preparado.

— Literalmente salvo pelo gongo — ele diz. — Era só o que me faltava ouvir você me dando um sermão sobre...

Ele abre a porta e sai. Nós dois observamos o grupinho de pessoas reunidas em nossa varanda. Suas jaquetas dizem FBI. Sinto um embrulho no estômago e, embora eu não saiba o que esse pessoal está fazendo aqui, não pode ser coisa boa.

— Edward Barnes — o homem parado na frente diz, mostrando o distintivo. — Você está preso.

3

SOLEDAD

Um furacão está destruindo a minha casa.

— Isso não pode estar certo! — Edward grita, lutando contra as algemas no seu pulso, com o rosto vermelho de raiva.

— O que está acontecendo? — pergunto tanto para Edward quanto para o desconhecido que invadiu o lugar com um exército de formigas rastejando por toda a minha casa.

— É aquele filho da puta do Cross — Edward diz, o pânico fazendo sua voz ficar mais alta. — Falei que ele estava na minha cola. Aposto a minha vida que ele tá por trás disso. É tudo um mal-entendido.

— Policial — digo, me virando para o homem que se apresentou primeiro na porta e parece estar no comando. — O senhor não pode simplesmente entrar aqui, destruir a nossa casa e prender meu marido. O senhor tem um mandado?

— Eu sou agente — ele me corrige. — Agente Spivey, e sim, senhora. — Ele segura um documento que deve ter pelo menos 20 páginas, folheia até o fim e aponta para a assinatura na parte inferior. — Mandado de busca e apreensão e um mandado de prisão para o senhor Barnes.

— Isso é uma grande bobagem — Edward interrompe de forma brusca.

— Desvio de dinheiro — o agente Spivey diz, olhando para Edward. — Seu marido sabe muito bem o motivo de estarmos aqui e o que procuramos.

Na folha que o agente Spivey segura, palavras como depoimento, busca, apreensão, investigação, registros bancários, confisco nadam como peixes num oceano de tinta e caos.

— Edward? — Digo seu nome com os lábios trêmulos, porque estou com muito medo de que ele saiba, *sim*, do que se trata. Seu comportamento atípico. As horas extras. Todos os "projetos" em que ele tem trabalhado ultimamente e que nunca foram uma parte tão significativa do seu trabalho antes. Será que tudo tem a ver com isso?

— Cacete! — O palavrão sai de um agente que tenta pegar no ar a minha valiosa peça de cerâmica de Cristina Córdova no hall de entrada ao virar o meu tapete.

— Se não planeja pagar pelo que quebrar, sugiro que tenha mais cuidado — retruco.

O agente Spivey olha envergonhado para o agente e depois para mim.

— Sim, nós pagamos se quebrarmos qualquer coisa — ele diz. — Sei que é muita informação, mas só estamos fazendo o nosso trabalho.

Um grupo de agentes marcha até o escritório de Edward, onde outros já estão vasculhando sua mesa e retirando quadros das paredes.

— Ligue para o Brunson — Edward diz enquanto o conduzem na direção da porta. — Diga para ele que armaram contra mim e preciso dele agora mesmo.

A realidade de ter que ligar para nosso amigo advogado para tirar o Edward da *cadeia* me atinge como um caminhão, e eu fico sem ar. Fico com cara de boba observando a cena que se desenrola. Edward sendo empurrado escada abaixo. As minhas hortênsias sendo pisoteadas por algum agente descuidado que verifica o exterior da nossa casa. Nossos vizinhos indo para as frentes das casas, abrindo as cortinas. Alguns ficam na varanda com os braços cruzados e olhares críticos, nos encarando à luz suave do início da noite. Chego à varanda e pisco com as lágrimas nos olhos, me esforçando para não me deixar cair no chão.

— Isso é um erro — Edward grita, enquanto eles o conduzem pelo nosso jardim bem-cuidado, acho que tanto para que os espectadores ouçam quanto para me tranquilizar. Quando nossos olhares se cruzam, vejo a loucura em seus olhos, e nunca me senti tão insegura, tão desprotegida, em toda a minha vida.

Um soluço vindo de trás de mim chama minha atenção para as três meninas encolhidas à porta da frente, com os rostos atônitos, assistindo ao pai ser arrastado. Observando policiais invadindo a nossa casa em busca de sabe deus o quê.

— Meninas — digo, lutando contra o pânico que sobe pela garganta e ameaça me estrangular. — Entrem.

— Papai! — Inez grita, a palavra arrancada da sua garganta enquanto ela passa por mim e desce os degraus da varanda. Ela abraça Edward pela cintura, embora ele não possa abraçá-la de volta com as mãos algemadas. Ela se enterra em seu peito, o rosto marcado pelas lágrimas, que molham a camisa do pai, seu corpinho treme com os soluços. Corro pelo quintal, abrindo caminho entre os policiais que rodeiam meu marido e minha filha.

— Ei, está tudo bem, querida. — Edward se inclina para olhar para o rosto choroso de Inez. — É um grande mal-entendido. Logo eu volto para casa.

Encontro os olhos de Edward por entre os cachos despenteados de Inez, e não tenho ideia se podemos acreditar nas palavras que saem da boca dele. Muita fumaça para que *não* haja fogo, e, ao ver minha filha desmoronar, ver a nossa *vida* desmoronar, sinto medo de que todas nós acabemos queimadas.

Um policial o empurra em direção ao carro, que espera no meio-fio.

— Sol! — Edward grita, abaixando a cabeça quando o agente o força para o banco de trás. — Ligue para o Brunson.

— Tá bom. — Concordo com a cabeça, sentindo o peso de todos os olhares da rua caindo sobre nós. — Vou ligar.

A porta bate e Edward deixa cair a cabeça no banco, sem olhar para trás quando o carro sai da nossa garagem.

— Vem, querida — sussurro para Inez, com os olhos fixos nas lanternas traseiras que desaparecem. — Vamos voltar para dentro de casa. Vamos conversar com o papai em breve.

Atravessamos o jardim, Inez agarrada a meu braço. Lottie e Lupe estão no degrau mais alto, com lágrimas escorrendo pelo rosto. Meu coração fica apertado com o coro de fungadas e soluços, e eu as levo para dentro, batendo a porta para manter lá fora a onda de curiosidade e censura que surge em nossa rua sem saída. Nos reunimos para passar pelos policiais invasores, atravessamos a sala de jantar e entramos na cozinha. Fecho a porta para deixar o tumulto para fora da nossa casa e para nos isolar neste espaço onde, por apenas um segundo, a loucura não pode nos alcançar.

— O que o papai fez? — Lupe pergunta com a voz baixa.

— Ele não fez nada — Inez diz, com palavras chorosas cheias de raiva. — ·Você ouviu o que ele disse. Judah Cross sacaneou com ele.

— Querida, não sabemos se é verdade. — Passo a mão trêmula pelo cabelo, soltando o rabo de cavalo bagunçado que fiz enquanto preparava o jantar. Parece que foi há anos que a minha maior preocupação era com o ponto do risoto.

— Você está defendendo o Judah Cross? — Inez contorce o rosto com sua indignação adolescente. — Meu deus, mãe. Como assim?

Bato a mão no balcão, fazendo um barulho alto que atrai três pares de olhos assustados.

— Não comece. — As palavras saem calmas e firmes. — Não tenho tempo para o seu drama, Inez. Você sabe que eu apoio seu pai incondicionalmente. Ainda não sabemos o que está acontecendo e, enquanto descobrimos, por favor, não deixe as coisas mais difíceis do que já estão.

Uma lágrima escorre pelo rosto de Inez e ela pressiona os lábios, fungando e balançando a cabeça.

— Olhe para mim. — Levanto o queixo dela e encontro seu olhar. O desenho da minha boca suaviza, quase trêmulo. — Vai ficar tudo bem. Nós vamos ficar bem.

— Mas o papai. — Lottie soluça, com seus ombros magros tremendo. — Estão levando o papai para a cadeia.

— Ei. — Seguro seu rosto molhado e olho para as três, uma por uma. — Não estou dizendo que vai ser fácil. Também não sei o que está acontecendo, mas de uma coisa eu sei. — Espero até elas se acalmarem e prestarem atenção no que digo. — Eu vou cuidar de vocês. — Puxo as três para perto de mim, formando uma confusão de braços, cabelos e lágrimas. — Vocês são a minha vida e eu vou cuidar de vocês. Vamos ficar bem. Prometo.

Quando os policiais terminam a busca e me fazem um monte de perguntas para as quais não tenho respostas, ligo para o advogado e convenço as meninas a passarem a noite no quarto. Nem preciso dizer que amanhã elas não precisam ir para a escola. E o treinador Krisensky pode tirar o cavalinho dele da chuva. Nem a pau que iremos para o treino às cinco da manhã.

Da escada, ouço três vozes abafadas vindas do quarto de Lupe. Não consigo entender o que elas estão dizendo, mas as palavras são intercaladas com *shhhh* e lágrimas. Hesito, dividida entre ir consolá-las e deixá-las cuidarem uma das outras. Passei a última hora tentando acalmá-las com promessas vagas que nem eu tenho certeza se acredito. Meu coração derrete um pouco ao vê-las juntas no mesmo quarto. É o que eu e minhas irmãs teríamos feito. Droga, é o que *sempre* fazíamos quando alguma coisa nos assustava ou nos deixava inseguras.

Decido deixá-las a sós por enquanto e desço as escadas para avaliar o estrago: almofadas do sofá fora do lugar, terra das minhas plantas espalhadas pelo corredor e vidros quebrados de porta-retratos caídos. Em circunstâncias normais, eu não conseguiria ir para a cama com a casa tão destruída, mas, após a descarga de adrenalina e medo, um cansaço profundo toma conta de mim. Meus ombros se curvam e sinto um peso em volta dos tornozelos ao pensar em todas as possibilidades. Estou me arrastando pela escada para me esconder debaixo das cobertas e tentar me preparar para o que o amanhã reserva quando a campainha toca.

— Não consigo. — Balanço a cabeça e tiro o cabelo do pescoço. — Não consigo lidar com mais nada.

Mas vou até a porta e espio pelo vidro, meio que já esperando que o agente Spivey esteja na minha varanda com outro mandado de busca e apreensão, porque talvez tenha algum cantinho da minha vida que eles se esqueceram de revirar.

Não é o agente.

São as minhas melhores amigas.

Abro a porta, muito feliz em ver Yasmen e Hendrix sob a luz da varanda, com os rostos visivelmente preocupados.

— Yas — eu mal consigo falar. — Hen.

Elas passam pela porta, me puxando para um abraço cheiroso que despedaça o último resquício da minha compostura. As lágrimas vêm num dilúvio que queima meu rosto e deixa minha garganta em carne viva de tanto soluçar.

— Ei, ei, querida. — Yasmen afasta o cabelo emaranhado do meu rosto. — Vai ficar tudo bem. Entra e senta aqui.

Arrasto as pernas até chegar ao sofá e desabar, deixando a cabeça cair para trás para poder encarar o teto com forro de gesso de que fiz tanta questão quando projetamos a casa. Eu queria muito colocar mármore calacata nas bancadas. Um fogão viking. Portas duplas de acesso ao pátio. Nada disso parece importar agora, porque podemos perder tudo, e as únicas coisas que importam são as minhas meninas.

— Aquele filho da puta fez merda — Hendrix diz, se jogando em uma poltrona. — Eu sabia que era só questão de tempo.

— Hen — Yasmen repreende, com seus olhos escuros arregalados e cabelo afro encaracolado se movendo com o balanço rápido da cabeça. — Ainda não temos a visão da coisa toda.

— Ah, eu tenho. — Os traços marcantes de Hendrix, suas maçãs do rosto salientes, sobrancelhas escuras e lábios carnudos se retorcem com desdém. — Ele já fez merda antes, mas até eu, que nunca fui fã desse cara, não achei que chegaria a esse ponto. FBI? Cacete.

— Como você sabe que o FBI estava aqui? — pergunto, me sentando. — Calma. Estou feliz por vocês estarem aqui, mas como vocês sabiam que tinham que vir? Pensei em ligar para vocês de manhã.

— É, hum... — Yasmen passa as mãos pelas pernas vestidas com sua legging preta de corrida. — Toda a cidade já está sabendo, Sol. Sinto muito. Você sabe que, quando alguém espirra à noite, a Deidre da livraria já está com a caixa de lenços de papel pronta pela manhã.

— Pois é, e, tipo... saiu no *jornal* — acrescenta Hendrix, com uma carranca contida e desconfortável.

— O... quem... o quê? — Me inclino para a frente, apoiando os cotovelos nos joelhos. — Você disse no jornal?

— A CalPot é uma das maiores empresas do estado — observa Hendrix. — Pode ser que seis milhões de dólares não sejam suficientes para quebrá-los, mas ainda assim é dinheiro demais para...

— Seis milhões de dólares? — grito, trocando um olhar incrédulo com elas.

— Seis milhões de dólares de onde?

— Foi o que disseram no jornal — Yasmen diz, estendendo a mão para apertar a minha. — Disseram que Edward é acusado de desviar mais de seis milhões de dólares da empresa.

— Isso é ridículo. — Eu me levanto do sofá para andar de um lado para o outro em frente à lareira. — Tá, eu entendo. Sei que vocês não vão muito com a cara dele, mas sabem que ele não é capaz de uma coisa dessas, né? Só pode ser um erro.

E se o Edward for condenado? Temos tido alguns desentendimentos ultimamente, mas ele ainda é meu marido. O medo por ele, pelas meninas e por mim abafa um soluço na minha garganta. Estou girando em um universo alternativo com gravidade zero. Se metade disso for verdade, então meu marido não é quem eu pensava que ele era. Então o pai das minhas filhas é um mentiroso. Um criminoso.

Desleal.

Irresponsável.

Inconsequente.

E como eu pude não ver? Quase 20 anos com ele, e eu não vi nada?

As perguntas martelam a minha cabeça. Preciso de respostas. Pego o controle remoto e aponto para a televisão, mas sinto que ele é arrancado das minhas mãos.

— Não, senhora. — Hendrix esconde o controle remoto nas costas. — Hoje, não. Já contamos o principal. Está tarde. Amanhã vai ser uma merda. Você precisa descansar.

Meu celular toca e meu coração dispara quando vejo o número de Brunson.

— É o advogado — digo, atendendo a ligação. — Brunson, meu deus. O que está acontecendo?

— Sol — ele diz, parecendo tão cansado quanto eu. — Desculpa não ter ligado antes. Estava tentando resolver essa confusão.

— Quando ele volta para casa? Do que exatamente ele está sendo acusado? Que negócio é esse de seis milhões de dólares? Que diabos está acontecendo?

— Tá, uma coisa de cada vez. Haverá uma audiência, amanhã ou depois, para fixar o valor da fiança. *Se* é que isso será possível. A acusação vai tentar alegar que Edward representa um risco de fuga.

— Um risco de fuga? Como se ele fosse deixar o país? Ele não fugiria.

Do outro lado da linha, vem um breve silêncio antes de Brunson continuar:

— Quanto à acusação, é de desvio de dinheiro. E, sim, estão dizendo que foi algo em torno de seis milhões de dólares, então é um crime grave.

Meus joelhos cedem e afundo na poltrona no centro da sala.

— Eu não… não entendo. Da CalPot? A CalPot está acusando o Edward?

— Está, parece que contrataram um cara, um novo diretor de contabilidade, que já foi um contador forense renomado. Foi ele quem descobriu. Ou é o que dizem. É claro que o Edward nega.

Judah Cross. Meus dentes rangem. Ele fez isso com minha família, e eu permiti que um pouco de atenção e uma conversinha mole me distraíssem e não me fizessem enxergar a ameaça que ele poderia representar. Edward tentou me avisar.

— Será que já é tarde demais para o Edward poder telefonar?

— Como assim? — Brunson pergunta, com a voz confusa. — Ele já deu o telefonema a que tinha direito.

— Mas ele não... eu não tive notícias dele.

O silêncio do outro lado aumenta com especulações, talvez de compreensão. Em vez de usar seu único telefonema para ligar para casa e tranquilizar a esposa, contar à família o que diabos estava acontecendo, Edward ligou para outra pessoa. Alguém que *não* era seu advogado.

Fecho os olhos, tentando inutilmente bloquear a dura realidade da minha situação. Quando abro os olhos, me preparando para o próximo golpe, vejo Yasmen e Hendrix varrendo a sujeira e os cacos de vidro quebrados, endireitando as almofadas. Novas lágrimas fazem meus olhos arderem. Não sei o que está acontecendo com Edward, e pelo visto ele não viu motivo algum para me ligar e me contar. Tudo parece instável com ele no momento, mas tenho algumas certezas. Minhas filhas e minhas amigas.

— O dia será longo amanhã — Brunson diz, com sua voz gentil e compassiva. Caramba, talvez até com pena. — Descanse um pouco e vamos com tudo amanhã de manhã.

— Claro. — Dou um sorriso vacilante para as minhas duas melhores amigas, que me retribuem com um sorriso. — Amanhã de manhã.

4

SOLEDAD

— Mãe, o leite acabou! — Lupe chama da cozinha.

É a primeira vez que ouço Lupe falar durante todo o dia. Ela passou o dia quieta no quarto. Lottie veio para a minha cama no meio da noite, como fazia sempre que tinha pesadelos quando era mais nova. A noite passada foi um pesadelo e, mesmo enquanto ela se revirava durante o sono, era evidente que estava abalada. Inez ainda não deu as caras. Meu tímido toque à porta foi recebido com um grunhido e um chorinho e, mesmo quando abri a porta, ela fingiu estar dormindo, se enfiando debaixo das cobertas. Eu entendo. Também gostaria de me esconder, mas não posso me dar a esse luxo.

Rabisco *leite* no bloco rosa a minha frente, sobre a mesa da sala de jantar, e a tarefa mundana de fazer uma lista de compras me distrai por um instante do desastre da nossa vida. Sei que agora existem blocos de notas digitais, aplicativos e ferramentas para fazer listas, mas tem algo de reconfortante em escrever no papel, em ver nas páginas a minha caligrafia que se parece tanto com a da minha mãe. Ela costumava pendurar um pedaço de papel, contas de luz, propagandas que chegavam pelo correio, qualquer coisa, na geladeira, eu e minhas irmãs íamos acrescentando itens de mercado de que precisávamos sempre que passávamos por ali.

Lola sempre pedia guloseimas. Balas, chocolate, Doritos.

Nayeli já se preocupava muito com a saúde desde aquela época. Uva, pepino, banana.

Já eu, adorava itens de confeitaria. Extrato de baunilha, gotas de chocolate meio amargo, glacê para bolo.

A vontade de cozinhar, de *fazer* alguma coisa, cutuca o meu cérebro. Aquece meu coração. Sei que os brownies favoritos das minhas filhas não vão fazer essa merda toda com o Edward desaparecer, mas é uma coisa que elas amam. Uma coisa familiar que nos dará, mesmo que apenas pelos poucos momentos em que o sabor estiver tocando a nossa língua, alguma coisa para apreciar. Adiciono cacau, ovos e baunilha a minha lista e começo a fazer a compra on-line.

Acordei com alguns carros de reportagem estacionados lá fora. Não posso acreditar que isso esteja acontecendo, mas a CalPot, apesar de suas panelas pequenas e do revestimento antiaderente que às vezes descasca, é uma das principais marcas de utensílios de cozinha do país. Se um dos seus principais executivos desvia seis milhões de dólares, na certa é uma notícia interessante. Com aqueles urubus circulando lá fora, não vou sair desta casa. Assim como Edward, também somos prisioneiras.

Sem nenhuma palavra dele ainda. Tudo o que sei é que a audiência não é hoje, e essa informação foi uma gentileza do Brunson. Será que Edward está bem? Será que está sendo bem tratado? Mas a pergunta que não quer calar: o que diabos está acontecendo e o que ele fez para colocar a gente nesta situação? Estou com raiva *dele*, preocupada com *ele*, e isso me provoca uma sensação de ansiedade na barriga, e eu vou caminhando até a geladeira para ver o que tem lá dentro.

Não costumo deixar a geladeira ficar tão vazia assim, mas depois do Natal as coisas ficaram muito agitadas para as meninas, e fui convocada para vários comitês da escola, e até para uma campanha de arrecadação de livros para ajudar causas beneficentes que a escola apoia.

Sendo filha de dois bibliotecários, sempre encontrei refúgio nos livros. A cada filha, a cada nova responsabilidade, a cada novo patamar da vida adulta, meu hábito de leitura parece ter sido mais prejudicado. Nos aniversários e datas comemorativas, ganhávamos tudo o que pedíamos, mas meus pais também sempre incluíam um livro, delicadamente embalado com uma linda fita.

Uma dor familiar corta meu coração. Que saudades de casa. Meu pai, ruivo com sardas e corpo desengonçado, não poderia ser mais diferente do primeiro amor da *mami*, o pai da Lola, Brayden, mas ele era o que ela precisava, e sei que ela o amava. Lola agora mora na Carolina do Sul, na casa onde crescemos, mas quando limpamos o quarto da *mami* depois do funeral, encontrei alguns pedaços de papel desbotado e desgastado escondidos numa caixa de sapatos no fundo do armário da minha mãe. Uma poesia que ela havia escrito para Bray. Sobre ele.

Sua pele é uma noite de verão e seu beijo é tudo o que eu desejo.

Esse verso ficou gravado no meu cérebro. Na época, tentei imaginar Edward escrevendo algo assim para mim, ou até mesmo eu escrevendo algo assim sobre ele.

Não consegui.

Edward.

Merda.

Esse passeio pelas memórias me fez sentir saudades da *mami*, o que acontece o tempo todo, mesmo ela já tendo partido há anos. Ainda pego o telefone para ligar para ela quando algo de bom acontece. E quando coisas ruins acontecem também. Comecei a discar o número da nossa antiga casa ontem à noite, mas então lembrei que a *mami* se foi.

Mas minhas irmãs ainda estão aqui.

Mando uma mensagem no nosso grupo para poder atualizá-las.

> **Eu:** Oi. Preciso contar uma coisa pra vocês duas. É importante. A gente pode fazer uma chamada de vídeo?
> **Lola:** É ruim? O que foi?
> **Nayeli:** Vou colocar os bebês pra dormir.

Minha irmã mais nova, Nayeli, teve seis filhos em 11 anos. Ela teve uma fase intensamente católica e decidiu "confiar no Senhor" para lhe conceder a Sua vontade. Nem preciso dizer que agora ela tem um DIU. Lola diz que talvez um dia tenha filhos, mas não da maneira tradicional. Desde que ela se descobriu bissexual, não sabe ao certo quando ou se vai querer saber de pintos outra vez.

— O que foi, Sol? — minha irmã mais velha, Lola, pergunta, com os olhos fixos no meu rosto e as sobrancelhas franzidas. Ela costuma brincar que é mais notável por ser a mais "genuína" de nós. Como a *mami* era afro-americana e porto-riquenha e Bray é afro-americano, a pele mais escura de Lola tem ricos matizes avermelhados. Seu cabelo, em geral armado, forma uma massa exuberante ao redor da sua cabeça, hoje está domado em tranças retas com os cabelinhos novos soltos nos cantos.

Ela é linda e sabe disso.

— Ei, *mijas*! — Nayeli acena, segurando um bebê contra o peito com um braço e apoiando o celular com o outro. Uma longa trança desliza sobre seu ombro, e ela semicerra os olhos para nós por trás dos óculos, mais parecida com a *mami* do que com qualquer uma de nós. — Estou com saudades.

— Também estou com saudades de vocês — digo. Só quando vejo seus rostos queridos é que percebo o quanto estava mesmo.

— A gente pode deixar o lero-lero pra depois. — Lola ri. — Amo vocês. Estou com saudades. *Blá-blá-blá*. O Conselho Superior Boricua está em reunião. O que tá pegando, Sol?

— Bom, é que... — Respiro fundo e forço o ar para fora. — Tudo começou ontem à noite, durante o jantar.

Começo a explicar o que aconteceu, observando o choque tomar conta do rosto das minhas irmãs. Ao ouvir tudo em voz alta, me dou conta do absurdo da minha situação.

— O que Edward disse? — Lola pergunta.

— Que é um mal-entendido. — Rabisco os nomes de Lupe, Inez e Lottie no canto do meu bloco de notas. — E que armaram contra ele.

— Quem armou? — Nayeli pergunta, baixinho, porque minha sobrinha que está em seus braços pisca devagar, prestes a cair no sono. — Quem faria uma coisa dessas, segundo ele?

— Diz ele que foi o diretor de contabilidade da CalPot — digo. — Judah Cross.

— E por que o Edward acredita que o diretor de contabilidade iria incriminá-lo pelo desvio de seis milhões de dólares? — A descrença deixa as palavras de Lola afiadas. — Ou melhor, por que ele acha que a gente acreditaria nisso?

— Não tire conclusões precipitadas, Lola — Nayeli diz. — Vocês já conversaram desde que ele foi preso, Sol?

— Não. Ele não ligou. Eu não... não faço ideia do que está rolando. O advogado disse que vai ligar hoje. — Minha voz falha, mas pigarreio. — Sei que parece ridículo, Lola. Eu entendo, mas não estou pronta para pensar na hipótese de o Edward ter feito isso mesmo. Que ele colocaria a nossa família numa situação dessas. Que tenho vivido todos esses anos com um homem capaz de fazer uma coisa dessas. Que eu tive filhas com ele e...

— Tá — Lola interrompe com firmeza. — Lá vem o trem da histeria. Preciso que você desça na próxima parada. Eu não queria deixar você chateada. Eu sou cética. Você sabe disso. Edward nunca deu motivos para você acreditar que ele faria isso, então vamos esperar e ver o que acontece.

— Queria poder sair daqui. — Nayeli suspira, dando tapinhas nas costinhas de Angela. — Eu pegaria o próximo avião.

— Não, eu vou ficar bem — vou logo tranquilizando. — Yasmen e Hendrix vieram aqui ontem à noite. Elas vão voltar hoje.

— O semestre acabou de começar para mim aqui — Lola diz. — E você sabe que os adolescentes do ensino médio são os piores. É só olhar para a Inez.

Sufoco uma risada porque a Inez está mesmo entrando *naquela fase* da aborrecência. E vem vindo como um trem na minha direção.

— Não fale assim da sua sobrinha — repreendo de forma pouco convincente. — Ela é até muito parecida com você nessa idade.

— Então você está *mesmo* prestes a embarcar numa jornada — Lola diz, com pesar. — Lembra das encrencas que arranjei para a *mami*?

Quando Lola entrou na adolescência, ela e a *mami* brigaram tanto que Lola foi morar com a nossa *abuela* na ilha por um ano, depois passou um verão com a mãe de Bray na Carolina do Sul. Na verdade, fomos encontrá-la porque sentíamos muita falta de ficarmos juntas. Até hoje chamo a mãe de Bray de vozinha.

— Deu tudo certo — Nayeli diz. — Você só sumiu por um ano, e a Inez não é tão terrível assim, é?

— Ainda não. — Suspiro. — Ela é a filhinha do papai. Tomara que essa história não a traumatize muito. Ela não saiu do quarto o dia todo.

— Já desço — Lola diz.

— É que eu queria estar mais perto — Nayeli acrescenta. — Não me levem a mal. A gente ama morar aqui em Los Angeles, mas odeio estar tão longe de vocês. Além do mais, eu fui tão fecunda e me multipliquei tanto que talvez não consiga sair do estado até que esta aqui faça quatro anos.

Todas nós rimos e fico feliz por ter ligado para elas. Eu precisava disso. Mesmo que elas não estejam aqui fisicamente, essa rede de segurança, amor e aceitação que criamos uma para a outra quando meninas ainda se mantém. Ainda me segura.

— Tenho que ir. Tenho que comprar comida — digo a elas. — Preciso terminar a compra pelo aplicativo. Nada me tira de casa hoje. Skyland inteira está comentando sobre o Edward, e eu não quero olhares ou perguntas na fila do caixa.

Nem me dou ao trabalho de contar a elas sobre os carros de reportagem parados lá fora. Só faria com que elas se sentissem pior por não conseguirem vir até mim agora.

— Conselho Superior de Boricua encerrado — Lola diz. — Amo vocês.

— Amo vocês — Nayeli ecoa.

— Amo vocês — digo, com a garganta queimando. Esses poucos minutos quase me fizeram esquecer como as coisas estão ruins.

Pego meu notebook de cima da mesa da sala de jantar para concluir o pedido e finalizar a compra. Só que não dá certo.

— Como assim "pagamento não aceito"? — murmuro, franzindo a testa ao olhar para a tela. Deixei o cartão já salvo como a forma de pagamento e já o usei diversas vezes, então tenho certeza de que não inseri as informações erradas. Talvez o cartão tenha expirado e eu não tenha percebido. Pego minha bolsa, mas meu celular toca, me distraindo. Atendo, ainda olhando para o carrinho de compras na tela do meu notebook.

É da escola.

Deve ser alguém ligando para saber por que as meninas não foram para a aula hoje.

— Alô — atendo.

— Oi, Soledad — a doutora Morgan responde, diretora da Harrington. — Como você está?

— Doutora Morgan, como a senhora já deve ter ficado sabendo — digo com uma risadinha sem graça —, as coisas não estão bem, mas estamos tentando resolver tudo.

— Sim, é lamentável. Por favor, avise se pudermos ajudar.

— Obrigada. Se você está ligando por causa da falta das meninas, achei que seria melhor...

— Não — ela interrompe com delicadeza —, eu imaginei. Estou ligando porque processamos o pagamento da mensalidade hoje.

— Ah... certo.

— Sei que a mensalidade da Inez e da Lottie está em débito automático.

— Sim.

— O pagamento não foi processado.

Ficamos tão em silêncio que daria para ouvir um mosquito soltar pum, como a vozinha costumava dizer.

— Eu não... — Olho para o notebook e vejo a compra recusada. — Ai, meu Deus.

— Soledad, está tudo bem — a doutora Morgan diz gentilmente. — Claro, eu não costumo ligar pessoalmente para as famílias quando um pagamento não é compensado, mas você é uma das mães mais envolvidas e dedicadas que temos na escola. Você é muito valiosa para a nossa comunidade escolar. Uma bênção, de verdade.

— Obrigada — murmuro com os lábios dormentes.

— E, claro, entendo que você esteja passando por... circunstâncias complicadas.

— Complicadas, sim. Hum, doutora Morgan, estou recebendo outra ligação que preciso atender. Podemos falar depois?

— Claro. Sei que você tem muita...

— Certo, tchau.

Desligo antes que ela possa expressar mais simpatia ao mesmo tempo que segura sua curiosidade voraz. Até o fim do expediente, todos em Skyland vão ficar sabendo que estou falida. Passo a hora seguinte ao telefone com meu banco, sussurrando aos berros para não assustar as meninas. Eles lamentam. O FBI congelou os nossos bens, e é por isso que nenhum dos meus cartões de crédito funciona. Perguntam se eu estou ciente de que as nossas contas estão sob investigação por causa de fundos roubados.

— Ciente? — respondo. — Meu marido está preso enquanto conversamos e eu não tenho dinheiro para o mercado, então sim. Estou ciente.

— Não temos dinheiro para o mercado? — Lupe pergunta da entrada da sala de jantar, com os olhos arregalados e assustados.

Eu e Lupe nos encaramos em um silêncio horrorizado. Ela está apavorada por saber que não temos dinheiro para o mercado. E eu estou apavorada por ela saber.

— Tenho que desligar — digo ao nada prestativo atendente.

— Senhora, há uma pesquisa de opinião sobre sua experiência hoje, se a senhora...

Desligo e jogo o celular sobre a mesa.

— Não conte para suas irmãs. Não quero que elas fiquem preocupadas. Eu não queria que você ficasse preocupada.

— Mas o que vamos fazer? Podemos pedir auxílio-alimentação do governo?

A pergunta é tão inesperada que uma risada escapa de mim.

— Ah, querida. — Aceno para ela. — Venha aqui.

Eu a puxo para o meu colo. Não dá para acreditar, ela já está alguns centímetros mais alta do que eu, mas ainda é minha bebê. Ela se aconchega em mim e aninha a cabeça na curva do meu pescoço.

— Nós vamos ficar bem — digo, sem ter certeza se estou tentando convencê-la ou *me* convencer. — Prometo. O que acha de a gente almoçar, hein?

O aroma da comida e a nossa insistência finalmente convencem Inez a sair do quarto e se juntar a nós. Fico tão feliz em ver sinais de vida que nem reclamo quando elas trazem os celulares para a mesa. Inez está jogando *Animal Crossing*. Lottie coloca os fones de ouvido e mexe a cabeça ao ritmo da música que está ouvindo. Lupe navega pelas redes sociais. Com o pé apoiado no banquinho, ela morde o sanduíche distraída a cada poucas passadas na tela.

— Ai, meu Deus. — Seus olhos ficam arregalados, fixos no celular. — É verdade que o papai roubou seis milhões de dólares?

— O quê? — pergunto, erguendo a cabeça.

— Alguém postou no Facebook. — Ela olha de mim e para a tela. — Tem um monte de gente comentando que ele merece o que está acontecendo com ele e...

— Dá isso aqui. — Estendo a mão e aponto para o celular. — Não vamos ler isso.

— Mas, mãe, por que estão dizendo... — Inez começa.

— Me entreguem os celulares. — Deslizo a fruteira para o meio do balcão. — Todas vocês coloquem os celulares aqui até a gente terminar o almoço.

— Sério? — Inez resmunga, mas deixa cair o celular entre uma banana e uma maçã.

Lottie e Lupe seguem o exemplo.

— O papai ligou? — Lupe pergunta — A gente já sabe se...

— A resposta é não para as duas perguntas — digo, levando a fruteira até a sala de jantar e a colocando sobre a mesa. — Ainda não falei com o papai. Ele vai ligar assim que puder. O advogado disse que a audiência deve ser amanhã. É tudo o que sei até agora.

Enquanto estou voltando para a cozinha, um número desconhecido aparece no meu celular com uma mensagem de texto.

Soledad, precisamos conversar.

Deve ser um repórter. Recebi ligações de alguns hoje.

Eu: Quem é?
Número desconhecido: Judah Cross.

Paro ao balcão, pressionando o celular contra o peito, com medo de que minhas filhas me vejam conversando com o inimigo público número um.

— Não toquem naquela fruteira — advirto, caminhando rápido pelo corredor até o lavabo e discando o número. — Já volto.

Fecho a porta e me sento no vaso sanitário fechado.

— Como você conseguiu meu número? — sussurro ao telefone.

— Cadastro dos funcionários — Judah responde, com sua voz profunda, clara e calma. — Você está nos contatos de Edward.

— O que você quer?

— Como eu disse, precisamos conversar.

— Então fale.

— Prefiro que seja pessoalmente.

— Bom, graças a você, não posso sair de casa.

O silêncio que se segue as minhas palavras ásperas se prolonga.

— Se você acha que a culpa é minha — ele responde depois de alguns momentos —, temos mais a tratar do que eu imaginava. Estou bem perto da sua casa. Vi os carros de reportagem. Como podemos fazer?

— Você pode entrar pelos fundos, mas eu... — As vozes baixas das meninas chegam até mim da cozinha. — Não quero que minhas filhas te vejam.

Tem um galpão nos fundos da minha casa. Vou deixar o portão destrancado. Me encontra lá.

— Vejo você em cinco minutos.

Ele desliga e ando rápido de volta para a cozinha.

— Ei, vou dar um pulo no galpão do papai — digo a elas, mantendo o rosto o mais sério possível. — Preciso procurar uma coisa. Volto logo.

— Mãe — Inez diz. — A gente tem que ir para a escola amanhã?

Faço uma pausa ao sair e me viro para avaliar as três.

— Vocês querem?

O olhar de Lupe vagueia até a mesa da sala de jantar, onde o mundo exterior ainda está preso na fruteira.

— Tenho uma prova de história, mas depois posso recuperar. Acho... acho que um dia a mais não tem problema.

— Quero voltar para o ginásio — Lottie diz. — Mas a gente pode ligar para o treinador. Acho que ele vai entender, né?

— Com certeza vai — digo. — Inez? O que você quer fazer?

— Não quero ouvir todo mundo mentindo sobre o papai — ela diz, com a boca franzida em sinal de rebeldia. — A gente não tem nada do que se envergonhar. É tudo um grande mal-entendido. A gente não fez nada de errado e o papai também não.

Não toco nesse assunto, porque Edward não me deu argumentos para responder de forma honesta ou confiante.

— Mais um dia, então — digo a elas. — Vamos deixar a poeira baixar, e tenho certeza de que, até lá, vamos ter notícias do seu pai com algumas respostas. — Caminho até a porta dos fundos, gritando por cima do ombro: — Terminem de almoçar.

Quero me enfiar embaixo do edredom e dormir até que essa merda toda esteja resolvida e eu possa retomar a minha vida, mas a curiosidade e um pouquinho de raiva me levam a encontrar Judah no galpão dos fundos. Depois de destrancar a cerca, entro no território de Edward. O lugar foi semipilhado. Os agentes não deixaram uma bagunça completa, mas parece que procuraram muito por alguma coisa. Não tenho ideia do que eles podem ter encontrado.

Arrumo um pouco da bagunça que eles deixaram, fazendo uma pausa para olhar para o bem mais precioso de Edward. Uma camisa autografada por Larry Bird. Está pendurada na parede atrás do sofá, em uma moldura protegida por vidro. Lola zombou de mim quando levei Edward para casa para conhecer a minha família.

— Além de gringo, ele torce pro Celtics? — ela disse. — Cai fora. Você poderia pelo menos ter se casado com um branquelo legal.

Deslizo as mãos no bolso da minha calça jeans e encontro a lista rosa de compras amassada, inútil até que eu consiga descobrir como comprar comida.

Sempre mantenho um pouco de dinheiro guardado lá em cima, tradição de uma avó que não confiava em bancos. Minha *abuela* costumava esconder dinheiro em meias, caixas, colchões. Não chego a esse ponto, mas tenho dinheiro suficiente para pelo menos conseguir comprar comida até que nossas contas sejam descongeladas, quando eu estiver pronta para enfrentar o mundo lá fora.

Se nossas contas forem descongeladas. Não tenho ideia de quando isso poderá acontecer. Não tenho ideia de muitas coisas e a incerteza paira sobre mim como uma guilhotina.

Jogando a lista na mesa de sinuca de Edward, me sento na borda para esperar pelo homem que começou esse caos.

A porta se abre e Judah enfia a cabeça para dentro. Havia me esquecido de como ele é bonito, com seus traços que formam ângulos agudos e linhas retas. Mesmo de calça jeans escura, moletom e tênis, ele é impressionante.

Cruzo os braços no que reconheço ser uma postura defensiva, mas não consigo evitar. Eu *me sinto* defensiva. Não sei se a hostilidade de Edward em relação a Judah é completamente justificada, mas sei que ele tem algo a ver com a destruição da minha vida.

— Tenho que admitir — digo, sem nem me preocupar em suavizar minhas palavras. — Você teve muita coragem de vir aqui na minha casa sendo o responsável por colocar a minha família nesta situação.

— Vamos esclarecer as coisas. — Ele me observa com atenção. — Não sou eu o responsável por ter colocado a sua família nesta situação. Seu marido fez isso, mas eu sou o cara que quer tirar você dessa. Estou correndo um risco só de vir falar com você sobre isso. Se eu não quisesse ajudar, nem tentaria.

Franzo a testa, processando suas palavras.

— Como você pode ajudar? Por que está aqui?

— Para tentar te convencer a cooperar com o FBI de todas as formas possíveis. Conte tudo o que você sabe para eles.

— Eu não sei de nada. Eles me fizeram várias perguntas ontem e eu disse a verdade. Não posso ajudá-los. E por que eu os ajudaria a processar o meu marido?

— Porque em casos como este, o cônjuge é sempre suspeito. Quem se beneficia mais do que você com o dinheiro que Edward roubou? Eles vão ficar de olho para ver se você acessa as contas no exterior ou tenta fugir para a casa de verão ou...

— Contas no exterior? — Minha cabeça gira e, tremendo, apoio uma das mãos na mesa de sinuca para me segurar. — Que porra é essa? Que casa de verão? Não tenho ideia do que você está falando.

— Pode ser que você não saiba — Judah diz com ar severo. — Mas Edward sabe.

Cada vez que acho que vou ver um pedacinho do céu azul, outra leva de nuvens de tempestade aparece. Uma casa e contas sobre as quais nunca ouvi falar? Não quero acreditar, mas um aperto no peito me faz parar, alimenta minha raiva por ter que resolver essa merda. Tudo por causa de dois homens. Um deles está atrás das grades e outro está na minha frente agora.

— Você acha mesmo que o Edward roubou seis milhões de dólares? — pergunto.

— Não. — Antes que eu tenha tempo de me sentir aliviada, ele continua: — Na verdade, foram cinco milhões, oitocentos mil, quatrocentos e quarenta e quatro dólares e trinta e três centavos. Pelo menos foi o que consegui rastrear. Mas deve ter sido mais.

— Não tem como você saber...

— Eu sou contador forense. Dos bons, então sim, eu tenho como saber.

— E como você acha que Edward roubou toda essa grana?

— Através do programa White Glove. Ele estava cobrando dos clientes um valor maior do que registrava na contabilidade da CalPot.

Meu coração estremece.

— Eu não... não entendo. — Entrelaço as mãos atrás da cabeça para evitar o tremor. — Como isso é possível?

— Muitos casos de desvio de dinheiro acontecem porque uma empresa confia demais numa pessoa e lhe dá muita liberdade. Edward tinha muita autonomia e pouquíssima supervisão. Isso acendeu um sinal de alerta em mim antes mesmo de conhecê-lo. E depois que eu o conheci... — Ele ergue as sobrancelhas e deixa escapar um sorriso irônico. — Digamos que conhecê-lo só fez aumentar as minhas suspeitas.

— Por quê?

— Porque ele é arrogante, autoritário e acha que a merda dele não fede. Mas fede, devo acrescentar. Ele não tem competência para justificar tanta confiança. Caras como ele muitas vezes procuram atalhos para se destacar, já que não têm o profissionalismo necessário para chegar lá. É o tipo de roubo ocasional do qual funcionários costumam conseguir se safar por muito tempo. Alguns nunca são pegos. Além do excedente que Edward arrecadava com as taxas anuais, ele também realizava retiros duas vezes por ano. Quando investiguei as despesas, notei que eram mais altas do que o esperado. Ao entrar em contato com os hotéis, companhias aéreas e vários fornecedores, encontrei os recibos originais, que mostravam um padrão. Os fornecedores cobravam menos do que a gente pagava. Edward tinha controle total, e as quantias às vezes eram tão pequenas que a maioria das pessoas nem notava.

— Mas você não é a maioria, né? — Não sei dizer se minhas palavras são de acusação ou de admiração.

— Você perguntou como eu soube que Edward roubou e estou te contando.

Passo a mão cansada pelo rosto, olhando pela janela para o gramado dos fundos, com a lareira externa e a grama verde brilhante que nos fizeram ganhar o prêmio de melhor jardim do mês mais de uma vez.

— Eu... preciso falar com meu marido. Preciso ouvir o que ele tem a dizer. Preciso... só preciso falar com ele.

— Ele não ligou? — Judah pergunta, franzindo a testa.

— Bom, ele está meio ocupado batalhando pela vida dele. Tenho certeza de que ele vai dar um jeito.

Judah me lança um olhar exasperado.

— Eu não inventei isso do nada. As provas estão aí. A gente só precisa de mais. Na verdade, não dou a mínima para o Edward, porque ele merece as consequências. Estou aqui porque você e suas filhas não merecem.

Nossos olhares se cruzam, e aquela mesma sensação de falta de ar e tontura me assalta, aquela da qual não consegui escapar na festa de Natal.

— Juro que esta é a primeira vez que ouço falar dessa história. — A raiva e a frustração fazem minha voz tremer, e eu me recomponho antes de continuar. — Não posso ajudá-los. Droga, eu mal consigo me ajudar agora.

Ele me encara com uma expressão séria, seus olhos atentos.

— Como assim?

— Nossos bens foram congelados. O pagamento da mensalidade das minhas filhas não foi processado. Nenhum dos meus cartões funciona. — Pego o pedaço de papel rosa amassado e estendo como se fosse uma prova. — Não consigo nem comprar comida.

— Eu sabia que as contas estavam congeladas. É ordem judicial — ele diz, visivelmente confuso. — É bastante comum, mas o tribunal também deveria designar um administrador para a sua família, para ajudar a cobrir as necessidades básicas, como alimentação. Ainda mais em situações que envolvem crianças, o tribunal tenta evitar traumas maiores.

— Ah, sim, porque não foi nada traumatizante ver o pai delas sendo algemado e levado — retruco. — E ninguém me falou nada sobre esse tal administrador ou sobre as despesas.

— Pode levar uns dias para as coisas se resolverem. Seu advogado não te contou?

— Você quer dizer o advogado do Edward — zombo, quase engasgando com a resposta. — Não tenho ouvido muitas notícias dele e menos ainda do...

Deixo esse pensamento morrer, sem querer admitir o quanto estou às cegas. Como Edward me *manteve* às cegas. Deixo a lista na mesa e viro as costas para Judah, mantendo a compostura com as mãos escorregadias. Cubro o rosto por apenas alguns segundos, determinada a não chorar na frente desse homem.

— Ei. — Ele toca no meu ombro e eu estremeço, assustada com a gentileza. — Olhe para mim.

Me viro devagar, torcendo para que meu nariz não esteja vermelho como costuma ficar quando estou prestes a chorar. Seus olhos logo se fixam no meu nariz.

Droga. Está vermelho. Eu sei.

— Vai ficar tudo bem — ele diz.

— Ah, não vou cair nessa. — Deixo escapar uma risada cáustica — Essa é a frase que tenho dito para as meninas o dia todo, e não tenho a menor ideia de como as coisas *podem* ficar bem.

— Você disse para elas que vai dar tudo certo e que não tem ideia de como isso vai acontecer, mas que vai fazer tudo o que estiver ao seu alcance para resolver as coisas. Essa é a arte de ser pai ou mãe. — Ele faz uma pausa, apertando meu ombro. — Ou de ser amigo.

— Você quer dizer a gente? — Dou uma risada de descrença. — Amigos? Não acho que isso seja possível.

— Aliados, então. Você me ajuda e eu te ajudo.

— Como posso te ajudar?

— Talvez você saiba alguma coisa e nem se dá conta disso. Tenta lembrar de coisas estranhas. Qualquer coisa. Se isso acontecer, avise o FBI o mais rápido possível. — Ele apanha a bola oito da mesa de bilhar, testando o peso antes de rolá-la para bater contra as outras, fazendo um barulhão. — Olha, eu não consigo descongelar seus bens. O Edward está sendo pressionado para revelar onde está o dinheiro. Não sei se vai funcionar.

— Por que você diz isso?

— Porque ele é um babaca egoísta. Sei que ele é seu marido, mas não conte com ele, Soledad. Não quando é o seu futuro que está em jogo. Você precisa cuidar de você e das suas filhas. Se você pensar em alguma coisa que pode ajudar, então você estará *se* ajudando. Leve a informação ao FBI imediatamente.

— Por que você está fazendo isso?

Seus olhos examinam meu rosto, analisando cada traço com cuidado, mas ele não diz nada. Finalmente se vira e se dirige à porta.

— Avise ao FBI se lembrar de alguma coisa — ele diz, olhando para trás, antes de fechar a porta.

Respiro fundo e repasso nossa conversa, deixando o olhar vagar pelo refúgio de Edward cheio das suas bugigangas e objetos de estimação. Contas no exterior? Casa de verão? Preciso de respostas. Volto para casa para ver como as meninas estão e então ligo para Brunson.

— Eu estava mesmo para falar com você sobre o administrador — Brunson responde quando pergunto sobre o auxílio para as despesas básicas. — Está em andamento. Como você sabia disso?

Abro a boca para contar a conversa com Judah, mas algo me faz hesitar.

Estou correndo um risco só de vir falar com você sobre isso.

Não tenho motivos para proteger Judah Cross, mas se ele correu o risco de vir me avisar, não é como se houvesse outras pessoas fazendo fila para nos ajudar agora. Sei que não podemos ser amigos. Não tenho certeza se podemos ser aliados, mas acredito que ele pode ser útil.

— Li na internet — murmuro. — Ainda não tive notícias do Edward. Por quê?

— Estão o interrogando o dia todo, mas ele vai ligar assim que puder e explicar tudo. A fiança vai ser altíssima — Brunson avisa.

— Que pesadelo. Ele é inocente, então vai sair dessa, não é?

Digo isso, embora nem tenha mais certeza se posso acreditar. Tenho que continuar afirmando até saber que é mentira. É um fio de sanidade se rompendo, a única coisa que conecta este universo alternativo do inferno à vida que eu levava meras 24 horas atrás.

Brunson fica quieto por alguns momentos. Por tempo demais, se a resposta fosse um simples sim.

— Vou deixar Edward explicar — ele finalmente diz.

A campainha toca e rezo para que não seja um repórter ou um vizinho "amigável" querendo nos visitar.

— Tem alguém batendo na porta — digo para ele. — Falo com você mais tarde.

Através das vidraças, vejo uma jovem na varanda com várias sacolas no chão. Abro a porta e coloco a cabeça para fora, espiando em busca de algum sinal dos carros de reportagem. Felizmente, todos foram embora.

— Posso ajudar? — pergunto, observando as sacolas.

— Você fez um pedido? — ela pergunta.

— Ah, não.

— Você não é Soledad Barnes? — Ela me entrega um recibo. — Essas coisas não são suas?

Examino o recibo, com a boca aberta em estado de choque ao ler cada item da minha lista.

— Como… eu não… — Ergo a cabeça e vejo a garota olhando para trás, para o carro parado na calçada. — Vou pegar a minha bolsa.

— Já foi pago. — Ela aponta o polegar na direção do carro que está esperando. — Preciso ir para minha próxima entrega. Tchau.

Deve haver umas dez sacolas na varanda.

— Meninas — chamo, com um sorriso verdadeiro surgindo no rosto. — Venham me ajudar com as compras.

Depois que guardamos toda a comida, volto para a masmorra de Edward e verifico a mesa de sinuca onde deixei a minha lista rosa.

Sumiu. Só pode ter sido o Judah. Não sei se posso confiar nele ou até que ponto o que Edward disse sobre ele é verdade, mas sei que ele nos enviou comida e agradeço por isso.

Pai carinhoso? Vilão? Aliado? Não sei como interpretar o enigma que é Judah Cross, mas sei que, neste momento, qualquer que seja sua motivação, ele foi gentil. Pego o celular para mandar uma mensagem.

Eu: Obrigada pelas compras. Não precisava.

Judah: Eu disse que quero ajudar. Tente se lembrar de qualquer coisa que possa estar relacionada ao caso. É assim que você vai se ajudar.

5

JUDAH

Sinto os pulmões pegando fogo e as pernas moles feito macarrão, mas não dá para notar, pois consigo manter um ritmo constante nos últimos 800 metros de nossa corrida matinal. Passamos pelo corpo de bombeiros de Skyland e aceno para alguns voluntários que reconheço. Eu e Tremaine passeamos com os meninos pela comunidade e os apresentamos ao maior número possível de socorristas. Existem muitos relatos assustadores de policiais que maltratam involuntariamente pessoas com deficiência porque não sabiam ou não entendiam. Em alguns casos, não se trata de ignorância, mas de maus-tratos cruéis por parte de alguém em posição de poder. Não posso controlar tudo, mas preparamos e equipamos nossos meninos da melhor maneira possível. Os dois usam pulseiras de identificação médica em caso de emergência, mas é especialmente importante que Aaron possa ser identificado com facilidade, por conta de suas tantas barreiras e limitações comunicacionais. Adicione a isso o fato de nossos meninos serem jovens negros que moram em um bairro rico, então não vou correr riscos.

— Mandaram bem, meninos — digo a Aaron e Adam, que se curvam e colocam as mãos nos joelhos, com o peito arfando. — Mas vocês deixaram o velho aqui ganhar de novo.

— Água — Adam ofega. Ele sobe os degraus da nossa casa e entra na cozinha. Depois de abrir a geladeira, ele pega uma das garrafas de vidro com água que mantemos abastecidas e bebe de um só gole.

Deslizo a bandeja que contém os remédios e suplementos pela bancada. Os dois tomam os comprimidos acompanhados de um copo cheio d'água sem reclamar. Às vezes, não dou o devido valor à facilidade com que eles engolem esses comprimidos agora. Antes, era uma verdadeira briga ou precisávamos lançar mãos de truques de mágica, como colocar remédios no meio do sorvete ou da compota de maçã. Deu muito trabalho para chegar até onde eles chegaram, e ainda tem muito pela frente, já que a transição para a idade adulta está mais próxima do que posso imaginar.

Aaron coloca a garrafa na lava-louças.

— Chuveiro — ele diz e se vira para subir as escadas.

Algumas palavras são cristalinas e outras são aproximações que só quem o conhece consegue decifrar. Ele e Adam desenvolveram a fala normalmente até os dois anos de idade, quando ambos pararam de falar. Foi meio estranho ver os dois ficando quietos daquele jeito, e presumimos que um estava imitando o comportamento do outro. Quando recebemos o diagnóstico de autismo, fez sentido. Não ouvi Adam falar pelos dois anos seguintes, e então, um dia, todas as palavras saíram dele de uma vez. Para Aaron, foi um processo mais longo e, quando sua linguagem expressiva retornou, era muito menos desenvolvida.

— Podemos não correr amanhã? — Adam pergunta, com o rosto suado se iluminando de esperança.

— Talvez a gente possa pular um dia no fim de semana — concordo. — Você sabe que se sente melhor quando a gente corre.

Os meninos tomam remédios por diversos motivos. Adam sobretudo por causa das convulsões e para estabilizar o humor. Aaron também toma estabilizadores de humor e também o ajuda a reduzir comportamentos autoagressivos, como bater na cabeça e no queixo com o punho. Os remédios fazem bem, mas nosso terapeuta ocupacional recomendou a corrida. Traz muitos benefícios para as articulações deles e pode ajudar a diminuir a disfunção sensorial. Sou um cara que adora dados e não posso provar que correr funciona, mas reconheço padrões. Os dias mais difíceis costumam ser aqueles em que não corremos pela manhã. Nesta jornada, aprendi a abraçar qualquer coisa que facilite a nossa vida.

— Vá tomar banho — digo a Adam. — Sua mãe vai chegar daqui a pouco. Você pode pegar alguma coisa para comer e levar, se quiser.

— Tá bom. — Ele se vira na direção das escadas.

— Terminou? — pergunto, direcionando o olhar para a lava-louças.

— Desculpe — ele diz, envergonhado, colocando a garrafa na máquina antes de sair para se arrumar.

Estou tomando um punhado de vitaminas e meu suco verde quando Tremaine liga.

— Oi. — Subo as escadas e entro no meu quarto. — E aí?

— Será que você conseguiria levar o Adam para a escola?

Olho para o meu Apple Watch. A escola de Aaron, voltada para crianças do espectro, fica perto do meu escritório. Já a Harrington, que é a escola particular que Adam começou a frequentar em janeiro, fica perto da casa de Tremaine, então nos dividimos com os trajetos.

— O que foi? — pergunto, franzindo a testa enquanto passo pelos ternos do meu armário.

— Lembra da senhora Martin?

— Uma das mães que você está ajudando? — Tremaine representa e presta assessoria jurídica para tantas pessoas com deficiência e suas famílias, mas acho que desta eu me lembro. — Uma senhora alta? Que tem a filha no ensino fundamental?

— A própria. — Tremaine solta um suspiro pesado. — Ela tem uma reunião de emergência com a coordenação da escola. Ela suspeita que a escola andou contendo a Maya, e há vários sinais de alerta que indicam isso. Quero estar lá para ajudar, se puder.

— Faça o que precisa ser feito. Estamos juntos. — Tiro a camiseta encharcada e a calça de corrida. — Eu levo os meninos.

— Tem certeza? — ela pergunta, embora o alívio seja evidente em sua voz.

— É, se você me deixar desligar o telefone celular agora — digo, provocando um pouco.

— Fico devendo uma. Venha jantar aqui em casa na semana que vem e eu te pago na sua moeda favorita. Comida.

— Em primeiro lugar, minha moeda favorita é dinheiro. E, em segundo lugar, você pretende me retribuir usando as habilidades do seu novo marido? Eu sei que é o Kent que prepara o jantar.

— O que posso dizer? — Ela ri. — Tirei a sorte grande na segunda vez.

— Essa doeu. — Balanço a cabeça e rio. — Você está insinuando que eu não era tudo o que você sonhou quando a gente se casou?

Um breve silêncio se instala do outro lado da linha, e me pergunto se interpretei mal a situação. Às vezes, deixo passar essas gafes sociais. Achei que estávamos brincando, mas pelo jeito não.

— Olha, Tremaine, eu...

— Sabe... — ela diz, baixinho. — Você foi tudo que eu sonhei. Incrivelmente sexy. Inteligente. Ótimo pai. Fantástico na cama... no início.

— Eita, a conversa mudou de rumo. — Estendo a mão para ligar o chuveiro. — A gente passou da gratidão sem fim para uma classificação de uma estrela dos meus dons na cama.

— Você sabe o que quero dizer. — Ela ri. — Eu achava que a gente tinha ficado tão envolvido com tudo o que os meninos precisavam que negligenciamos o que *nós* precisávamos um do outro, mas acho que era mais profundo do que isso.

— Você não tinha falado que era uma emergência? Não precisa ir? Já deve imaginar o quanto estou ansioso para encerrar essa conversa, né?

— Só acho que nunca tivemos esse tipo de amor — ela insiste, com palavras sem mágoa.

Fico imóvel, pego de surpresa pela honestidade dela, por ela expressar algo de que eu suspeitava muito antes de pedirmos o divórcio.

— Você e o Kent têm esse tipo de amor? — pergunto, imaginando de verdade. — Não vou ficar magoado se você disser que sim.

— É por isso que eu sei que a gente nunca teve isso, porque se tivéssemos tido, você ficaria magoado. Sim, eu e o Kent temos esse tipo de amor. Espero que um dia você também tenha.

— Duvido que eu case de novo. Pode ser que eu não seja capaz de sentir isso aí que você está falando.

— Ah, é sim. Quem ama os filhos tão profundamente quanto você, com certeza é capaz de amar de outras formas também. Na verdade, acho que você amaria intensamente se encontrasse a pessoa certa.

— Para quem precisa sair, você parece ter muito a dizer hoje — respondo *sem* responder.

— Aí está o homem evasivo que evita falar de sentimentos que eu conheço e amo.

Por algum motivo, ou melhor, sem motivo algum, Soledad Barnes me vem à mente. Mal conheço essa mulher, mas não consigo parar de pensar nela. E não só desde que surgiram as notícias sobre a farsa de Edward. Tenho pensado nela muitas vezes desde a festa de Natal. Quando a vi pela primeira vez, foi como se alguém tivesse me dado um soco na boca do estômago. Um chute na garganta. Nem percebi que estava olhando até que ela se virou. Desde que me divorciei, vivo em um celibato monástico. Com o trabalho e os meninos, não tenho tempo para mais nada. Ninguém realmente despertou meu interesse.

Até Soledad chegar.

E assim que criei coragem para ir para jogo e pelo menos falar com ela, descobri que ela é casada com o homem que eu estava prestes a derrubar. Solto um suspiro pesado, determinado a esquecer o que mexeu comigo na festa de Natal e mais uma vez ontem à tarde. Ela é casada com um idiota, é verdade, mas é *casada*.

Além disso, já tenho meus próprios problemas. Não preciso me envolver mais no drama desse desvio do que já estou envolvido. Ela está achando ruim não conseguir acessar a conta bancária. Ela não tem ideia de como as coisas estão prestes a ficar piores. A CalPot não vai ligar se ela e as filhas acabem sendo vítimas da guerra contra Edward.

Mas eu ligo.

— Você pode me analisar mais tarde — digo a Tremaine. — Preciso tomar banho, já que meu trajeto acabou de dobrar.

— Foi mal! Eu vou compensar.

— Hum, sei. Pode ser que eu acabe mesmo cobrando esse favor. Tem muita merda acontecendo no trabalho. Talvez eu tenha que te pedir para assumir a minha parte nas próximas semanas.

— É aquele caso de desvio de dinheiro?

— Pois é. Virou uma bagunça e, claro, seu amigo aqui é que ficou responsável pela faxina.

— Eu vi no jornal. Conheço vagamente a esposa daquele cara, pelo menos de vista. Ela sempre está na Harrington, mas as filhas deles são mais novas que o Adam.

Paro antes de entrar no chuveiro, nu e precisando desligar o telefone, mas sem conseguir me livrar da imagem de Soledad dois dias atrás, tentando esconder de mim o tremor das mãos, piscando para não deixar as lágrimas caírem, com linhas de preocupação marcando as curvas vulneráveis dos seus lábios.

— Tenho que ir — Tremaine diz, me puxando de volta para a conversa. — Obrigada mais uma vez.

Assim que nós três tomamos banho, trocamos de roupa, comemos e saímos, estou quase atrasado. Harrington é fora do meu caminho. Aaron deve chegar atrasado à escola e talvez eu me atrase para a primeira reunião do dia.

— A senhora Coleman ainda vai me buscar? — Adam pergunta do banco do passageiro, enquanto esperamos na fila dos carros da escola. Uma nuance de ansiedade corre em sua voz, que está começando a ficar mais grave agora que ele completou quinze anos. Ele precisa de previsibilidade, em alguns aspectos até mais do que Aaron. Às vezes, a menor mudança na rotina pode provocar um colapso. Não acontece com tanta frequência como quando ele era mais jovem, mas ainda quero tranquilizá-lo para não estragar seu dia.

— A senhora Coleman vai te buscar — digo, erguendo o indicador. — Ela vai te levar para o grupo de apoio depois da escola. — Ergo outro dedo, enumerando o segundo passo. — E, depois, ela vai te levar para casa e preparar o jantar. — Ergo um terceiro dedo.

Ele balança a cabeça e solta uma respiração lenta pelo nariz.

— Tá bom.

A senhora Coleman é uma bênção. Ela começou como cuidadora folguista para dar uma mão para mim e Tremaine de vez em quando, mas agora ela é muito mais do que isso. Praticamente parte da família.

— Você pegou seu material? — pergunto.

Seu "material", como ele gosta de chamar, é uma coleção de brinquedos e bolas antiestresse que ele carrega na mochila. Os dois garotos mantêm suas ferramentas favoritas sempre por perto para ajudá-los a lidar com tudo.

— Peguei — ele diz, dando um tapinha na mochila no colo e sorrindo.

— Tá bom. — Eu me inclino e acaricio sua cabeça. — Te amo. Tenha um bom dia.

Ele salta e caminha determinado na direção do prédio, sem olhar para os lados. Minha mãe diz que eu andava assim quando tinha a idade dele. Eu não era muito sociável na infância. Droga, não que agora eu seja o cara mais sociável. Nunca ampliei muito o pequeno círculo de amigos que fiz no ensino médio e na faculdade. Acho difícil confiar em pessoas novas.

Estamos esperando a fila avançar e duas garotas saem de um Range Rover prateado alguns carros à frente. Ambas têm cabelos escuros e longos e a pele levemente bronzeada. Uma é um pouco mais alta do que a outra. Ao chegarem quase à entrada da escola, uma delas se vira para o carro, com o rosto franzido, como se estivesse tentando entender ou ouvir. A porta do motorista se abre e uma mulher salta com uma mochila que ela leva para a garota mais velha.

É uma surpresa ver Soledad em um lugar que eu não esperava. Tremaine disse que às vezes a vê aqui na escola, mas eu não esperava vê-la hoje. Ela está usando uma calça jeans justa que abraça suas curvas. Seios pequenos, cintura estreita que se alarga no quadril e no bumbum volumoso. Óculos de sol enormes escondem seus olhos. Ela dá um sorriso forçado para a inspetora, que monitora a fila de carros, mas corre de volta para o carro. Harrington fica ao norte de Skyland, mas o caso de desvio de dinheiro virou notícia em Atlanta. Tenho certeza de que todo mundo sabe, e deve estar sendo um desafio para ela aparecer aqui hoje.

Ela é mais forte do que parece. Aposto que muitos a subestimam.

Eu não vou cometer esse erro.

6

SOLEDAD

— Como estão as meninas?

Edward soa tão casual, como se estivesse ligando do escritório, e não de uma prisão federal. Me sento na beira da cama e aperto o celular com força, já que não consigo alcançar o pescoço dele para sufocá-lo.

— Como você acha que elas estão, Edward? — Pressiono os lábios para conter um fluxo de raiva. — Elas viram o FBI destruir a casa e arrastar o pai para a prisão.

— Eu sei. — Ele respira fundo do outro lado da linha. — Estou com saudades delas. Estou com saudades de você. Vocês vão poder me visitar nos próximos dias.

— Eu não quero te visitar. Quero que você volte para casa.

Ele faz uma pausa e, ao falar, suas palavras são lentas e cuidadosas.

— Não tenho certeza de quando isso vai acontecer, Sol.

— Brunson disse que a fiança será muito alta. Não sei o que a gente pode fazer, já que congelaram nossas contas.

— Como assim?

— Tentei comprar comida e não consegui.

— Você precisa de comida? Dinheiro? Ligue para a minha mãe. Ela vai transferir um dinheiro.

Eu e minha sogra nunca fomos próximas.

— Por enquanto, estamos bem — digo a ele. — Temos comida e um pouco de dinheiro aqui em casa para emergências, e o Brunson disse que em breve teremos um administrador judicial para ajudar com algumas contas básicas.

Decido não mencionar que a compra do mercado foi cortesia do homem que basicamente o colocou na prisão.

— Certo. Brunson falou sobre isso — Edward diz, abaixando a voz cada vez mais. — Então, tem um assunto que a gente precisa discutir.

— Tipo, o que diabos está acontecendo? — Finjo estar calma.

Ele me deixou às cegas enquanto as especulações corriam soltas nos jornais.

— O FBI interrogou você? — ele pergunta.

— Sim. Bastante. Quando eles vieram aqui em casa.

— O que você disse para eles? O que você falou?

— Eu não tinha *nada* para dizer. Eu não sei de nada. Edward, que porra é essa?

— Quanto menos você souber, melhor.

— Você acha mesmo que vou aceitar isso? — Bufo, indignada. — Me conta o que está acontecendo agora.

— Não posso. Preciso que você confie em mim.

— É isso que você tem a dizer? Que devo confiar em você sendo que não consigo nem acessar nossas contas, e nossos cartões de crédito estão bloqueados? Pelo que ouvi, esse foi só o primeiro golpe. Eles virão atrás da casa. Dos nossos carros. A CalPot quer o dinheiro de volta.

— Então deveriam perguntar para o garoto-prodígio Cross onde o dinheiro está, já que ele parece ter todas as respostas — ele diz, com a amargura pesando as palavras. — Tudo o que posso dizer é que estou garantindo o nosso futuro.

— Edward — sussurro. — Eles falaram em contas no exterior e uma casa de verão. O que é que você fez?

— Nada que possam provar.

Foi ele. Ele fez isso mesmo. Meu deus do céu.

O meu mundo desmorona mais uma vez, com fragmentos de suas mentiras e enganos voando sobre a minha cabeça, como projéteis, afiados, cortando tudo em que eu acreditava sobre a minha vida, sobre o nosso passado. Sobre o nosso futuro. O pavor se instala na minha barriga, subindo pela garganta, enquanto o silêncio se prolonga entre nós. Fico sem palavras pela sua arrogância, pela sua imprudência. Não sei se ele fez tudo de que Judah o acusou, mas alguma coisa ele fez. Até então, eu tinha esperança de que fosse um mal-entendido, como ele havia alegado, que eles tivessem pegado o cara errado. Mas a evasão de Edward, sua recusa em afirmar inocência, confirma uma suspeita horrível que tem pairado no fundo da minha mente desde que o FBI apareceu na nossa varanda.

— Mesmo que eu seja processado — ele finalmente diz, preenchendo o silêncio terrível —, Brunson imagina que eu vá ficar na cadeia 18 meses, dois anos no máximo, em alguma prisão de segurança mínima. E quando eu sair...

— Você não deveria estar procurando maneiras de não ser *preso*? Em vez de calcular sua pena?

— Sol, me escuta. — Ele abaixa a voz outra vez. — Quando eu sair, a gente estará com a vida ganha.

— Ai, meu Deus, Edward. — Eu me inclino para a frente, apoiando a testa na mão e fechando os olhos, tentando bloquear a terrível verdade que ele basicamente acabou de confessar. — De todas as bobagens...

— É isso que você vem me falar? Sendo que fiz isso por vocês? Por nós? Pelas nossas filhas?

— Não minta para mim. — Ergo a cabeça e encaro o quarto cheio de lembranças dele. Seu relógio na mesa de cabeceira. Os sapatos que ele descartou com a mesma negligência com que lidou com esta situação. — Você pode mentir para si mesmo, mas eu não acredito nas suas besteiras, Edward. E dizer que foi pelas meninas? Não... não faça isso.

Eu me contenho, reprimindo a raiva e o ressentimento para respirar fundo, esperando que isso clareie meus pensamentos tumultuados.

— O que você espera que a gente faça por dois anos enquanto você fica mofando aí nessa prisão de segurança mínima que vocês escolheram? O cheque da mensalidade da Lottie e da Inez foi devolvido. Eles vão levar nossos carros. Vão usar tudo o que podem para te pressionar a devolver o dinheiro deles.

— Já pensei sobre isso. Você e as meninas podem ir morar com a minha mãe.

— Em Boston? — grito. — Você quer que eu tire as nossas filhas daqui, tire da escola e afaste dos amigos, deixe a casa que levamos anos para fazer parecer um lar, para morar em Boston? Um lugar que elas mal conhecem?

— De quem é a culpa por elas irem tão pouco a Boston? Elas mal conhecem a minha mãe.

— A sua mãe prefere a Lupe só porque ela tem a pele clara.

— Que merda é essa, Sol? Como você pode pensar isso?

— É verdade. Você só não quer admitir. Elas perceberiam, se é que ainda não perceberam. Passei a vida inteira trabalhando nelas e fazendo questão de que soubessem que amávamos todas do mesmo jeito. Não vou arriscar que sua mãe estrague tudo em um ano com os preconceitos dela.

— Ela é de outra geração. Tente entendê-la.

— De outra geração? Não é questão de não saber fazer videochamada. É racismo.

— Não acredito que você está deixando as coisas mais difíceis para mim agora. Estou pedindo só uma coisa para você.

— Sério? Só que *essa coisa* é encobrir o roubo de seis milhões de dólares. Você esperava que eu cooperasse? — Sentada na cama, cravo as unhas no colchão, desejando que fosse o próprio Edward. — Que merda você fez?

— Tenha muito cuidado — ele diz, em tom de alerta. — Se você perder a cabeça, pode arruinar anos de planejamento. Se você fizer tudo o que eu disser, logo terá suas bolsas de grife e tratamentos faciais com diamantes.

— É isso que você acha que eu fico fazendo durante o dia? Compras e tratamentos estéticos?

— Sei que você não trabalha. Eu que faço isso, então se você puder me deixar fazer o meu trabalho e cuidar de você e das meninas do jeito que eu achar melhor, vai dar tudo certo.

— Você não acha que o que eu faço é trabalho? Limpar, cozinhar, organizar tudo, dirigir, cuidar das nossas filhas. As pessoas pagam para fazer essas tarefas. Não é trabalho porque eu faço isso pela minha família? Você achou que, durante todos esses anos, era o único que trabalhava só porque saía de casa todas as manhãs?

— Ai, meu deus, Sol. Não tenho tempo para esse discurso feminista de merda. Sei que você tem suas atividades para se manter ocupada, mas estou falando...

— *Para me manter ocupada*? Não há horas suficientes no dia para tudo o que faço e você acha que estou só procurando um jeito de "me manter ocupada"? Será que eu estava ocupada o suficiente quando trabalhava na recepção do hotel durante o dia e limpava quartos à noite, grávida de sete meses, para que você pudesse se concentrar no seu MBA? Ou foi só para me manter ocupada?

— Águas passadas. Foco, Sol. Nós precisamos lidar com isso agora.

Então somos *nós* quando ele precisa de alguma coisa e é ele em todos os outros momentos.

— Tenho que ir — digo abruptamente, sem ter certeza se aguento mais um minuto das suas besteiras e desrespeito.

— Aonde você vai? Ainda tenho tempo.

— Desculpa. Tenho que ir às compras e, depois, marquei um almoço num restaurante chique antes de pegar suas filhas na escola.

— Droga, Sol, não é hora de querer ser a dona da verdade. Estou tentando ser o mais claro possível.

— A hora de esclarecimentos foi antes de você fazer essa bobagem e esperar que eu simplesmente aceitasse sem questionar. Que eu fosse sua cúmplice. — Passo a mão na nuca, onde tenho sentido a tensão aumentar nos últimos dois dias. — Olha, que se dane. Vou verificar com Brunson se a gente consegue tirar você daí. Não por você, Edward, mas pelas meninas. Elas querem você em casa. Depois da audiência de fiança, a gente vê o que faz.

— Eu não vou... — Ele pigarreia. — Não vou pagar a fiança.

— A casa ainda não foi penhorada. Eu posso tentar...

— Não vai ter fiança — ele diz, em tom de confissão.

— Edward, eu posso tentar...

— Eles acham que eu posso fugir, Sol. Sem fiança.

— Por que eles achariam isso? Como...

— Eu só iria te contar se fosse absolutamente necessário, porque eu sabia que você não entenderia, mas descobriram que eu comprei uma passagem de avião.

— Passagem de avião? — pergunto, com o silêncio avassalador que acontece antes de uma explosão. Fico sem chão. O mundo desaba e não sei quando a minha vida voltará a ficar de pé. — Do que diabos você está falando?

— Eu sabia que o Cross estava chegando perto. Entrei em pânico e comprei uma passagem de avião, só por garantia, caso precisasse sair do país e ir para um lugar onde não pudessem me encontrar.

— E deixar sua família aqui sem dinheiro, sem casa, sem carro, e com o FBI *me* considerando suspeita?

— Eu não planejava usar a passagem — ele diz, defensivo. — Só precisava de uma rota de fuga se fosse necessário.

— E para onde você *não* estava planejando ir, exatamente?

— Bali. Lá não tem tratado de extradição com os Estados Unidos.

— Caramba. Você planejou tudo mesmo. Até nos mandar morar com sua mãe, que não suporta a minha presença.

— Você só precisa ser discreta e não piorar as coisas. Vamos sair mais ricos do que você pode imaginar se você simplesmente se contentar com as informações que tem e deixar pra lá o que não sabe. Você e as meninas são tudo para mim.

— Tá bom. É por isso que você comprou *uma* passagem para Bali, e eu nem fiquei sabendo disso. Dá pra ver como você estava ansioso para passar o resto dos seus dias com a sua família.

— Eu te amo — ele diz, com o desespero transparecendo em sua atitude. — Fiz isso por você.

— Que papo furado. — Se eu tiver que ouvir mais uma palavra dessa boca mentirosa, vou entrar por este celular e ir apertar a garganta dele. — Eu tenho que ir.

— Não esquece do que eu disse — ele acrescenta com pressa. — Não conte nada para eles. Deixe as coisas acontecerem.

Desligo sem me despedir e caio na cama. Fecho os olhos, revivo a ligação, resistindo à vontade de gritar. Ainda falta um tempo antes de eu ir buscar as meninas na escola. Um tempo aqui sozinha, sem precisar fingir que está tudo bem ou que tudo vai dar certo.

Usei parte do dinheiro que eu tinha para abastecer o carro. Tenho as compras que Judah enviou. A diretora Morgan me deu mais prazo para acertar a mensalidade da Lottie e da Inez, mas o FBI vai voltar e fará ainda mais pressão enquanto não encontrarem o dinheiro que Edward roubou.

Preciso ser cautelosa, mas quero ser ousada. Queria ser honesta, mas parece que mentir é o que nos manterá em segurança. Estou sendo jogada em todas as direções e não chego a lugar nenhum. Lágrimas quentes escorrem dos meus olhos e deslizam até a raiz do cabelo.

Que saudade da mami.

O luto, a perda imensurável de alguém que é absolutamente insubstituível não é mais uma dor constante. A *mami* faleceu alguns anos depois do meu pai, e a devastação acumulada era quase insuportável. Fui obrigada a seguir em frente. Minhas filhas precisavam de mim. Meu marido precisava de mim, embora pareça ter esquecido que eu tive um papel relevante em seu sucesso. Minha mãe nunca foi grande fã do Edward, mas quando engravidei logo depois de me formar e decidimos nos casar, meus pais apoiaram a decisão. Ela nunca falou mal dele, mas às vezes eu a pegava olhando para ele com uma desconfiança geralmente reservada para desconhecidos. Não perguntei o que ela viu. Talvez eu tivesse medo da resposta. Medo de que o caminho que escolhi fosse o errado. Que *ele* não era certo para mim.

— O que eu faço, *mami*? — sussurro para o quarto vazio.

É claro que não ouço nenhuma resposta, mas um pensamento me ocorre, e talvez seja o empurrãozinho místico que ela conseguiu me dar do outro lado. Quando a *mami* morreu, eu e minhas irmãs pegamos algumas coisas dela que queríamos. Eu me obrigo a ficar de pé e entro no closet. Bem no fundo, em um nicho no topo, fica um velho baú. Não muito grande e um pouco desgastado, parece deslocado entre minhas bolsas Hermès e sapatos de salto alto reluzentes. Pego meu banquinho e subo para trazer o baú aqui para baixo.

Não consigo ouvir a voz da *mami*, mas quando abro o bauzinho com seus pertences, me sinto mais perto dela. Tem um leve cheiro do almíscar egípcio que ela costumava comprar na loja de cosméticos. Era barato, mas eu trocaria todos os meus perfumes caros só para tê-la aqui comigo agora e afundar meu rosto no seu pescoço. Deixá-la acariciar meu cabelo e secar minhas lágrimas.

Mas ela não está aqui, então coloco o baú no chão do closet e me ajoelho, abrindo-o com reverência. Faz anos que não vejo os tesouros ali dentro. Não porque eu tenha esquecido que estavam ali, mas porque são agridoces a dor da saudade e o consolo de ter suas coisas.

O primeiro é um exemplar antigo e amassado de *Tudo Sobre o Amor*, de bell hooks. Folheio as páginas do livro, que tem mais de vinte anos, e observo as anotações da *mami*, post-its coloridos nas páginas, seus destaques em caneta marca--texto néon, e sua caligrafia elegante nas margens, variando entre inglês e espanhol.

O *pilón* favorito da *mami* também está no baú. Eu a vi usar esse pilão para amassar alho e pimentão para fazer seu *sofrito*. Tiro do baú e coloco no chão para poder levá-lo comigo para a cozinha.

Um dos diários dela está aqui, embora ainda haja uma pilha deles na garagem da casa onde crescemos. Hesitei em ler esses textos depois de ver a poesia que ela escreveu para Bray, pois me senti invadindo uma parte da vida da *mami* que ela guardava só para si.

Nem todos os amores são iguais. Alguns brotam da terra, e se enrolam, e se enroscam em nossa alma como cipós. Outros são plantas que começam como pequenas sementes no coração e florescem com o tempo, nutridas por anos de compromisso. Bray era a paixão da *mami*, um homem enorme e bonito. A *abuela* costumava brincar que Bray virou a *mami* de pernas pro ar. Meu pai colocou os pés dela no chão. Bray não era um bom marido, mas era um pai incrível, sempre presente na vida de Lola. Sempre presentes em *nossas* vidas.

Uma vez, quando ele deixou a Lola em casa depois de passarem o fim de semana juntos, vi a *mami* e ele juntos na cozinha. Minha mãe querida, que trabalhava depois do expediente para dar uma olhada nos lançamentos da biblioteca e adorava cheiro de livros. Que tricotava à noite, com os óculos escorregando pelo nariz enquanto assistia ao *Wheel of Fortune*. Quando entrei na cozinha, ela estava se agarrando com o Bray, como se ele fosse ar e ela estivesse sufocando. As mãos dele passeavam por todo o seu corpo. Bunda, cabelos que caíam pelas costas, soltos do coque bem-feito que ela sempre mantinha na altura da nuca. Seus óculos estavam jogados no chão. Eles soltavam sons de desespero, fome e desejo, e eu entendi que não era aquilo que ela tinha com o meu pai. Recuei, com medo de que eles me vissem, mas fiquei à porta.

— Não posso. — Ouvi-a sussurrar, com a voz lacrimosa. — Bray, temos que parar. Jason.

O nome do meu pai no meio de toda aquela paixão foi como um tiro ecoando numa floresta tranquila. Bray nunca mais entrou na nossa casa depois daquele dia. Lola passou a descer até o carro dele, mas às vezes eu o pegava olhando, desejando.

Ele foi ao funeral do meu pai e acredito que o respeitava. Acredito que ele se afastou por respeito não só à *mami*, mas também ao meu pai. Mas depois que a *mami* ficou viúva, Bray não conseguiu ficar longe. Depois que todas nós saímos de casa para ir para a faculdade e viver as nossas vidas, eles reataram. Minha *abuela* fazia careta e balançava a cabeça, resmungando sobre o poder da *polla*, mas era mais do que isso. Quando a *mami* foi diagnosticada com câncer de colo do útero, Bray nunca saiu do seu lado. E quando ela faleceu, no funeral ele chorou sem constrangimento. Eu nunca soube se foi apenas pela morte dela ou pelos anos que eles perderam, porque quando ele encontrou o amor da sua vida, não estava pronto para ela.

Ainda não consigo abrir o diário. Talvez um dia eu crie coragem.

Encontro também um ingresso para um show de Lisa Lisa e Cult Jam. Ela era a nossa rainha da cantoria. Ainda posso ouvir a *mami* cantando "All Cried Out" e "I Wonder If I Take You Home" enquanto cozinhava *arroz con gandules* para o jantar.

O próximo item é um pano dobrado, que tiro e desdobro, com o coração cheio de orgulho ao ver a primeira bandeira porto-riquenha, a do Grito de Lares, um símbolo da rebelião contra a colonização. Um grito de guerra pela independência.

Por fim, no fundo do baú, sob um cardigã surrado, repousa o tesouro das cozinhas da minha família por anos. Um facão com cabo de madrepérola e lâmina surpreendentemente afiada. As mulheres da minha família costumavam usar essa peça para cortar mato quando iam coletar frutas e vegetais. Ele partiu cocos e cortou ombros de porco. Ele remonta a três gerações, e o peso dele em minhas mãos de alguma forma se conecta ao peso do meu coração, se enfiando na minha alma feito uma agulha. Sinto que esses itens me costuram de uma forma que não consigo explicar, mas aprecio.

O alívio da ansiedade que essas coisas, *as coisas dela*, me proporciona é breve. Meu celular vibra no quarto. Respiro fundo, me levanto e recoloco com cuidado o baú no lugar. Quando volto para o quarto, meu celular está iluminado com uma mensagem.

Lottie: Não esqueça que preciso estar no ginásio às 15h30 hoje. O treinador quer repassar a nova rotina antes da competição da próxima semana.

Eu: Pode deixar. A gente se encontra na saída de carros.

Lottie: Você pode trazer palitinhos de queijo? Estou morrendo de fome!

É irônico que Edward pense que eu tenho tanto tempo livre, quando, na verdade, minha vida costuma girar em torno da minha família e desta casa, que eu tanto amo. Mas quando eu tenho tempo para mim?

— Não é agora, com certeza — murmuro, pegando a bolsa e um moletom para vestir enquanto desço as escadas correndo em direção à garagem.

7

JUDAH

— Alguma atualização sobre o caso do Barnes? — Brett Callahan pergunta, fixando os olhos em mim do outro lado da sala de reuniões.

— Ele ainda está sob custódia e não fala — digo à sala cheia de diretores, já que nosso CEO obviamente presume que eu deveria saber alguma coisa. — Continuo me comunicando e cooperando com os agentes federais, mas estamos de mãos atadas por enquanto, a menos que eles precisem de algum esclarecimento ou outras respostas. Informei que suspeitava que o covarde havia planejado fugir. O FBI foi atrás e descobriu a passagem para Bali. Ele foi considerado um risco de fuga. Sem fiança.

— Que audácia daquele filho da puta — Delores Callahan cospe do outro lado da mesa. — Depois de tudo que esta empresa fez por ele. Estão chegando mais perto de recuperar nosso dinheiro?

— O FBI está atrás de todas as pistas — relato com uma expressão séria. — Está mais difícil rastrear do que eu havia imaginado, especialmente algumas das contas no exterior, em países que não cooperam devido às leis de privacidade. Algumas das pistas levam a empresas de fachada e outras simplesmente desaparecem. Na verdade, é um esquema muito elaborado e complexo.

— Precisamos que ele abra o bico — Brett diz. — Congelaram o dinheiro dele, né? Faça com que os agentes federais pressionem de todas as formas possíveis. Atinja a família dele.

Meus dentes rangem com o esforço que faço para não gritar que isso não fará diferença. Que só vai machucar Soledad e as meninas, não Edward.

— Isso está fora do nosso controle no momento — digo. — As contas foram congeladas por ordem judicial, mas não tem muito mais que possamos fazer como empresa para pressionar.

— Você não está dando moleza pra ele, está, Cross? — Brett explode, um sorriso torto cortando seu rosto. — Você costuma ser o durão do grupo.

— Só não acho que deveríamos desperdiçar tempo e energia inventando coisas que não vão levar a lugar algum — afirmo. — Edward Barnes é um idiota egoísta que espera cumprir uma pena curta por um crime de colarinho branco, para então recuperar o dinheiro que ele escondeu em várias contas em todo o mundo. No momento, tudo o que podemos fazer é ajudar a investigação do FBI da melhor forma possível.

— Nós controlamos o plano de saúde da família — Dick diz, um dos chefes de departamento. — É uma das poucas formas que ainda temos para pressionar.

Mantendo o rosto inexpressivo, seguro minha caneta com tanta força que acho que a tinta vai explodir por toda a mesa da sala de conferências.

— Acho que aquela esposa bonitona dele vai ceder quando não conseguir pagar pelas consultas de uma filha doente ou não puder mais bancar aquela escola particular de luxo — Dick continua.

— Faz alguma diferença que ela seja bonita? — Delores pergunta com as sobrancelhas erguidas e, se não estou enganado, com uma pontada de desdém. — Às vezes, acho que sou a única coisa que separa esta empresa de um processo de assédio sexual.

— Não estou nem aí se ela parece a porra da sola do meu sapato — Brett ruge, com seu sorriso bonachão substituído por uma carranca em seu rosto vermelho. — Eu quero meu dinheiro, e se a solução for pressionar Soledad Barnes, então acho melhor você começar a pressionar, Judah. A ideia do Dick sobre o plano de saúde pode funcionar.

Pode ter certeza.

Fico em silêncio, mas olho para o CEO da CalPot para pelo menos demonstrar que eu o ouvi. Sou o filho da puta mais lógico e implacável desta sala quando preciso ser, e, embora eu não ache que pressionar Soledad trará resultados concretos, entendo que essa jogada é inteligente. Mas não posso deixá-los fazer isso. Vou encontrar uma maneira de impedi-los. Esse desejo de protegê-la das consequências das ações de Edward é irracional. E se meu instinto estiver errado? E se ela souber *mais* do que está deixando transparecer? Será que eu, o cara que sempre foi imune a distrações, estou ficando cego por causa de belos cachos escuros com mechas douradas, uma boca carnuda da cor de grenadine e uma bunda que...

Respiro fundo, me forçando a me concentrar outra vez na reunião que, supostamente, estou liderando.

— Acredito que se a Soledad se lembrar de alguma coisa ou encontrar algo que nos ajude, que ajude ela e as filhas, ela vai contar — digo.

— Talvez eu deva falar com ela — Dick fala devagar, com um sorriso que se transforma num olhar malicioso.

— Não — digo, cortando-o e com o olhar firme e incisivo. — Você não vai fazer isso.

Foi difícil não olhar para Soledad com aquele vestido dourado na festa de Natal, mas Dick nem se deu ao trabalho de tentar disfarçar. Mesmo com a esposa ao lado, ficou secando descaradamente a Soledad. Nem pensar que ele vai na casa dela para essa conversa.

— O que quero dizer — continuo, mantendo a calma na voz — é que deveríamos ter pouco ou nenhum contato com a família de Edward no momento.

— Quem disse? — Dick pergunta.

— O FBI — retruco. — Qualquer palavra ou interação problemática entre nós pode comprometer o caso.

O que significa que o risco que corri ao avisá-la foi ainda mais imprudente, sem mencionar que completamente despropositado. Tomara que a decisão de ter ido à casa dela não me prejudique.

— Você parece ter um interesse especial pela senhora Barnes, Cross — Dick zomba.

— Tenho interesse especial em receber nosso dinheiro de volta. — Olho ao redor da mesa para os cerca de dez diretores e gerentes de departamento, e faço questão de encarar cada um. — Não sei se vocês se lembram, mas ninguém nesta empresa sabia que havia um problema até eu mencionar. Se vocês confiaram nos meus instintos para chegar até aqui, confiem em mim agora.

Dou uma olhada na pilha impressa de evidências que venho coletando há meses.

— Não acredito que ele tenha feito isso sozinho. Alguém mais inteligente ajudou, mas trabalhar com alguém inteligente não torna ninguém inteligente. Aposto que Edward cometeu alguma estupidez em algum momento. Quando descobrirmos isso, resolveremos o caso.

— É bom mesmo — Brett diz, se levantando e sinalizando o fim da reunião. — Quero que ele pague pelo que fez e quero nosso dinheiro de volta. Não estou nem aí para quem precisamos esmagar para fazer isso acontecer.

Ele sai da sala com sua assistente, Willa, que tenta acompanhá-lo aos tropeços. Levo algum tempo recolhendo minhas coisas, o iPad e a pasta cada vez maior de arquivos, embora meu instinto seja de voltar correndo para o escritório e reexaminar imediatamente todas as evidências. Quero transmitir uma sensação de calma, apesar de sentir a mesma urgência de Brett. Talvez maior. Quanto mais durar, pior será para Soledad. Não quero nem tentar entender por que isso é tão importante para mim. Nunca fui influenciado pela aparência de uma mulher antes.

E não é essa a questão.

Talvez as pessoas não vejam o quanto Soledad é especial, mas eu vi sua força, sua coragem, seu humor e o amor e sacrifício que ela dedica às filhas.

Consigo enxergar esse tipo de amor, porque foi exatamente por um amor assim que eu e Tremaine reorganizamos nossas vidas, nossos sonhos, nossos objetivos para fazer o que fosse necessário por Aaron e Adam. Além de suas qualidades óbvias, foi o modo como Soledad interagiu com Aaron que mais me impressionou. Ele não se esforça para facilitar a conexão com as pessoas. Não é uma prioridade natural para ele, então, às vezes, é preciso alguém que esteja disposto a ir além, a se esforçar, mesmo que, a princípio, não pareça que a resposta virá. Quando entrei e os vi juntos, percebi o quanto aquilo significou para Aaron, mesmo que sua expressão não revelasse. E foi aí que algo se alojou no meu peito e não consegui tirar de lá desde então.

— Bom trabalho até agora, Judah — Delores diz, com uma pasta debaixo do braço. — Continue assim.

— Obrigado. — Eu também me levanto. — Vamos continuar tentando.

— Apesar do que o meu pai parece pensar — ela ri, franzindo as sobrancelhas grossas —, isso é tudo que podemos fazer. E agradeço por você estar de olho em Soledad.

Ergo a cabeça, já com um protesto nos lábios.

— Não estou de olho nela…

— Eu não sou o Dick, Judah. Não acho que você tenha algum motivo oculto. Ela não é o tipo de pessoa que faria isso. Ela é muito honesta. Muito direta, quase ao extremo. — Ela ri e balança a cabeça. — Você deveria ter ouvido aquela mulher criticando nossas panelas e me dizendo como dar um jeito nelas.

— Se eu estiver errado sobre ela — respondo, acompanhando os passos de Delores ao nos aproximarmos da saída da sala de conferências —, engulo todos esses papéis aqui.

— Se você estiver errado — Delores faz uma pausa, coloca a mão no meu ombro e me lança um olhar mais sóbrio —, meu pai vai comer *você* vivo. Ele não suporta tolice e odeia ser feito de tolo. Esse caso virou assunto pessoal para ele, e ele vai acabar com a Soledad se for preciso.

Enrijeço e tiro o olhar da sua mão em meu ombro e encaro sua expressão séria.

— Infelizmente, não posso deixá-lo fazer isso.

Um sorriso surge em seu rosto e ela concorda.

— Eu estava esperando que você dissesse isso.

8

SOLEDAD

— Boas notícias — Brunson diz. — Você pode visitar o Edward.

— Ah, que ótimo. — Sei que não pareço entusiasmada, e depois da minha conversa com o Edward ontem, nem consigo encontrar energia para fingir.

— Você pode ir hoje mesmo, se quiser.

— Obrigada por me avisar. — Ajustando meu fone de ouvido para poder ouvi-lo melhor, preparo um waffle e sirvo Lupe, que está sentada no balcão da cozinha.

— Então, o horário de visita termina às três — Brunson continua, com a voz demonstrando certa dúvida.

— Lottie tem competição de ginástica hoje. — Aceno para a despensa. — Inez, pegue a calda. Desculpa, Brunson, estamos tomando café da manhã.

Inez volta com a calda e entrega para Lottie, que rega seu waffle.

— Já tá bom — aviso Lottie, apontando para o prato cheio. — Você vai se lembrar de toda essa calda quando estiver dando uma pirueta no ar. Vai com calma.

— Bom, eu sei o quanto você estava ansiosa para vê-lo — Brunson desabafa. — Desculpa por ter demorado tantos dias. Com certeza ele adoraria ver você amanhã, se não puder hoje.

— Claro. — Me sento com as meninas, corto meu próprio waffle e espeto um pedaço de linguiça de frango. — Pode ser.

— Se você mudar de ideia, é só me avisar que posso organizar tudo. Aviso para ele que você está a caminho.

— Tá bom. — Tomo um gole do meu suco de laranja. — Falo com você em breve.

Fica silencioso do outro lado da linha e me dou conta de que o advogado está confuso. De desesperada para ver meu marido passei para "vamos ver se vai dar".

— Olha, Sol...

Meu celular emite um sinal sonoro e dou uma olhada na tela, franzindo a testa quando vejo o nome da minha médica.

— Brunson, depois te ligo. Estão ligando do consultório da minha médica.

— Está tudo bem?

— Acabei de fazer meus exames anuais. Devem estar só confirmando que deu tudo certo. Falo com você mais tarde.

Atendo a ligação e fico surpresa ao não ouvir a enfermeira da minha médica do outro lado da linha, mas sim a própria médica.

— Doutora Claymont — digo. — Entrando em contato comigo pessoalmente em pleno sábado? O que virá depois? Visitas domiciliares?

Fico esperando por uma resposta bem-humorada, mas ela não vem. Sou paciente dela há muito tempo. Ela havia acabado de sair da faculdade de medicina e nós tínhamos acabado de nos mudar para Atlanta quando comecei a me consultar com ela, mais de 15 anos atrás. Eu a conheço muito bem e seu bom humor costuma ser evidente.

— Shelia? — Dou uma olhada nas meninas tomando café da manhã e deixo escapar uma risada nervosa. — O que foi?

— Sol, sei que é incomum uma ligação pessoal num sábado, mas queria conversar com você sobre alguns resultados dos seus exames.

Meu estômago dá um nó com um medo que já conheço. Saio da cozinha e caminho pela sala até a varanda da frente antes de responder:

— Se for câncer — forço as palavras e me sento no degrau mais alto —, diga logo. Você sabe que a minha mãe...

— Não é câncer.

— Ai, graças a deus. — Desabo, deixando minhas costas baterem nos degraus duros da varanda.

— Eu sei — ela diz, com as palavras cheias de compaixão. — Você está bem. Quer dizer... você não está com câncer.

— Mas eu não estou bem? — Uma careta acompanha minha breve risada. — Me diga logo qual é o problema.

— Você está com clamídia.

O silêncio aumenta e explode nos meus ouvidos, terminando num rugido em que todos os sons da vizinhança, os latidos dos cachorros do senhor Calloway, os gritos das crianças do quarteirão enquanto a mãe os puxa em um carrinho, um avião voando baixo rumo ao aeroporto de Hartsfield, voltam de uma vez.

— Nossa. — Rio. — Desculpa. Por um segundo, achei que você tivesse dito que eu estava com...

— Clamídia, sim. É isso, Sol. Eu... sinto muito.

O bom humor se esvai em cinzas nos meus lábios e, por alguns segundos, não consigo falar.

— Não é algo que coloque sua vida em risco — ela continua, retomando um tom estritamente profissional. — Você nem deve ter notado que tinha alguma coisa. Você não relatou nenhum sintoma quando esteve aqui no início da semana. É curável. Já encomendei uma rodada de antibióticos que você...

— Calma aí. — Começo a andar pela nossa garagem. — Deve haver algum engano. Uma confusão com os resultados de outra pessoa ou coisa assim. Shelia, você sabe que é impossível. Eu só tive relações com...

O meu marido.

Só transei com uma pessoa nas últimas duas décadas. Pelo jeito, Edward não pode dizer o mesmo.

As instruções de Shelia sobre a medicação, a informação de que a receita já deve estar disponível na farmácia... poucos detalhes fazem sentido. Apenas absorvo a dor da traição de Edward. Isso me atinge por dentro, batendo no músculo delicado do meu peito várias vezes. A batida do meu coração.

Atordoada, desligo o telefone e caio no degrau da frente, fazendo um baque surdo, e sinto o ar do inverno secar as lágrimas que formam trilhas rígidas no meu rosto. Uma dor tão visceral que literalmente rouba meu fôlego e atravessa o meu corpo. Minha mente gira, repassando cada momento desde o dia em que eu e Edward nos conhecemos no *campus*, passando pelo fio condutor que atravessa alguns anos bons e outros difíceis, por três salas de parto e quase duas décadas sob o mesmo teto, compartilhando a mesma cama. Estou cansada de me agarrar a esse fio, procurando o momento em que as coisas começaram a mudar. Só sei que as coisas mudaram; *ele* mudou, e sua traição desfez completamente as nossas vidas.

Eu fui tão burra. Todas as noites, ficava me perguntando por que ele não queria transar comigo, enquanto ele estava comendo outra pessoa. A ironia de eu praticamente implorar para ele fazer amor comigo na noite da festa de Natal. Agora entendo que seus comentários sobre rejuvenescimento vaginal não foram uma simples crueldade. Ele estava se desviando do assunto, me distraindo da sua vida dupla, me fazendo sentir inadequada, plantando de propósito sementes de insegurança para que eu me concentrasse em mim e não na merda toda que ele andou fazendo. Minha paranoia que surgiu com seu comportamento estranho nos últimos dois anos não era paranoia de fato, mas sim intuição. Um instinto que eu tive muito medo de seguir até um desfecho natural.

Não é nem a infecção em si que me faz sentir suja. É a traição dele. Me sinto imunda não pelo que ele me passou, mas pelo que ele me tirou. O que ele escondeu de mim, mesmo sem eu nunca ter escondido alguma coisa dele e dando tudo de mim para a vida que prometemos construir juntos.

A dor se instala como sedimento, afundando em mim e se solidificando em forma de raiva. Ele não só colocou a nossa segurança financeira em risco, deixando as meninas e eu completamente vulneráveis, mas também me violou da maneira mais ultrajante. Ele não só quebrou nossos votos, mas profanou aquilo que deveria ser sagrado entre nossos corpos e nossos corações.

Será que ele chegou mesmo a ver as coisas dessa forma? Será que ele alguma vez foi o cara legal com quem achei ter me casado logo após a faculdade? Aquele que despertava a inveja de todas as garotas da nossa turma? Quando foi que ele se transformou nesse monstro que rouba milhões de dólares e faz sexo sem proteção com outras pessoas? Ou será que ele passou os últimos 20 anos escondido atrás de uma máscara monstruosa?

Só há uma maneira de descobrir. Ligo para Brunson e nem espero ele falar.

— Ei, quero que você confirme que estarei na lista de visitantes do Edward hoje.

— Tudo bem. Alguma coisa mudou?

— Sim. — Fungo e enxugo as últimas lágrimas. — Tudo mudou.

SOLEDAD

Corri tanto para chegar à cadeia e agora não consigo sair do estacionamento. Sentada aqui, olhando para o prédio, engulo a maré de emoções que continua subindo pela garganta, ameaçando inundar meus olhos. Edward não merece mais as minhas lágrimas. Ele não é digno.

Dou uma olhada no meu reflexo no espelho retrovisor. Estou usando pouquíssima maquiagem, um suéter simples e calça jeans. As orientações enviadas por Brunson aconselhavam usar roupas discretas. Eu queria poder aparecer vestida de luto para lamentar a morte das minhas ilusões, do meu casamento, do mundo como eu conhecia. Estou descendo da minha caminhonete quando vejo uma mulher loira saindo da cadeia. Ela me parece familiar e, à medida que se aproxima, sei exatamente quem ela é.

— Ai, meu Deus. — Volto para o carro e me afundo no banco, levantando a cabeça apenas o suficiente para vê-la destravar um Porsche conversível preto.

Amber.

Todas as minhas suspeitas sobre ela voltam na mesma hora. Na verdade, elas nunca foram embora. Eu só as ignorei porque Edward sempre tinha uma resposta, e eu nunca consegui pegá-lo numa mentira. Ele sempre tinha uma desculpa.

Até agora.

Agora, não há desculpa, porque a prova da sua infidelidade, da sua deslealdade, eu carrego no próprio corpo.

Estou estacionada do lado oposto do estacionamento, então ela não me vê. Me deito no banco por alguns minutos pelo tempo suficiente para ela sair. Lentamente, ergo a cabeça para ter certeza de que o carro dela sumiu. Exalando meus medos, minhas incertezas, minhas mágoas, inspiro indignação e ressentimento como uma fumaça tóxica que, em vez de me enfraquecer, me fortalecem. Agora, estou forte o suficiente para o confronto. Enquanto guardo a bolsa num armário e passo pelo detector de metais, relembro os erros que Edward cometeu comigo, com nossa família, o que alimenta ainda mais a minha raiva. Mal consigo manter o controle, estou quase explodindo com aquele traste que chamo de marido.

Felizmente, quando entro na sala de visitantes, não tem muita gente. Não é um espaço privado, mas os presos e seus visitantes estão espalhados e as conversas são, na sua maioria, sussurradas. Edward se levanta do sofá barato assim que me vê, com os braços estendidos. Paro a poucos metros de distância para evitar seu toque e despejo toda a minha fúria no olhar. Seus braços caem devagar para os lados e uma carranca aparece entre suas sobrancelhas loiras-escuras.

— Soledad — ele diz, mas meu nome soa mais como uma pergunta, que ele ousa combinar com um sorrisinho. — Que bom que você mudou de ideia. Brunson disse que você tinha que levar Lottie a uma competição, mas talvez conseguisse vir amanhã. Eu não estava esperando você.

— Foi por isso que a Amber saiu correndo?

Seu sorriso petrifica e vejo o momento em que ele percebe que o peguei no pulo. Vejo em seus olhos o cálculo mental que ele faz antes de disfarçar a expressão.

— Como assim? Você viu a Amber? Falou com ela?

Coloco as mãos na cintura e olho para ele com as sobrancelhas erguidas.

— É com ela que você está transando, né? Foi dela que você pegou clamídia? Ele olha em volta furtivamente, com a face ruborizada de vergonha.

— Você perdeu o juízo? Que negócio é esse?

— Ah, você também não deve estar com sintomas ainda, ou talvez tenha esquecido que recentemente se dignou a transar com sua esposa, correndo o risco de contaminá-la. A sua namorada não é só *sua*, Edward. Ela está espalhando as porcarias dela por todos os lugares e, graças a você, eu peguei.

Ele respira fundo, contraindo os músculos da mandíbula.

— A ideia de eu ter te traído é ridícula. Se você pegou gonorreia, eu que pergunto com quem *você* andou transando.

— Acha mesmo que isso vai funcionar? — Cruzo os braços e cerro os olhos, vendo-o com mais clareza do que nunca, talvez. — Que você pode mentir para se safar dessa? Que você pode exibir esse seu sorriso branco e eu vou ficar tão encantada que talvez esqueça que você me traiu?

— Cale a boca — ele sibila, olhando ao redor. — Não podemos ter essa conversa aqui. É muito perigoso.

— Perigoso foi você fazer sexo sem camisinha com a Amber e depois transar comigo.

— Se vai ficar fazendo acusações malucas, então acho melhor você ir embora.

— Você está me expulsando? — Solto uma risada quase sincera. — Da prisão? Por quê? Para você não ter que encarar o fato de que a sua amante tem outro amante também?

— Ela não está com ele... — ele se interrompe, mas não antes de eu conseguir pegar no ar mais uma pecinha do quebra-cabeça que confirma minhas suspeitas. — Se você continuar falando alto e comprometendo a minha defesa com um monte de especulações infundadas, então, sim, é melhor você ir embora. Você precisa de um tempo para se acalmar e pensar com a razão.

— Ah, eu estou sendo muito racional. Tão racional que estou lembrando de todas as noites que você passou com a Amber no escritório. Talvez vocês não estivessem só dormindo juntos. Talvez ela faça parte do seu esquema.

O rosto de Edward se fecha por completo, e seus lábios se afinam tanto que quase desaparecem.

— Você não tem ideia do que está falando.

— Ah, tenho sim. Judah acredita que alguém te ajudou, que você não é inteligente o suficiente para fazer tudo aquilo sozinho. E, pensando bem, ele tem razão — digo, tocando o queixo com a ponta do dedo.

— Você nem pôde esperar para correr até ele, né? — Edward pergunta, com as palavras transbordando desprezo. — Agora você acredita que ele estava na minha cola?

— Sim, e por um bom motivo. Você é um bandido, um mentiroso e um... — Um soluço me pega de surpresa e cubro a boca, me recusando a dar esse gostinho para ele. — Como pôde, Edward? Como você pôde fazer isso comigo?

Agora eu entendo tudo. Por trás do encanto, há frieza no seu olhar, e me esforço para lembrar a última vez que ele olhou para mim com ternura. Com cuidado. Por quanto tempo ele tem me ignorado? Será que ele não vê a mulher que me tornei? Será que ele chegou a me amar? Será que ele é capaz de amar?

— De que adianta negar agora? Você me pegou. — Ele levanta as mãos como se estivesse sob a mira de uma arma. — Culpado. Encontrei uma mulher mais jovem, excitante, ambiciosa e inteligente. Pode acabar sendo um mal que vem para o bem. Parece que você não está mesmo interessada em ficar mais rica do que jamais sonhou, e seria mesmo um atraso na minha vida. Quando eu sair daqui, vou me divorciar de você e aí podemos seguir caminhos separados. Você só terá que me ver nos fins de semana, quando eu levar as meninas.

Avanço em sua direção, mas paro de repente ao notar um guarda com uma expressão alerta nos observando com atenção. Me aproximo de Edward, mas não de forma ameaçadora. Estendo a mão e seguro seu pescoço, trazendo sua cabeça até perto dos meus lábios. Ele se esforça para se afastar, mas não o solto, cravando as unhas em sua pele.

— Se acha que vou deixar você ter alguma relação com as minhas filhas — sibilo em seu ouvido —, então está mesmo delirando. Se você está tão cansado de ser o pai de família, então não seja.

— Ei — diz o policial, franzindo a testa e fazendo sinal para que nos separemos. — Um passo para trás.

Empurro Edward para longe de mim e curvo os lábios, mantendo a última promessa que farei a este homem.

— Não vou esconder delas quem você é de verdade, Edward. Eu não vou mentir por você. Vou contar para elas que você roubou. Que você é um ladrão e mentiroso. Que você traiu a mãe delas.

Me viro na direção da saída da sala de visitantes, indiferente aos olhares que as nossas vozes altas atraem.

— Você não pode fazer isso — Edward grita para mim. — Você está sem dinheiro nenhum. Vão tomar a casa. O que você tem sem mim, Sol? Você não vai sobreviver.

Olho para trás e dou um sorriso com todo o meu esforço, mas que vale a pena pelo olhar preocupado que ele me devolve.

— Pague pra ver.

10

SOLEDAD

Estaciono na garagem e meu celular acende com uma mensagem. Várias, na verdade, no meu grupo com a Hendrix e a Yasmen.

> **Hendrix:** Tá tudo bem, Sol? O que está rolando? Acabei de deixar a Lottie na sua casa.
> **Eu:** Estou bem. Obrigada por levá-la. Acabei de chegar em casa. Fico devendo mais essa.
> **Yasmen:** Você vai contar pra gente o que está rolando?

Meus dedos pairam sobre o teclado. Mais de uma vez, minhas melhores amigas me avisaram sobre o Edward. Disseram que ele estava escondendo alguma coisa. E eu já sabia, não é? Em algum nível, eu já sabia que ele estava escondendo alguma coisa de mim, mas nunca teria imaginado que ele seria capaz de ter esse tipo de comportamento criminoso ou de me trair. Murmurar o nome de Amber durante o sono de vez em quando era uma coisa, mas chegar a dormir com ela? Sem camisinha? Passar uma infecção para mim?

Agarro o volante, sentindo a vergonha tomar conta de mim. Por mais que eu ame minhas amigas, não consigo admitir como fui tola, nem mesmo para elas. Elas jamais diriam "eu avisei", mas todas nós sabemos que sim, de alguma maneira, elas avisaram. Eu não queria acreditar que a minha vida perfeita se baseava numa rede de mentiras. Estou cansada demais, envergonhada demais, para contar sobre a proporção do desvio, sobre a infidelidade, a clamídia.

Olho para a sacolinha da farmácia com o meu remédio. Nunca contraí nenhuma IST no ensino médio nem na faculdade e, agora, com quase quarenta anos, me acontece isso? Seria cômico se o meu coração não estivesse tão dilacerado. Se eu não estivesse tão envergonhada.

> **Eu:** Tem muita coisa rolando, mas prefiro conversar amanhã. Tudo bem? Está tarde.
> **Yasmen:** Tem certeza? O Josiah está aqui com o Kassim. A Deja está no cinema. Eu posso ir aí.
> **Hendrix:** Eu também posso ir aí, já que estou livre, desimpedida e sem filhos. A gente chega aí rapidinho. É só falar.
> **Eu**: Então digo que é amanhã, tá bom? Vou contar tudo pra vocês. Só não me peçam para fazer isso agora.
> **Yasmen:** Sinto muito, Sol. De verdade, querida.

E eu sei que ela sente. Ela não sabe dos detalhes, mas sabe que elas tinham razão. Que Edward é um merda, e que a minha vida tem sido uma mentira deslavada atrás da outra.

> **Eu:** Amo vocês, meninas. Venham amanhã para um brunch. Vou fazer frittata e Bloody Mary. Vocês sabem que cozinhar me relaxa e vocês podem tentar me animar.
> **Hendrix:** Não pega leve no Bloody Mary. Foi uma semana longa. ☺
> Tá bom. Hoje a gente perdoa, mas amanhã você vai abrir o bico.
> **Eu:** Combinado. Amanhã. Amo vocês.

Desligo o celular, porque não consigo mais lidar com elas. Sinto vontade de chorar ao ver o tanto que elas me amam, não importa o que aconteça, sendo que nem meu marido, que conheci durante metade da minha vida, conseguiu fazer isso. Não existem versos suficientes para homenagear a amizade. Não há canções suficientes para o tipo de amor que não nasce do sangue ou do corpo, mas do tempo e do cuidado. Os amigos são as pessoas com quem escolhemos rir, e chorar, e conviver. Quando os amantes vêm e vão, os amigos são os que ficam. Somos constantes uns na vida dos outros. Quando entro em casa, as meninas estão na sala.

— Mamãe, olha só! — Lottie salta do sofá e me mostra a fita presa em seu agasalho. — Primeiro lugar.

— Ah, querida.

Eu nunca perdi uma competição. Nem todas são importantes, mas estou sempre lá. Odeio ter perdido essa por ter ido atrás do idiota do pai delas, mas era o que tinha que ser feito. E eu falei sério. Não vou mentir por ele. Não vou dizer para as meninas que ele é um bom homem quando, na verdade, é um traidor e um criminoso. Já vou agendar a terapia para lidar com os possíveis problemas emocionais que isso poderá causar, mas não vou protegê-lo se ele não nos protegeu.

— Como o papai está? — Inez pergunta, tirando os olhos do jogo no iPad por um instante. — Quando ele volta para casa?

— Ele está bem. — Deixo cair a bolsa e a sacola de farmácia no sofá. — Pode ser que demore um pouco até a gente saber quando ele vai sair. O advogado está trabalhando no caso dele.

Sair.

Não digo *voltar para casa*, porque se eu encontrar um jeito de conseguir ficar com esta casa, ele nunca mais vai morar aqui.

— Mas ele vai sair, né? — Lupe pergunta, deixando o celular de lado.

— Meninas, quero contar uma coisa para vocês. — Me sento na poltrona no centro da sala e olho para elas, uma por uma. — Seu pai fez algumas escolhas erradas. Não posso entrar em detalhes agora, mas talvez ele tenha que pagar por algumas das coisas que fez.

— Mas ele disse que foi o Judah Cross — Inez protesta, franzindo a testa. — Que foi uma armação.

— Ninguém armou para ele — digo com firmeza. — Não quero falar muito sobre o caso ainda, porque as coisas ainda estão acontecendo. Só quero que vocês entendam que o pai de vocês pode não sair sob fiança ainda. Vamos lidar com o resto no decorrer do processo.

— Mas o que a gente vai fazer? — Lottie pergunta, piscando depressa, apertando a boquinha delicada. — O papai cuida da gente.

— Eu vou cuidar da gente — digo a ela sem hesitar. — Não sei bem como, mas vou.

— Mas você não trabalha — Inez diz.

É como ser apunhalada no coração. Edward mal esteve presente nos últimos anos. Ele disse que era por conta de um aumento na sua carga de trabalho. Agora sei que ele estava brincando feito um irresponsável com o dinheiro da empresa e com a assistente. Dei toda a minha vida a essas três pessoinhas, àquele homem, a esta casa, a esta família. E, pelo menos no momento, parece que meu valor para elas é medido pelo salário que não tenho.

— A gente é o trabalho dela. — Lupe dá um tapa na cabeça de Inez. — Mãe, ela não quis dizer isso.

— Isso o quê? — Os olhos arregalados de Inez se direcionam para mim. — Eu não quis te magoar, mãe. Só estava dizendo...

— Está tudo bem, meu amor. — Me levanto, me inclino para beijar sua cabeça e faço o mesmo com Lupe e Lottie. — Sei o que você quis dizer. Vou subir um pouco, tá?

— Mãe — Lupe diz com uma expressão preocupada que a faz parecer muito mais velha. — Tem certeza de que está tudo...

— Eu estou bem. — Dou um sorriso tranquilizador, esperando convencê-la, porque é o melhor que posso fazer agora. — Que tal uma pizza para o jantar?

A concordância delas é sutil em comparação com o entusiasmo habitual, e eu conheço minhas meninas tão bem que posso praticamente ver os pensamentos pairando sobre suas cabeças. As crianças são resilientes. Elas estão tentando agir como se nada tivesse acontecido, mas o pai delas está na cadeia. O FBI está envolvido. Elas sabem que isso pode mudar a nossa vida e não têm certeza do que vai acontecer.

Essa é uma das partes mais chatas de ser adulto. Nós precisamos ter certeza ou descobrir. Meus pais sempre sabiam das coisas. Não tínhamos muito dinheiro, mas não me lembro de ter que me preocupar com isso. Quero que a vida das minhas meninas seja assim. Não se trata de ignorância ser uma bênção. Eu sabia que às vezes as coisas eram difíceis, mas sempre tive certeza de que a mamãe e o papai dariam um jeito.

Me sinto compelida a ir até o armário depois de pensar nos meus pais. Arrasto o banquinho e subo para pegar o baú da *mami*. Sentada no chão, levanto a tampa, inspiro sua memória e a trago para perto para me consolar.

Se ela estivesse viva, com certeza estaria soltando uma torrente de pragas no Edward. Ela ameaçaria invocar a minha tia Silvana, que ainda respeita as antigas tradições e pratica o Sanse. *Mami* sempre dizia que nada daquelas coisas de vodu era real, mas que ninguém ousasse mexer com a gente. Ela ligaria para a tia Silvana lá na ilha na mesma hora. Uma só lágrima desce pela minha bochecha e desliza pelo canto da boca. Não é salgada. É agridoce, com a lembrança dos anos incríveis que passei com a minha mãe e os anos que tive que viver sem ela.

Quando já éramos um pouco mais velhas, ela falava mais sobre sua vida com Bray antes do meu pai. Ela contou que ele a traiu uma vez, e foi o que bastou.

— Se a gente aceita que um homem nos maltrate, ele vai se sentir à vontade. Não tem segunda chance. Se o cara me usa, acha que pode me fazer de gato e sapato, só prova que não merece estar na minha vida. — Ela batia as mãos. — Tchau pra ele.

Seu jeito atrevido desperta minhas memórias e me faz lembrar da verdade. Não fui eu que falhei com o Edward. Não que eu não fosse sexy o bastante ou não fizesse o suficiente. Não é minha vagina larga, meus quase quarenta anos, minhas linhas finas ao redor dos olhos. É ele. Sua falta de caráter, sua quebra de promessas. Até os homens casados com as mulheres mais lindas do mundo traem.

Lemonade não me deixa mentir.

E ainda assim esse sentimento de *insuficiência* me invade ao olhar para o meu peito através de um véu de lágrimas. Ergo o tecido e pressiono contra o rosto, deixando que a bandeira do Grito de Lares absorva a umidade da minha dor. Minha *abuela* mantinha essa bandeira pendurada na parede de casa. Foi um símbolo de rebelião justa e uma declaração de guerra em nome da independência. Enquanto seguro a bandeira, me sinto coberta de orgulho, raiva, ferocidade.

Como ele ousa?

Como ele pôde?

A dor se alastra com tanta profundidade e amplitude que parece que vai me engolir. Estou me afogando nela, mas busco minha raiva e, como uma tábua de salvação, ela me resgata. O facão brilha para mim como um sorriso malicioso por baixo do diário da *mami*. Afasto o livro com capa de couro e pego o facão. Seguro-o na palma das mãos e minha boca saliva por vingança. Por retaliação. Se Edward estivesse na minha frente, eu poderia cortar seu pau e pendurar suas bolas no meu espelho retrovisor como um troféu da minha vitória. De como o castrei.

Mas ele não está aqui.

Só as coisas dele estão.

A ideia de destruir seu guarda-roupa caro e arruinar todos os seus sapatos feitos à mão ainda não se formou por completo quando me vejo de pé com o facão, já cortando os braços do seu terno Armani, rasgando as costas do seu Marc Jacobs e amputando as pernas do seu Gucci. Levo o facão até as prateleiras com os seus sapatos e os corto em cubinhos como se fossem vegetais, até ver confetes de couro espalhados pelo chão do meu armário. Pego aquela gravata cafona de bolinhas vermelhas que a mãe de Edward lhe deu e *chop-chop-chop* até ela sangrar por todo o chão do armário, formando uma pilha de seda arruinada.

Mais.

Mesmo com toda a destruição que causei, a fera em mim anseia por mais, como se todo o guarda-roupa de Edward fosse apenas o aperitivo e eu estivesse faminta pelo prato principal. Desço correndo as escadas e passo na ponta dos pés pela sala para que as meninas não vejam, e então saio correndo para o quintal. Fico ali por um momento, olhando para o local onde Edward passava tanto tempo. Entro e avalio o espaço que Edward queria para manter a "sanidade" numa casa cheia de mulheres.

— Filho da puta — rosno com os dentes cerrados, fincando o facão em sua mesa de mogno. O corte na madeira faz um baque satisfatório. Ergo a faca várias vezes com movimentos rápidos da lâmina, frenética em minha fúria, até que me vejo de pé em cima dela, arfando, suando.

Soluçando.

— Por que você está chorando? — grito, com lágrimas escorrendo em riachos pelo meu rosto quente. — Sua imbecil! Por ele? Seque já estas lágrimas.

A mesa jaz aos meus pés, num amontoado de madeira quebrada, mas ainda não é suficiente. Corro até a mesa de sinuca e uso o facão para cortar o feltro verde. Sem conseguir causar estrago o bastante, pego as bolas e jogo na parede, deixando marcas e buracos. Uma delas voa numa trajetória desenfreada até a janela, quebrando o vidro.

Os estilhaços de vidro no chão parecem perfeitos. Como se representassem como estou por dentro. Grandes pedaços pontiagudos de mim espalhados pelo chão, sem possibilidade de reparo.

Preciso de mais vidro.

Meu olhar se fixa no bem mais precioso de Edward: a camisa autografada e emoldurada de Larry Bird. Destruir aquilo seria como cortar sua veia jugular. Corro na direção da peça, salto sobre os escombros da mesa e golpeio a moldura de vidro com o facão. A moldura se estilhaça, cacos voam ao meu redor. Sem me preocupar com os riscos, enfio a mão na moldura e arranco a camisa, jogo-a no chão e a rasgo com o facão. Durante três gerações, as mulheres da minha família empunharam este facão. Não é só uma lâmina de aço, mas uma linhagem. Eu o uso agora para eliminar as inseguranças, a vergonha, a dor que me consumirá se eu permitir.

Enfim exausta, com as roupas encharcadas de suor, a garganta em carne viva por causa dos gritos e soluços, o cabelo emaranhado nos ombros e nas costas, caio no chão e me sento de costas para a parede, puxando os joelhos para o peito. Durante a onda frenética de adrenalina, nem notei a dor, mas assim que me sento, me dou conta do caco de vidro enterrado na palma da minha mão latejante. Puxo para fora e jogo na camiseta rasgada a meu lado. Retalhos de tecido verde cobrem o chão, misturados com vidro, e madeira, e gesso. Uma satisfação sombria me preenche naquele espaço arruinado que Edward costumava considerar sagrado.

Me levanto, mas um filete de prata reluzente nos escombros me faz parar. Enrolo a mão na barra da minha camiseta para estancar o fluxo de sangue e me abaixo para pegar aquele objeto prateado em meio à madeira. É um pequeno retângulo de metal que está de alguma forma fixado, talvez colado, à gola da camisa do Celtics. Ou o que sobrou dela.

Um pen drive.

Fico olhando para aquilo por longos segundos, com medo da esperança de que aquilo signifique alguma coisa.

Pode não ser nada.

Ou pode ser exatamente o que eu preciso.

11

JUDAH

— Cadê o meu dinheiro, Cross?

Ainda não tenho uma resposta fácil para a pergunta de Brett Callahan, não há como saber quanto Edward desviou da empresa ou para onde foi a maior parte dessa grana. Temos que reforçar nosso caso, senão esse imbecil pode acabar se safando e *ainda* não vamos descobrir onde está o dinheiro.

— Como sabe, está nas mãos do FBI agora, mas com base no rastro do dinheiro que a minha equipe conseguiu traçar — respondo, olhando para o outro lado da mesa comprida —, encontramos uns três milhões e recuperamos uns dois milhões. Sem os números das contas e um mapa confiável das transações que ele fez, não consigo ter certeza.

— Então seu melhor palpite é que vamos recuperar talvez um terço do que ele levou — Delores diz. — Mas deve ser menos que isso.

— Eu diria que é uma estimativa razoável. — Concordo com a cabeça. — Mas ainda acho que está faltando alguma coisa. Ou melhor, *alguém*.

— Está dizendo que acha que outro funcionário da CalPot participou disso? Que ainda temos um ladrão na nossa folha de pagamento? — Brett pergunta, com a expressão sombria.

— Não dá para afirmar — admito. — Mas meu instinto diz que sim.

— Seus instintos nos trouxeram até aqui — Delores diz. — Sei que você tem um diploma chique, mas acho que a intuição é a melhor coisa que você tem a seu favor.

— Minha intuição não vai ser suficiente para recuperar o dinheiro. — Entrelaço os dedos atrás da cabeça. — Estamos precisando de uma folga.

Ou um milagre.

— Foda-se a intuição — Dick diz, sentado a minha frente. — Já colocamos mais pressão na esposa dele? Acho que todo mundo da equipe gosta de um sorriso bonito e uma bunda gostosa, não? É por aí que a gente deveria pressionar. Aposto meu próximo salário que a Soledad está envolvida.

— Eu topo a aposta. — Me inclino para a frente e apoio os cotovelos na mesa da sala de conferências, entrelaçando os dedos e olhando nos olhos dele.
— Que tal uma doação para a minha causa favorita?

— Do que você está falando? — Dick dá uma risada confusa.

— Você disse que apostaria seu próximo salário que a Soledad está envolvida na sujeira do Edward. Eu topo a aposta. Quando eu descobrir que a Soledad não fez nada de errado, você pode doar todo o seu salário para a causa que eu escolher. Conheço várias instituições de caridade que ficariam felizes com a doação.

— Eu não... — O rosto de Dick fica vermelho. — Eu não estava...

— Todo mundo ouviu — Delores pondera. — Você disse que apostaria seu salário.

— É só jeito de falar — Dick diz, rígido.

— Estamos falando da vida de alguém — retruco, com o tom calmo escondendo a raiva que me consome por dentro. — Dos filhos de alguém. São coisas que levo muito a sério, inclusive quando você aposta seu salário para convencer a equipe a arruinar Soledad Barnes sem qualquer prova substancial.

— É culpa da bunda dela. — Dick suspira, balançando a cabeça.

— Já chega — Brett retruca, olhando para Dick e para mim com impaciência. — Não vai ter aposta nenhuma e ninguém vai pressionar ninguém.
— Ele me encara com determinação. — Por enquanto. Quanto mais isso se prolongar, mais fracas serão as pistas e menores serão as chances de recuperar nosso dinheiro.

Ele se levanta, faz um sinal com a cabeça para Willa segui-lo e sai da sala.

Eu me levanto imediatamente, caso o Dick diga alguma merda para me provocar. Ele não costuma ser perspicaz, mas de alguma forma conseguiu tocar numa coisa que eu odeio admitir até para mim mesmo.

Tenho uma queda por Soledad.

Por mais que eu tente reprimir o instinto de protegê-la, não consigo.

Delores fica à porta à espera. Sigo em frente e passo por ela, mesmo ao ver sua boca aberta para falar alguma coisa.

— Tenho uma reunião em dez minutos — digo a ela, sem interromper o caminho até o escritório. — Podemos conversar mais tarde.

Se eu tenho um fraquinho por Soledad, ela também tem, e não preciso de ajuda para me solidarizar com uma mulher que poderia ser a chave para desvendar este caso.

Viro no corredor que leva a meu escritório e paro ao chegar à mesa da minha assistente. Sentada na sala de espera está a última pessoa que eu esperava ver.

— Soledad? — pergunto, desacelerando o passo até ficar de frente para ela.

Ela ergue o olhar, os olhos líquidos e escuros, seu rosto forma uma paisagem de lábios exuberantes e cílios pesados. As ondas profundas de seu cabelo com mechas douradas se amontoam num coque bagunçado, cachos delicados escapam pela linha do cabelo e caem no pescoço. Sua calça jeans justa, sapatilhas, camiseta de seda e sobretudo de lã cor de caramelo a fazem parecer delicada e sofisticada.

Mas percebo desespero na maneira como ela segura a alça da bolsa, nos olhos arregalados e margeados de medo. Sinais de tensão se mostram por baixo da sua compostura cuidadosamente trabalhada.

— Eu disse para ela que você tem uma reunião daqui a alguns minutos — minha assistente, Perri, diz com impaciência no tom e com os lábios pressionados. — Ela insistiu...

— Está tudo bem, Perri — digo a ela, *incapaz* de desviar o olhar da expressão sóbria no rosto de Soledad.

— Só preciso de alguns minutos — Soledad diz com a voz rouca. — Não vou tomar muito do seu tempo.

— O que estou tentando dizer é que ele não tem alguns minutos. Ele tem uma reunião. Você não pode simplesmente chegar aqui e...

— Cancele. — Olho para Perri para silenciar seus protestos. — A reunião. Cancele.

Sou o único diretor negro da Callahan, o primeiro a assumir o cargo de diretor de contabilidade. Como uma das poucas funcionárias negras neste andar, Perri sempre tem o cuidado de se apresentar de forma muito profissional. Rosto bem maquiado, roupas estilosas com o *hijab* combinando. Rápida, eficiente, minuciosa. Ela se orgulha não só da sua posição, mas também da minha. Isso faz com que ela seja muito protetora.

Olhando Soledad com certa suspeita, ela pergunta com educação:

— Aceita alguma bebida? Água, chá? Refrigerante?

— Não, obrigada. — Soledad esboça um sorriso e se levanta, inclinando a cabeça para trás para encontrar meu olhar. — Eu não quero atrapalhar o seu dia.

Perri estala a língua e eu lhe lanço um olhar de repreensão.

— É só que... — Soledad passa a língua nos lábios e solta um breve suspiro. — Você disse que se eu encontrasse alguma coisa que pudesse ajudar...

— Claro — interrompi, ansioso para avançar no caso. — Vamos conversar.

Coloco a mão nas costas dela para guiá-la até o meu escritório, para afastá-la de possíveis olhares curiosos. Sinto-a magra e firme com o meu toque. Um aroma fresco chega até mim. Xampu? Perfume? Ela tem o perfume de flores ao sol. Fresco e cativante. Respiro fundo e relembro as palavras de Dick sobre se deixar levar por um sorriso bonito. Isso me traz de volta à realidade, então tiro a mão das costas dela, apontando para uma das cadeiras no escritório.

— Sente-se — digo a ela, me sentando à mesa.

— Foi só depois que cheguei aqui — ela diz, sentada e olhando para as mãos cerradas no colo — que lembrei que você disse que era arriscado ir lá na minha casa. Acho que é arriscado eu vir até aqui também, não é? Desculpa. Eu deveria ter... — Ela faz careta, engolindo em seco com dificuldade. — Os últimos dias foram difíceis. Minha mente está confusa. Espero que ter vindo aqui não...

— Está tudo bem. Lembrou de alguma coisa?

— Pode ser que eu tenha encontrado uma coisa. — Ela abre a palma da mão, revelando um pequeno objeto prateado. Só então noto o curativo branco na outra mão.

Seguro sua mão enfaixada e viro a palma para cima.

— Como aconteceu? — Ela se afasta e deixa a mão machucada cair no colo.

— Não foi nada. Você não notou o que está na minha *outra* mão? — Um tom divertido sai com sua voz e um leve sorriso toca seus lábios carnudos.

Estendo a mão para pegar o pen drive, mas ela fecha a mão e o puxa para trás.

— Acho que aqui tem informações de que você precisa, mas *eu* preciso de uma coisa primeiro.

Levanto as sobrancelhas e cruzo os braços.

— Se isso servir de prova para o caso, posso pedir para o FBI ir buscar.

— E eu posso convenientemente esquecer que tivemos esta conversa e mentir de forma muito convincente para quem me perguntar, mas nenhum de nós conseguiria o que quer, não é mesmo?

Não posso deixar de sorrir. Há um tubarão debaixo de todos aqueles cachos e lã de caxemira.

— Adoro quando consigo o que quero — digo, torcendo para que não tenha soado tão sugestivo quanto acho que soou.

— Eu também — ela responde sem perder o ritmo. — E o que eu quero é manter a minha casa, as minhas contas descongeladas, os meus cartões reativados, e que essa empresa me deixe em paz com as minhas filhas.

— Eu também quero isso, acredite ou não. Também quero os seis milhões de dólares que o seu marido roubou. Você acha que o que está nesse pen drive poderia nos ajudar?

Ela respira fundo, tira a mão das costas e me entrega o pen drive.

Estendo a mão para pegá-lo, mas ela não solta de imediato e o fica segurando com a ponta dos dedos.

— Preciso que você me garanta que vou conseguir o que pedi. Preciso do dinheiro que está nas nossas contas. Tenho algumas economias para sobreviver por uns meses enquanto eu me restabeleço. Isto aqui não é um presente, Judah. É uma negociação.

— Não posso fazer promessas sem saber o que tem aí dentro. Droga, não posso prometer nada, mas pelo menos me deixe ver o que você tem aí.

— Não sou gênia da matemática como você, mas até eu consigo ver que o que tem aqui pode ser crucial para o caso.

Olho para o pen drive minúsculo na minha mão por um segundo antes de contornar a mesa e me sentar para inseri-lo no computador. São tantas pastas e os nomes dos arquivos não passam de números. Ao abrir o primeiro arquivo, vejo uma sequência de números que identifico logo de cara como números de conta e códigos de transação internacionais.

— Merda — solto, com o coração acelerando ao clicar nos arquivos que detalham transações e revelam um rastro que leva a contas de fachada, algumas das quais reconheço pelo que consegui descobrir sozinho. — Tem ideia do que é isso, Soledad?

Ela concorda com a cabeça, puxando o lábio inferior entre os dentes e o mordendo.

— Não sei bem o que é, mas dá para perceber que é incriminatório.

— Isso resolve o caso. É basicamente um roteiro para os lugares para onde o dinheiro foi enviado. Senhas, números de contas. Tudo.

— Ah. — Ela pisca rápido, como se estivesse processando o que estou dizendo. — Certo. Então é bom, não?

— Para nós, excelente. — Preciso dessas informações, mas ela já sofreu o bastante. Ela precisa compreender as implicações de me entregar isto. — Isso reforça significativamente o caso contra o seu marido. Não posso garantir que a pena dele não vá aumentar se tivermos essas informações.

— Eu entendo, mas todo mundo fez as próprias escolhas. Edward escolheu esse esquema em vez da nossa família. — Seus olhos são duros e brilhantes como diamantes. — Ele vai pagar pelo que fez, mas as minhas filhas não vão sofrer. Ele não vai afundar a gente com ele. Ele não pode arruinar a vida delas.

— Então você vai entregar isso para o FBI?

— Estou entregando para você.

Olho para ela e depois para a minha tela com a prova de que os Callahan precisam para condenar Edward e recuperar o máximo possível do dinheiro.

— Por quê? — pergunto simplesmente — Por que eu?

— Eu não confio no FBI. — Sua risada é áspera e rouca. — É claro que não posso confiar nos Callahan, mas não consigo fazer isso sozinha, aí tenho que confiar em alguém. Escolhi você.

Sinto um choque passar por mim como um trovão, e algo mais. Satisfação? Prazer? Estou feliz por ela confiar em mim. Quero ser digno dessa confiança.

— Ninguém conhece esse caso melhor do que você — ela continua. — Você tem informações privilegiadas sobre os Callahan e tem sido o intermediário com o FBI. Ninguém está mais bem posicionado para defender a minha família e a mim. Sei que esse não é o seu trabalho, mas, por alguma razão, acredito que você fará isso. Por favor, não me faça me arrepender.

Ela olha para baixo e brinca com a ponta do curativo.

— É a prova que você precisa, mas também é a prova que *eu* precisava para saber que o homem com quem estive casada por quase metade da minha vida não existe.

Sua serenidade é como um véu, tão translúcida que mal esconde sua devastação.

— Sinto muito, Soledad.

— Tem mais uma coisa que você deveria saber — ela continua, sem reconhecer o meu gesto de empatia. — Você disse que achava que o Edward estava trabalhando com alguém. Pode ser que quem esteja falando aqui seja só uma mulher traída, mas acho que você deveria considerar a assistente dele, a Amber.

— Como assim, "mulher traída"? — pergunto, observando-a com atenção.

— Eles estão tendo um caso. — Ela funga e tenta enxugar uma lágrima antes mesmo de cair.

— Tem certeza?

— Tenho. — Seu sorriso é amargo e ela solta um suspiro áspero. — Certeza absoluta.

Só um idiota trairia uma mulher como ela, mas já sabemos que é exatamente isso que Edward é.

— Sinto muito — repito, embora perceba como isso deva soar vazio para ela.

— Não sinta. — Ela pigarreia e coloca um cacho solto atrás da orelha. — Agora eu sei da verdade. É tudo o que importa.

Sua dor, embora ela a ignore de propósito, é evidente pela tensão ao redor de sua boca. Pela forma como suas mãos se entrelaçam no colo e pelas olheiras que ela nem tentou disfarçar. É óbvio que ela não está aqui para falar de sentimentos, mas para cuidar de negócios. O mínimo que posso fazer é respeitar e deixá-la lidar com o impacto emocional mais tarde e do jeito dela.

— O que faz você pensar que a Amber está envolvida? — pergunto.

— Edward usou inúmeras vezes a desculpa de estar trabalhando até tarde nos últimos dois anos, mas eles tiveram muitas reuniões, e ela vivia ligando para ele. Vi uma coisa na festa de Natal que não fez sentido e aquilo me fez pensar.

— O que foi?

— O Gerald, primo da Amber, trabalha como TI aqui. Eu os flagrei no corredor da festa de Natal e eles pareciam íntimos. Não pareciam parentes.

— Certo. Prossiga.

— Se Gerald trabalha no setor de TI, ele pode ter acesso a todos os tipos de dados aqui na Callahan. Pode ser que a Amber esteja tendo um caso com ele também e ele faça parte do esquema.

Minha mente está a mil com a informação que ela acabou de compartilhar. Como um dos cubos mágicos de Aaron, várias possibilidades começam a se mover até que um cenário que pode realmente fazer sentido se forma na minha mente.

— Fantástico. — Olho para a tela outra vez e sorrio para Soledad. — Sério. Preciso envolver a minha equipe para que a gente possa...

— Quero o pen drive de volta. — Ela estica a palma da mão machucada, com as sobrancelhas erguidas, a cabeça inclinada para o lado. — Você já viu o que eu tenho. Vá à diretoria, ao FBI, a quem quer que seja, e consiga o que eu preciso para minha família. Não estou pedindo muito. Só quero que eles deixem a gente em paz e concentrem a briga no Edward.

Ela não precisava confiar em mim, mas confiou. Não vou desonrar essa confiança. Relutante, removo o pen drive e coloco de volta na palma da mão dela.

— Vou falar com eles. — Me inclino para a frente, captando e sustentando seu olhar. — Tem muitas evidências aí. Preciso enfatizar mais uma vez que isso pode aumentar a pena do Edward.

— Não precisa falar duas vezes — Soledad diz, com uma risada curta e incisiva. — Edward provou que não dá a mínima para mim ou para o bem-estar das filhas. Só estou retribuindo na mesma moeda.

Ela se levanta, guarda o pen drive numa bolsinha e se dirige para a porta. Apesar da preocupação e da exaustão em seu rosto e em seus olhos, ela brilha. Triunfo, confiança, inteligência? Não sei o que acrescentou essa camada a sua beleza, mas é algo novo. Ela perdeu muitas coisas nos últimos dias, em especial o casamento, mas ela encontrou alguma coisa. Mesmo sem saber bem o que é, dá para ver que disso ela não vai abrir mão.

12

SOLEDAD

— Como é que você consegue preparar uma tábua de frios tão deliciosa enquanto a sua vida está desmoronando? — Hendrix pergunta, pegando uma azeitona da tábua de madeira da minha mesa de centro.

— Pois fique sabendo — respondo, enrolando uma fatia de salame num pedaço de Gouda — que eu poderia fazer esta tábua com as mãos nas costas.

— Por favor, faça essa tábua pra mim com as mãos nas costas — Yasmen murmura com a boca cheia de geleia. — Meu deus, você que fez essa geleia aqui?

— Essa "geleia aí" é a minha receita secreta de conserva de pera — digo a ela, colocando mais uma porção no prato dela. — E voltando ao assunto: sim, a minha vida está desmoronando, mas não está arruinada. — Torço o nariz e bebo um gole do meu *pinot grigio*. — Pelo menos espero que não. Obrigada, meninas, por terem vindo me distrair um pouco depois de tudo isso.

— Está brincando? — Hendrix gargalha. — Você bancou a Angela Bassett em *Falando de Amor*, com as roupas e o cafofo do Edward. A gente tinha que ver o estrago que a Soledad desequilibrada pode causar.

— É um espetáculo. — Yasmen ergue sua taça de vinho para brindar. — A você, Sol. Você conseguiu. Se o Edward conseguir escapar da prisão, ele não vai ter um trapo velho pra cobrir aquela bunda branca, e você vai ter tirado todos os brinquedinhos dele.

— A minha favorita foi a camisa do Boston Celtics. — Hendrix toma um gole e ri. — Que ironia ele ter escondido o pen drive lá e você ter partido pra cima com um facão. Menina, que clássico.

— Foi bom naquele momento — digo, suspirando e pegando um punhado de amêndoas da tábua. — Mas, se eu tivesse pensado bem, teria vendido todas as merdas dele em vez de destruí-las. Vou precisar de cada centavo. Além disso, agora vou ter que limpar a bagunça.

— Chame as meninas para te ajudarem — Hendrix sugere. — Não vai demorar.

— Detesto que elas vejam a minha fúria. — Dou um sorriso irônico e balanço a cabeça. — Acho que a clamídia foi a gota d'água.

O sorriso delas desaparece quando menciono a IST. Tive que contar, e a raiva delas subiu ainda mais do que a minha. Tive que segurar fisicamente Hendrix para que ela não botasse fogo nos tacos de golfe de Edward.

— Estou tão feliz que ele vai ter o que merece — Hendrix diz. — E sabe o que você vai comer quando aquele mentiroso e traidor estiver atrás das grades?

— O quê? — pergunto, já esperando com um sorriso, porque sei que a resposta vai ser boa.

— Um pavê-livramento de pêssego. — Hendrix levanta a taça de vinho e bebe cada gota.

— Adorei! — Yasmen pega um pouco mais de geleia. — Sol, você deveria fazer um pavê-livramento de pêssego. Eu comeria.

— Você come tudo. — Hendrix ri.

— É verdade. — Yasmen sorri, colocando um pedaço de Gouda na boca.

— Sabem o que estou pensando em fazer? — pergunto, sem esperar que elas adivinhem. — Limpar o cafofo do Edward que acabei de destruir e transformá-lo num espaço para mim. Um refúgio feminino. Vocês sabem que adoro trabalhos manuais. Talvez tomar esse espaço me ajude a recuperar a *minha* essência. Nem me dei conta de que Edward tinha tirado tanto de mim. Quero recuperar todo o meu potencial.

— Adorei a ideia — Yasmen diz. — E gosto de ver você fazendo planos para esta casa continuar sendo sua, porque ela *é* sua. Vai dar certo. Sinto isso do fundo do coração.

— Então a gente está esperando o contador confirmar o que a CalPot quer fazer? — Hendrix pergunta. — Quando vamos saber se eles vão aceitar as provas em troca de deixar você em paz?

— Ele achou que poderia ser hoje. — Tomo um longo gole da minha bebida. — Já é de noite, então talvez amanhã. Seja lá o que ele disser, só vai aliviar a pressão por um momento. Vão descongelar as nossas contas e todo o dinheiro que estiver lá. Na verdade, teve vezes que pagamos duas parcelas do financiamento da casa por mês, então tenho uma certa folga com a casa. E o administrador designado pelo tribunal disse que, enquanto Edward não for de fato condenado, eles podem ajudar um pouco com o financiamento da casa. Tudo isso para reduzir o impacto nas meninas. Mas sem o emprego do Edward, preciso encontrar uma fonte de renda estável em longo prazo. Vou ter que arrumar um jeito de sustentar a gente depois que o Edward estiver atrás das grades.

— Ah, você tem muitas fontes de renda, querida. — Hendrix aponta para a tábua de frios e para minha sala. — Tudo o que você cozinha, o jeito como você decora a casa, os truques para limpeza e tudo o que você sabe sobre o mundo doméstico é a sua renda esperando para acontecer.

— É verdade, Sol. — Yasmen lambe a geleia do canto da boca. — Seu negócio está bem aqui debaixo do seu teto. A vida que você construiu para a sua família foi um trabalho de amor. Por que não começar a ser paga por isso?

— Querem saber — digo, tirando migalhas da calça jeans —, mesmo quando estava me formando na faculdade, eu sabia que, um dia, queria cuidar da minha casa. Que, quando começasse a ter filhos, eu gostaria de ficar em casa cuidando deles.

— Não tem nada de errado com isso — Hendrix diz. — Mas me surpreende que alguém tão motivada quanto você, tão ambiciosa quanto você, não queira mais.

— Mais o quê? — pergunto, injetando um leve tom de desafio nas palavras.

— Acolher as pessoas que mais amo, garantir que elas estejam bem alimentadas, bem ajustadas, felizes? Prontas para explorar o mundo? Isso é muito gratificante para mim. — Dou de ombros e continuo. — Sei que nenhuma de vocês pensa assim, mas eu sempre pensei. Eu e a minha irmã costumávamos dividir nossos verões entre as casas da minha *abuela* em Porto Rico e a casa da avó da Lola, que a gente chamava de vozinha, na Carolina do Sul. A vozinha contava que, antigamente em Greenville, as mulheres negras eram proibidas por lei de ficar em casa.

— Como assim, "proibidas por lei"? — Hendrix franze a testa.

— Havia uma lei que exigia que as mulheres negras trabalhassem fora. Durante a Primeira Guerra Mundial, os soldados negros enviavam dinheiro para as famílias deles. Para algumas das esposas, isso significava que não precisariam trabalhar fora de casa pela primeira vez.

— O que havia de errado nisso? — Yasmen pergunta, se sentando e se inclinando para a frente.

— Acontece que, quando as mulheres brancas da cidade queriam chamá-las para limpar as casas e cuidar dos filhos delas, as mulheres negras não precisavam do dinheiro e recusavam. — Dou risada, balançando a cabeça. — Mas elas não aguentaram, então literalmente aprovaram uma lei que exigia que as mulheres negras trabalhassem fora de casa, para que as brancas pudessem ter babás e empregadas domésticas de volta.

Ficamos em silêncio por alguns momentos enquanto processamos a injustiça da situação e beliscamos nossa tábua de frios. Nós percorremos um longo caminho.

— Outras mulheres sempre puderam ficar em casa — digo. — Para trabalhar cuidando da casa e da família. Nós, não. Quando a vozinha contou pra gente, isso mexeu comigo. Já era 1918 e ainda nos era negado até mesmo o privilégio de recusar trabalhar para outra pessoa. Eu sempre soube que não queria trabalhar para ninguém além de mim mesma.

— Então trabalhe por conta própria — Hendrix diz, dando de ombros. — Agora você precisa de dinheiro e tem as sementes de um império bem aqui. Comece a produzir seus UGC, GRWM, AMA. Todos os tipos de conteúdo, em todas as plataformas.

— Eu nem sei o que significam essas siglas. — Dou risada.

— Ela tem razão, Sol — Yasmen diz. — Sei que duvidei do potencial da Deja como influenciadora de cabelos naturais, mas até eu reconheço que, se ela quiser ganhar a vida com isso, é possível. Estamos num momento único agora. Você pode ser paga para lavar o rosto, fazer café e compartilhar todos as dicas de vida que você acumulou ao longo dos anos, administrando a sua casa como uma empresa.

— *Faça* disso uma empresa — Hendrix insiste. — Já conversamos antes sobre você se tornar uma influenciadora, uma criadora de conteúdo. As marcas vivem entrando em contato para pedir para os meus clientes fazerem postagens e anúncios nas redes sociais. Talvez eu consiga te colocar em contato com algumas para te dar um empurrãozinho. Pelo que já vi, você poderia crescer rápido.

Hendrix é gestora de talentos, entre eles, diversas donas de casa de reality shows famosos, então ela sabe do que está falando.

— Enquanto você pensa, o vinho está quase acabando. — Yasmen ergue a taça vazia e começa a se levantar. — A gente precisa de reforços.

— Não, fica aí. — Aceno para que ela se sente no chão e me levanto. — Por enquanto, ainda é minha casa. Me deixa aproveitar enquanto posso.

— Não tem graça — Hendrix diz. — Vai dar certo e você vai cuidar da sua casa, mas já que está de pé, pode repor as azeitonas também?

Reviro os olhos e sorrio a caminho da cozinha. Estou feliz por ter contado a história completa da traição de Edward. Passar por isso já é ruim o suficiente. Mas passar por isso sozinha? Não dá nem para imaginar.

Ao voltar para a sala com uma nova garrafa de vinho e as azeitonas para Hendrix, a campainha toca. Através das grandes portas de vidro, vejo Judah Cross parado na varanda. A luz quente esculpe uma sombra sob sua maçã do rosto saliente e derrete o chocolate escuro dos seus olhos.

— Ah! — Abro a porta e me afasto para ele entrar. — Desculpa. Eu não estava esperando ninguém. — As risadas de Yasmen e Hendrix chegam ao hall de entrada. — Quer dizer, minhas amigas vieram. — Sorrio, inclinando a cabeça na direção da sala. — Mas eu não estava esperando *mais* ninguém.

O hall de entrada é espaçoso, mas assim que ele entra, as paredes parecem mais próximas, o ar... escasso. É ridículo que o futuro da minha família esteja em jogo, e eu tenha que ficar me policiando para não encarar os lábios desse homem. Sinto uma grande compartimentalização acontecendo aqui. Potencial ruína financeira de um lado. Atração intensa do outro. É um sentimento contra o qual tenho lutado desde o momento em que trocamos olhares na festa de Natal. Não foi apropriado naquela época e continua não sendo agora.

— Desculpa não ter vindo antes — Judah diz. — Sei que você deve estar ansiosa para saber o que a CalPot decidiu.

— Estou, isso passou pela minha cabeça umas 200 vezes desde o nosso encontro. É só a minha vida que está em jogo.

— Pois é, mas a diretoria teve que considerar todas as opções e decidir. — Ele me lança um olhar perscrutador. — Você está ciente de que, assim que contei para eles sobre o pen drive, tanto eles quanto o FBI poderiam simplesmente ter exigido que você entregasse como prova?

— É claro que eu sabia que era um risco. — Baixo os olhos para o chão e bato a garrafa de vinho na perna. — Por que você acha que fui te procurar? Porque acreditei que você não deixaria isso acontecer.

Ao olhar para cima, me dou conta de que sua expressão está mais contida do que de costume, mas seus olhos se acendem ao percorrerem meu rosto, e tenho certeza de que ele está lutando contra a mesma atração que eu tento ignorar.

— Você tinha razão — ele diz, com a voz suave, porém firme. — Eu estava disposto a fazer tudo o que estivesse ao meu alcance para garantir que você e suas filhas saíssem dessa sinuca da forma mais ilesa possível.

Uma onda de emoção intensa se forma atrás dos meus olhos pela bondade dele, pelo cuidado com as meninas e comigo, sendo que meu próprio marido não chegou nem perto disso. Pigarreio, testando a firmeza da minha voz antes de falar.

— Agradeço por isso, Judah.

— Por sorte, não precisei ser muito convincente. Delores garantiu que qualquer pessoa que dissesse na cara dela que a frigideira da CalPot era ruim não estaria envolvida num *conluio* com o marido para roubar milhões de dólares. Palavras dela. Eu nunca usei a palavra *conluio* na minha vida.

— Sério? — Fico boquiaberta, com um largo sorriso surgindo no rosto. — Que incrível. Delores do meu lado. Quem diria.

— É isso que acontece quando pedimos pra você buscar o... — Hendrix deixa as palavras morrerem e encara o corpo alto e atlético de Judah de cima a baixo — vinho. Hum, olá. Quem é esse aí?

— Ah. — Yasmen vem logo atrás dela. Ela olha para Judah e para mim algumas vezes, com o olhar cada vez mais interessado. — Desculpa. A gente não sabia que você estava esperando visita, Sol. Quer dizer, além de nós. — Ela estende a mão. — Me chamo Yasmen. Prazer em conhecê-lo.

— Judah Cross — ele diz, aceitando a mão dela em um aperto brusco.

— O contador? — Hendrix pergunta, deixando a surpresa evidente em sua resposta. — Meus impostos estariam em dia se meu contador fosse parecido com você.

Fico mortificada, mas, para minha surpresa, a linha reta dos lábios carnudos de Judah se movimenta.

— Não sou esse tipo de contador — ele provoca. — Mas, se fosse, cuidaria de você.

— Ah, aposto que cuidaria muito bem, querido. — Hendrix se aproxima e eu a detenho, empurrando a garrafa de vinho contra o seu peito.

— Aí, Hen — digo incisivamente, apontando para a garrafa e lhe entregando a tigela de azeitonas. — Acho que era isso que você estava procurando.

Seus olhos se enchem de graça e especulações.

— Vamos, Yas. Está na cara que eles querem ficar a sós.

Ela enfatiza a última palavra com um tom sugestivo, e eu reviro os olhos, pedindo mentalmente para que ela não me constranja ainda mais. Felizmente, ela e Yasmen voltam para a sala.

— Desculpa por isso — peço desculpas, enfiando as mãos nos bolsos de trás da calça jeans. — Elas são... bem, elas são...

— Amigas — ele interrompe, com a voz mais suave e seus olhos normalmente frios ficam acolhedores. — Que bom que você tem pessoas que se importam com você como elas parecem se importar. O FBI vai descongelar seus bens e a CalPot não virá atrás da sua casa quando você entregar o pen drive, mas você ainda tem um longo caminho pela frente.

— Longo caminho pela frente, é? — Dou uma risada amarga. — O pai das minhas filhas deve acabar na cadeia. Vou ter que descobrir uma forma de sustentar a gente. Divórcio.

Seu olhar se fixa no meu rosto.

— Divórcio?

— Achou mesmo que eu ficaria com o Edward depois de tudo o que ele fez? Vou me divorciar o mais rápido possível.

— Que bom.

Não consigo desviar o olhar e acho que ele nem está tentando. Há um filamento nos conectando. Um filamento intenso e brilhante, impossível de ignorar, mas também impossível de pegar nas mãos. Nós dois sabemos disso.

— Está na minha hora — ele diz, após um momento de silêncio tenso. — Preciso pegar o Aaron e o Adam na casa da minha ex-mulher.

— Claro. — Eu o acompanho até porta.

— Você poderia trazer o pen drive para o escritório amanhã? — ele pergunta da varanda. — Imaginei que você gostaria de um acordo por escrito. Fizeram um contrato. Amanhã você chega, assina, entrega o pen drive para nós e então nós compartilhamos com o FBI.

— E você terá provas mais que suficientes para processar o meu marido. — Uma breve pontada de culpa perturba meu alívio. — Ele nunca vai me perdoar.

— Ele que deveria estar implorando pelo seu perdão — ele diz, com palavras tão duras quanto a carranca em seu rosto. — E ele não te deu outra escolha.

— Concordo, mas a situação fica mais complexa quando preciso explicar para as minhas filhas que o pai delas está na cadeia por minha causa.

— Ele está na cadeia por causa dele mesmo. Não sua. Elas vão entender.

— Acho que você tem razão em quase tudo, mas a minha filha do meio é uma verdadeira filhinha do papai. Para ela, Edward é perfeito.

Judah segura meu queixo entre os dedos com um toque suave, inclinando a minha cabeça para trás para que eu tenha que olhar para ele.

— Edward cometeu muitos erros, e quando ela se der conta disso, tudo vai se resolver.

Minha respiração falha e meu coração dispara com o seu toque, com a leve carícia no meu rosto, antes de ele me soltar. Resisto à vontade de colocar a mão no rosto para reviver aquele toque gentil.

— Você sempre tem tanta certeza assim? — pergunto, meio rindo, meio querendo saber. — Acho que nunca conheci ninguém tão convicto.

— Tem uma coisa com a qual não sei como lidar — ele diz, com o olhar intenso e firme no meu rosto.

De alguma forma, sei que ele está se referindo a mim. Ou a essa coisa que está me atraindo desde o segundo em que nos conhecemos. E não tenho certeza se há algo que possa ser feito a esse respeito. Preciso me concentrar em reconstruir uma vida para mim e para minhas filhas. Eu também preciso *me* reconstruir. Ser uma mulher independente que não precisa de homem, que se sustenta e faz o que tem que ser feito para sobreviver, mesmo que tenha que fazer isso sozinha.

— Está na minha hora — ele repete. — Até amanhã.

— Pois é, amanhã. — Fico parada à porta aberta e o vejo caminhar até o carro, um Audi Q8 preto. Mesmo depois que ele se afasta, não consigo sair do lugar.

— Hum, em que momento você planejava mencionar que o contador é a paixonite? — Hendrix pergunta atrás de mim.

Sorrio, fecho a porta e me viro para minhas amigas.

— Está falando do Judah? — pergunto com inocência.

— *Está falando do Judah*? — Yasmen imita minha voz baixinho. — Que homem. Gato demais.

— Será que vou ter que te lembrar que você é uma mulher casada, Yas? — Dou risada.

— De jeito nenhum. — Ela sorri, toda sonhadora. — Josiah é o cara para mim, mas isso não significa que eu não posso apreciar quando um homem como *aquele* entra no radar.

— E ele estava te comendo com os olhos — Hendrix diz. — Nem sabia que uma coisa assim podia acontecer, mas ele precisava de um babador para te olhar do jeito que estava olhando. Baba invisível escorrendo por toda parte.

— Isso não faz nenhum sentido. — Dou uma risadinha. — Tá, admito que tem uma atração aí, mas era só o que me faltava ficar pensando em homem agora.

— Já que você não o quer — Hendrix diz, com um sorriso malicioso —, fala pra ele que eu gosto de caminhar na praia e que minha palavra de segurança é *Popeye*.

Quem disse que eu não quero?

Calo essa voz na minha cabeça, pois que tipo de mulher tem pensamentos românticos com um homem no meio de uma crise dessas proporções? Ainda sendo casada com um canalha criminoso, mentiroso e traidor?

Uma mulher que não é tocada com paixão de verdade há meses. Ou anos? Quanto tempo se passou desde que as coisas estavam boas entre mim e Edward?

Agora só quero ele fora da minha vida, o que deixa um vazio que eu não deveria preencher com outro homem logo de cara. Tenho que me concentrar em outras coisas.

Deixo o olhar vagar pelo teto alto e piso de madeira do meu hall de entrada, desta casa que é meu castelinho no mundo. A CalPot pode até não a tirar de mim, mas se eu não encontrar uma maneira de pagar o financiamento, o banco vai tirar. Na prática, por quanto tempo minhas economias vão durar? Talvez eu devesse estar assustada porque, pela primeira vez, tudo vai depender de mim, mas a perspectiva me anima. Minha vida inteira agora é *faça você mesma...* ou melhor, *faça eu mesma*. Até porque não tem mais ninguém que vai fazer.

— Então, Hen — digo, passando um braço pelo cotovelo de Hendrix e outro pelo de Yasmen —, você disse que as sementes de um império estão aqui na minha casa, né?

— Com certeza. — Hendrix aperta meu braço com carinho.

Divido um sorriso entre minhas duas melhores amigas.

— Então vamos plantar.

PARTE II

"Estou fora com lanternas, procurando por mim."
— **Emily Dickinson, correspondência pessoal**

13

SOLEDAD

Oito meses depois

— Ah, como eu precisava disso. — Solto um suspiro reprimido e me deito no luxuoso tapete branco que cobre o chão da sala da casa de Hendrix, onde ninguém me chama de mãe ou me pede nada.

— Querida, você acabou de descrever a minha vida todinha. — Hendrix ri. — Bem-vinda ao Lar da Solteiraça Feliz.

Quando ela me entrega um drinque, eu me apoio nos cotovelos para pegar o copo com morangos e limões boiando num líquido levemente gaseificado.

Depois de um gole, suspiro, trazendo o copo de volta para beber mais.

— Hen, que delícia. O que é?

— Sangria de morango e limão com prosecco. — Ela se acomoda no elegante sofá branco que domina sua sala. — Uma das minhas clientes fez esse drinque na festa de aniversário dela na semana passada. Gostei tanto que tive que compartilhar.

— Inclua esse drinque na lista de coisas que eu precisava depois da semana que eu tive. — Me aproximo e apoio as costas no sofá ao lado das pernas da minha amiga, colocando o copo no porta-copos na mesa de vidro.

— Somos duas. — Ela também coloca o copo na mesa, cruzando as pernas com o conjunto confortável de seda rosa-claro que vi em várias listas de itens favoritos de celebridades.

— Você parece uma propaganda de uma marca de luxo — digo, apoiando a cabeça em seu joelho.

— Fazer o quê? Eu *sou* a personificação da estética da *garota negra rica*. — Ela arruma as tranças, puxando-as num elegante coque casual. — Agora me conta sobre essa semana infernal que você teve.

Solto uma risada vazia e volto a pegar o copo.

— Estou tão exausta que não consigo nem dizer como as coisas estão ruins. Alguma vez você já ficou cansada de tanto ouvir sobre os próprios problemas?

Vamos mudar de assunto. Que tal falar do jantar? Tem ovos aí? Posso fazer aquela frittata que você gosta.

— Esquece a frittata. Não quero falar sobre outra coisa. Me conta o que está rolando, Sol.

Levanto a cabeça e imploro com um olhar.

— Vamos pular essa parte? São as mesmas merdas que você vem ouvindo nos últimos nove meses. Estou sem grana. Pode ser que eu tenha que tirar as meninas da Harrington. Todos os amigos e professores que elas gostam estão lá, mas se for necessário, vou ter que fazer isso. Mal consigo manter a nossa casa.

A mesma ladainha patética de sempre. Contenho a crescente ansiedade ao pensar nas ligações dos cobradores, na pilha de boletos escondida no meu quarto para as meninas não verem, e no meu closet meio vazio, contendo apenas os restos do meu guarda-roupa que ainda não vendi. Estou prestes a ficar com uma casa sem nada, porque comecei a vender móveis dos quartos de visitas e outros cômodos. Um quarto já está todo vazio. Às vezes, é para lá que eu vou quando estou sozinha em casa e fico olhando para as paredes brancas e vazias que me sufocam.

— As economias estão acabando rápido, é? — Hendrix pergunta.

— Estão. A CalPot descongelou as nossas contas, mas só consegui acessar o dinheiro que estava lá. Eu tinha uma boa reserva de emergência, mas nove meses de emergência? Não dá.

— Você conseguiu algum serviço de *catering* este mês?

— Consegui aqui e ali, e fiz uns trabalhos de design de interiores para algumas das mães da escola das meninas. Fiz meus primeiros anúncios patrocinados nas minhas redes sociais. Valeu pelos contatos, falando nisso.

Ela inclina a cabeça.

— Você sabe muito bem que sempre vou cuidar de você, mas parece que as despesas estão maiores do que a renda.

— Um pouquinho. — Encolho as pernas e envolvo os joelhos com um braço. — Recebi mais pedidos da minha compota de pera. Assim que a Yas começou a vendê-las lá no Canja, outros restaurantes também encomendaram. Também recebi encomendas de algumas pessoas.

— Que ótimo, Sol — Hendrix diz, batendo o punho cerrado no meu.

— É, e a Yasmen disse que eu posso trabalhar no Canja. No momento, estou conseguindo ganhar com esses bicos o mesmo que ganharia no restaurante, e assim dá para fazer o meu próprio horário para poder estar em casa e ajudar as meninas. Vai dar tudo certo.

Não tenho ideia se é verdade, ou quanto me custará para que as coisas deem "certo". Pagarei o preço que for.

— O lance de ser influenciadora vai decolar. Você está começando a construir um público — Hendrix diz. — Você sabe que eu ando cuidando das suas redes sociais.

— O começo está sendo devagar. — Faço careta. — Mas montei minha lojinha, aí agora, quando as pessoas veem coisas na minha página e usam meus links para comprá-las, eu ganho uma comissão.

— Continue compartilhando conteúdos legais com a sua estética *estou romantizando a minha vida de um jeito acessível.*

— Se por "acessível" você quer dizer "falida", sou eu mesma. — Seguro uma risada. — Busco manter uma consistência, postando minhas receitas, truques de limpeza e coisas da vida. Fiz um vídeo hoje cedo preparando aquele vinagrete que vocês tanto amam.

— E você tem um milhão de coisas assim que as pessoas vão adorar e compartilhar. É só questão de tempo.

Meu celular vibra no chão, perto dos meus pés, e resmungo ao ver aquele número, agora familiar e temido.

— Hoje não, Satanás.

— Quem é?

— Do financiamento da casa. — Recuso a ligação e pego meu copo de novo. O copo não é fundo o suficiente para afogar todas as minhas mágoas, mas vou tentar. — Turno da noite.

— Parcela vencida?

Olho para ela e tomo outro gole, sem querer responder. É uma merda estar falida, mas estar falida tendo amigas ricas é outro nível de vergonha. Sei que a Hendrix e a Yasmen não me julgam e conhecem toda a minha história, mas a situação fica constrangedora. Acabo me negando a sair porque elas sempre querem pagar a minha conta. Uma noite de drinques ou uma refeição em casa, dá para encarar. Qualquer outra coisa em geral vai além do alcance do meu bolso hoje em dia.

— Acho que as coisas vão melhorar no seu lado influenciadora — ela comenta. — Sei que você fechou com algumas marcas pequenas, e as empresas ficaram muito satisfeitas com o alcance do seu post. O legal hoje em dia é que você não precisa ter muitos seguidores para obter resultados para uma marca. Acho que eles voltarão a entrar em contato.

— Concordo, e é o tipo de coisa que me parece mais a minha cara. Falar das minhas receitas favoritas ou de um produto de limpeza ou coisa assim, mas as contas continuam se acumulando mais rápido do que o dinheiro entra.

— Deixa eu te ajudar.

Meus dedos apertam a frágil haste do copo.

— Valeu, Hen, mas você já fez muito.

Ela e Yasmen ajudaram muito sem eu precisar pedir. Mantimentos enviados pela Yasmen apareceram várias vezes lá em casa. Hendrix tem me rondado para investigar de fininho quanto custa a mensalidade da ginástica da Lottie. Elas são minhas melhores amigas, e sei que não tenho motivo para me envergonhar, mas uma fúria impotente toma conta do meu coração quando penso em como as coisas estão ficando desesperadoras à medida que minhas últimas economias vão acabando. Não posso simplesmente contar com a generosidade das minhas amigas para sempre. E nem vou. Meus olhos ardem e mordo o lábio para conter um grito diante da injustiça da situação em que Edward nos deixou.

— Esse drinque está descendo rápido — digo, forçando um sorriso e me levantando. — Pausa para o banheiro.

Sinto o olhar atento de Hendrix nas minhas costas enquanto atravesso o corredor para chegar até seu lavabo maravilhosamente decorado. As luzes suaves que contornam o espelho acima da pia revelam a derrota no meu olhar, a expressão amarga nos meus lábios. Apoio as mãos na bancada e vejo uma estranha, uma mulher que parece perdida e decepcionada, com uma expressão que contraria o rabo de cavalo alto que prendi no topo da cabeça hoje de manhã, na esperança de *me* fazer parecer mais animada.

Eu não estou animada.

Não estou alegre.

Estou afundando.

Estou tão cansada de segurar as lágrimas diante das meninas, das minhas amigas, das mães da escola, cujos olhares críticos notaram quando tive que trocar meu Rover novinho por um Honda de segunda mão. Tive que desviar os olhos quando vi uma delas vestindo meu suéter de caxemira favorito, que ficava caído nos ombros. Havia um pequeno defeito na trama, então reconheci de imediato. Era o *meu* defeito. Paguei 400 dólares por ele e aceitei vender por uma fração do valor no brechó, para poder pagar a conta do gás.

Todo mês, fico me questionando por quanto tempo ainda vou conseguir manter a casa. Eu poderia vendê-la e facilitar as coisas para mim, mas não quero o que é fácil. Quero a *minha* casa, quero o lugar no mundo que criei para a minha família. Ela contém todas as nossas memórias e não estou pronta para abrir mão dela. Em algum nível, acho que simplesmente não consigo lidar com mais uma perda. O casamento que eu achava ser o alicerce desta família se dissolveu para sempre, e mesmo sabendo que foi Edward quem o destruiu, o divórcio ainda me deixou com um sentimento irracional de fracasso.

Enquanto olho para aquela estranha derrotada no espelho, o cansaço de simplesmente acordar todas as manhãs e manter o navio a todo vapor se curva a minha vontade. Minha espinha dorsal parece uma bala de gelatina, mal consigo ficar de pé sob o peso do destino que se aproxima.

Assim que baixo a guarda que segura as lágrimas, elas caem, queimando meu rosto e me surpreendendo com um soluço. Tampo a boca, com medo do que mais pode sair lá de dentro. Um grito gutural de frustração? Um lamento? Dou a descarga algumas vezes para camuflar as fungadas e soluços.

— Merda — murmuro, avaliando meu rosto manchado e meu nariz vermelho no espelho. Como se a Hendrix, com seus olhos atentos, precisasse de pistas físicas para enxergar o meu desespero. Ligo a água fria, lavo o rosto e os olhos, tentando limpar os sinais reveladores do meu colapso. Devo estar exalando crise, e Hendrix vai começar a procurar respostas na hora.

Se ela perguntar, o que vou dizer? Que acho que vou perder a casa que significa tanto para mim? A casa a qual dediquei anos para reformar, decorar e transformar num refúgio para a minha família? A casa em cujos corredores achei que veria meus netos correndo?

— É só um telhado e algumas paredes — lembro a mim mesma. — Você pode encontrar outro telhado e paredes mais baratos se for preciso.

Caminho de volta pelo corredor, forçando o sorriso a ficar no lugar.

— O drinque estava ótimo, mas a gente precisa comer. Quer que eu providencie alguma coisa? Uma frittata?

— Ou a gente pode pedir alguma coisa. Para você descansar hoje. Você escolhe. — Hendrix olha para o celular. — A Yas disse que ela e o Josiah vão se encontrar com o conselheiro de adoção hoje à noite. Acho que eles ainda estão tentando decidir se a adoção é a melhor opção.

— Tudo bem. Então somos só nós duas, hein? — Me sento ao lado dela no sofá e pego meu celular, franzindo a testa ao ver a notificação de e-mail. O mesmo velho padrão. Os cobradores ligam e depois mandam um e-mail dizendo: "Nós ligamos e você continua nos devendo, desgraçada". Arrasto a notificação para ignorá-la sem ler muitos detalhes. O e-mail abre e tenho que olhar de novo. É uma notificação do meu banco informando que recebi dez mil dólares de…

— Hen — sussurro. — O que você fez?

— A mesma coisa que você faria por mim se eu estivesse prestes a perder a minha casa e você tivesse dinheiro. — Ela tira os olhos do celular e as linhas majestosas do seu rosto se suavizam. — Eu gastei isso em bolsas e sapatos no mês passado, Sol. Estou tranquila. Nem pensar que vou ficar de braços cruzados vendo você e suas meninas serem colocadas na rua enquanto eu posso ajudar.

— Eu… eu não posso aceitar. — Clico no aplicativo do banco, com a mente girando, tentando descobrir como rejeitar uma transferência. Ela pega meu celular e o enfia entre as almofadas do sofá.

— Você vai aceitar. — Ela dá uma risada curta. — Porque eu não vou aceitar de volta e você não vai devolver. Menina, pague o financiamento e qualquer outra conta em que isso puder ajudar.

As lágrimas que achei ter expelido em segredo fazem uma aparição pública, caindo livremente.

— Você e a Yasmen são as melhores amigas que eu já tive. A gente não teria sobrevivido sem vocês nos últimos meses.

Hendrix passa um braço em volta dos meus ombros e inclina a cabeça na minha.

— A gente acredita em você, Sol. Se há alguém na face da terra que pode criar algo do nada, é você. Você só precisa de um pouco de tempo para fazer acontecer.

— Obrigada. — Minha voz falha e eu desisto de manter a compostura de aço, abandonando a casca dura e caindo no choro. Hendrix *não* me silencia e nem fala banalidades. Ela deixa minhas lágrimas escorrerem até não sobrar mais nada.

— Te amo, Hen — digo, entrelaçando os dedos no joelho.

— Também te amo. — Ela sorri para mim, o brilho provocador de costume voltando para os seus olhos. — Alguém falou frittata?

Uma hora depois, estamos sentadas na mesa de canto da cozinha, saboreando as últimas migalhas da nossa refeição, quando meu celular acende com uma mensagem de Lupe.

— Deixa eu ver o que essa garota quer — murmuro com a boca no copo de sangria. — Tomara que ela e Inez não tenham brigado. Não posso deixá-las sozinhas por uma noite.

Hendrix ri e lambe o garfo.

— Agradeça a ela por ter me emprestado você para jantar.

Sorrio e abro a mensagem.

> **Lupe:** Mãe! Você viu seu último post? Está bombando.
> **Eu:** Qual deles?
> **Lupe:** O do vinagrete! Tipo… bombando mesmo.

— Lupe disse que meu último post está indo bem. — Abro a minha conta e deixo escapar um suspiro. — Minha nossa.

— O que foi? — Hendrix se inclina para verificar meu celular comigo. — Isso significa dois milhões de visualizações?

— Exato. — Rio, cobrindo meu sorriso largo com a mão. — É isso mesmo.

— Continua. — Hendrix me cutuca, sorrindo e balançando os ombros. — Eu disse que era só questão de tempo.

14

JUDAH

— A gente pode comer pizza quando terminar? — Adam pergunta.

Considero seu pedido enquanto atravessamos o estacionamento na direção da Cut, a barbearia em Castleberry Hill, que frequentamos há anos. Um monte de trabalho que não consegui terminar esta semana no escritório está me esperando, e acabou invadindo o meu fim de semana. Terei que resolver assim que chegarmos em casa, mas acho que posso arrumar um tempinho para uma pizza. Depois de deixá-los na casa de Tremaine, ficarei sozinho, aí vou poder me concentrar.

— Claro — digo a ele. — A pizzaria do Guido, na praça, parece uma boa?

Ele concorda com a cabeça, mas Aaron puxa a manga da minha camisa e começa a rolar a tela do dispositivo de comunicação pendurado em seu pescoço. É mais portátil que o antigo, não muito maior que um celular. Ele mostra uma foto da Hops, sua loja de jogos favorita. Ele já havia pedido uma recém-lançada versão do cubo mágico de 12 lados e a Hops costuma ter todos os brinquedos e jogos de que ele gosta, até mesmo os mais obscuros que tenho dificuldade em encontrar na internet. Sua professora mencionou que ele travou algumas vezes nesta semana, insistindo e falando do cubo sem parar. Isso interferiu um pouco no desempenho dele, mas ela não teve grandes problemas em trazê-lo de volta.

— A Hops fica bem na frente da pizzaria — Adam pede em nome do irmão. — Um dos colegas da escola disse que é a única loja que ainda tem em estoque. Não vai demorar muito.

— O problema não é a distância da pizzaria — digo de forma seca. — É a dificuldade de tirar ele de lá depois que ele entra, mas tudo bem. Vinte minutos na Hops. Nada mais.

Vou ter que usar o cronômetro do celular para ajudar Aaron a sair da loja, porque aquele lugar é como o paraíso para ele.

Ao entrarmos na barbearia, o Pregador nos cumprimenta com um sorriso por cima da cabeça do cliente que ele está atendendo.

— E aí? — ele pergunta. — Cara, valeu por mudar o horário. Tive que atender uma festa de casamento hoje de manhã, acredita? Todos os padrinhos queriam cortar o cabelo.

— Tranquilo. Os meninos curtiram ficar dormindo até mais tarde.

Sempre somos os primeiros clientes do Pregador aos sábados, porque quanto mais tarde chegamos, mais lotada e barulhenta fica a barbearia. Nenhum dos meus filhos responde bem a tanto estímulo. Eles carregam fones de ouvido com cancelamento de ruído nas mochilas, caso fique insuportável.

— Quem vem primeiro? — o Pregador pergunta, dando tapinhas na cadeira do barbeiro.

Aaron se senta em um dos bancos da sala de espera, coloca os fones de ouvido e pega seu cubo.

— Acho que isso significa que é você, Adam — o Pregador brinca. Ele já se acostumou com os meus meninos. Quando eles eram muito mais novos, cortar o cabelo deles era um inferno. Eles eram incrivelmente sensíveis na nuca e ao redor das orelhas. Eu poderia escrever uma tese só sobre colapsos durante cortes de cabelo. Uma mãe falou sobre o Pregador para a Tremaine na sala de espera do fonoaudiólogo. E deu no que deu. O Pregador é paciente e não se intimida com as questões sensoriais que já fizeram tantos barbeiros antes dele desistirem.

Verifico e-mails no celular, enquanto o Pregador corta o cabelo dos meninos sem incidentes. Ele ainda está cortando o cabelo de Aaron quando a campainha toca, anunciando um novo cliente.

— E aí, Si? — O Pregador abre um largo sorriso para Josiah Wade. Não o conheço muito bem pessoalmente, mas já o vi algumas vezes aqui na barbearia. O Pregador corta o cabelo do filho dele, Kassim.

— Oi, Adam — Kassim diz, se sentando ao lado de Adam na sala de espera.

— Oi, Kassim — Adam responde.

Sei que o Kassim estuda na Harrington, mas ele é mais novo que Adam, e não o vejo com frequência. Não há muitos meninos negros na nossa seleta escola particular e, embora Adam tenha se adaptado bem até agora e feito novos amigos, procuro me conectar com mais famílias negras de lá. Tremaine é muito melhor nesse tipo de coisa do que eu. Ela conhece mais gente na Harrington, talvez porque ela faça esse trajeto enquanto eu levo o Aaron, mas quero fazer um esforço.

— Beleza? — Josiah ergue o queixo na minha direção, e eu retribuo a saudação e o gesto. — Pregador, se importa se eu deixar alguns desses aqui na loja? — ele diz, segurando um punhado de panfletos laranja.

— Vai em frente. — O Pregador ergue o olhar em meio ao zunido da tesoura. — O que é isso?

— A Soledad está aceitando algumas encomendas — ele responde.

— Ah, é verdade. — O Pregador sorri. — Ouvi falar daquele molho de salada dela que fez sucesso na internet. A Liz fez para o jantar esses dias. Muito bom.

— Pois é. — Josiah dá de ombros. — Ela tem feito sucesso nas últimas semanas por causa disso. Enfim, a Yas me pediu para deixar alguns panfletos aqui na loja, caso alguém queira.

— O que é isso? — pergunto, indo até o balcão onde ele colocou os panfletos.

— Soledad Barnes. — Josiah me entrega um panfleto. — Ela está fazendo umas paradas chamada focaccia de outono. As pessoas encomendam uma cesta de focaccia, que ela enche com outros itens da estação, e ela entrega na casa das pessoas.

— Umas paradas — Aaron repete, sem tirar os olhos do dispositivo.

— Ah, foi mal. — Josiah me faz uma careta envergonhada.

— Tudo bem — respondo, embora Aaron provavelmente vá ficar repetindo "umas paradas" umas 40 vezes durante o resto do dia e talvez metade da semana que vem. — Posso pegar um?

— Claro. — Josiah sorri. — Gosta de focaccia?

— Adoro. — Nunca comi e nem sei o que é.

Mas eu gosto da Soledad. Será que a Yasmen, esposa do Josiah, contou alguma coisa para ele sobre a noite em que eu estive na casa dela? Mas o que ela diria? Não havia muito o que contar e eu mantive distância, sabendo que havia uma grande mudança acontecendo para a Soledad e as filhas dela. Já faz nove meses desde a última vez que a vi, e ninguém despertou o meu interesse da mesma maneira. Não quis ser indelicado ou levantar qualquer suspeita na Cal-Pot depois que ela entregou o pen drive.

Edward está cumprindo uma pena de 18 meses numa prisão de segurança mínima em Atlanta, bem como ele havia previsto. Só que, quando ele sair, aquele enorme pé de meia não estará esperando por ele.

Já andei acompanhando a Soledad nas redes sociais para saber que ela tem feito o que se propôs a fazer: se sustentar sozinha e construir uma vida da qual possa se orgulhar. Ela é o tipo de mulher que qualquer um...

Não me permiti concluir pensamentos como esse nos últimos meses, mas talvez agora eu consiga.

Enquanto o Pregador termina o corte de cabelo, Aaron puxa o dispositivo e mostra a Hops novamente. Estou surpreso por termos conseguido cortar o cabelo sem ouvir falar disso centenas de vezes.

— Cubo — Aaron diz, apontando para a foto da Hops.

— Eu sei. — Pego o dinheiro para pagar.

— Cuidado. — O Pregador tira a capa dos ombros de Aaron e usa o espanador para tirar os fios soltos. — Mandaram bem hoje, meninos.

O Pregador cumprimenta Adam, mas Aaron ignora a mão suspensa do barbeiro, pega a mochila e vai direto para a porta.

— Acho que é um sinal para eu ir embora. — Dou risada, entrego o dinheiro para o Pregador e o cumprimento. — Nos vemos em duas semanas.

Adam e Aaron ficam parados à porta, em silêncio, mas impacientes. Adam quer pizza, uma das poucas comidas que ele come de verdade, e Aaron já pode praticamente sentir o gostinho do novo cubo mágico.

— Primeiro na Hops — digo a eles assim que entramos no carro, sentindo que o almoço pode ser apressado se não resolvermos a situação cada vez mais urgente do cubo mágico.

Assim que passamos pela porta da Hops, vejo um grande cartaz ao lado da porta informando que eles têm disponível a nova edição especial do cubo mágico de 12 lados.

— Está aqui! — Adam se vira para Aaron com um sorriso enorme, como se fosse exatamente o que ele mais quisesse no mundo.

— Ufa — murmuro, seguindo Aaron, que anda rápido a vários passos a nossa frente em busca do cubo do Santo Graal.

Quando viro em um corredor, me seguro para não soltar um palavrão. O pôster colorido do cubo mágico está pendurado em várias prateleiras.

Todas vazias.

Eu deveria ter ligado antes. Encomendado pela internet. Esperado. Qualquer coisa, menos ter deixado isso ao acaso. Já sei como funciona. Em geral, eu *planejo* melhor. Posso me criticar mais tarde. Mas agora...

— Cubo. — A decepção deixa a voz de Aaron sem vida. Ele fica de frente para as prateleiras vazias repetindo "cubo" várias vezes, como se essa fosse a senha para ele conseguir o que veio buscar.

— Parece que esgotou, filho. — Mantenho a voz calma e objetiva. — Vamos dar uma olhada em outras lojas ou posso pedir pela internet.

— Cubo — Aaron diz, erguendo a voz e olhando de mim e para as prateleiras vazias.

— Está tudo bem, Aaron — Adam o acalma. — Vamos comer pizza e depois procurar em outro lugar.

— Cubo.

A palavra sai da boca do meu filho desta vez, alta o suficiente para chamar a atenção de algumas crianças que estão no mesmo corredor. Os dedos de Aaron dobram, se enrolam e desenrolam. Respirações curtas irrompem pelas suas narinas. Ele fica na ponta dos pés algumas vezes, segurando o dispositivo em volta do pescoço como que se agarrando à calma que lhe escapa pelas mãos.

— Vamos embora. — Pego seu braço e ele olha para mim com olhos arregalados e angustiados.

— Cubo!

Ele bate o punho três vezes na testa e anda em círculos diante das prateleiras vazias, a tensão vai aumentando e nos cercando num círculo familiar e próximo. Já vivemos isso antes tantas vezes ao longo dos anos, mas fazia um bom tempo que não acontecia. Eu quase tinha esquecido como é, mas meu corpo se lembra. Minha pulsação dispara, e meu estômago revira, e meu coração bate forte no peito, e os dentes rangem porque me sinto tão impotente. Eu sempre tento detectar esses colapsos antes de se agravarem porque, depois que começa, a única coisa a fazer é deixar rolar. E eu não quero isso para ele. Anos atrás, eu ligava para o que as pessoas a nossa volta achavam. Não sou o tipo de cara que gosta de chamar atenção. Tremaine sempre foi melhor em acalmar o Adam. Sempre fiquei com o Aaron e recorro a coisas que me ajudaram das outras vezes, torcendo para que funcionem.

— Filho. — Eu me coloco na frente dele, enquanto ele anda de um lado para o outro, seguro gentilmente em seu cotovelo. Ele tenta se afastar, com o punho levantado para se bater de novo, mas eu não deixo. — Está tudo bem. Vamos achar em outro lugar.

— Cuuuuuuuubo!

Seu grito é prolongado e explosivo. A palavra se estende ao limite e ricocheteia no teto, ecoando por toda a loja. O zumbido das conversas a nosso redor cessa. As pessoas ficam olhando. Eu ignoro, mantendo contato visual com Aaron, massageando suas costas. Gotas de suor escorrem pela sua testa, e seu peito sobe a cada respiração ofegante. Ele está mais alto agora do que da última vez que isso aconteceu. Quando os meninos eram pequenos, podíamos fingir que era uma criança fazendo birra ou dando trabalho para os pais. Mas agora ele tem quinze anos e é apenas alguns centímetros mais baixo que eu, com lágrimas nos olhos por causa deste maldito cubo. Percebo Adam fungando atrás de nós. Ele já não tem mais crises tão frequentes, mas está tão sintonizado com Aaron que é como se o fio de tensão do seu irmão gêmeo também o envolvesse.

— Algum problema?

Olho para o gerente, que caminha pelo corredor, se aproximando com alguns passos calculados, cuidadosos, como se pudéssemos surtar a qualquer momento.

— Está tudo bem — digo a ele.

— Cubo! Cubo! Cubo! — Aaron grita, denunciando a minha mentira. Não estamos bem, e ele não está nem aí para quem está vendo ou perguntando como estamos.

— Por acaso você não tem mais nenhum cubo mágico da edição especial em estoque, tem? — pergunto ao gerente.

— Desculpe, não temos. Esgotou rápido, mas vai chegar uma nova remessa na quinta-feira. — Seus olhos desviam para uma mãe e o filho dela, que estão ali meio boquiabertos, meio tentando não encarar. — Hum, posso fazer alguma coisa para ajudar?

— Não, pode deixar. — Desvio o olhar de Aaron por tempo suficiente para mostrar ao gerente meu olhar calmo, ou pelo menos é isso que espero transmitir. Ele não sai, mas recua alguns passos, parecendo aliviado por não ter que intervir.

Aaron é só o que importa, e coloco os espectadores, o gerente, até mesmo a minha própria ansiedade no fundo da minha mente para poder me concentrar unicamente no meu filho. O medo de Aaron, seu pânico e seu desespero dominam até a periferia da minha atenção, e só resta meu filho e esses poucos segundos que, para ele, parecem o fim do mundo.

Nesse instante, ele pode até parecer uma ameaça para as pessoas a nosso redor: um homem quase adulto, irritado e instável. Para mim, ele é apenas *meu* e, mais do que qualquer coisa, quero resolver isso. Tudo o que tenho são as palavras, que às vezes se mostram inúteis, mas tenho que tentar.

— Calma, filho. — Encosto a testa na dele, aperto sua nuca. — Respire comigo, tá? Lembra como fazer?

Ele concorda com a cabeça, com lágrimas escorrendo por suas bochechas macias e morenas, seu rosto nem de criança, nem de homem. Um músculo em seu queixo se contrai e seus olhos encontram os meus, inflamados de pânico, como se esta situação fosse um balão do qual ele deixou escapar o ar e agora segura com todas as forças, mesmo enquanto se contorce por toda a loja. Como se nem ele pudesse ter previsto aquela trajetória frenética e agora não conseguisse voltar atrás.

Meus olhos percorrem a lojinha, procurando um lugar tranquilo para onde eu possa levá-lo. Quero afastá-lo discretamente (mas não tanto assim) dos compradores curiosos e oferecer a ele um espaço privado para relaxar, mas não vejo uma alternativa rápida para essa estratégia. Estou prestes a pedir para o gerente quando Adam se aproxima de Aaron e cutuca o punho cerrado do irmão com um brinquedo sensorial. Pouco a pouco, dedo por dedo, o punho de Aaron se abre, aceitando o pesado brinquedo de borracha de seis pontas. Com o peito ainda arfando, os olhos bem fechados, ele pressiona a bola na palma da mão e entrelaça os dedos no brinquedo. Isso interrompe sua agitação crescente, permitindo que eu intervenha com palavras tranquilizadoras.

— Estou com você — digo, modulando a voz com um timbre que transmite aceitação e amor, e que espero que chegue aonde precisa chegar. — Eu te amo. Estou com você. Você consegue, Aaron.

— Cubo. — É um sussurro entrecortado por um toque brando, sua ansiedade vai se derretendo aos poucos, como um sorvete deixado ao sol. — Cubo.

— Eu sei. A gente vai conseguir um para você. Eu vou encontrar, mas você precisa se acalmar, tá bom?

A tensão em seus ombros e braços, que sinto sob as mãos, escapa do seu corpo em segundos lentos. Conseguimos tirar a rolha, e a ansiedade e a indignação frenética dos últimos minutos se dissipam, deixando-o trêmulo. De alguma forma mais contido.

— Desculpa, desculpa, desculpa — ele diz, pressionando a testa com força contra a minha, segurando minha mão como se eu pudesse prendê-lo no chão enquanto aquele balão sobe pelos ares. — Desculpa, desculpa, desculpa.

— Você não precisa se desculpar — eu o tranquilizo. — Todo mundo fica ansioso, tá? Acontece. Está tudo bem agora.

— Você está bem — Adam repete as palavras para tranquilizar tanto o irmão quanto ele mesmo, passando os braços em volta de nós dois. — Você está bem, Aaron.

Com meus dois meninos tremendo e chorando, ficamos diante das prateleiras vazias e solto um profundo suspiro de alívio.

— Estou com vocês — digo a eles. Talvez seja para me lembrar. — Estamos bem.

15

SOLEDAD

— Quem teve a ideia brilhante de fazer cem focaccias? — pergunto com os olhos turvos. — Seja quem for, a gente deveria trancar essa pessoa e nunca mais deixá-la dar opinião em qualquer coisa.

— Com certeza foi você, mãe — Lottie me lembra, sem tirar os olhos da cesta que está arrumando. — Mas vai render uma boa grana pra gente, então já é uma vitória.

— Tem razão, filha. — Estendo a mão para trocar um "toca aqui" com ela, e compartilhamos um sorriso rápido.

Eu achava que, ao assumir total responsabilidade pela nossa casa, me sentiria muito pressionada, mas na verdade é um privilégio. Eu sempre me vi como a cuidadora deles, mas depois de toda merda que aconteceu com Edward, passei a ter que contar mais com elas. Por necessidade, tive que pedir e esperar mais delas, pois eu estava sendo muito cobrada. Pela nossa sobrevivência. Elas se envolveram no negócio de maneiras inesperadas, ainda mais depois de perceberem a ligação entre o meu sucesso como criadora de conteúdo e o estilo de vida delas.

É difícil manter a casa separada do trabalho, sendo que a minha casa *é* o meu trabalho. A comida que preparo para minha família, as estratégias que uso para limpar a casa, até mesmo meus produtos de cuidado com a pele, tudo isso se tornou um negócio. Tem sempre um celular ou uma câmera e um anel de luz instalado na minha cozinha, no meu jardim, perto do espelho do banheiro. Apesar da minha resistência inicial, Lupe, Inez e Lottie se tornaram parte da minha "marca". Minhas seguidoras adoram acompanhar o nosso time só de garotas construindo a vida. Achei que as meninas iriam odiar convidar pessoas que não conhecemos para o nosso espaço, mas aconteceu exatamente o contrário. Elas adoram. Eu não exponho completamente seus rostos, mas elas fazem parte desse projeto tanto quanto eu. Isso criou uma dinâmica de *nós contra o mundo* que nos tornou ainda mais unidas.

Prometi que não protegeria Edward das consequências de suas ações, nem mesmo diante das filhas. Contei para as meninas sobre os crimes que ele cometeu e as provas que entreguei às autoridades. Primeiro, porque era a coisa certa. Segundo, porque era o que eu tinha que fazer se quisesse salvar a casa e sustentá-las. Elas entendem que esta casa, as roupas que vestem, a escola que Lottie e Inez frequentam, tudo isso pode desaparecer se eu não ganhar dinheiro para nos sustentar.

Então, quando pensei em fazer encomendas de focaccia aqui em Skyland para fazer uma renda extra, todas concordaram em ajudar.

Checo o trabalho de Lottie, me certificando de que ela está lacrando bem o plástico da cesta.

— Bom trabalho, continue assim. Vou ver como estão suas irmãs.

Minha sala de jantar se tornou uma linha de montagem, cheia de fitas e papel de seda na mesa. Deja, filha de Yasmen, está preenchendo as cestas com pacotes de sementes de abóbora salgada, chocolate quente e marshmallows, que dão um toque especial à cesta. A principal atração é a focaccia. Lupe, usando luvas de borracha, segura uma pilha de pães e embrulha com cuidado cada um em papel manteiga.

Eu não sabia no que estava me metendo ao fazer deste negócio o nosso sustento. As aulas de ginástica de Lottie não são nada baratas e, para ela continuar, eu precisava de uma renda extra. Fiz o que fosse preciso para nos manter dentro de casa com os boletos pagos. As cestas pareciam uma coisa simples, mas eu não esperava tantas encomendas. Mesmo limitando a entrega a um raio de 15 quilômetros, foram mais de cem focaccias assadas. Por sorte, o restaurante Canja, do qual Yasmen e seu marido, Josiah, são donos, fecha às segundas-feiras. Usamos os fornos industriais deles e fizemos uma grande festa culinária por lá.

— As minhas estão prontas? — Hendrix pergunta, vestindo uma jaqueta leve.

— Temos 15 aqui — Lupe diz. — Todas para a zona leste.

— Que bom. — Hendrix pega duas cestas pela alça e sai da sala de jantar.

— Vamos levar para o carro, e eu vou começar a primeira rodada de entregas.

— Ei, Hen — Yasmen grita da cozinha —, acabei de te mandar uma mensagem com os endereços da zona leste.

Hendrix pega o celular e acena com a cabeça.

— Chegou.

— Sou sua ajudante, tia Hen — Lottie diz, com o rosto iluminado, enquanto se apressa para pegar o casaco.

— Vai pegando umas cestas aí, e bora lá — Hendrix responde. — Mas já vou avisando que tô numa fase R&B dos anos 90, então, se não quiser ouvir Brownstone, é melhor trazer fones de ouvido.

— Brownstone está ótimo — Lottie concorda de imediato, seguindo Hendrix, mas se vira para sussurrar para mim: — Quem é Brownstone?

Dou risada, balançando a cabeça.

— Pegue as cestas e se prepare para o seu cérebro fritar com música de verdade, garota.

— Vou ajudar a pôr no carro da tia Hen — Lupe diz. — Acho que a gente já está quase terminando as encomendas da zona oeste e da zona sul.

— É comigo — Yasmen diz, entrando na sala de jantar. — Lupe, você vem?

— Eu vou também! — Deja entra na conversa. — Boa parte dos pedidos é de lá, aí a gente decidiu ir juntas e se separar pela vizinhança para terminar mais rápido.

— Parece um bom plano. — Yasmen pega a jaqueta do encosto de uma das cadeiras da sala de jantar. — Vamos lá, meninas.

— Espero vocês na volta com o meu famoso chili — grito para que todas me ouçam.

— Você tem que chamar tudo que você cozinha de "famoso"? — Hendrix ri.

— Você é a minha "agente". — Puxo uma das tranças divinas caídas em suas costas. — É você quem está tentando tornar a minha comida famosa, mesmo você ainda não aceitando comissão de nenhum dos meus patrocínios.

— Ah, relaxa. — Hendrix lança um olhar cúmplice por cima do ombro. — Quando você fechar um grande negócio, eu venho buscar a minha parte. No momento, estou só investindo em você.

— Bom, eu agradeço.

— Só arruma um bom vinho tinto para acompanhar esse famoso chili quando eu voltar — ela diz. — Já é agradecimento o suficiente.

Pelos 15 minutos seguintes, carregamos os carros de Hendrix e Yasmen com as cestas, e todas elas saem para entregar as encomendas, enquanto Inez termina de organizar as últimas cestas para eu levar para a zona norte da cidade.

Quando volto para dentro de casa, todas se foram, e ficamos só eu e Inez. Eu disse a Yasmen e Hendrix que queria ficar um tempinho sozinha com a Inez. Das minhas três filhas, ela foi a que teve mais dificuldade para se adaptar a nossa nova vida, ainda mais porque o pai está na cadeia.

E eu que ajudei a prendê-lo.

Ela não vem se comportando mal, mas está mais distante. Acho que ela está lidando com muitas coisas e não está vocalizando. Quero estar presente sempre que ela estiver disposta a se abrir, me fazer perguntas ou até expressar sua raiva comigo.

A família de Yasmen e Josiah passou por muitas perdas e todos eles fizeram terapia em diferentes momentos. Por insistência dela, fizemos terapia familiar para dar às meninas a oportunidade de processar uma situação extremamente complexa. Eu também tenho feito terapia individual e tem salvado a minha vida.

— Acho que somos só nós duas agora. — Embrulho uma última focaccia e verifico mais uma vez os itens que vão na cesta. — Está pronta?

— Estou. Quanto tempo você acha que vai demorar? Tem um torneio hoje à noite.

— Dos seus jogos? — pergunto.

— É. Já que não posso jogar muito durante a semana...

Ela não termina o raciocínio, como que me acusando, pois esse tem sido um ponto de discórdia ultimamente. Não toco no assunto enquanto carregamos a primeira leva de cestas no porta-malas e entramos para pegar mais. Toco no seu braço para fazê-la esperar e me encarar.

— Ei, Nez. Você sabe por que eu ponho limite nos jogos durante a semana. É muita distração e suas notas são prejudicadas.

— Como se a ginástica não distraísse a Lottie. — Ela ergue as sobrancelhas e me dá um olhar do tipo "lá vem".

— Tudo bem. Concordo com você. — Volto para a sala de jantar para pegar a próxima leva de cestas, olhando para trás para falar com ela. — É verdade que a ginástica toma muito tempo dela, mas é uma atividade extracurricular e uma forma de disciplina. Se ela não mantiver as notas em dia, sabe que vai perder. Além disso, a ginástica pode garantir uma bolsa de estudos na universidade para a Lottie.

— Jogar também exige disciplina. — Inez pega mais duas cestas e vai até o carro. — Tá, é um tipo diferente de disciplina, mas é preciso coordenar olho e mão ao mesmo tempo.

— Tá bom. — Pego mais duas cestas e vou para a garagem. — Aí já é forçar a barra.

— Tem jogadores profissionais que ganham milhões, mãe. Quem precisa de faculdade se isso acontecer?

Paro no meio da garagem, provavelmente com o horror estampado no rosto.

— Você disse "quem precisa de faculdade"?

— Tá, você estudou numa faculdade renomada e foi bom pra você. Você casou, teve filhas e virou dona de casa. Teria tido o mesmo resultado se não tivesse feito faculdade. Sua conquista mais importante na faculdade foi conhecer o papai.

Deixo aquelas farpas veladas penetrarem fundo na minha carne. O quanto desse insulto se deve à insensibilidade típica da adolescência e o quanto se deve à provocação e menosprezo deliberados dela em relação a mim? A maternidade às vezes é um esforço muito ingrato. Sacrificamos tudo por essas *pessoas* que nunca entendem de verdade o que fizemos por elas.

— Então a minha maior conquista foi casar com o seu pai? — pergunto, amenizando a irritação da voz, sem querer dar esse gostinho para ela.

— Eu não quis dizer isso — ela diz de forma pouco convincente.

— Mas foi o que você disse, Inez. — Bato o porta-malas e caminho até o lado do motorista, olhando para ela. — Nós duas sabemos que você disse, sim.

Entro e ligo o carro, esperando-a se sentar no banco do passageiro. Depois de alguns momentos, ela se senta e vai logo colocando os fones de ouvido. Tiro o fone da sua orelha esquerda.

— Não, senhora. — Jogo o fone no colo dela. — Você acabou de dizer uma coisa que acredito ter sido com a intenção de me machucar, de me diminuir. Quando foi que eu disse uma coisa com a intenção de te machucar? De fazer você se diminuir?

Saio da garagem e deixo o silêncio aumentar, sem tentar aliviar a tensão, mas esperando que ela fale.

— Nunca — ela finalmente diz.

— Ainda ficou em dúvida? Precisou repassar cada conversa que tivemos para procurar um momento em que eu te magoei com as minhas palavras do jeito que você acabou de fazer comigo?

— Não, eu… Foi mal, mãe. Eu só… Eu não quis te magoar.

— Você quis me magoar, Inez. Eu só quero saber por quê.

— Acho que às vezes eu perco a cabeça e não penso antes de dizer as coisas. — Olhando para baixo, ela mexe no cinto de segurança. — Eu já pedi desculpa.

— Quer conversar com alguém sobre isso? — Lanço um breve olhar para seu rosto de perfil enquanto suavizo o tom.

— Tipo, mais terapia? — ela zomba, revirando os olhos — Não, valeu.

— Aquelas sessões foram para nós como família, Nez, mas se você precisar…

— Mãe, tenha dó. — Ela segura a cabeça entre as mãos e solta um suspiro rápido. — Vamos só deixar pra lá?

— Olha, sei que não tem sido fácil e que toda a nossa vida mudou, mas…

— Você age como se ele não existisse — ela diz abruptamente.

Sei exatamente de quem ela está falando, mas pergunto mesmo assim:

— Quem?

— Tá vendo? — Ela inclina a cabeça para trás no encosto, os olhos fixos. — O papai. Você age como se ele tivesse ido embora, e não como se ele estivesse na cadeia.

— Mas ele foi embora por enquanto. Ainda falta um ano para ele terminar de cumprir a pena.

— E quando ele sair? — Ela se vira no banco do passageiro para observar meu rosto de lado. — Como vai ser?

— Não sei o que você quer que eu diga, Inez. Ele é seu pai, mas não é meu marido. A gente se divorciou. Quando ele sair, pode haver espaço na sua vida para ele, se você quiser. Não vou afastar você dele, mas não tem lugar para ele na minha vida. Acabou.

— E se eu quiser vê-lo antes de ele sair?

Aperto forte o volante com os dedos. Não é algo que Edward queira. A única vez que ele ligou para casa depois do julgamento foi para me criticar por ter entregado as provas e para dizer que não queria que as meninas o vissem na cadeia. Ele não ligou e elas não perguntaram por ele. Eu sabia que em algum momento isso iria mudar.

— Vamos conversar sobre isso mais tarde, Nez — digo, baixinho.

Ela fica me observando por um longo momento antes de olhar para a frente e desviar o olhar para a janela do passageiro. O muro que sinto que ela está erguendo entre nós está cada vez mais alto. Os últimos nove meses foram terríveis de tantas maneiras, mas o que me fez continuar foi saber que era pelas minhas filhas. Agora sinto que estou perdendo algo precioso com uma delas.

— Vamos fazer a primeira parada aqui à direita — Inez diz depois de alguns momentos de silêncio tenso.

— Tá bom. — Olho e forço um sorriso para tentar aliviar a tensão dentro do carro. — Uma a menos. Faltam 25.

Felizmente, Yasmen fez um ótimo trabalho no planejamento das paradas, e elas são bem próximas, algumas num mesmo quarteirão. Algumas casas ficam de frente uma para a outra ou na mesma rua, então eu fico com um lado da rua e Inez fica com o outro.

— São as últimas — Inez diz, depois de cerca de uma hora e meia de entregas na zona norte que nos levaram até a fronteira da cidade.

— Estas são suas. — Entrego a ela as duas últimas cestas do porta-malas. — Vou entregar as minhas e acabou.

Fazemos um "toca aqui", trocando um sorriso fácil. Passada a tensão inicial, reencontramos o nosso caminho e entramos no ritmo das entregas. Ver o prazer das pessoas ao receber as cestas tão enfeitadas e perfumadas com o cheiro da focaccia recém-assada melhorou o nosso humor. Após cada entrega, nossos sorrisos se abriam um pouco mais. Ouvimos um pouco de Lizzo e nem vimos o tempo passar até a última entrega.

Subo os degraus da casa, uma construção tradicional de tijolos brancos e venezianas azul-marinho. Pela aparência, eu diria que foi construída nos anos 1920, talvez nos 1930, com uma varanda que circunda a casa e a porta da frente de madeira escura formando um arco. Toco a campainha e espero alguns segundos, mas ninguém atende. Volto a tocar, preparada para deixar a cesta na varanda. Sorrio quando a porta se abre, mas fico desorientada ao ver o filho de Judah parado ali.

— Aaron, que surpresa! Oi!

— Eu sou o Adam — ele diz, com um olhar apenas vagamente curioso. — Aaron é meu irmão.

Irmão gêmeo, Judah disse. Pelo que me lembro de Aaron, os meninos são incrivelmente parecidos. A mesma pele morena e sobrancelhas escuras e marcantes. Os traços de Judah são mais pronunciados, mas imagino que, à medida que os meninos crescerem, ficarão ainda mais parecidos com ele.

— Ah, certo. Conheci seu irmão no ano passado na... — Mordo o lábio, sem saber o que dizer. — Bom, no trabalho do seu pai.

— Você conhece o meu pai? — Ele inclina a cabeça, questionando com desconfiança, como se não pudesse haver alguém que seu pai conhecesse e ele não.

— Adam, quem é?

O som daquela voz profunda e rica anuncia sua chegada, mas tenho apenas alguns segundos para me preparar antes que Judah surja à porta, com uma leve expressão preocupada marcando a linha de suas sobrancelhas espessas.

— Sou eu. — Dou um meio sorriso e aceno sem jeito, com a mão que não está segurando a cesta. — Entrega especial.

— Ah, éé... oi. — Judah estende a mão para pegar a cesta e me encara. Sinto a varanda como areia movediça sob meus pés, e parece que vou afundar, me perdendo naquele olhar firme, de olhos escuros, ao mesmo tempo paciente e perspicaz. Eu havia esquecido a sensação intensa de estar perto do Judah, mas ela me atinge de repente, embaralhando meus sentidos e me deixando sem fôlego.

— Soledad. — Meu nome é pronunciado não por Judah, mas por Aaron, que aparece ao lado do pai.

— Aaron — digo, com um sorriso genuíno surgindo nos lábios. — Oi!

Fico surpresa e feliz por ele ter se lembrado do meu nome. Ele não diz mais nada, mas me observa com o mesmo olhar firme com o qual o pai costuma me encarar.

— Meninos, por que vocês não levam isto aqui lá para dentro? — Judah sugere. Adam entra em casa carregando a cesta.

— Prazer em conhecer você, Adam — falo enquanto ele se afasta, pois preciso sair desta varanda e voltar para o carro, mas estou com dificuldade de me mover.

— Aaron — Judah diz, com a voz firme, mas gentil —, vá para dentro, por favor.

— Tchau, Aaron. — Aceno, sorrindo, embora ele não esboce um sorriso.

— Tchau — Aaron responde, se virando para entrar, deixando eu e Judah sozinhos na varanda.

Não tivemos contato nos últimos nove meses. Depois que assinei o acordo e entreguei o pen drive, a CalPot me deixou em paz. Eles já tinham as informações necessárias para recuperar a maior parte do dinheiro roubado e processar Edward.

— Bom te ver. — Judah enfia as mãos nos bolsos da calça escura.

— Bom te ver também — digo.

— Você parece bem.

Seu olhar vagueia por mim, deixando um rastro de calor e calafrios. Estremeço um pouco e me pergunto se pareço tão diferente para ele quanto me sinto por dentro. Aos olhos desatentos, ainda sou a mesma Soledad. Ele não deve conseguir perceber o quanto estou diferente da mulher desesperada que foi a seu escritório tantos meses atrás, contando que ele a ajudaria.

— Você também — digo, depois de alguns segundos. — Parece estar bem, quero dizer.

Que eufemismo. Ele está ainda melhor do que da última vez que o vi, e isso diz muito. Os dois primeiros botões de sua camisa estão desabotoados e as mangas estão arregaçadas, expondo antebraços musculosos e a pele morena e firme. Os braços de um homem não deveriam me afetar desse jeito. Olho para baixo antes que ele perceba algo que não quero que ele veja. Com um olhar tão perspicaz, fico me perguntando se ele notaria quantas vezes pensei nele. Como me toquei algumas vezes de madrugada, lembrando da sua voz e da sua mão gentil no meu rosto, o suficiente para eu me acabar só com alguns movimentos dos meus dedos.

— Eu não esperava que fosse você. — Ele se movimenta, fechando a porta atrás de si e se aproximando um pouquinho de mim na varanda.

— Como assim? — Franzo a testa, certa de que deixei escapar algo importante enquanto me perdia na minha fantasia. — Esperava... oi?

— A cesta. Quando fiz o pedido, não esperava que você fosse entregá-la pessoalmente.

— Você sabia que era eu que estava fazendo a cesta?

— Claro. Foi por isso que encomendei. — Um canto da sua boca se abre em um sorriso irônico. — Na verdade, nunca comi focaccia, mas como é você que faz, imaginei que seria bom.

— Então você pediu a cesta para... tipo... me ajudar?

— Você não precisa da minha ajuda. Parece estar indo bem sozinha. Molhos para salada que são sucesso na internet e milhões de seguidores.

— Só dois milhões — digo com um sorriso. — Você andou me vigiando, senhor Cross?

Permito que meu tom seja provocativo, mas quando ele olha bem para mim, fixando o olhar no meu, fico hipnotizada pela determinação que vejo ali.

— Fiz mal? — ele pergunta. — Em querer saber como você estava?

Meu coração abandona qualquer ritmo normal e começa a martelar, bater sob as costelas, onde minha respiração é mantida como refém.

— Mal? — finalmente consigo dizer. — Não. Eu... éé... A gente não conversou mais, então eu entendo.

— Achei que você não iria querer contato com ninguém da CalPot por um tempo. Eu não quis incomodar, mas fiquei torcendo para que você e as suas filhas estivessem bem.

— E estamos. — Esfrego as mãos úmidas na minha calça jeans. — Tem sido uma adaptação, e houve momentos em que pensei... bom, que talvez a gente tivesse que ir embora de Skyland, mas até agora estamos conseguindo.

— Nunca cheguei a agradecer pessoalmente pela sua dica sobre a Amber e o Gerald — ele diz. — Eles não chamaram a minha atenção, mas Edward me incomodou desde o momento em que nos conhecemos. Tenho um instinto sobre as pessoas.

— Qual foi o seu instinto sobre mim? — As palavras surgem da minha boca sem minha permissão, e baixo o olhar para as largas tábuas de madeira da sua varanda. Eu não quis dizer isso. Eu não deveria ter dito isso. — O que quero dizer é...

— Ah, eu gostei muito de você desde o início — ele responde, diminuindo a voz para um murmúrio baixinho. — Ainda gosto.

Levanto a cabeça de repente e encontro seu olhar caloroso. Passo a língua nos lábios, afasto o cabelo do rosto, toco o pescoço. A inquietação de uma estudante, inadequada para uma mulher da minha idade... e, ainda assim, não consigo desacelerar os batimentos cardíacos. Não consigo recuperar o fôlego com seu cheiro — limpo, distinto e masculino — me dominando. Aqueles olhos penetrantes que repousam no meu rosto devem enxergar para além do disfarce superficial da minha compostura. Será que ele sabe como me afeta?

— Você, ééé, estava dizendo alguma coisa sobre a Amber e o Gerald — lembro, tentando controlar o frio na barriga. — Ouvi dizer que o Gerald fez um acordo.

— Sim, ele e a Amber se safaram depois que concordaram em fornecer todas as informações que nos faltavam.

O juiz considerou Edward e Gerald os principais responsáveis pelo esquema e considerou que a Amber teve "pouco" envolvimento, o que rendeu uma pena muito mais leve para ela.

— De certa forma — digo, percebendo um tom de amargura na voz —, parece que eu e as minhas filhas fomos as mais prejudicadas nessa situação. Foi onde a coisa arrebentou.

Seu sorriso desaparece e ele pega minha mão.

— Sei que você vai acabar não aceitando, Soledad, mas se precisar de alguma coisa, pode me ligar.

Seria muito tentador contar com o apoio dele nestes tempos difíceis, porque um homem como ele significa resistência. Judah seria uma muralha, uma fortaleza. Um abrigo. Ele é o tipo de homem com quem se pode contar, mas cansei de contar com homens. Ele é o tipo de homem que, com apenas um toque da mão, nos faz fantasiar. Retiro com cuidado a mão e sorrio para ele.

— É muita gentileza sua — digo a ele —, mas acho que a gente encontrou o nosso caminho.

— Eu estava pensando, agora que as coisas se acalmaram, quem sabe a gente não pode tomar um café ou...

— Mãe!

Ah, droga.

Inez.

Embora seja ilógico e injusto, Inez ainda atribui grande parte da culpa a Judah Cross, simplesmente porque Edward não parava de falar mal dele. Ela nunca viu Judah e não faria a conexão, mas mesmo assim me viro na hora e desço correndo as escadas antes que ela se aproxime. Ela está ao lado do carro, olhando na direção da casa de Judah.

— Tenho que ir! — grito, descendo os degraus da varanda. — Espero que você goste da cesta.

Arrisco uma rápida olhada por cima do ombro para ter um último vislumbre do homem em quem pensei tantas vezes desde que nos conhecemos. Mesmo sendo errado e impossível. Mesmo não sendo sensato. Ele olha para mim e para Inez, que está esperando perto do carro, e acho que ele entende. Ele não acena nem se despede, apenas faz um gesto com a cabeça, com uma expressão séria, e volta para dentro de casa.

16

SOLEDAD

— Tá, você tinha razão — Hendrix diz, apoiando a colher ao lado da tigela na mesa da sala de jantar. — Seu chili deveria ser famoso.

— Eu falei. — Dou de ombros. — Eu faço um *sofrito* para refogar que dá um toque de doçura e um sabor mais profundo. Estilo Picadillo.

— Você tem que me mostrar como faz — Yasmen diz. — Você sabe muito bem que estou tentando melhorar as minhas habilidades culinárias.

— Fazia tempo que eu não preparava chili, mas encontrei o *pilón* da minha mãe, o que ela costumava usar para amassar os ingredientes, e fiquei com vontade de voltar a fazer.

— Olha, está uma delícia — Hendrix diz. — Obrigada mais uma vez pelo jantar.

— É o mínimo que posso fazer depois de toda a ajuda de vocês — digo. — Não só com as entregas de hoje, mas com todo o processo de preparação. Eu realmente acho que dei um passo maior do que a perna.

— Amigos ajudam amigos a dar os passos. — Yasmen sorri. — E tomara que você tenha considerado aquele meu outro pedido.

— Que pedido você fez para ela? — Hendrix pergunta, pegando a colher de volta para mexer o resto do chili.

— Você sabe que estou organizando o Festival da Colheita para a Associação de Skyland — Yasmen diz. — É uma ótima maneira para os negócios locais exibirem produtos e empresas, encontrar novos clientes e tal, enquanto a comunidade se diverte.

— Você é a pessoa mais organizadora que eu conheço, Yas. — Hendrix ri.

— É um dom. — Yasmen finge polir as unhas. — Bem, eu tive a *brilhante* ideia...

— Ainda não sabemos se é "brilhante" — interrompo.

— A *brilhante* ideia — continua Yasmen — de montar uma área chamada "do campo para a mesa com a Sol". As pessoas poderiam vivenciar um de seus jantares, comer sua comida, ver como você cria o ambiente. A gente chamaria os garçons do Canja que não estiverem trabalhando naquela noite. Para eles, é uma chance de ganhar uma grana extra. Não precisaríamos de muitos.

— Gostei — Hendrix diz, lançando um olhar questionador para mim do outro lado da mesa. — Você não quer?

— Eu não disse isso — respondo. — Só não sei se as pessoas iriam gostar.

— As pessoas adorariam — Yasmen diz. — A gente precisa aproveitar enquanto a situação está favorável. Você é famosa no TikTok.

— Não sou, não.

— Está chegando lá — Hendrix diz. — Você está com tudo. Hoje em dia, um criador pode passar do anonimato ao selo de verificação em pouco tempo. Acho que você deveria ir em frente.

— Vai dar um trabalhão — resmungo.

— Vai entrar uma boa grana — Yasmen rebate. — Você sabe que a gente nem sabe o que fazer com todo o dinheiro que entra na Associação de Skyland. Eles pagariam bem.

Ginástica, mensalidades, financiamento da casa, financiamento do carro, poupança para a faculdade, contas de água, luz, gás... para citar algumas das contas que demandam mais dinheiro do que eu tenho.

— Tá bom, eu vou fazer — aceito e reviro os olhos quando eles gritam juntas em comemoração.

— Tenho que te dar crédito, Sol — Hendrix afirma. — Você está dando *duro*. Essas cestas de hoje são só o exemplo mais recente. Continua trabalhando, querida. Vai valer a pena. Estamos orgulhosas de você.

— Ah, gente. — Faço um beicinho e finjo lacrimejar, abanando os olhos. — Não me façam chorar. Já quase derramei uma lágrima hoje.

— Lágrima de felicidade? — Yasmen pergunta, pressionando uma colher no lábio.

Eu me inclino para o lado e espio a cozinha para verificar se nenhuma das meninas ainda está lá comendo. Tenho certeza de que Lottie e Inez subiram.

— Lupe e Deja saíram. Foram visitar a Lindee — Yasmen diz. — O câncer da mãe dela voltou.

— Caramba. — Fecho os olhos por um segundo. — A gente acha que a nossa situação está ruim, mas isso dá uma perspectiva diferente. Será que alguém está ajudando a família com as refeições?

— Não sei — Yasmen diz, curvando um pouco as sobrancelhas. — A gente deveria fazer isso.

— Vou dar uma olhada amanhã e ver o que é possível fazer. — Tiro o celular do bolso e faço uma anotação para lembrar.

— E aí, e essa lágrima que você derramou — Hendrix pressiona — O que foi?

— Não foram lágrimas derramadas — corrijo. — Foi quase. Inez estava me tirando do sério. Coisas de adolescente. Ela me magoou, mas não importa. Estou bem. A parte mais perturbadora foi que ela me disse que queria ver o Edward.

— Que merda. — Hendrix serve outra taça de vinho. — Por quê?

— Ele *é* o pai dela, Hen — Yasmen diz. — Você vai levá-la, Sol?

— Em algum momento, se o Edward quiser vê-la, sim. Claro, mas ele não quer que as meninas frequentem aquele local. Eu também não, mas acho que ela tem muitas perguntas que talvez só o Edward possa responder.

— Impedi-la de fazer isso só vai fazer com que ela queira mais — Yasmen ressalta.

— Nossa, não sei como vocês aguentam. — Hendrix balança a cabeça.

— Aguentam o quê? — pergunto.

— Ser mães. — Hendrix ri. — Essa merda não é para mim.

— Você não quer mesmo ter filhos nunca? — Yasmen pergunta.

— Eu teria filhos, se a minha linguagem de amor fosse o tédio — Hendrix fala devagar. — Essas crianças fazem pouco e demandam demais. Eu tenho clientes. Não preciso de filhos. Nem todo mundo leva jeito, e tem muita gente por aí que nunca deveria ter tido filhos. Eu não vou ser uma dessas pessoas.

— Muitas vezes, me perguntei se a maternidade era para mim. — Dou risada. — À tarde, por exemplo, o confronto com a Inez me fez questionar. E depois tivemos um susto com o Judah Cross. Se a Inez soubesse que era ele, só teria piorado as coisas.

Assim que digo o nome dele, fixo os olhos na minha tigela de chili, sentindo o peso do olhar das duas.

— Não aja como se você pudesse simplesmente deixar isso passar — Hendrix diz. — Você invocou o nome daquele contador gato. Desembucha.

Não consigo conter o sorriso que se espalha pelo meu rosto.

— Ele foi a minha última entrega.

— Peraí. — Yasmen se ajeita na cadeira. — Ele comprou uma cesta?

— Comprou. — Concordo com a cabeça, mordendo o lábio. — Ele disse que não esperava que eu entregasse pessoalmente. Nós dois ficamos meio chocados. Fazia tempo que não o via.

— Por que foi um susto? — Yasmen pergunta com a testa um pouco franzida.

— Porque a Inez estava voltando da última entrega e me viu lá na varanda com o Judah. Ela o culpa pela situação de Edward, o que é ridículo, mas Edward vivia falando muito mal do Judah na frente das meninas. Foi ele que descobriu o roubo, mas foi Edward que roubou.

— E você não queria que ela visse você babando por ele? — Hendrix brinca.

— Eu não estava babando — digo, sentindo o rosto esquentar.

— Ele continua gato? — Hendrix pergunta.

— Pra caramba — respondo sem hesitar. Lanço um olhar entre as duas, e todas rimos daquelas palavras não ditas que ficam no ar com uma amizade tão próxima.

— Eu já sabia. — Hendrix solta um *hmm-hmm-hmm*. — Como foi vê-lo de novo?

— Não sei dizer. — Dou de ombros. — Foi estranho. Foi ótimo. Ele me ajudou mesmo sem precisar. — Hesito antes de confessar: — Eu o conheci na festa de Natal do Edward no ano passado, antes de tudo isso acontecer, e meio que pintou um clima.

— Conta tudo. — Yasmen se inclina para a frente e apoia os cotovelos na mesa da sala de jantar, com o queixo entre as mãos. — Você escondeu isso da gente.

— Não escondi, não. — Puxo o cabelo sobre um ombro e brinco com os cachos. — Fiquei atraída por ele. Tipo, muito atraída, e me senti culpada porque, obviamente, eu era uma mulher casada.

— Mas você nem está mais casada — Hendrix diz. — Ele também ficou atraído por você?

— Eu... acho que sim. — Fecho os olhos e respiro fundo. — Pareceu que sim. Parece que sim. Mesmo hoje, se alguém acendesse um fósforo perto de nós, iríamos acabar explodindo. — Eu me inclino confidencialmente e abaixo a voz para sussurrar: — E ele perguntou se eu queria tomar café com ele.

— Café? — Yasmen finge ficar chocada. — Que escândalo.

— O problema não é o café em si. — Olho para as duas. — Não estou preparada para um relacionamento no momento, muito menos para uma coisa tão complicada como sair com o homem que colocou o meu ex-marido na cadeia. É muita... confusão, e eu não quero confusão.

— Ou você pode simplesmente transar com ele — Hendrix diz. — Não existe nenhuma lei que impeça.

— Hen! Ela não faria isso. — Yasmen lança um olhar como que dizendo "pode me contar" na minha direção. — Ou faria?

— Claro que não. — Recolho minha tigela vazia e me levanto. — Estou só curtindo este tempo sozinha, para ser sincera. Passei toda a minha vida adulta com o Edward. Investi muito nele. Está na hora de investir em mim.

— Acho ótimo — Hendrix diz. — Foi mal pela sugestão. Você sabe como eu sou tarada e não nego *nada* quando se trata de sexo.

— Eu também sinto desejo — admito. — Mas meu vibrador não vai partir meu coração e não vai criar expectativas irrealistas sobre um relacionamento. Tenho conversado com a minha psicóloga sobre o relacionamento que estou tendo comigo mesma.

— Menina, já faz *anos* que eu cultivo um relacionamento comigo mesma. — Hendrix pega uma fatia de manga da bandeja de frutas que servi de sobremesa. — Faz tempo que não namoro. Agora, falando de pinto? Disso eu sinto falta. Mas se um cara vier pra cima de mim esperando que eu o coloque em primeiro lugar o tempo todo, deixando meu travesseiro extraquente e cheio de baba... não, de jeito nenhum.

— Se tem uma mulher que *não* precisa de namoro, é você, Hen — brinco. — Tudo o que a minha psicóloga fala, parece que você já sabe de cor.

— Bem, ela não foi casada com um vigarista — Yasmen afirma. — Você foi.

— Só agora me dou conta de como o Edward vivia me repreendendo sutilmente para me fazer sentir que meu valor dependia dele. Todos esses anos, pensei que o nosso casamento era uma parceria, mas Edward achava que eu não trabalhava. Ele me via como uma dependente, não como uma parceira, mesmo não tendo conquistado metade do que conquistou sem mim.

— Ele é narcisista — Hendrix diz. — Ele precisa ser o centro de tudo.

— Se você precisar de um tempo sozinha — Yasmen diz —, vai em frente.

— Quem sabe aquele contador gostoso ainda não esteja disponível quando você estiver pronta? — brinca Hendrix, com um sorriso carinhoso.

Por um instante, penso em confessar os toques secretos sob os lençóis que tive fantasiando com o Judah, mas decido não me abrir. Não quero tumultuar as coisas mais do que já estão. Já falei que estou feliz por estar sozinha pela primeira vez, e estou mesmo. Eu preciso disso. Só queria que meu corpo tivesse recebido o aviso, porque ele se acende ao chegar perto de Judah Cross.

Estou colocando minha tigela na máquina de lavar louça quando meu celular toca no bolso de trás.

— Alô — respondo, pegando as tigelas de Yasmen e Hendrix, que entram na cozinha.

— Senhora Barnes? — Uma voz masculina, seca e profissional, soa do outro lado da linha.

Não me dou ao trabalho de corrigir que voltei a usar meu nome de solteira, Charles.

— Sim, é ela.

— Estou ligando do Spiros para confirmar sua reserva para sábado à noite.

É sobre a reserva que fiz no ano passado para o nosso aniversário de casamento.

— Ah, sim — respondo, fazendo um esforço para me concentrar. — A reserva. Na verdade…

Na verdade o quê?

Já faz dois anos que quero jantar no Spiros, mas vivia lotado. Por que eu deveria perder a oportunidade de fazer uma refeição excelente num lugar que eu queria conhecer havia anos, só porque um homem já não vai me levar?

— Senhora Barnes? — ele pergunta, com um toque de impaciência na voz. — Quer manter a reserva?

— Na verdade, agora é senhora Charles. — Engulo o que resta da minha incerteza e me jogo sozinha. — Sim. Ainda quero a reserva.

17

JUDAH

Tenho que parar com isso. Está virando… uma obsessão.

A ideia nem se formou na minha cabeça e eu já estou pegando o celular para checar o perfil da Soledad. Esse é o tipo de merda que os garotos do ensino médio fazem quando estão apaixonados, e não homens de quarenta e um anos com filhos e responsabilidades. Não diretores que trabalham no sábado à noite e têm apresentações para fazer na segunda-feira. Não tenho desculpa para estar tão distraído. Os meninos vão passar o fim de semana na casa da Tremaine. Estou com a casa só para mim e uma noite sem interrupções para colocar o trabalho em dia.

E o que estou fazendo?

Conferindo as redes sociais da Soledad na esperança de ver o que ela anda fazendo agora.

— Já sei o que ela *não* está fazendo — murmuro, navegando até o perfil dela. — Tomando um café com você.

Deixei escapar um convite malfeito para um café, e ela literalmente saiu correndo e gritando da minha varanda. A filha dela estava esperando no carro, então sei que ela precisava ir, mas mesmo assim... com certeza não foi um *vou pensar*. Eu simplesmente não estava esperando vê-la na minha casa. Encomendei a cesta porque queria... sei lá. Me conectar com ela? Me envolver de alguma forma? Não analisei minha motivação quando peguei aquele panfleto na barbearia. Agi sem pensar.

Não é o tipo de coisa que eu faço.

Como um adolescente, que pelo visto é o que estou voltando a ser, meu coração bate forte quando vejo a notificação de que ela está ao vivo agora. Ela marcou o vídeo como *Arrume-se comigo*. Clico na notificação e me recosto na cadeira para ver o que ela está fazendo.

— Então — ela diz, olhando para a câmera. Seu rosto está bonito e com aspecto renovado. — Quero que vocês me ajudem a escolher o que vestir no meu aniversário de casamento.

Que porra é essa?

Eles não estão divorciados? Ela vai visitar o Edward na cadeia no aniversário de casamento deles? É uma visita conjugal? Não pode ser. Apenas cinco estados ainda permitem isso, e a Geórgia não é um deles. Eu sei. Pesquisei no Google quando Edward foi condenado. Agora, se fosse no Mississippi...

— Não seria da sua conta. — Volto a atenção para Soledad. Ela está sentada na frente do espelho, se maquiando. Seu cabelo, preso por uma faixa de tecido atoalhado, cai formando curvas marcadas sobre o roupão de seda que envolve seus ombros.

— Esse corretivo, gente. — Ela mostra o tubo e usa um palito para aplicar um líquido bege acastanhado sob os olhos e sobre as maçãs do rosto. — É bem parecido com o NARS. Comprei na farmácia por dez dólares. — Ela faz uma pausa para piscar para a câmera e sussurra: — Ninguém vai notar a diferença.

Ela pega um pincel e passa base no rosto.

— Voltando ao meu aniversário de casamento. Tem um restaurante que eu queria conhecer fazia anos, mas vivia lotado. Aí, no ano passado, fiz uma reserva para o meu aniversário de casamento.

Seu rosto meio maquiado se fecha por um breve momento e volta a se abrir.

— Se você me acompanha, já deve saber que eu e meu marido nos divorciamos este ano. Meu primeiro instinto quando ligaram para confirmar a reserva foi cancelar, mas tenho me desafiado a aproveitar esta jornada de autodescoberta.

Ela faz uma pausa para colocar os cílios.

— Na terapia, percebi que eu era casada com um narcisista. Como saber se você é casada com um narcisista?

Ela arregala os olhos para a pergunta e torce os lábios.

— Boa pergunta. Será que seu parceiro descarta seus sentimentos como se fossem "loucura", mas outras pessoas da sua vida discordam? Você costuma se sentir manipulada? Controlada? Como se estivesse perdendo a sua identidade? Então você pode estar casada com um narcisista.

Ela dá de ombros e continua:

— Parte do meu processo de recuperação envolve o que chamamos de relacionamento comigo mesma. Estou aprendendo que amar e ser amada é um desejo perfeitamente saudável, desde que acreditemos que esse relacionamento de alguma forma nos faça sentir dignas ou realizadas. Tem tanta pressão para a gente não ficar sozinha que, às vezes, parece que, como solteira, a gente não tem tanta identidade. Isso nos leva a procurar por alguém que fará a gente se sentir completa.

Ela delineia os lábios e olha bem para a câmera, os olhos escuros sóbrios e firmes.

— Bom, eu estou em busca de mim mesma. Isso não quer dizer que nunca mais vou namorar ou ter um relacionamento, mas quando acontecer, será um acréscimo ao amor que tenho por mim mesma, e não uma substituição.

Ela se levanta e pega dois vestidos pendurados em cabides na parede.

— Tenho muito amor para dar. Sei que tenho, porque sempre dei muito amor a todo mundo a minha volta, durante toda a minha vida. Nesta fase, estou me fazendo essa pergunta.

Ela encaixa o queixo na gola de um dos vestidos pressionados junto ao peito e olha bem para a câmera.

— O que aconteceria se eu dedicasse todo esse amor para mim mesma? Não de uma forma narcisista, mas como uma aceitação incondicional? Para curar de verdade as minhas feridas em vez de esperar que outra pessoa as cure?

Ela ergue os dois vestidos de novo, um preto e sensual e o outro vermelho e igualmente sensual. Os dois ficariam fantásticos nela, mas quero vê-la de preto.

— Então — ela continua —, em vez de me negar uma experiência que desejo há muito tempo só porque não vai ter ninguém me esperando lá, vou a um encontro comigo mesma. Ah, e falando nisso, estou pensando em criar um clube do livro on-line. Nada muito formal. Só vou ler um livro e quem quiser, pode ler comigo. Quero ler coisas que reforcem o que estou tentando alcançar. Compartilha aqui nos comentários se você teria interesse em participar.

Ela sorri e segura os dois vestidos.

— Qual devo escolher? — ela pergunta. — Digam aqui nos comentários, o vermelho ou o preto?

— O preto — murmuro, ainda repassando mentalmente tudo o que ela disse.

Eu nunca comento as postagens dela, é claro, mas fico torcendo pelo preto.

— Relacionamento com você mesma, hein?

Não é de se admirar que ela tenha fugido como se eu fosse uma ameaça. Talvez eu seja uma ameaça ao que ela está tentando conquistar agora. Por mais que eu queira conhecer Soledad Charles (sim, eu sei que ela reassumiu o nome de solteira. E gostei), acho que agora ela está se conhecendo.

Quem sou eu para atrapalhar?

18

SOLEDAD

— Por aqui, senhora — o recepcionista diz, caminhando na minha frente enquanto atravessamos o discreto e luxuoso salão do Spiros.

— Obrigada — murmuro, me sentando na cadeira que ele puxa para mim, porque não dá para falar alto em um lugar como este. Temos que ficar *sussurrando*.

— É só você? — ele pergunta, franzindo a testa. — A reserva era para dois, não?

— Ah, sim. Desculpe. Meu marido é… bom, não é mais meu marido. Sou só eu.

Ele me olha com o que parece ser simpatia.

— Sinto muito.

— Ah, vai por mim. Eu não sinto.

— Que bom para a senhora — ele diz, com um sorriso rachando a cuidadosa fachada de profissionalismo. — Vou tirar isto aqui, então.

Ele arruma o outro lugar, retirando o prato e os talheres do meu companheiro ausente. Há um objetivo no gesto de criar aquele espaço vazio do outro lado da mesa, de frente para mim. Se ele tivesse deixado tudo ali, as pessoas a nosso redor presumiriam que eu estava esperando alguém, mas o espaço vazio é uma declaração de que não há ninguém a caminho. Esse poderia ter sido o tema da minha vida no ano passado.

Ninguém está a caminho para resgatá-la. Ninguém está a caminho para salvar você e suas filhas. No final das contas, só depende de você.

E é isso aí.

Chamo a atenção de um homem que está jantando com a esposa, se é que a aliança no dedo dele pode servir de indício. Ele lança olhares de canto para mim quando ela não está olhando. Será que ele presume que, por eu estar sozinha, estou desesperada? Nunca me senti menos desesperada na minha vida. Me sinto poderosa, como se não precisasse mais me espremer em espaços menores para abrir espaço para os outros. Talvez eu estivesse com medo de não ser grande o suficiente para ocupar todo este espaço sozinha.

Antes de o garçom chegar e anotar o pedido de bebidas e pratos, quero tirar uma foto da mesa só comigo. Me tornei uma daquelas pessoas que tiram fotos de tudo em vez de apenas curtir, mas documentar a minha vida agora é meu trabalho. Vou tirar algumas fotos aqui e ali para gerar conteúdo, mas depois vou mergulhar totalmente neste processo. Olhar para dentro do meu coração para ver se encontro solidão ou arrependimento, lidar com a situação e abrir espaço para o contentamento.

Tiro uma selfie rápida sentada sozinha à mesa e digito uma legenda.

Encontro comigo mesma! E vim com o vermelho!
#RelacionamentoComigoMesma #Autoconhecimento #Divórcio

19

JUDAH

— Eu achava que a ideia de guarda conjunta — digo a Tremaine enquanto compramos ingressos para o evento ao qual ela me convenceu a ir — era eu ficar com os meninos durante a semana e você nos fins de semana. Mas, aqui estou eu, num sábado, com a minha ex-mulher, nossos filhos e o marido dela, em vez de estar colocando meu trabalho em dia. Qual é o erro aqui?

— Ah, para de reclamar. — Tremaine sorri, passando o braço pelo de Kent.
— Fique feliz por ter alguém que se importe o suficiente para arrastar você para fora daquela casa, em vez de te deixar lá para ficar pensando o fim de semana inteiro nas suas planilhas.

— Ela tem razão — Kent diz, lançando um olhar irônico. — Você fica muito entocado.

— Cara, de que lado você está? — resmungo, guardando o ingresso no bolso da calça jeans.

— Você não é a minha esposa. — Ele dá de ombros. — Foi mal.

Um pouco mais baixo que Tremaine, Kent é o par perfeito para sua elegância esbelta. Ele trabalha com tecnologia e sempre parece um pouco desgrenhado, como se tivesse sido flagrado entre atualizações de software. O único momento em que ele de fato parece concentrado é quando está sentado na frente de uma máquina. E quando está com ela. Juntos, de alguma forma, a energia propulsora dela e a inteligência dispersa dele parecem encontrar um lugar de descanso.

Divido a atenção entre a nossa conversa e os meninos, que caminham alguns metros a nossa frente. Lugares com muita gente podem deixá-los sobrecarregados, mas, por enquanto, está tudo tranquilo. Costumávamos ficar bastante em casa, ainda mais quando os meninos eram mais novos e tinham colapsos mais frequentes. Como Adam às vezes faz barulhos para se acalmar ou quando está agitado, já fomos convidados a nos retirar de restaurantes, igrejas, lojas — o que for — por estarmos "atrapalhando". Passear por espaços públicos tem se tornado mais fácil ao longo dos anos.

E simplesmente não damos mais a mínima.

Temos tanto direito de sair e explorar o mundo com a nossa família quanto qualquer outra pessoa. Seremos respeitosos, mas não toleramos que as pessoas desrespeitem os nossos meninos ou os façam sentir que, só por serem diferentes, são inferiores ou merecem menos.

Talvez seja porque tenho passado o dia todo trancado no escritório, mas a paisagem parece quase Technicolor, com um céu tão azul e brilhante que tenho que piscar ao olhar para cima. A aglomeração está grande e o clima, agradável. Crianças correm de barraca em barraca, rindo e gritando. Os músculos dos meus ombros, tensos por terem ficado curvados sobre o notebook por horas, relaxam aos poucos.

— Pena que você não tem uma namorada, Judah — Tremaine pondera. — Eu poderia te arranjar alguém. Tem uma moça simpática lá na empresa que...

— Quantas vezes vou ter que dizer que é estranho a minha ex-mulher me arranjar encontros?

— É meio estranho mesmo, meu bem — Kent concorda. — Além disso, tem os aplicativos de encontro hoje em dia. Lembra? Foi assim que a gente se conheceu.

— Dá para imaginar o *Judah* no Tinder? — ela diz, fazendo um gesto com a cabeça na minha direção. — Minha nossa. Eu adoraria coletar dados sobre esse experimento social.

— Não vai rolar. — Sufoco uma risada e balanço a cabeça. — Já foi ruim o suficiente você ter me arrastado para esta porcaria de festa de outono.

— Festival da Colheita — ela corrige.

— Que seja. Já foi ruim o suficiente você ter me arrastado pra cá no meu dia de folga.

— É mesmo um dia de folga, sendo que a única coisa que você fica fazendo é trabalhar de casa? — ela pergunta.

— Estou atrasado e colocando as coisas em dia. — Examino o pavilhão com barracas de comida, estações de pintura facial, caminhões empilhados com feno e algumas tendas. — Vou ficar só 20 minutos, e é pelos meninos.

Kent se adaptou muito bem a nosso grupo. As coisas nem sempre são fáceis, mas Kent sabia onde estava se metendo. Qualquer pessoa que se envolva comigo ou com Tremaine precisa entender que não somos uma família típica. Pode ser que Aaron vá sempre precisar de suporte intenso. Ele pode vir a morar fora de casa um dia, mas provavelmente não será todo independente. Estou ciente de que podemos acabar sendo seus responsáveis financeiros para sempre, não só até a nossa morte, mas até a dele. Pode parecer mórbido, mas quando trabalho, quando economizo, quando invisto, é para durar duas vidas. A minha e a dele. Ele ainda pode progredir, é claro. Poxa, ele pode até se tornar um montador de cubo mágico mundialmente famoso e ganhar mais do que todo mundo. Quem sabe? Esperamos o melhor e nos preparamos para… bom, qualquer coisa.

A jornada de Adam é diferente, mas não menos complexa. Ele tem um dom acadêmico, mas ainda enfrenta muitos problemas sensoriais, comportamentais e de socialização. Nada com que não tenhamos aprendido a lidar. Vivo me preocupando com suas convulsões. Ele costumava ter 50 por dia. Às vezes, caía e batia a cabeça e ia parar no pronto-socorro.

Pois é, qualquer pessoa que entre para o nosso time precisa entender onde está se metendo, e Kent sem dúvida entendeu. Sorrio quando o vejo tentar convencer os meninos a fazerem um passeio de carroça. Não está dando muito certo.

— Se você for, eles vão — Tremaine sussurra para mim.

— Você não disse nada sobre andar de carroça pela floresta.

— Floresta? Judah, dá para ver o estacionamento do Walmart daqui. As pessoas jogam futebol neste campo. Essa é a versão mais rústica que Skyland pode oferecer, então faça isso pelos meninos.

— Tá bom. Vou fazer esse passeio de carroça, mas depois tenho que voltar para casa para terminar os relatórios.

— Tomara que esses relatórios mantenham você aquecido à noite.

Não respondo, porque minhas noites recentes têm sido preenchidas com a lembrança de uma mulher que eu adoraria manter aquecida. Quando Soledad apareceu na minha varanda, foi uma tortura e uma alegria. Fiquei animado por vê-la depois de tanto tempo, mas não consigo parar de fantasiar com ela. Até a palavra "fantasiar" parece estranha, porque eu não costumo *ter* fantasias, mas o cheiro dela na minha varanda naquele dia... Nem sei que perfume ela usa, mas é um cheiro que me assombra, é doce, e leve, e fica no ar depois que ela vai embora. Seu cabelo estava mais comprido, balançando abaixo dos ombros. De longe, daria para dizer que seu cabelo é só preto, mas que privilégio estar perto o suficiente para notar os fios âmbar que se destacam sutilmente entre os fios escuros.

E sua boca.

Caramba, que boca.

Seus lábios são da cor de ameixas esmagadas, como o suco que escorre. Eu sei, porque comprei ameixas e apertei uma para ver se correspondia as minhas lembranças daqueles lábios lindos e carnudos. Só confirmei a minha impressão, e a ideia dos lábios de Soledad envolvendo meu pau. Eu só quero...

— Terra chamando Judah. — Tremaine estala os dedos na minha cara. — Se você parar de sonhar com deduções fiscais por um segundo, a gente poderia colocar você nesta carroça e você poderia voltar para o seu escritório rapidinho.

Disfarço a vergonha com um olhar irônico e reviro os olhos antes de concordar com o passeio.

Como Tremaine previu, os meninos concordam assim que descobrem que estou disposto a acompanhá-los. No início, nós três ficamos tensos, o que parece ser nossa configuração padrão, mas caímos na gargalhada à medida que o passeio continua. É o ar fresco do outono no rosto, o cheiro de feno verde e árvores ao redor, folhas tingidas com as cores de açafrão, cúrcuma e sumagre. Adam está sorrindo e, por mais que não interaja com outros jovens no passeio, gosta de estar com elas. Aaron apenas observa e tira fotos ocasionais com o celular. Como grande parte da sua comunicação depende de imagens, ele está sempre ampliando o seu acervo de imagens.

Quando o passeio termina e a carroça retorna ao pequeno galpão onde começou, os meninos estão ainda mais empolgados para explorar o local.

— A gente pode pintar o rosto? — Adam pergunta.

— Claro — concordo. Seguimos na direção do grupo de crianças que aguardam sua vez.

Talvez a maioria dos garotos de quinze anos não goste de pintar o rosto, mas esses carinhas aqui têm seu próprio ritmo. Muitas "normas" sociais, como a idade em que se deve parar de brincar com certos brinquedos ou se dedicar a certos interesses, são na verdade bastante arbitrárias e não fazem sentido para muitas pessoas autistas. Não fazem sentido para *mim*. Por que devo manter meus filhos reféns de construções inúteis que os privam de coisas que os fazem felizes? Aaron ainda carrega uma pelúcia do Come-Come na mochila o tempo todo. Adam tem "Brilha Brilha, Estrelinha" em sua playlist para ouvir quando se sente ansioso. Pequenos confortos num mundo repleto de sons e sensações que, embora completamente inofensivos para a maioria de nós, às vezes parecem hostis para eles.

Às vezes, parece hostil até para *mim*.

Quando eu era criança, as etiquetas nas minhas camisetas me incomodavam tanto que minha mãe as cortava de todas as peças. Até hoje as etiquetas me irritam. Se uma camisa tiver uma etiqueta, não sossego até que ela desapareça. Será que eu já deveria ter superado isso? Assim como Adam e Aaron, muitas vezes acho o mundo barulhento demais, claro demais, com cheiros fortes demais. Não os julgo pela forma como encontram conforto ou recursos para enfrentar uma vida que, para eles, parece um dos cubos de Aaron: peças que deslizam e se movem até formar uma imagem que faça sentido. Não tento fazê-los se encaixar com ninguém mais ou compará-los com os outros colegas. Me lembro de como é isso. Nossa família segue sua própria jornada e vamos caminhar no nosso próprio ritmo, um dia de cada vez. Foi assim que chegamos até aqui.

Tremaine para em uma das tendas de artesãos.

— Quero ver se tem pulseiras de contas — ela diz.

Olho para o meu relógio. Eu disse 20 minutos e já se passou uma hora. Estou pronto para cair fora quando vejo uma pilha de marcadores de páginas de flores. São transparentes, com flores prensadas dentro.

— Não são lindos? — pergunta a senhora que cuida da barraca, se aproximando e pegando um deles. — Eu mesma faço.

Pego um e, sem nem pensar duas vezes, afirmo:

— Vou levar.

Tremaine me olha, surpresa.

— Precisa marcar a página em um dos seus manuais de contabilidade?

— Tipo isso. — Sorrio, mas não olho para ela enquanto pago o marcador. — Falando nisso, acho que vou embora. Trabalhar um pouco.

— Tudo bem. — Segurando na mão de Kent, ela fica na ponta dos pés para beijar meu rosto. — Obrigada por ter vindo. Sei que você tinha outros...

— Do campo à mesa! — Uma mulher alta, vestida com um vestido discretamente caro e aparentemente casual, agita panfletos. — Ainda temos algumas vagas para a experiência do Campo à Mesa com Soledad.

Olho para a mulher, não só porque ela disse o nome de Soledad, mas porque ela me parece vagamente familiar. Ela deve sentir o mesmo, porque estreita os olhos e inclina a cabeça como se estivesse tentando me reconhecer.

— Você é o contador — ela finalmente diz, com um sorriso marcante no rosto. — Conheci você lá na casa da Soledad. Judah, não é?

— Ah, sim — digo, surpreso por ela lembrar. — Que boa memória.

— Sou amiga dela, a Hendrix.

— Prazer em revê-la. — Tento não parecer muito interessado. — O que é isso?

— É uma experiência gastronômica com a Soledad. — Ela agita os panfletos. — Ela preparou a comida e a mesa. Basicamente, é como participar de um dos jantares da Sol.

— Soledad, a do vinagrete? — Tremaine pergunta, sua voz se animando. — Ah, eu sigo ela nas redes sociais. Ela está aqui?

— Está, sim. — Hendrix abre um sorriso largo. — Ela preparou uma refeição só com ingredientes de produtores, açougueiros e pescadores locais. Tínhamos sessões disponíveis às três e às seis horas, mas já esgotaram. Tivemos que adicionar um turno às nove horas para atender à demanda.

— Você disse que as sessões das três e das seis estão esgotadas? — Kent pergunta. — Que pena. Eu adoraria ir, mas logo vamos embora.

— Pois é. — Tremaine franze os lábios, com uma expressão de decepção. — Preciso voltar para casa.

— Quem sabe da próxima vez — Hendrix diz.

Devo estar olhando aqueles panfletos como se fossem bilhetes premiados da loteria, porque Hendrix dá um sorriso sabichão e me entrega um.

— Caso você mude de ideia.

— Você vai embora, não? — Tremaine se vira para mim.

— Ah, sim — respondo, distraído, seguindo Hendrix com os olhos enquanto ela se afasta. — Eu preciso mesmo ir.

— A gente pode ver a abóbora esculpida, mãe? — Adam pergunta. E sai correndo assim que ela autoriza, mas volta para agarrar a mão de Aaron e arrastá-lo junto. Aaron está brincando com o cubo, o que é um sinal claro de que ele está perdendo o interesse no evento.

— É melhor a gente ir atrás deles — Tremaine diz. — Até amanhã. Vou deixar os meninos por volta das seis.

— Combinado — confirmo. — Tchau, Kent.

Em instantes, eles são engolidos pela multidão agitada. Em vez de seguir para o carro, procuro no pavilhão por uma placa que diz *Experiência Gastronômica Do Campo à Mesa com Soledad*. Faltam só cinco horas. Hendrix disse que os ingressos para a sessão das seis estão esgotados.

Posso ir para casa, trabalhar um pouco... e voltar às nove.

20

SOLEDAD

— Último jantar do dia — Yasmen diz, colocando um pote de flores em uma das mesas compridas alinhadas sob o pavilhão. — Eu sempre tenho ideias ótimas, mas nem eu imaginava o sucesso que seria. Tivemos que incluir mais um jantar, Sol.

— Eu sei. — Balanço a cabeça, ainda perplexa.

Presto atenção em todos os detalhes do pavilhão. Os pisca-piscas pendurados no teto e as velas brilhantes nas mesas criam uma atmosfera acolhedora e íntima. Fileiras de longas mesas de madeira alinhadas e adornadas com flores silvestres espalham cores na penumbra da noite. A noite traz uma emoção para o espaço, que o dia não conseguiu trazer.

— É o evento mais badalado em Skyland hoje — Yasmen diz.

— É o melhor de todos — Josiah diz, agarrando-a por trás —, porque você está aqui.

— Ah, você vai me passar uma cantada, é, senhor Wade? Não precisa me provar que ainda está com tudo — Yasmen diz, se virando para envolver os braços em seu pescoço.

— Quero manter seu interesse, senhora Wade. — O sorriso dele é amoroso e os olhos não desviam do rosto dela, como se eles estivessem a sós.

— Ei, Sol — ele diz, virando o sorriso para mim. — Está muito incrível.

— Obrigada — respondo. — Não esperava ver você fora do Canja num sábado à noite.

— O gerente pode — ele diz. — Se bem que estava muito movimentado. A cozinha está a mil. Vou voltar. Só quis dar uma passada para ver a minha garota.

— Ah, porque fazia tanto tempo que a gente não se via. — Yasmen ri. — Seis horas inteiras.

— Fiquei com saudades — ele sussurra, beijando seu rosto.

Ela lança um olhar sem arrependimentos na minha direção.

— Desculpa, Sol. Juro que você terá toda a minha atenção assim que eu me livrar deste cara.

Meu coração arde por um segundo com o desejo de ter aquilo para mim, mas deixo pra lá. Minha vontade de ter uma conexão significativa e apaixonada com alguém não diminui mesmo estando num "relacionamento comigo mesma". Ando trabalhando em mim mesma, então quando encontrar alguém, serei a minha versão mais completa. Por enquanto, esse desejo que bate de vez em quando não é nada comparado ao que estou aprendendo. Nada comparado à forma como tenho me amado e me conhecido.

Josiah dá um beijo de despedida em Yasmen. Eles são um conto de fadas. Divorciados e casados novamente, eles são o casal dos sonhos para muita gente. No meu futuro, não há lugar para uma volta com Edward, mas esses dois foram feitos um para o outro.

Josiah volta para o restaurante, e eu e Yasmen cuidamos dos detalhes finais: conferimos os ingressos, os talheres, a comida. Hendrix teve um evento de um de seus clientes no centro da cidade, mas nos deu instruções rigorosas para "guardar um prato para ela". Hoje, vou ganhar o suficiente para pagar a parcela da casa a ainda pode sobrar um pouco para o mês. Estou tão feliz por ter concordado em fazer isso, e ainda mais feliz por Yasmen ter tido essa ideia.

— Inez se apresentando para o serviço — Inez diz, fazendo continência de forma brincalhona, alguns minutos antes de os clientes começarem a chegar.

— Você deu um jeito de passear de carroça de novo? — Rio, olhando por cima das flores que arrumo em uma das mesas compridas.

— Dei. — Ela aponta para a bochecha pintada em cores vivas. — E fiz pintura facial, mas agora sou toda sua. Não esquece que sou a filha que esteve a seu lado quando mais precisou.

— Acho que vou deixar a Lottie de fora, já que ela teve uma competição hoje. E a Lupe foi viajar com a equipe de debate. Agradeço por você ter vindo, apesar de que *acho* que o dinheiro que prometi deva ter pesado na sua decisão.

— Eu teria feito de graça, mãe. — Ela dá um sorriso malicioso. — Mas fico feliz por não precisar trabalhar de graça.

— Assim como nos outros dois jantares, se você perceber que os garçons precisam de ajuda, pode ajudar, mas o seu trabalho principal é tirar fotos para que eu possa criar conteúdo para as redes sociais.

— Acho uma ótima ideia, Sol — Yasmen fala de algumas mesas de distância, onde está dobrando guardanapos. — Já dá até para ver as pessoas te contratando para organizar jantares depois disso.

Não tinha previsto essa possibilidade como um efeito colateral da decisão, mas acho que pode acontecer, se eu começar a oferecer esses jantares como serviço. Dá um trabalhão, aí não tenho certeza se faria muitos, mas de vez em quando e pagando bem, eu pensaria no caso.

Poucos minutos depois, os clientes da última sessão começam a chegar e a ocupar os lugares nas mesas compridas. Os assentos não são organizados para dar privacidade, mas sim para promover o diálogo e o senso de comunidade. O pessoal fica espremido, com cotovelos e joelhos esbarrando de vez em quando. A luz das velas ilumina não só as pessoas com quem vieram, mas também aquelas que vão conhecer. Minha esperança é que minha comida faça o que sempre faz: baixar a guarda das pessoas, soltar suas línguas, aquecer seus corações e saciar a fome.

— Muito obrigada por terem vindo — digo ao pavilhão lotado assim que todos estão sentados. — Estou muito feliz em ver todos vocês. Antes de começarmos, gostaria de informar que uma parte do ingresso para o jantar de hoje será destinada a uma vaquinha virtual para Cora Garland, uma mãe de Skyland que está lutando contra o câncer pela segunda vez. Estamos todos com ela e queremos ajudar no que pudermos.

Aponto para um pequeno suporte de madeira ao lado da porta.

— Há mais informações sobre a jornada dela aqui, caso vocês queiram doar mais e ajudar a família dela a cobrir os custos médicos. — Bato palmas e abro um sorriso para a multidão. — Agora, vamos para o que todos vocês vieram fazer. Comer!

Aceno para os garçons alinhados nas paredes, um sinal para que comecem a servir.

— Estamos servindo água agora, mas separei alguns vinhos para vocês escolherem. Temos quatro pratos, sendo o primeiro a minha salada favorita servida com o meu — pauso para fazer aspas com os dedos, sorrindo — vinagrete viral.

Várias pessoas gritam e aplaudem. Foi para isso que elas vieram.

— Depois da salada, teremos algumas entradinhas para cada mesa — digo. — Burrata trufada e empanada, cogumelos portobello recheados e outras iguarias leves para preparar o paladar. Para o prato principal, teremos uma costeleta grelhada, uma deliciosa garoupa e um risoto magnífico, caso precisem de uma opção vegetariana. Para a sobremesa — digo com um sorriso contido —, estou testando uma receita aqui pela primeira vez. Meu pavê-livramento de pêssego, feito com uma crosta crocante caseira, pêssegos e mirtilos cultivados aqui pertinho. Também preparei a massa do bolo que vai no pavê. Vocês são minhas cobaias culinárias.

Achei que o último jantar seria menos concorrido, mas está tão lotado quanto os outros dois. Estou servindo água para alguns clientes quando Yasmen chama meu nome.

— Ei, Sol — ela diz, com os olhos brilhando de uma forma suspeita. — Temos espaço para mais um?

Quase deixo cair a jarra de água que estou segurando quando vejo Judah Cross parado ao lado dela. Ando até a entrada do pavilhão com as pernas bambas. É esse o efeito que este homem tem sobre mim só de ficar parado me olhando. Mas não é um simples olhar. Ele analisa minuciosamente, prestando atenção em cada detalhe meu, da cabeça aos pés. O olhar é tão sutilmente ardente e cheio de desejo que meus dedos dos pés se espremem dentro do sapato, como se aquele olhar fosse um toque que percorre todo o meu corpo com a língua, parando para experimentar lugares secretos ao longo do caminho. Será que estou inventando isso? Será que é a minha imaginação que, cada vez que estamos juntos, parece que ele está guardando cada segundo, armazenando imagens minhas para reviver mais tarde? Será que estou sendo convencida?

— Oi, Judah. — Inclino a cabeça para trás e sorrio para ele. — Que surpresa.

— Estive aqui mais cedo com a minha família — ele diz, desviando o olhar por um momento e depois voltando aqueles olhos penetrantes para meu rosto. — E a sua amiga Hendrix me contou a respeito. Eu não tinha nenhum plano para o jantar, aí pensei que seria melhor vir aqui do que pedir delivery e trabalhar nas projeções do quarto trimestre.

— Ah, que ótimo que a Hen fez isso. — Yasmen sorri, lançando um olhar ávido para mim e para Judah como se fôssemos duas gazelas no Animal Planet se preparando para acasalar bem diante de seus olhos. — Preciso ir ajudar.

— Ajudar com o quê? — pergunto, deixando claro que ela não está sendo a espertinha ao tentar nos deixar sozinhos.

— Só ajudar — ela diz, afofando o cabelo afro cacheado com uma das mãos. — Eu sou muito prestativa.

Ela se afasta, deixando nós dois juntos, envoltos na luz quente e nos aromas deliciosos do jantar. Minha respiração falha com a presença próxima dele, com seu cheiro, sua aparência... tão alto, grande e imponente. Mas seguro. Absolutamente seguro. E depois de toda merda que Edward me fez passar, seguro é o novo sexy.

— Espero que não se importe de eu ter vindo — ele diz.

— Claro que não. É aberto ao público e você comprou ingresso, como todo mundo. Fico feliz que você tenha vindo.

— Que bom, porque estou morrendo de fome.

Compartilhamos um sorriso, e deixo o nervosismo de lado por tempo suficiente para apreciar o fato de ele estar *aqui*. De ele ter vindo sabendo que eu estaria aqui também. De ter a oportunidade de revê-lo, mesmo que seja em meio a muitas pessoas, sem privacidade. Essa é provavelmente a única maneira que eu *deveria* ver este homem.

Eu o encaminho para uma das poucas mesas com vaga.

— Vamos te alimentar.

Pelas duas horas seguintes, faço o que fiz o dia todo. Passo de mesa em mesa, me certificando de que todos estejam aproveitando a comida, o vinho, a companhia. Não permaneço por muito tempo em nenhum grupo específico, mas minha atenção é constantemente atraída para o homem que está ali comendo em silêncio, apenas de vez em quando saudando as pessoas ao redor. Ele não deve ter ideia de que a morena do outro lado da mesa ficou de olho nele a noite toda. Está na cara que a mulher está sedenta. Fico curiosa para saber se ele aceitará o que ela está oferecendo. Meu estômago embrulha ao pensar naqueles olhos escuros e firmes voltados para outra mulher com aquela atenção inabalável. Com certeza ele sai com outras mulheres. Um homem como ele? Bonito, em forma, bem-sucedido, solteiro. Gentil e genial.

Ele sai com outras mulheres, Sol. Claro que sai.

Se ele decidir sair com sua sedenta companheira de jantar, não é da minha conta.

Quando a sobremesa termina e os convidados começam a ir embora, meus pés já estão latejando. Eu me posiciono perto da porta, agradecendo a presença de todos e distribuindo um sachê de pot-pourri que fiz como presente de despedida.

— Nossa. Você faz pot-pourri? — uma cliente pergunta.

— É fácil de fazer em casa. Só cortar algumas maçãs, laranjas e adicionar cravos, canela e baunilha. Deixe ferver, abaixe o fogo e deixe cozinhar. Sua casa ficará com um perfume divino.

— Você é mesmo a rainha do lar. — Ela ri.

O apelido começou a pegar e não tenho certeza de como me sinto a respeito.

— Tenha uma boa noite — digo, colocando o saquinho de pot-pourri nas mãos dela.

Evito ficar procurando por Judah na multidão que vai diminuindo. Meu radar ficou monitorando esse homem a noite toda, sempre atenta ao que ele estava fazendo, ao que comia e se parecia estar gostando. Será que ele percebeu que a mulher da sua mesa queria embalar *ele* junto com as sobras e levá-lo para casa? Minha atenção se dividiu entre ele e todos os outros desde que ele entrou no pavilhão e agora não consigo encontrá-lo.

O último convidado vai embora e tento conter a crescente decepção por Judah ter ido embora sem se despedir.

— Vou tirar algumas fotos do pavilhão vazio ainda iluminado por fora — Inez me diz, com um olhar brilhando por todo o seu esforço e empolgação. Ela circulou bastante hoje, registrando momentos e dando suporte.

— Você foi incrível, Nez. — Seguro uma das longas tranças que caem sobre seu ombro. — A Yasmen teve que ir buscar a Lupe e a Deja da excursão. O ônibus acabou de chegar, mas ela deixou uma equipe de limpeza, aí a gente pode ir embora logo. Que tal?

— Boa! — Ela sai com o celular e o flash na mão.

— Então é isso.

Levanto o pé para trás e vou tirando a tira da minha sandália, então repito com o outro pé. Vou até a estação de vinhos e pego uma garrafa fechada.

— Você vem para casa comigo — digo ao merlot.

— Garrafa de sorte.

Me viro, e ao ver Judah, minhas sinapses começam a fritar, meu coração acelera e vem um friozinho na barriga. A reação que esse homem me causa é de completo sobressalto.

— Ah! — pressiono o vinho no peito. — Achei que você tivesse ido embora.

— Não, só fui até o carro pegar uma coisa.

— Achei que... tipo, aquela moça da sua mesa parecia bastante... simpática. Achei que vocês... — Paro, mortificada por ter deixado este pensamento escapar e por agora ele saber que eu fiquei de olho nele a noite toda. Não consigo tirar os olhos dos dedos dos meus pés descalços no piso de parquet escuro que colocamos no pavilhão.

— Eu não a conheço. Não vim por ela. — Ele ergue meu queixo com seu longo dedo, e a sinceridade em seus olhos bate no meu peito e aperta meu coração. — Eu vim por você, Sol.

— Ah. Certo. — É tudo que consigo dizer.

Ele tira algo do bolso da calça e me entrega. É um marcador de acrílico transparente com flores roxas e brancas prensadas no interior.

— Para você.

— Judah. — Olho para o marcador, tão pequeno e frágil em sua mão enorme, e então volto o olhar para seu rosto. — É lindo.

— Vi você falando que lançaria um clube do livro e pensei... — Um sorriso autocrítico surge e desaparece, suavizando por um instante as linhas severas do seu rosto. — É meio bobo agora que...

— Não é, não. É um dos gestos mais gentis que alguém fez por mim em muito tempo.

Seus dentes brilham, brancos e retos contra a escuridão de sua pele.

— Tinha vários assim na barraca de uma das artesãs, mas vi este e pensei que você iria gostar, já que está lendo mais.

— Eu quero ler mais. Ainda nem escolhemos nosso primeiro livro. — Abro um sorriso e o provoco com o olhar. — E você tem me acompanhado nas redes sociais?

— Acho que não consigo mais parar.

Nossos sorrisos desaparecem enquanto suas palavras pairam entre nós, doces e tão reveladoras.

— E não paro de me perguntar: por que não consigo parar de olhar para essa mulher reabastecendo a geladeira? — Ele balança a cabeça com um sorriso meio sem jeito. — Ou lavar os lençóis? Ou organizar o armário da pia?

Deixo escapar uma risada ao ouvir o comentário inesperado.

— É ASMR.

— O que é ASMR?

— Resposta sensorial autônoma do meridiano. É como se sentir tranquilizado ou estimulado até por certos sons, ruídos de fundo, sussurros, páginas sendo viradas. Qualquer coisa, mas que faça você se sentir bem quando assiste.

— Não é isso. — Ele pega minha mão e envolve meus dedos no marcador, mas não solta. — É você. Eu gosto de te ver.

Me sinto presa neste momento — o cheiro limpo e inebriante dele, o calor de seu corpo tão perto, a intensidade de seus olhos acariciando meu rosto, meu pescoço e ombros expostos pelo meu vestido. Em vez de tentar sair, desejo me refugiar aqui por mais alguns segundos.

— Vi o seu jantar de aniversário de casamento — ele diz, baixinho. — Quando você foi ao Spiros sozinha.

— Você viu? — pergunto, mal conseguindo respirar.

— Eu estava torcendo pelo vestido preto — ele afirma, seus olhos fixos no meu rosto. — Mas você ficou linda de vermelho.

— O-obrigada. A noite acabou sendo ótima.

— Você leva jeito para isso de transformar coisas ruins em algo maravilhoso.

Não sei o que dizer. Pisco para ele, surpresa com sua gentileza inesperada. Ele é sempre tão sério e seco. O fato de *eu* ter conseguido tirar isso dele é uma honra.

— Parece que você está numa jornada de relacionamento com você mesma agora — ele diz. — Nada de namoro, né?

— Isso. — Passo a língua nos lábios e concordo com a cabeça, entorpecida. — Nada.

— Acho ótimo, até porque seu divórcio aconteceu há tão pouco tempo. — Ele aperta minha mão, que ainda está segurando. — E eu não quero desviar a atenção do que você está aprendendo sobre você mesma.

É o que ele deveria dizer. É o que eu *quero que* ele diga, o que eu preciso que ele diga, mas Judah é algo raro. Acho que poderíamos ser espetaculares juntos. Só que eu não estou pronta. É como senti-lo apenas com a ponta dos dedos e não ter certeza se conseguirei segurá-lo.

— O que eu queria que você soubesse é que, quando estiver *pronta* para passar um tempo com alguém, eu gostaria de ser esse alguém.

— Você já é esse alguém, Judah — sussurro, e pressiono o marcador nos lábios. — Não vou esquecer.

— Ei, mãe. — Inez para na entrada do pavilhão, com o olhar se deslocando de mim para Judah. — Eu meio que acabei.

— Que bom, querida. — Dou um passo discreto para trás, colocando um pouco mais de distância entre mim e Judah. Ofereço-lhe um sorriso educado, torcendo para que ele entenda a indireta. — Obrigada por ter vindo. Espero que você tenha gostado da refeição.

Coloco a mão na cesta sobre a mesa que contém os saquinhos de pot-pourri.

— Aqui uma lembrancinha que fiz para todos os convidados — digo a ele, mantendo o tom neutro ao entregar para ele.

— Obrigado. — Ele pressiona o saco no nariz para inspirar fundo. — Cheiro bom.

— Se cuida. — Não sei quando voltarei a vê-lo e gostaria de poder dizer mais, mas sob o olhar atento de Inez, isso terá que bastar.

— Boa noite. — Ele se vira para a saída, acena para Inez ao passar e desaparece na escuridão.

Suspiro, lembrando a mim mesma que não quero me relacionar com ninguém agora e não posso fazer nada sobre o formigamento que sinto debaixo da pele toda vez que esse homem aparece.

— Pronta? — pergunto a Inez, guardando o marcador no bolso do meu vestido. — Estou morrendo de cansaço.

— Quem era aquele? — Há algo além de curiosidade em sua voz. Há suspeita. — Não foi para ele que a gente entregou uma das cestas na semana passada?

Então ela ficou *perto* o suficiente para vê-lo. Tenho que ser honesta com ela. Espero que ela seja razoável.

Calço os sapatos, mas não prendo as tiras de trás.

— Judah Cross.

Por um segundo, ela fica apenas me encarando, depois balança a cabeça.

— Você está sendo legal com o cara que prendeu o papai?

— Quantas vezes vou ter que repetir? — Me esforço para não deixar a frustração transparecer nas minhas palavras. — Seu pai infringiu a lei. O trabalho do Judah era contar para a empresa. Foi só isso que ele fez. O trabalho dele.

— E o trabalho dele era aparecer aqui hoje? O papai disse que Judah gostou de você. Você também gosta dele?

— Seu pai ficou paranoico porque sabia que tinha feito coisas erradas e tinha medo de ser descoberto. Ele culpou o Judah por tudo, mas, na verdade, ele foi o culpado pelo que aconteceu.

— Mas nada disso teria vindo à tona se não fosse por ele. — Ela inclina a cabeça na direção da porta do pavilhão pela qual Judah acabou de passar. — E, claro, por todas as informações que você entregou para eles.

— O que você queria que eu fizesse, Inez? Ignorasse o que seu pai fez? Ajudá-lo para que eu fosse presa também? Deixar vocês três irem parar sei lá onde com os dois pais na cadeia?

— Eu *não* esperava que você fosse ficar paquerando o homem que mandou o papai para a cadeia.

As palavras explodem na minha cara como uma granada, mas não recuo. Encaro o olhar acusador da minha filha.

— Não tem nada acontecendo entre mim e o Judah Cross — respondo, feliz por poder dizer isso com sinceridade. — Ele se preocupa com a gente, acredite ou não. Ele não queria ver a gente no meio do fogo cruzado das mentiras do seu pai. Ele ajudou uma vez e queria saber se estamos bem.

Depois de um último olhar penetrante, ela balança a cabeça.

— Só me lembro do papai dizendo que aquele cara estava na cola dele, e era verdade. E dizendo que ele teve uma queda por você na festa de Natal.

— Seu pai estava enganado. — Pego a bolsa e caminho na direção da saída. — Agora, vamos esquecer isso?

Quero mudar esse assunto perigoso, mal consigo dizer a verdade. Tem algo, *sim*, acontecendo comigo e com Judah, mas é subterrâneo. E assim será pelo maior tempo possível.

— Tá bom — ela finalmente diz.

— Você arrasou hoje, garota — digo, entrelaçando o braço no dela e dando passos lentos pela grama molhada com orvalho da tarde.

— Você também. — Ela coloca a cabeça no meu ombro. — Me desculpa por ter falado daquele jeito. Sei que não está acontecendo nada entre você e o Judah Cross.

Sorrio e sinto o toque frio do marcador no meu bolso.

Não. Nada mesmo.

21

JUDAH

— Eles nunca aprendem. — Perri faz *tsc-tsc*, colocando uma pilha de relatórios na minha mesa. — Que bom que não preciso comer.

— Do que você está falando? — pergunto, distraído, levantando a cabeça para ver se são os relatórios que solicitei. Sei que estou matando árvores, mas tem algo especial em ver os números impressos. — Quem nunca aprende?

— Os Callahan. — Minha assistente se senta de frente para mim, sem ser convidada, e cruza as pernas.

— Por que você não se acomoda? — Eu me inclino para trás e apoio o cotovelo nas costas da cadeira do escritório.

— Ah, já me acomodei. — Perri olha para as próprias unhas com pontas brancas. — Ouvi dizer que vão contratar a prima Eileen de novo para preparar o bufê da festa de Natal dos executivos.

— Foi bem sem graça no ano passado.

— Sem graça? — Perri revira os olhos. — Todo mundo fala tão mal da comida dela. Ficam falando que ela faz "macarrão meia-boca".

Tenho que rir desse comentário.

— Nem lembro se tinha macarrão na festa do ano passado.

— Não, ela reserva esse prato para o piquenique da empresa. — Perri estremece. — Você sabe que eu já não como comida de qualquer um. Nem todo mundo sabe ser higiênico. Saca?

— Você parece a minha mãe. — Dou risada. — Ela nunca comia nos almoços da firma.

— Mulher inteligente. Quem olha de fora, acharia que os Callahan ofereceriam do bom e do melhor para os executivos, mas não.

— O doce sabor do nepotismo — afirmo, lembrando a opinião de Soledad sobre a comida na festa do ano passado. Só faz um ano? Eu sabia que não estava imaginando que houve um clima entre nós quando nos conhecemos, mas também sabia que ela nunca tomaria nenhuma atitude a respeito. Ela não é esse tipo de mulher.

Droga, eu também não sou esse tipo de homem, mas quando estou perto dela, as fronteiras ficam confusas e esqueço os limites que sempre foram a minha marca registrada na vida.

Depois que saí do pavilhão no sábado à noite, não conseguia me concentrar nos meus relatórios. Não conseguia dormir. Aquele seu perfume de alguma forma impregnou as minhas roupas. Um leve toque, mas o suficiente para roubar a minha concentração e me deixar excitado. Uma corrida noturna pelo bairro não ajudou. Um banho frio não ajudou. Assistir aos vídeos que ela postou nas redes sociais só piorou a situação. Sei que ela está num relacionamento consigo mesma, e não procurando um namorado. Eu não estava mentindo quando disse que não queria atrapalhar o processo pelo qual ela precisa passar.

Eu simplesmente gosto de estar perto dela. Ela me faz sentir mais leve. Depois de toda a ansiedade e responsabilidade que me acompanham há tanto tempo, estar "mais leve" é uma sensação viciante. Não preciso sair com ela para conhecê-la, para estar perto dela. Mas fico revoltado com a maneira compulsiva com que repasso mentalmente nossas interações no jantar de sábado. A maneira como reviro cada palavra, procurando um significado oculto.

Talvez o macarrão meia-boca da prima Eileen ofereça outra oportunidade.

— Eu provei uma comida incrível no fim de semana — digo, estudando o relatório no iPad a minha frente.

— Ah, é? — Perri pergunta.

— Foi a melhor refeição que fiz em muito tempo, na verdade. — Pego um maço de papéis da pilha que ela colocou na minha mesa, pensando neles em vez de olhar nos olhos de Perri. — Foi num evento. Quem sabe os responsáveis não estejam disponíveis para atender a festa de Natal dos executivos?

— Pois é, vale a pena tentar. — O sorriso dela é astuto e animado. — Mas você teria que convencer a Delores.

E é assim que me vejo parando a Delores na saída da reunião dos diretores naquela tarde.

— Oi, Delores. Posso te perguntar uma coisa sobre a festa de Natal dos executivos?

Ela me analisa com uma sobrancelha erguida.

— O que tem a festa?

— Contratar sua prima todos os anos meio que soa como nepotismo.

— E o que você tem a ver com isso? — Ela começa a atravessar o corredor e eu acompanho seus passos. — A única coisa que importa para você é o lucro.

— É uma questão de princípio — minto. — E você já comeu aquela comida?

— Ah, já sim. — Ela faz careta. — É ruim.

— Bem, por que continuar torturando os funcionários do mais alto escalão com comida ruim?

As sobrancelhas grossas de Delores franzem.

— Por que tenho a sensação de que você tem alguma ideia para a festa de Natal?

— Tipo — digo, dando de ombros casualmente —, comi uma comida deliciosa no Festival da Colheita no fim de semana e pensei que, se um dia a gente quisesse servir comida de fato comestível na festa de Natal...

— Quem é? — Ela me olha, estreitando os olhos, avaliando.

— Soledad.

— Você quer dizer a esposa do homem que roubou mais de seis milhões de dólares da empresa?

— Quero dizer a *ex-esposa* que nos abriu as portas para recuperar esses seis milhões de dólares.

— Não acredito! — Ela para no meio do corredor, pegando meu braço para me fazer parar de caminhar. — Você gosta dela.

Seus olhos estão arregalados e brilhando numa mistura maliciosa de choque e deleite.

— Você também — digo, lançando um olhar constrangido para a porta aberta da copa, onde os funcionários estão esquentando seus almoços. — Dá pra falar baixo?

Começo a andar pelo corredor novamente, sem esperar ou *querer* que a Delores se aproxime de mim, mas é isso que ela faz, igualando os passos com os meus.

— Foi você que se prontificou a defendê-la quando toda aquela merda aconteceu — lembro a ela.

— Lembro muito bem de *você* sempre lutando por ela, e eu torcendo do lado de fora.

— Olha, ela tem que sustentar as filhas sozinha. Edward arruinou a vida delas, e ela prepara refeições, decora casas, faz tudo o que pode para ganhar dinheiro.

— Eu sei. — Ela suspira. — Já me ocorreu mais de uma vez que ela foi a mais prejudicada nessa situação.

— Exato — digo, me aproveitando da sua compaixão. — E considerando o quanto ela ajudou, é o mínimo que podemos fazer.

Delores me examina com visão de raio-X e tenho certeza de que ela enxerga através de todas as desculpas e meias-verdades que usei na esperança de voltar a ver Soledad.

— Vou ver o que posso fazer.

— Maravilha.

Me viro e começo a caminhar na direção do elevador antes de deixar escapar alguma coisa comprometedora.

— Ah, e Judah — Delores me chama.

Me viro para encará-la, com as sobrancelhas erguidas e esperando.

— Oi?

— Até que é fofo.

— O quê? — pergunto com cautela.

— Sua queda pela Soledad.

Respiro fundo, reviro os olhos e entro no elevador assim que a porta se abre, mas a gargalhada dela me persegue.

E lá se foi minha tentativa de não passar vergonha.

22

SOLEDAD

— Estão prontas, meninas?

Olho para Lupe no banco do passageiro e para trás, onde Deja está sentada.

— Acho que sim. — Lupe coloca uma mecha de cabelo ruivo atrás da orelha, os olhos fixos no colo.

— A Lindee disse que a senhora Garland anda muito doente. — Deja fala do banco de trás, com a voz baixa. — Acho que por causa da quimioterapia ou algo assim.

— Isso me faz lembrar de quando minha mãe teve câncer — digo a elas. — É terrível. Exaustivo. Não dá vontade de fazer nada. — Sorrio para as duas. — É aí que entramos.

Saio do carro e vou até o porta-malas, que está cheio dos meus produtos de limpeza favoritos e várias sacolas reutilizáveis com potes de alimentos.

— Uma casa limpa melhora um pouco as coisas — digo a elas. — Ou, pelo menos, me faz sentir um pouco melhor na maior parte do tempo.

— Devo gravar vídeos para a CleanTok? — Lupe pergunta. — Aquele último post dos seus truques de limpeza teve uns três milhões de visualizações.

— Não. Isto aqui é só entre a gente. — Olho para a casa de tijolos vermelhos de dois andares, que parece um pouco desolada e sombria. — Por eles.

A varanda precisa de um pouco de vida. Talvez eu precise dar uma passada rápida na Target. Uma das mães da escola me *deu* um vale-presente por ter organizado a despensa dela. Eu estava guardando para quando precisasse, mas a varanda sombria da Cora parece um motivo ainda melhor para usá-lo.

— Coloquem as máscaras, meninas. O sistema imunológico da Cora deve estar um pouco comprometido. — Pego um esfregão e meu aspirador favorito. — Agora vamos ao que interessa. Quanto mais cedo a gente começar, mais cedo vamos poder encerrar e vocês vão continuar curtindo o fim de semana.

Lupe pega duas sacolas e caminha na direção da casa.

— A Lindee está bem chateada. Não consigo nem imaginar como ela está se sentindo.

Eu consigo. Aterrorizada. Irracionalmente brava, perguntando *por que tinha que ser com a minha mãe?* Triste na maior parte do tempo e se sentindo culpada quando *não* está triste. Vivi um turbilhão de emoções quando a *mami* foi diagnosticada. Mas eu tinha muita esperança. Nunca tinha visto nada derrotar a minha mãe. O câncer não seria o primeiro.

Foi o primeiro. E o último.

Quando Lindee abre a porta, seu rosto vai logo se iluminando.

— Oi! — Ela fica boquiaberta com todas as coisas amontoadas na varanda. — Caramba. O que *é* isso tudo?

— Você não contou para ela que a gente viria limpar, Lupe? — Volto o olhar preocupado para minha filha. Em geral, não gosto que as pessoas venham a minha casa sem avisar. Com toda a certeza, não gostaria de pegar a Cora de surpresa com isso.

— Ela contou. É só que eu não esperava tudo isso. — Lindee aponta para os potes de comida e os montes de produtos de limpeza.

— Minha mãe é uma general. A limpeza é uma guerra — Lupe diz. — E nós somos as soldadas.

— Não usaria essas palavras, mas é quase isso. — Sorrio para Lindee. — Podemos entrar e começar?

Ela dá um passo para trás, acenando para entrarmos no hall.

— Claro.

Um menino, talvez alguns anos mais novo que Lupe, vem descendo as escadas. Assim como Lindee, ele tem a pele morena dourada e cabelos escuros e cacheados, cortados bem curtinhos.

— O que tá rolando? — ele pergunta, olhando para meus produtos de limpeza e os itens que ainda estão na varanda.

— Elas vieram limpar, George — Lindee diz, animada.

— A mamãe sabe? — Ele franze a testa e olha lá para o segundo andar. — Ela está descansando.

— Vamos ficar quietinhas. — Me viro para Lindee — Ou se você quiser, a gente pode voltar outra hora...

— Não. — Ela lança um olhar penetrante para o irmão. — A mamãe sabe e ficou feliz. Ela está bem e vai ficar agradecida pela ajuda.

— Bem, se é assim — digo, lançando um olhar questionador para o garoto emburrado —, o que você acha de ajudar a gente a carregar algumas dessas coisas para dentro da casa?

Com passos arrastados, George sai para a varanda e pega algumas sacolas com comida. É óbvio que a casa está negligenciada. Os jovens devem tentar ajudar, mas pelo que vi até agora, está precisando de uma boa faxina.

Espio dentro da geladeira. Meus dedos coçam para limpar essa coisa de cima a baixo.

— Tá bom. — Me viro para os quatro jovens que me observam. — Todos prontos para as suas missões?

As meninas acenam com a cabeça, ansiosas para começar, enquanto o menino meio mal-humorado fica de lado.

— E você? — pergunto a ele. — Quer ajudar? Não precisa ajudar se você...

— Eu ajudo. — Ele arrasta os pés e examina a cozinha. — É só dizer o que tenho que fazer.

Nas duas horas seguintes, trabalhamos em equipe para deixar a casa brilhando e com um cheirinho fresco. Em geral, gosto de limpar sozinha, mas sinto que George talvez precise conversar. Ele resiste as minhas primeiras tentativas, mas depois de alguns minutos começa a se abrir, um pouquinho de cada vez. Ele é um bom garoto, mas está confuso e assustado. Lembro de me sentir assim, e eu já era adulta quando minha mãe foi diagnosticada. Posso imaginar como ele se sente desamparado pela ameaça de perder a mãe tão jovem.

— Limpamos todos os cômodos, menos o quarto da mamãe — Lindee diz, colocando um balde de suprimentos perto da geladeira e soprando a franja dos olhos.

— A gente pode fazer isso outro dia — digo. — Não quero acordá-la.

— Estou acordada.

Cora Garland está parada à porta da cozinha e, se eu não estivesse na casa dela, nunca a teria reconhecido. Ela está tão diferente do que me lembro, da mulher radiante com os cabelos brilhantes das fotos que decoram a lareira e as paredes. Sua pele é marrom-escura e acinzentada. O cabelo dela... desapareceu. Ela não está usando peruca, turbante ou chapéu. Está toda careca, sem cílios ou sobrancelhas. O corpo dela, que antes era arredondado e agradavelmente cheinho em todos os lugares femininos, agora se resume a um amontoado de ossos que se afunda num moletom com a frase *F*ck Cancer.*

— Comprei na primeira vez que derrotei esse desgraçado — ela diz, tocando nas letras em seu peito. — Continua valendo.

— Eu tinha vários desses — admito.

— Você teve câncer? — A surpresa ilumina sua expressão.

— Minha mãe teve.

— Ela sobreviveu?

Eu não deveria ter falado sobre isso. Detesto ter que contar a ela que minha mãe se foi. Que a *mami* venceu tantas batalhas, mas a que Cora está lutando agora, ela acabou perdendo.

— Não. Ela faleceu. — Pego um dos recipientes de vidro da bancada. — Estava prestes a guardar isto aqui na geladeira. Salada de macarrão. Tem um pouco de salmão também. Deixei cru, marinando. Lindee, que tal você colocar no forno? Ou na *air fryer.* Deixei instruções para tudo.

Quando paro de falar e olho para Cora, vejo que sua boca relaxa num sorriso tranquilo.

— O que acha de subir lá para o meu quarto? — ela diz, virando as costas para sair da cozinha. — Se você conseguir deixá-lo parecido com o resto da casa, não vou recusar.

Pego o balde de produtos de limpeza, sigo-a até a sala e subo as escadas, que parecem um desafio para ela. Parte da energia que ela demonstrou na cozinha deve ter sido para tranquilizar os filhos. Conheço esse sentimento e o alívio de não precisar mais disfarçar ao ficar só.

— Que tal você se sentar ali enquanto eu arrumo a cama? — sugiro, apontando para uma poltrona no canto.

— Parece uma boa ideia. — Ela cai na poltrona e logo fecha os olhos. — Tem lençóis limpos no armário de roupa de cama.

— Espero não ter esquecido o... — Procuro meus suprimentos até encontrar o que preciso. — A-há! Achei!

— O que é isso? — Cora pergunta, com um olho aberto e voltado para o pequeno item branco na minha mão.

— Limpador de dentaduras. — Sorrio e tiro os lençóis com eficiência e rapidez. — Coloco um desses na máquina para deixar as roupas brancas mais claras.

Um sorriso lento surge em seus lábios rachados.

— Ah, é verdade. Você é a rainha do lar. Vive compartilhando aquelas dicas, receitas, truques e essas coisas no Instagram e no TikTok ou coisa do tipo. E você fez aquele molho para salada.

— Acho que sou mesmo — respondo com pesar. — A rainha do lar. — Ergo a pastilha. — Vou colocar na máquina de lavar e pegar alguns lençóis para você.

— Tem um jogo de lençol muito desbotado, quase transparente — ela me chama. — Eu quero aquele.

Quando volto para o quarto, ela já está dormindo outra vez. Arrumo a cama depressa, mas não a acordo de imediato para ir se deitar. Opto por ir para o banheiro da suíte e limpar as bancadas e as pias, depois esfregar o vaso sanitário e o boxe do chuveiro. Para compor o cenário, jogo uma pastilha de eucalipto no ralo, que espalha o frescor e um aroma mentolado pelo ambiente. Depois de limpar os espelhos com minha mistura especial de limão e vinagre, inspeciono o banheiro com satisfação.

Quando volto na ponta dos pés para o quarto, Cora ainda está dormindo. Começo a tirar o pó da mesa de cabeceira. Óculos de leitura, lenços de papel, pastilhas para tosse, garrafa de água. E então minhas mãos param sobre um livro.

Tudo Sobre o Amor, por bell hooks.

Ao encontrar o livro favorito da *mami* aqui na mesa de cabeceira da Cora, uma dor faz nós sob minhas costelas por um instante, e não consigo respirar. É uma dor antiga, mas perene, porque sei que vou sentir saudade da minha mãe até o dia da minha morte. Com as lembranças que chegam cortando de repente, mais uma vez me dou conta de que ela se foi e que nunca mais poderei tê-la de volta. Ver esse livro com a Cora, que está travando a mesma luta, é quase insuportável. A tristeza contra a qual lutei o dia todo toma conta de mim. Fungo e enxugo as lágrimas que escorrem pelo meu rosto.

— O que foi? — Cora resmunga da sua poltrona no canto do quarto. Assustada, levanto os olhos para encontrar seu olhar firme e deixo o livro de lado.

— Nada. Eu só que… minha mãe me deixou este livro. Ou melhor, eu peguei entre alguns dos objetos dela quando ela faleceu.

— É bom?

— Não cheguei a ler. — Dou risada. — Ia te perguntar a mesma coisa.

— A Deidre, dona daquela livraria…

— A Stacks?

— Isso. Ela me traz livros. — Cora revira os olhos, mas consegue sorrir. — Tipo, toda semana. Ela vinha me trazendo romances, mas eu disse que prefiro não ficção. Aí a Deidre me trouxe alguns, e esse me interessou.

— Talvez esse seja um bom começo para o meu clube do livro. Vamos fazer uma roda de conversa on-line, mas… você não estaria disposta a participar, estaria?

— A gente teria que, tipo, ler juntas? — Cora pergunta, com uma desconfiança evidente em seus traços delicados.

— Não na mesma sala ou ao mesmo tempo. Cada uma lê por si — digo a ela, entusiasmada com a ideia. — E aí a gente se reúne para conversar sobre o livro.

O sorriso dela desaparece.

— Não sei como me sentiria saindo para frequentar um clube do livro. Ultimamente, não tenho muita vontade de sair de casa.

Me sento na beira da cama e seguro o livro vermelho, folheando as páginas.

— Eu posso vir aqui.

Seus olhos se arregalam sob as pálpebras sem cor.

— Você faria isso?

— É claro. Parece divertido.

— Não confio na ideia de "diversão" de alguém que gosta de limpar como você. — Ela ri. — Mas a gente tenta.

— Que bom. — Me levanto, coloco o livro de volta na mesa de cabeceira e puxo as cobertas. — Vem cá. Sua cama espera.

Já é final de tarde quando terminamos a limpeza. Cora voltou a dormir e não apareceu mais. Guardamos toda a comida e deixamos instruções de armazenamento, congelamento e preparação. No fim, não consegui resistir a dar um pulo na Target para comprar umas coisinhas para a varanda da frente. Peguei um novo tapete de boas-vindas que estava em promoção, alguns vasos baratos e várias abóboras da seção de hortifrúti.

— Nossa — Lindee diz. — Você decorou a nossa varanda.

— Você acha que a sua mãe vai brigar? — pergunto, mordendo a unha do polegar. — É outono, e eu quis dar um toque especial. Deixar mais festivo e alegre, quem sabe?

— Ela adora coisas assim — George se manifesta. — Ela costuma fazer isso todos os anos. Ela vai ficar feliz. Obrigado.

— Não foi nada. — Passo os braços pelos de Lupe e Deja. — Vamos lá, meninas. Vamos levar as coisas para o carro e ir embora.

— Tchau, senhora Barnes — Lindee grita da varanda.

— Ela agora é senhora Charles — Lupe corrige. — É o nome de solteira dela.

Encaro minha filha, porque, se não estou enganada, percebo um toque de orgulho em sua voz.

Saímos da casa de Cora e voltamos por Skyland. Nos últimos nove meses, estive a ponto de perder a nossa casa e de ser obrigada a ir embora deste lugar mais de uma vez. Isso me faz apreciar a pracinha charmosa onde reina uma fonte borbulhante. Os restaurantes com mesas dispostas nas calçadas de paralelepípedos. O gramado verdejante do Sky Park e o portão ornamentado que o guarda. Aqui é a nossa casa, e me permito um momento de alegria por seguir lutando para continuar morando aqui.

— Posso deixar você em casa, Deja? — pergunto.

— Sim, senhora. — Ela sorri para mim pelo espelho retrovisor.

— Posso ficar um pouquinho na casa da Deja? — Lupe pergunta.

— Claro. — Sorrio para as duas. — Vocês foram incríveis hoje. Obrigada por abrir mão do sábado de vocês.

— Você é incrível, mãe — Lupe diz, baixinho, do banco do passageiro.

Surpresa, olho para ela e, quando encontro seus olhos, há uma expressão séria em seu rosto.

— As pessoas não fazem isso — ela continua. — O que você fez pela senhora Garland, a maioria das pessoas não faz. A maioria das pessoas não é como você.

Olho para a frente, tanto para me recompor quanto para manter o carro na pista. A emoção dá um quentinho no peito e faz arder meus olhos.

— É verdade, senhora Charles — acrescenta Deja. — Minha mãe diz que queria que você fosse presidente.

Meus ombros tremem de tanto rir.

— Pelo menos, o país ficaria limpo.

— Eu e Deja estávamos pensando — Lupe olha para sua melhor amiga no banco de trás e depois para mim — em doar nossos cabelos para pacientes com câncer que precisam de perucas.

Por um momento, não consigo nem falar de tão comovida com a generosidade e a compaixão dessas meninas. Sendo mãe, a gente sempre se questiona se está acertando. Momentos como esses nos fazem sentir que todas as batalhas que enfrentamos desde o momento em que eles saíram de nós aos berros valeram mesmo a pena.

— Acho que é uma boa ideia — respondo, estendendo a mão para apertar a da Lupe. — Que tal se eu fizer isso com vocês?

— Não acredito, senhora Charles! — Deja grita. — Que legal!

— Vou pesquisar para ver o que a gente precisa fazer — Lupe diz, com um sorriso radiante no rosto. — Tipo, que comprimento precisa ter e para onde devemos enviar.

— Parece um bom plano. — Entrego meu celular para Lupe, na esperança de mudar o rumo da conversa para não chorar e conseguir me controlar. — Agora coloca uma música para a gente. Tem de tudo aí. Doja Cat, Megan Thee Stallion, Bad Bunny.

— Fala sério! — Lupe revira os olhos, mas sorri. — Agora você está numa *vibe* muito *eu sou a mãe legal*.

— Mas eu *sou* a mãe legal — provoco.

— Se você precisa afirmar, já sabemos que não é. — Deja ri do banco de trás.

Ouvimos algumas músicas antes de eu estacionar na garagem da Deja.

— Fala para a sua mãe que falo com ela mais tarde — digo, enquanto Deja e Lupe descem. — Me liga quando quiser ir embora, Lu. Se a Yas não puder te levar para casa, eu venho te buscar.

— São só alguns quarteirões — Lupe protesta, com a mão na porta. — Eu posso ir andando.

— À noite não. De jeito nenhum. Ou eles levam você para casa ou eu levo, mas você não volta andando.

— Que seja. — Depois de um instante, ela se inclina e beija meu rosto. — Amo você, senhora Charles.

Sorrio como se tivesse acabado de ganhar na loteria. Minha filha está orgulhosa de mim.

— Também te amo, querida.

Ainda estou sorrindo quando estaciono na garagem e meu celular toca. É um número desconhecido, e eu normalmente deixaria cair na caixa postal, mas na última reunião da escola, algumas mães falaram que haviam me ligado para falar de alguns espaços que queriam redecorar.

— Vou me arrepender disso — murmuro antes de atender a ligação. — Alô.

— Oi, Soledad. Aqui é a Delores Callahan.

Quase atravesso o portão da garagem sem o erguer tamanha a minha surpresa.

— Ah. Delores. — Estaciono o carro para poder me concentrar. — Oi. Como vai?

— Estou bem, mas vamos pular as gentilezas.

Pois é. Porque quem quer ser agradável quando pode ser... a Delores?

— Claro — digo. — Posso ajudar em alguma coisa?

— Sim, estamos procurando alguém que cozinhe para a festa de Natal.

— Eu preparo alguns pequenos jantares, mas não sou...

— Eu consideraria nosso jantar de Natal para executivos como um pequeno jantar. Muito menor do que três refeições completas em um dia no Festival da Colheita.

Eu não acho que Delores teria ficado sabendo ou *ligado* para a Festa da Colheita.

— Você poderia preparar a refeição no local se for mais fácil — ela continua, como se eu não estivesse recusando. — Cabe uma vila na cozinha da casa do papai. Ele tem uns três fornos. E você não precisaria se preocupar em limpar. A mesma empresa que limpa os escritórios vem fazer a faxina da casa depois da festa.

— Olha, Delores, não acha que seria meio estranho eu cozinhar para vocês, considerando que meu ex-marido roubou dinheiro da sua empresa?

— Não temos nada contra você e suas filhas — Delores diz. Sua voz geralmente tão áspera é suavizada com algo próximo à gentileza. — E provavelmente não teríamos recuperado a maior parte desse dinheiro sem a sua ajuda.

— Se eu fizer isso, e ainda é um grande "se", eu prepararia o cardápio que a gente combinar, verificaria se está tudo em ordem, mas não ficaria para a festa. Eu não quero ver todo mundo.

— Willa, a assistente do papai, costuma cuidar desses detalhes e das recepções. Você poderia delegar a maior parte das tarefas para ela.

— Não sei, não. — Hesito.

— Nós pagamos bem.

Agora isso me faz pausar. O Natal *está* chegando. Eu gostaria de poder dar às meninas alguns presentes que elas andam pedindo, mas, acima de tudo, gostaria de não precisar trabalhar muito enquanto elas estiverem de férias. Eu poderia fazer alguns posts patrocinados simples, mas, no mais, quero passar um tempo de qualidade com a minha família.

— Posso pensar? — pergunto, esfregando os olhos cansados.

— Sim, mas não demore muito. Essa questão costuma já estar resolvida a esta altura.

— Em geral, sua prima Eileen cozinha para a festa, e todo mundo sabe como a comida dela é ruim.

Delores solta um som sufocado entre uma risada e um resmungo.

Merda. Quando é que eu vou aprender a controlar a língua? Delores parece despertar o meu lado insolente.

— É verdade. A comida dela é intragável — Delores concorda sem demonstrar animosidade. — Já me disseram que contratá-la todos os anos pode parecer nepotismo.

Eu paro, ouvindo o eco de uma conversa passada em que eu disse para o Judah exatamente a mesma coisa.

— Ei, Delores, o que te motivou a me procurar?

— Não foi você que teve um molho de salada que viralizou ou algo do tipo? Muitas pessoas no escritório comentaram a respeito. Nós também queremos.

— Então, basta um vinagrete fazer sucesso nas redes sociais — digo, deixando transparecer um pouco da minha incredulidade — e agora você quer que eu cozinhe na sua festa de Natal?

— Você topa ou não?

— Me passa os detalhes. Vamos ver.

— Te mando por mensagem.

Pego o celular e verifico as mensagens. A quantia que ela está propondo é o equivalente ao que ganhei nas últimas três semanas somadas. Como eu poderia negar?

Aproximo o celular do ouvido.

— Negócio fechado.

23

JUDAH

Fico tentado a ignorar o telefone. Pela primeira vez, não estou trabalhando num sábado à noite. Estou feliz por poder me dedicar a minha carreira como fazia tempo eu não conseguia, e sou grato pela oportunidade na CalPot, mas ser diretor de uma das maiores empresas do estado exige muito. Os meninos demandam tanto durante a semana que muitas vezes acabo levando trabalho para casa aos fins de semana.

Mas até eu tenho que assistir quando a Geórgia joga contra a Flórida *em casa*. Estou me remoendo por ter recusado os ingressos da temporada que ganhamos no escritório, mesmo que eu, assim como os meninos, às vezes me sinta sobrecarregado em multidões. Nos últimos anos, não pude ir a tantos jogos quanto eu gostaria.

Mas eu assisto.

Pedi frango frito. Tenho cerveja gelada. Estou pronto para uma noite sem filhos e sem trabalho. Mas, em geral, quando o telefone toca no fim de semana, são os meninos ou alguém do trabalho. Também não posso ignorar.

Quando corro da sala para a cozinha para atender a ligação, não esperava ver o nome de Soledad na tela. Sem dúvida vale a pena perder o chute inicial.

— Oi, Soledad.

— Ah, não sabia se você tinha salvado meu contato da nossa última troca de mensagens.

— Salvei, e parece que você salvou o meu — respondo, me recostando na ilha central.

Uma risadinha escapa do outro lado da linha, e sorrio porque é o mais próximo que consigo chegar de paquera, e acho que me saí bem.

— Pois é. Bom, a Delores me ligou.

— Hum. Certo.

— Ela me pediu para cozinhar para a festa de Natal.

— Que festa de Natal?

— Sério, Judah?

— O quê? — Deixo escapar uma risada baixinha e cruzo um braço. — Você acha que eu tive algo a ver com isso?

— Acho, e... — Ela inspira rápido. — Tudo bem se eu entrar um pouco para conversar?

Ajeito a postura.

— Entrar onde?

— Na sua casa. Estou estacionada aqui fora. Lembrei que você disse que a sua ex-mulher costuma ficar com os meninos aos fins de semana. Só quero conversar rapidinho.

Se essa mulher entrar na minha casa, é provável que eu não a deixe sair. Será que isso configura sequestro? Rapto? As minhas intenções seriam as melhores. Quase digo a ela que é uma péssima ideia. E se eu beijá-la? Não sei por quanto tempo consigo ficar perto dela sem beijá-la sabendo que ela também me deseja. Que ironia. Não me interessei por ninguém desde o meu divórcio, e a primeira mulher por quem me interessei estava a princípio indisponível por ser casada e agora está solteira e indisponível, porque está num relacionamento consigo mesma.

— Ééé... Judah? — ela pergunta, com a voz cada vez mais hesitante. — Se você estiver ocupado ou...

— Não, entre.

Dou um gole rápido na cerveja e vou abrir a porta. Ela está de pé na minha varanda, com o cabelo preso numa longa trança e os cachos sedosos lutando para se soltarem do confinamento. Seu nariz está rosado por causa do frio e seu perfume levemente floral chega até mim antes mesmo de ela cruzar a soleira.

— Posso entrar? — ela pergunta, olhando por cima do ombro como se alguém pudesse denunciá-la à vigilância do bairro.

— Claro. — Dou um passo para trás e gesticulo com a garrafa na mão, apontando para ela entrar. — Fique à vontade.

Ela entra e faz careta.

— Desculpa. Estou um desastre. Passei o dia inteiro fazendo faxina.

— Você também limpa casas?

— O quê? — Ela tem um lampejo de compreensão, que se manifesta em seu rosto, e balança a cabeça, negando. — Não. Mas já limpei. Vai por mim, e eu até gostava do trabalho, mas não. A mãe de uma das colegas de classe da Lupe está com câncer, aí a gente tem ajudado. Se eu estiver com cheiro de limão e vinagre, já sabe por quê.

— Você tem o mesmo cheiro de sempre para mim. Que perfume você usa?

— Ah — ela sorri —, é óleo de jasmim. Meu favorito.

Sua camiseta da Universidade de Cornell aparece por baixo de um colete rosa puffer meio aberto, e calças de moletom cinza abraçam as curvas dos seus quadris e bunda. Mesmo com roupas simples e uma manchinha de sujeira na bochecha, Soledad é um prato cheio. Me sinto sempre faminto perto dessa mulher. Sempre quero consumi-la com todos os meus sentidos. É desconcertante, porque nunca me senti assim. Mesmo no início, meu relacionamento com a Tremaine nunca foi assim. Ela vive brincando que éramos mais amigos do que amantes. Quando a vejo com Kent, sei bem o que ela quer dizer.

Amei Tremaine do jeito que sabia e acredito mesmo que deveríamos ter ficado juntos naquela época de nossas vidas. Nosso casamento nos deu os meninos. Nós os guiamos por alguns dos anos mais difíceis da vida deles. Da nossa. Precisávamos mesmo um do outro e queríamos tudo de bom para eles. Mas, a certa altura, Tremaine começou a desejar uma coisa que eu não podia dar.

E acho que era isto.

Este anseio. Esta fome ardente. Esta sensação avassaladora de que a gente poderia comer cada pedacinho de alguém e nunca ficar satisfeito. A vontade de lamber as migalhas. É assim que me sinto perto de Soledad, e está fora do meu controle. Odeio me sentir fora de controle, mas não paro de procurar formas de estar perto dela para poder me *sentir* assim.

Ela observa o hall de entrada com pisos de madeira originais e sancas grossas. Reformamos a casa, mas mantivemos todas as coisas de que gostávamos da época em que a casa foi construída.

— Nossa, que lindo. — Ela gira em círculo, olhando para o padrão no teto. — Adorei que você conservou o original.

— Quer fazer um tour? Não sou decorador como você, mas Tremaine fez um ótimo trabalho antes de se mudar.

— Tremaine? Sua ex-mulher?

— Sim, os meninos estão com ela.

— E o que você faz quando eles não estão em casa e você não está trabalhando? — Ela olha para a sala de estar com a enorme tevê de plasma sobre a lareira. — Vê futebol americano?

— Se a Geórgia estiver jogando na Flórida, sim. — Aponto para a sala. — Quer se sentar? Tenho frango frito, cerveja.

— Não, já vou para casa. Ainda vou preparar o jantar.

— Tenho certeza de que vai preparar uma coisa mais sofisticada do que cerveja e asas de frango. Qual será o cardápio da noite?

— Menu vegetariano. — Ela sorri e brinca com a ponta da trança pendurada no ombro. — Feijão-fradinho, creme de milho e tomate refogado.

— Não é exatamente um clássico porto-riquenho.

— Minha mãe era porto-riquenha *e* afro-americana, então cresci com o melhor das duas cozinhas, por assim dizer.

— Onde aprendeu a cozinhar todas aquelas coisas chiques?

— Eu me formei na Escola de Administração Hoteleira da Universidade de Cornell e acabei trabalhando num hotel renomado durante toda a faculdade.

— Caramba. Estou impressionado.

— Tá bom, MIT.

— Como você sabe que eu estudei no MIT?

— Edward vivia dizendo: "Só porque aquele idiota estudou no MIT, fica achando que sabe tudo."

— Ahhh. — Enfio as mãos nos bolsos e me encosto na parede, com um sorriso sarcástico ao ouvir a menção ao repulsivo ex-marido dela. — Vocês dois se conheceram lá? Na faculdade?

— Foi. Consegui uma bolsa de estudos para pagar a mensalidade, mas todas as outras despesas eram por minha conta. Meus pais eram bibliotecários, aí não era como se a gente nadasse em dinheiro. — Ela dá de ombros. — Quando me formei, foi difícil achar emprego, então continuei trabalhando no hotel. Aprendi muito sobre hospitalidade, ambientação, comida, serviço.

— Então foi assim que você ficou tão boa no que faz?

— Sempre digo que tenho bacharelado em administração hoteleira e mestrado em Pinterest.

Sorrio e ofereço a garrafa que tenho na mão.

— Tem certeza de que não quer uma cervejinha? Vinho? Água?

Seu bom humor desaparece e ela balança a cabeça, séria.

— Você pediu para a Delores me contratar para a festa de Natal?

Eu poderia mentir, mas de que adiantaria?

— Pedi.

— Por quê? — Sua bela boca carnuda se fecha numa linha reta. — E não me enrole, Judah. Me conta o verdadeiro motivo.

— Eu queria ver você de novo. Tenho cara de quem deixaria os próprios desejos ao acaso?

— Não sei dizer. Eu não te conheço muito bem.

— A gente pode dar um jeito nisso. Além disso, imaginei que o dinheiro seria útil para você.

— Tem razão. Seria mesmo. Bem, obrigada por...

— Mas, principalmente, eu só queria ver você de novo.

Ela franze a testa para mim como se eu fosse um enigma e ela nem sabe por onde começar a desvendar.

— Você disse para eu não enrolar. — Não desvio o olhar e fico torcendo para que ela também não desvie o olhar de mim. — As duas afirmações são verdadeiras.

— Eu não posso... — Ela passa a língua nos lábios e solta um longo suspiro. — Você sabe que não estou saindo com ninguém.

— Não pretendo convidar você para sair.

— Então o que... Não estou entendendo seu objetivo aqui.

— Não tem um objetivo. — Desencosto da parede e me aproximo, afastando com cuidado os cachos do seu rosto. — É só um começo.

Eu me afasto quase antes de sentir a maciez do seu cabelo, mas ela fica imóvel, como se estivesse colada no lugar.

— O que isso significa? "Só o começo"?

— Estou pensando a longo prazo. Não quero interferir no que você vem fazendo, em como está se dedicando a você mesma. Acho incrível, mas se eu puder dar um jeito de te ver, eu vou fazer isso.

Suas sobrancelhas finas se franzem e ela mexe no zíper do colete.

— E se eu não quiser ver você?

Meu coração para de bater. A ideia de ela não querer me ver pelo visto pode me causar problemas cardíacos. Seguro seu queixo, e meu polegar parece se sentir em casa ao acariciar seu lábio. Ao traçar o arco largo e profundo da sua boca. A respiração dela roça na palma da minha mão e meus dedos literalmente formigam.

— Então me diga para parar.

Esta mulher é uma tempestade elétrica, mas não ajo com cautela e não quero me abrigar. Seus cílios se encontram, escondendo seus olhos calorosos, mas eu *sinto* o que há entre nós. Preciso de todo o meu autocontrole para não puxá-la para perto. Para não beijá-la e tomá-la para mim. Quando estou prestes a tomar essa iniciativa, motivado pelo desejo intenso, ela dá um passo para trás. Seus seios sobem e descem com a respiração ofegante, e ela dá alguns passos rápidos do meio do hall até a porta.

Ela abre a porta e não olha para trás, mas diz:

— Não pare.

E sai pela porta sem dizer mais nada. Ela desce correndo as escadas até o carro, entra e vai embora.

— Ah, relaxa, Sol. — Tomo outro gole da minha cerveja, mal me dando conta de que, na sala ao lado, os Bulldogs acabaram de marcar. — Eu não vou parar.

24

SOLEDAD

— Vem comigo enquanto eu trabalho no meu refúgio feminino.

Sorrio para a câmera e para o celular. Estou ao vivo numa plataforma, mas também estou gravando para editar e publicar mais tarde no YouTube. Há um ano, eu não fazia ideia de como tudo isso poderia, de fato, se transformar em salário. Agora eu entendo de anúncios patrocinados, e parcerias com marcas, e todas as coisas que pareciam ser de outro mundo não muito tempo atrás. E *era* de outro mundo, um em que Edward pagava nossas contas e eu não precisava pensar em nada disso.

Gosto muito mais deste mundo.

— Se você chegou tem pouco tempo — digo, me encostando na mesa de trabalho —, estou reformando o depósito do meu quintal. Era o esconderijo do meu ex-marido. — Reviro os olhos e lanço um olhar exasperado para a câmera, um olhar que toda mulher que já teve um homem inútil vai entender. — É uma longa história, mas estou assumindo o controle e tomando o lugar para mim. Ele guardava todas as bugigangas do Boston Celtics aqui.

Aponto para trás, mostrando o espaço com pedaços faltando de gesso e *drywall*.

— Como podem ver, a demolição já começou. Vou mexer um pouco na minha parede de destaque. Quem sabe pintar de verde-água. Alguma sugestão de cor? Deixe aqui nos comentários. — Olho para o teto. — Estou instalando uma claraboia. Quero que fique mais claro.

Bato o pé no chão algumas vezes com o tênis.

— Com certeza vou trocar este carpete com essa cor horrorosa. Quem sabe um piso de madeira. Eu poderia fazer meu escritório aqui. Talvez colocar uma mesa.

Caminho até um canto onde há uma poltrona de couro.

— Aqui poderia ser o meu cantinho de leitura. — Solto um gritinho e estralo os dedos. — Quase esqueci. Já escolhemos a nossa primeira leitura para o clube do livro. *Tudo sobre Amor*, de bell hooks. Vou me reunir pessoalmente com algumas amigas para conversar, mas depois venho aqui para fazer uma conversa ao vivo com vocês que também estão acompanhando.

Vou até meu celular para poder ler os comentários em tempo real, com um sorriso brotando no meu rosto.

— Eu te entendo, 492GarotaNoControle. Também não tenho lido tanto quanto gostaria ultimamente, então essa é uma oportunidade perfeita para nós duas.

Aperto os olhos para ler os comentários, me certificando de que estou entendendo direito.

— Hitah2004 diz: "A gente adora uma gata leitora." Menina, eu me mato de rir com vocês. — Sorrio e balanço a cabeça, passando para o próximo comentário. — ViviViral diz: "Fui jantar sozinha esta semana e me diverti muito."

Ergo os braços como se estivesse comemorando um *touchdown*.

— Que incrível! Adorei!

Mais quatro pessoas comentam que tiveram encontros a sós esta semana.

— Estou adorando. Depois do meu aniversário a sós, decidi que sairia sozinha uma vez por semana. Querem participar do movimento?

São tantas pessoas comentando "sim", e "com certeza", e "tô dentro" que perco a conta. Alguém comenta #desafioencontroasos.

— Ah, adorei! — digo. — Hashtag desafioencontroasos. Vamos nessa. E *Tudo sobre amor* é o livro perfeito para a gente começar. É sobre se amar e se curar. Pelo menos, é o que eu acho. Vou ler um pouco. Vamos descobrir juntas, hein?

Pego meus óculos de segurança e aumento o volume da música, com o alto-falante tocando "I Want It That Way", dos Backstreet Boys.

— Temos fãs de Backstreet Boys por aí? — pergunto, rindo enquanto verifico minha serra de mesa. — Vou seguir nessa playlist até terminar aqui. Quero adiantar um pouco antes de começar o jantar. Hoje é a terça do Taco. Na minha bio, vocês encontram o link para uma receita bem simples que minhas filhas adoram. Eu uso carne vegana em vez da opção com legumes aqui em casa. Juro que vocês não vão conseguir notar a diferença.

Abaixo os meus óculos.

— Este refúgio feminino está na minha lista pessoal, que é uma lista de coisas que estou fazendo exclusivamente para me divertir. Não se trata de trabalho ou das minhas filhas, nem das minhas amigas ou família. É só para mim.

Olho para o celular para verificar os comentários novamente.

— Hithah2004, você disse "coloca um poste"? — Dou risada. — Tipo de pole dancing?

Dou uma olhada no espaço onde ficava a mesa de sinuca do Edward antes de destruí-la com meu facão.

— Pole dance, é? Tá aí uma ideia interessante. — Me viro para a câmera e dou uma reboladinha sem graça e sem empolgação. — Vou pensar a respeito.

Naquela mesma noite, depois que eu e as meninas comemos os tacos, terminamos as lições de casa, limpamos a cozinha, preparamos o almoço do dia seguinte e verificamos se os uniformes estão passados e prontos, finalmente consigo me acomodar na cama com meu livro em um momento de puro silêncio.

Até o celular vibrar com uma mensagem.

— Era para você estar no silencioso — murmuro, mas não resisto e vou ver quem é. Estou quase me convencendo de que não quero que seja Judah. Minhas partes íntimas e coração precisam se acalmar. Eles não têm direito a voto nessa situação com o Judah. É uma ditadura aqui.

Não é o Judah.

Yasmen: Oi, meninas. Já chegaram no capítulo quatro?
Hendrix: Eu nem comecei. Você sabe que estou em Los Angeles trabalhando. Você não falou que não iria pressionar???? O que aconteceu com cada uma ler no próprio ritmo?

Yasmen: kkkk Menina, ninguém está te pressionando. Tem uma coisa bacana nesse capítulo e queria saber se vocês já leram.

Eu: Estou na cama neste exato momento começando esse capítulo agora! Vou saber quando chegar???

Yasmen: Ah, vai. Com certeza vai, Sol.

Hendrix: Vou começar a ler no voo de volta para casa. Amo vocês, suas doidas.

Yasmen: Boa viagem. Amo vocês.

Eu: Amo vocês.

Apoio o livro nos joelhos, que estão dobrados sob o edredom fofinho como uma nuvem. É um ótimo capítulo sobre amor-próprio, autoestima frágil e ruptura com velhos padrões. Minhas mãos não conseguem acompanhar o ritmo do meu coração enquanto tento destacar todas as verdades espalhadas pelas páginas. É como um mapa do tesouro que encontrei na hora certa. bell hooks vem através do tempo me dizer que devo assumir a responsabilidade em todas as áreas da minha vida, acreditar que tenho a capacidade de reinventar a minha vida e moldar o futuro pensando no meu bem-estar. Há uma seção inteira sobre donas de casa felizes, a alegria da autodeterminação e de ser sua própria chefe. Cada palavra é como um soco no peito e um tapinha nas costas. Sou encorajada e provocada a cada passo. Grande parte desta leitura se conecta tão profundamente a minha vida que penso em parar de ler por hoje para conseguir processar todas as informações.

— Ainda não tenho certeza do que a Yasmen achou de tão especial para mim — digo para o quarto vazio.

Decido ler um pouco mais para terminar o capítulo. Concordo com a cabeça quando ela fala sobre criar a felicidade no ambiente doméstico, um lar onde o amor possa florescer.

— É isso — digo, pegando um punhado de amêndoas torradas que guardo ao lado da minha cama para os lanchinhos noturnos. Minha mão para no ar quando leio a próxima linha. hooks chama sua casa no campo de santuário e se refere a ela como *"soledad hermosa"*.

Minha cabeça freia, soltando um guinchado que me faz parar completamente.

O meu nome. Bem aqui no livro que está aos pouquinhos me ajudando a reconstruir quem eu sou.

Soledad hermosa. Bela solidão.

Lágrimas brotam nos meus olhos e escorrem pelos cílios. Parece um sinal de que estou seguindo na direção certa, como se uma carta tivesse sido enviada, me encorajando a acreditar que eu *consigo* ficar sozinha e não solitária. Que esta jornada que estou trilhando sozinha pode ser linda. Que posso ficar contente.

Que meu próprio nome reflete essa busca de renovação, de entender quem fui e quem estou me tornando. Ver meu nome em tinta no papel nesse contexto faz os meus braços arrepiarem.

Fecho o livro e, em vez de devolvê-lo à mesa de cabeceira, coloco-o no travesseiro onde Edward dormia. Meus sonhos não são assombrados pelo passado ou pelas coisas cruéis que *ele* fez comigo. Sonho com um futuro brilhante criado por mim mesma.

25

JUDAH

— Vovó. — A voz de Aaron me faz pausar durante o jantar enquanto verifico se os alimentos no meu prato não estão se encostando. Detesto comida misturada.

— O que tem ela? — pergunto, dando a ele toda a minha atenção.

Ele levanta o dispositivo de comunicação pendurado no pescoço e rola por alguns segundos antes de encontrar o que está procurando. Quando ele vira para mim, mostra uma foto da minha mãe.

— Isso! — Adam diz do outro lado da mesa. — Vamos fazer uma chamada. Vovó!

— Quem sabe depois do jantar. — Sirvo as vagens nos seus pratos.

— Ou a gente pode comer enquanto faz a chamada. — Adam tenta me persuadir, balançando na bola de ioga que ele às vezes traz para a mesa de jantar. Ele também tem uma na escola, para se sentar na carteira. Ao ser obrigado a se equilibrar na bola, ele encontra um lugar para sua energia extra, fortalece seu âmago e melhora a concentração.

Aaron vira novamente o aparelho, mostrando o rosto da minha mãe, em uma insistente tentativa de comer e conversar ao mesmo tempo. Ele prefere chamadas de vídeo. Às vezes, quando está falando com alguém ao telefone, simplesmente se vira e vai embora. O telefone encostado em sua orelha começa a incomodá-lo. Muitas vezes quando estou ao telefone, também me sinto assim. Vontade de desligar no minuto em que me sinto entediado, sem nem mesmo dizer tchau. O mundo seria um lugar mais simples, ainda que mais mal-educado, se não tivéssemos a capacidade de dissimular.

— Talvez ela não possa atender — eu os aviso.

Mas ela atende e então ficamos todos sentados em um lado da mesa da cozinha com o meu celular apoiado para podermos conversar com a vovó.

— O que vocês estão comendo? — ela pergunta, apertando os olhos diante da tela. — Frango?

— É — confirmo, dando uma mordida. — A senhora Coleman fez frango, arroz integral e vagem. Os meninos estão comendo macarrão com queijo, mas também vão comer as vagens.

Aponto o garfo para as vagens intocadas em seus pratos.

— Que bom que essa moça está te ajudando com a casa e a cozinha, mas eu quero preparar um pouco do meu ensopado para vocês. Posso mandar entregar — mamãe diz.

— Mandar entregar? — Faço uma pausa e lanço um olhar cético para a tela. — Que tal você embarcar num voo e trazer pessoalmente? Maryland não fica tão longe de Atlanta.

— Se Maryland não fica tão longe de Atlanta e os voos vão e vêm, então *vocês* podem vir. Por que você não trouxe meus netos para me visitar?

— Tem muita coisa rolando. A gente se vê no Natal.

— O que a Tremaine vai fazer nas férias?

— Os meninos vão passar a véspera de Natal com ela, e depois ela e o Kent vão passar o dia de Natal na casa dos pais dele.

— Como estão os pais dela? — mamãe pergunta, com um sutil tom reservado na voz.

— Estão bem. Pode ser que os meninos vão visitá-los nas férias de inverno.

Os pais de Tremaine não eram tão compreensivos quanto os meus em relação ao autismo. Eles insistiam que poderíamos simplesmente disciplinar os meninos para evitar as crises. Que os meninos não estavam dormindo porque as crianças não gostam de dormir e, se impuséssemos restrições, eles "cederiam" e dormiriam mais à noite. Ao tentarmos dietas de eliminação para identificar possíveis alergias, eles desconsideravam nossas orientações e ofereciam a Aaron e Adam qualquer coisa que estivesse disponível em casa. Para eles, sempre havia *alguma coisa* errada, e eu me recusei a sujeitar os meninos à ignorância e à teimosia insistente de que eles sabiam do que estavam falando, quando, na verdade, não tinham a menor ideia do que estávamos enfrentando. Eles melhoraram, mas ainda tenho receio de deixar os meninos sozinhos com eles por muito tempo.

— Tchau — Aaron diz, se levantando. Ele leva o prato para a pia, enxágua e coloca na lava-louças.

Mamãe não perde o ritmo, apenas acena.

— Tchau, querido. Seja um bom menino para o seu pai.

Aaron não responde, mas sobe as escadas.

— Tchau, vovó. — Adam se levanta e também limpa o prato, coloca-o na lava-louças e segue Aaron.

— Eu sei muito bem como esvaziar uma sala, hein? — Mamãe ri.

— Eles te amam, mas a tentação dos videogames foi irresistível — brinco, terminando o resto do meu arroz com vagens, sorrindo enquanto mastigo. — Cadê o pai?

— Me dando nos nervos. Desde que aquele homem se aposentou, parece um animal enjaulado, rondando por aqui o tempo todo, caçando coisas para consertar, pendurar ou aparar. É perturbador.

Com setenta anos, meu pai é quase dez anos mais velho que minha mãe. Ela tinha vinte anos e ele, 29 quando eu nasci. Ela é enfermeira e em breve vai se aposentar, mas, por enquanto, segue firme no hospital.

— Ei, pelo menos você chega em casa e encontra a casa limpa e uma comida caseira fresquinha todas as noites, agora que o papai está em casa, não é? — Faço cara séria, sabendo muito bem que ele continua perguntando o que tem para o jantar assim que ela entra em casa.

— Rapaz, você conhece seu pai. — Ela revira os olhos e ri. — Mas não é que ele achou várias receitas práticas na internet? E até fez uma na semana passada. Ficou muito boa. Me surpreendeu.

— Meu pai, Belmont Cross, preparou uma refeição?

— Ele passa o tempo todo na internet agora. Ainda mais no Facebook, e aí encontrou uma moça que tem uma receita e um truque pra tudo. Acho que ela é de Atlanta.

Poderia ser qualquer pessoa. Atlanta é uma cidade enorme e a internet expande as possibilidades ao infinito, mas algo me faz perguntar:

— Qual é o nome dela?

— É aquela moça porto-riquenha, Soledad alguma coisa — mamãe murmura, franzindo a testa, deve estar se esforçando para lembrar. — Bonitona. Inteligente. Seu pai adora ficar assistindo aos vídeos dela.

— Deve ser de família — murmuro.

— Só sei que cheguei em casa um dia desses e uma das receitas dela estava na panela e ele não *me* pediu nada. Assim que eu gosto. Ela é ótima.

— É mesmo. Eu, hum, conheço ela. Tipo, na vida real.

— É mesmo? — A curiosidade surge nos olhos da mamãe.

— Lembra daquele caso de desvio de dinheiro em que trabalhei na CalPot?

— Lembro.

— O marido dela era o ladrão.

— Você mandou o marido dela pra cadeia? — Mamãe assobia. — Aposto que ela não suporta ver a sua cara.

— Na verdade — reprimo um sorriso —, acho que ela gosta bastante de mim. Quase tanto quanto eu gosto dela.

Tudo fica tão quieto que o zumbido da geladeira é o único som que se ouve por alguns segundos.

— Você quer dizer *gostar* mesmo? — Os olhos da mamãe ficam arregalados. — Você *gosta* dela? Ela *gosta de* você?

Meu quase sorriso se transforma numa carranca.

— Caramba, não precisa ficar tão chocada pelo fato de ela gostar de mim.

— Já faz quase quatro anos que você está divorciado, Judah, e, até onde eu sei, nunca demonstrou interesse por ninguém além dos seus filhos e do seu computador, então me desculpa se fui pega de surpresa.

— Não é como se a gente estivesse namorando ou algo do gênero — admito… com relutância.

— É, eu sei, porque seu pai me falou que ela não está namorando. Andam falando de um tal de relacionamento consigo mesma na internet.

— Você já ouviu falar disso?

— Ela está namorando com você? — Mamãe franze a testa. — Não parece certo todas essas moças saindo sozinhas por aí e ela saindo com você.

— Não estamos namorando.

— Mas achei que você tivesse dito que *gosta* dela.

— E gosto.

— E ela gosta de você?

Não pare.

As palavras de despedida de Soledad têm me assombrado desde que ela as pronunciou, me fazendo revirar durante o sono, repetindo sem parar na minha cabeça. Tomei essas duas palavras como algo em que me agarrar até poder tê-la nos braços.

— Gosta, acho que ela gosta de mim, mas ela está num relacionamento consigo mesma agora.

— Ai, senhor, como essas meninas gostam de inventar moda.

— Não é moda, mãe. Faz pouco tempo que ela se divorciou. Ela quer se recuperar e ter certeza de que está pronta para…

Mim.

Não para mim, mas para um relacionamento.

É mais apropriado dizer que ela quer ter certeza de que está preparada para ela, para ser ela mesma, quando estiver pronta para namorar com alguém de novo, mas tomara que ela esteja pronta para mim também.

— Pronta para o quê? — mamãe pressiona.

— Ela foi dona de casa durante a maior parte do casamento e adorava essa vida — respondo indiretamente. — Agora o ex-marido dela está na prisão e ela está sustentando a casa e as filhas. Sozinha. Ela é independente. Quer aproveitar isso e ter certeza de que está bem.

— Admirável — mamãe diz. — O que a Tremaine pensa a respeito?

— Não conversei com ela sobre isso.

— Você não quer que *eu* fale com ela sobre isso, quer?

O divórcio não mudou nada entre mamãe e minha ex-mulher, que se aproximaram como mãe e filha quase desde que nos conhecemos. Elas vivem conversando, sem perder o ritmo quando as coisas mudaram entre mim e Tremaine.

— É, prefiro eu mesmo falar com ela sobre isso — digo. — E não há muito o que dizer no momento. Não estamos namorando nem nada.

— Ah, esse seu *nada* não me convence.

— Gosto muito dela — respondo, baixinho, sem vergonha dos meus sentimentos por Soledad, mas também não quero expô-los para outra pessoa poder ficar cutucando e examinando. — E tomara que, quando ela estiver pronta, a gente possa ver onde isso pode dar. Por enquanto, somos só amigos.

— Só amigos, hein? — mamãe brinca, mas dá de ombros. — Tudo bem. Vou deixar quieto por enquanto. Ela sabe sobre os meninos?

— Você quer saber se ela sabe que a minha situação é complicada porque eu tenho dois garotos incríveis que precisam de muito apoio? Ela sabe. A situação dela também é complexa. Ela tem três filhas que estão se adaptando às novidades, ainda mais ao fato de o pai delas estar preso.

— Eles sabem que foi você quem descobriu o que ele estava aprontando?

— Sabem. Imagino que eu não seja a pessoa favorita delas.

— Elas não sabem sobre… o que *não* está acontecendo entre você e a mãe delas?

— Isso mesmo.

— Nossa, você está se metendo numa baita confusão aí em Atlanta, mas o que tiver que ser, será.

— Pois é, e como está o papai? — pergunto, querendo falar sobre qualquer coisa que não seja minha pretensa vida amorosa. — Está tomando os remédios? Seguindo a dieta?

— Eu fico de olho nele, só que ele dá umas escapadas de vez em quando. Mas os exames estão bons. Colesterol baixo. Pressão baixa. E os meninos? Alguma mudança nos remédios? Você viu aquele estudo que enviei sobre a interação do clobazam com o canabidiol? Pode ajudar a reduzir as convulsões.

Lá vem a enfermeira. Desde o início, mamãe sempre se envolveu muito nos tratamentos e medicamentos dos meninos, mesmo a vários estados de distância.

— Eu vi. Eu e a Tremaine também ouvimos falar. Estamos conversando com alguns pais que experimentaram para saber sobre a eficácia, efeitos colaterais e tal. O Adam está muito bem agora. Não tem mais tantas convulsões quanto antes.

— Só não quero que o meu menino vá parar no pronto-socorro de novo. — Mamãe inspira e expira fundo. — Eu vou aí na mesma hora.

— Eu sei, mamãe — digo, me deixando tocado pelo seu amor e preocupação com os meninos.

— Tenho que desligar. Seu pai logo estará de volta da Home Depot. Meteu na cabeça que quer plantar um jardim. Deve ser coisa que a sua namorada colocou na cabeça dele.

— Ela não é… — Balanço a cabeça e desisto, porque essa mulher me tira o juízo desde que eu não tinha juízo algum. — Tchau, mamãe.

— Tchau, Judah. — Ela sorri, mas o olhar dela me diz que ela gosta da ideia de eu conhecer alguém, mesmo que essa pessoa não esteja pronta para ficar comigo… ainda. — Te amo.

— Também te amo, mãe.

26

SOLEDAD

— O Conselho Superior Boricua está em reunião — Lola diz, batendo seu martelo imaginário para iniciar nossa chamada de vídeo.

— Pode ser uma sessão de dez minutos? — Nayeli pergunta, carregando meu sobrinho Luca no quadril e tirando cereal do cabelo da minha sobrinha Ana. — Tem gente aqui com seis filhos e sobrevivendo à base de suco verde e adrenalina.

— A febre do Luca baixou? — pergunto, desviando o olhar da tela do meu iPad para os ingredientes que estou organizando no balcão.

— A febre dele não baixou, mas eu estou subindo pelas paredes. Essas crianças destruíram todo o meu senso de tempo e espaço.

Junto um montinho de pimentões verdes em fila.

— Já tentou dar o caldo de ossos de que te falei, Nay? E o sabugueiro? Pode ajudar com a febre.

— Já. — Nayeli franze a testa e beija o cabelo de Luca. — Vou dar um banho nele. Se não baixar logo, vou levá-lo ao médico. Então dá para a gente agilizar isso aqui, *mija*?

— Não vou segurar vocês — Lola diz. — Você não é a única com coisas urgentes. Estou assistindo à segunda temporada de *Fleabag*.

Aponto para ela e sorrio.

— Eu falei que era a melhor. É sobre uma crise de fé e um despertar sexual.

— Não consegui me confessar por um mês. — Nayeli faz o sinal da cruz. — Deus me perdoe.

— Tá bom. — Me sento no balcão. — Daqui a alguns minutos, tenho que iniciar a live "Cozinhando comigo", então do que se trata, Lola?

— Vou me mudar para Austin. — Lola solta um gritinho e cobre o rosto.

— Austin, no Texas? — pergunto, tentando ao máximo não franzir a testa.

— Sim, Austin, no Texas — Lola diz.

— E você está colocando em risco seus direitos reprodutivos por quê? — pergunto.

— Livros — Lola diz simplesmente. — Vou abrir uma livraria com a Olive.

— Olive, sua melhor amiga — Nayeli esclarece —, por quem você recentemente percebeu que está apaixonada? Você vai atrás dela até o Texas?

— Não vou "atrás dela" — Lola protesta. — Vamos fazer isso juntas.

— E se você, por acaso, acabar escorregando e caindo entre as pernas dela... — Dou de ombros. — Ai, ai.

— Ah, paciência. Seria só uma possível consequência agradável, não minha motivação principal. — A expressão de Lola perde toda a leviandade. — Cansei da sala de aula. Preciso fazer alguma coisa diferente. Vocês sabem que eu adoro livros tanto quanto a mamãe. É o que eu quero fazer. Vai ter até um Cantinho do Gato. *Gatalaia.*

— Será uma seção com os livros favoritos da *mami* — Lola diz, com os olhos brilhando de lágrimas não derramadas e entusiasmo. — E vamos ter uma biblioteca de livros proibidos. Caso a escola da criança não tenha esses livros, elas podem vir até a gente e pegar emprestado. Será que não veem? Vai ser incrível.

— Entendo — digo, baixinho. — Se é isso que você quer, eu apoio.

— É, acho que eu também — Nayeli responde, contrariada. — Só veja se você está de fato atrás de um sonho, e não de uma aventura passageira.

— Que comentário indelicado. — Lola sorri. — Estou orgulhosa de você, irmã. Reviro os olhos, mas não consigo reprimir um sorriso.

— E aí, quando essa mudança vai acontecer?

— Vou concluir o ano letivo — Lola diz. — Mas, assim que chegar o verão, vamos fazer as malas e nos mudar. Olive talvez vá antes e se mude nos próximos meses.

— Você tem dinheiro guardado? — pergunto. — Para a transição?

— Tenho. Mas seria bom ter uma reserva.

— Reserva? — Nayeli anda pela casa, segurando o celular para continuar no vídeo. — Foi mal. Preciso dar uma olhada lá em cima. Está muito quieto e preciso ver se não houve nenhuma briga entre irmãos.

— Temos que pensar no que a gente vai fazer com a casa quando eu me mudar — Lola diz.

Congelo, chocada por não ter sido a primeira coisa em que pensei. Eu amo aquela casa. Todas nós amamos.

— Será que a gente vai querer vender? — Lola pergunta.

— Não! — Eu e Nayeli dizemos em uníssono inflexível.

— Nossa, não é pra tudo isso! — Lola ri. — Foi o que pensei, mas a gente não pode deixar a casa aqui acumulando teias de aranha. Pensei que a gente pode usar como Airbnb. Renderia uma grana, que me ajudaria nessa transição. E sei que o dinheiro também pode ser útil pra você, Sol.

— Sempre — concordo. — Embora as coisas tenham melhorado ultimamente. Estou pegando o jeito dessa coisa de ser influenciadora.

— Toda semana tem um vídeo novo seu bombando — Nayeli diz. — Acho que você pegou o jeito mesmo.

— Esses vídeos nem sempre se convertem em dinheiro — digo. — Na verdade, na maioria das vezes não rende nada. Mas, quanto mais visibilidade, mais chances eu tenho de conseguir contratos com marcas, anúncios. De qualquer forma, a moral da história é que sempre preciso de mais dinheiro.

O que me lembra que devo finalizar o cardápio da festa de Natal da Cal-Pot. Tenho feito um esforço para *não* pensar nisso, pois existe a possibilidade de encontrar o Judah por lá. Já é ruim o suficiente pensar nele o tempo todo. Sonhar com ele. Fantasiar sobre todas as coisas que ele poderia fazer comigo. As coisas que eu poderia fazer com ele. Como seríamos incríveis juntos.

— Você me ouviu, Sol? — Lola franze a testa, olhando para mim.

— Hein? — murmuro, me endireitando. — O que foi?

— Perguntamos se você está a fim de tentar — Nayeli responde.

— Hum… foi mal. Tentar o quê? — pergunto.

— Reformar a casa antes de começarmos a usá-la como Airbnb — Lola diz.

— Sim, acho que vai ser legal. — Eu me esforço para voltar a prestar atenção.

— Então é isso. Eu só queria contar as novidades para vocês. A gente pode conversar mais depois. Nesse meio-tempo, o Natal está chegando. O que vamos fazer? — Lola pergunta.

— Desculpem — Nayeli diz, com os olhos cansados se alternando entre mim e Lola. — Fica difícil viajar com seis crianças pelo país em qualquer momento, mas durante as festas e depois de todas terem ficado doentes? Acho que é melhor a gente ficar aqui em Cali este ano.

— Fica tranquila, Nay — Lola a tranquiliza. — A gente entende. Eu e a Olive vamos para Austin depois do Natal para olhar pontos comerciais e conhecer a região, mas pensei em visitar vocês na semana anterior, Sol.

Eu queria poder estender a mão pela tela e abraçá-la. Fui privilegiada por ter Yasmen e Hendrix aqui comigo durante toda a confusão que Edward causou, mas a saudade das minhas irmãs é tangível e profunda.

— Ah, Lola, venha sim. — A perspectiva de passar uma semana com a minha irmã mais velha anima meu coração. — As meninas vão adorar ver você. Eu também.

— Então está decidido — Lola diz, com seu sorriso gentil e compreensivo. — Faço qualquer coisa por você, *mija*.

— Amo vocês. — Nayeli nos lança um olhar aflito. — Mas tenho que desligar. Eu sabia que aqueles selvagens estavam quietos demais. Agora tenho que cortar chiclete do cabelo da criança.

Nós rimos e desligamos. E não poderia ser em melhor hora. Preciso me preparar para a *live* "Cozinhando comigo".

— Droga — digo. — Estou atrasada.

Configuro o celular e inicio a sessão.

— Sei que estou atrasada. — Balanço a cabeça e rio. — Foi um longo dia, mas venham cozinhar comigo! Se você está acompanhando, comece a preparar a carne moída. Tenho duas panelas aqui. Uma para os carnívoros e outra para os vegetarianos. Se você está pensando no que preparar para o jantar...

Olho para a câmera e pisco, já me sentindo entre amigas ao ver os comentários inundando meu *feed*.

— Pode relaxar. A Sol vai dar um jeito.

27

SOLEDAD

"Saber ser solitário é fundamental para a arte de amar. Quando conseguimos estar sozinhos, podemos estar com os outros sem usá-los como formas de escape."
— **bell hooks**, *Tudo Sobre o Amor: Novas Perspectivas*

Um dia na vida de uma influenciadora que está se relacionando consigo mesma.
Esse poderia ser o título do meu próximo post. Minhas seguidoras gostam de ver os momentos que reservo para ficar sozinha durante a semana. Ainda estou impressionada com quantas pessoas começaram suas próprias jornadas

de "se relacionarem consigo mesmas". Tomara que esses momentos a sós lhes proporcionem o mesmo conforto e contemplação que me proporcionam.

Caminhar por Skyland é uma experiência diferente em um domingo às sete da manhã do que é em qualquer outro momento. As vitrines das lojas estão fechadas, placas de *FECHADO* viradas para a rua, as mesas dos cafés, guardadas. Os únicos sinais de vida estão na natureza, como um coro de pássaros despertando para cantar seus hinos matinais de domingo.

Da minha casa até a Praça Skyland, são quase três quilômetros, e eu aprecio cada passo pelas ruas de paralelepípedos desertas. Respiro fundo, deixo o ar frio subir a minha cabeça e limpar meus pensamentos confusos. Gosto de vir ao Sky Park antes de as garotas fissuradas por ioga aparecerem. Tem uma aula aos domingos que fazem até o Natal, se o tempo permitir. Elas chegam por volta das nove, bem agasalhadas e prontas para fazer posturas e se contorcerem.

A essa hora, já terei ido embora há muito tempo.

Passo pelo portão alto e arqueado do Sky Park e encontro o banco de pedra que já considero como meu. Ele fica à sombra de uma árvore de corniso que dá flores brancas por algumas semanas gloriosas na primavera e fica repleto de exuberantes folhas verdes no verão. Uma camada de folhas roxas e vermelhas do outono cobre o chão, caindo dos galhos finos, que se estendem na direção do céu, nuas e trêmulas no frio da manhã.

Coloco a bolsa no chão, aos meus pés, me sento no banco e fecho os olhos. Nas primeiras vezes que vim aqui, foi difícil silenciar as vozes na minha cabeça. As perguntas em que evito pensar me bombardeiam quando não estou levando Lottie para a ginástica, ou as meninas para a escola, ou preparando o jantar, ou fazendo trabalho voluntário na escola. Ou… a lista interminável de coisas em que prefiro pensar, em vez dos meus erros.

Ao conversar com o meu coração, fico esperando resposta, revisito as dores e decepções que deixaram as marcas mais profundas.

A infidelidade de um homem que pensávamos conhecer nos faz repensar tudo. A gente repassa cada discussão e revive cada momento que viu de uma forma, mas que com certeza foi diferente. As vozes na nossa cabeça dizem que foi porque demoramos muito para perder peso depois do último filho, ou talvez porque ele esteve presente na sala de parto. Alguns homens nunca mais veem suas esposas da mesma forma depois do parto. A gente deveria ter caprichado mais no sexo oral. Cozinhado melhor, limpado melhor, antecipado as necessidades dele.

Ele queria alguém com mais ambição.

Não, alguém mais dócil.

Não, alguém mais sociável.

Porque é claro que ele queria alguém que não fosse você.

É nesses momentos de silêncio, nessas conversas com o coração, que me dou conta de que nunca poderei assumir a responsabilidade pelo mau caráter de outra pessoa. Edward fez uma promessa e a quebrou. Ele é passado. Neste ponto, as únicas perguntas que me interessam são as que faço sobre mim mesma. Eu não deveria ter percebido? A questão fundamental não é *será que posso voltar a confiar em outro homem?*, mas sim *será que posso confiar em mim mesma?*

Ele foi um homem ruim, sim, mas será que eu sou ruim em julgar o caráter das pessoas? E será que isso aconteceria de novo? O que terei que aceitar no meu próximo relacionamento? Será que *haverá* outro relacionamento? Quais são os meus limites? Meus desejos? Até onde posso ir?

As respostas surgem no meu coração, muitas vezes surpreendentes e às vezes assustadoras. Depois de anotar meus pensamentos no meu diário de domingo de manhã, me levanto e olho o relógio para ter certeza de que não vou chegar atrasada para a minha reserva no Sunny Side. Yasmen, Hendrix e eu adoramos aquele lugar, mas comecei a ir sozinha no caminho de volta para casa depois de sair do parque. O lugar abre às oito, e os primeiros dez clientes ganham um desconto especial de 50% para madrugadores. Pode acreditar que sou sempre a primeira da fila. Pedi um cartão-presente de lá em troca de preparar refeições para uma vizinha ocupada. Uma semana de refeições em troca de um cartão-presente do Sunny Side. Se ela tivesse me pagado em dinheiro, eu teria gastado com alguma coisa para a família. Eu invisto com disciplina nesse tempo que passo sozinha, então, todo domingo, uso o saldo do cartão-presente para vir aqui sozinha.

Assim que me acomodo na minha mesinha junto à janela, com vista para a rua, o garçom recolhe a louça do lugar a minha frente. Virou rotina tirar uma *selfie* rápida para as redes sociais na minha mesa só para mim, então faço isso e depois peço minha porção de sempre de panquecas de trigo sarraceno, bacon de peru e duas claras de ovo. Há uma certa coragem em comer sozinha, desfrutar da própria companhia e não esperar por *ninguém*.

Hoje eu não me demoro. Pago barato pelo café da manhã, pego a minha bolsa e saio para a curta caminhada até a minha casa. Como uma hora pode mudar as coisas. Às nove, Skyland está fervilhando. O pessoal da mimosa já está à solta por aí. Os animaizinhos levam seus donos ao parção. Carrinhos de bebê se enfileiram nas calçadas enquanto famílias ocupadas se aventuram em busca de lazer antes do início da semana.

Absorvo tudo, me sentindo plena ao chegar em casa.

— Esqueci de olhar a caixa do correio — murmuro, abrindo a caixa e tirando algumas cartas. Um nome acima de um endereço de Boston me faz parar na hora.

Oneida Barnes.

Meu senhor, o que minha ex-sogra pode estar querendo?

Tentando manter o silêncio porque as meninas dormem até mais tarde aos domingos, entro pela porta da frente e vou até a cozinha. Coloco a bolsa e a outra carta no balcão. Pego um banquinho e apanho a carta com um suspiro. A mãe de Edward e eu tivemos muito pouco contato desde que eu o "traí", como ela gosta de dizer, ao compartilhar informações com a polícia federal.

— Pode ser que ela finalmente esteja quebrando o silêncio pelos correios — digo, deslizando uma unha sob a aba do envelope — para me dizer que eu sou uma enganadora, traidora...

Um cheque cai do envelope em cima do balcão.

— Cinco mil dólares! — Olho para o cheque como se ele tivesse caído do espaço, e poderia ter caído mesmo, considerando o pouco contato que tive com a mãe de Edward. A única escrita no cheque extraterrestre diz *Mensalidade das meninas*.

Não há nenhum bilhete. O cheque simplesmente veio envolto num papel timbrado com suas iniciais.

Sinto alívio e relutância subirem pela boca do estômago. Alívio, porque manter a casa e duas meninas estudando na escola particular são os tormentos da minha existência. Já pensei em mandá-las para uma escola pública. Essa possibilidade não está descartada. Lupe adora a escola municipal de Atlanta, mas se eu conseguir manter Lottie e Inez na escola onde têm amigos, adoram os professores e estão indo bem, farei isso enquanto puder. Esse dinheiro chegou na hora certa, mas odeio que venha da Oneida. Não posso deixar de me perguntar o que ela quer em troca.

— Acho que deveria ligar para agradecer — digo para a minha cozinha vazia, meio que torcendo para que os armários se abram e diga: *Não é necessário*.

Procuro o contato que não uso há quase um ano e ligo.

— Soledad — ela responde sem rodeios, com a voz fria e límpida. — Não sabia se você ligaria.

— Oi, Oneida. — Pigarreio antes de continuar. — Espero que você esteja bem.

— Tão bem quanto uma mãe pode ficar enquanto o filho é acusado injustamente e apodrece na cadeia por crimes que não cometeu.

— Hum... você sabe que o Edward se declarou culpado quando ficou evidente que as provas eram contundentes, não sabe?

— "Provas" — ela diz a palavra como se fosse o princípio de uma teoria da conspiração — que você produziu como um passe de mágica para se safar, salvar sua casa, o carro e todos os seus vestidos de grife. E depois abandoná-lo quando ele mais precisava.

Sinto meu sangue ferver, e há tanto vapor se formando dentro de mim que minha cabeça vai começar a assobiar se eu não extravasar um pouco.

— Em primeiro lugar — digo, com a mandíbula cerrada com tanta força que chega a doer —, não tenho mais o carro de luxo que o seu filho insistiu em comprar. Vendi e troquei por algo mais acessível. Outras pessoas estão andando por aí com as minhas roupas porque eu abri mão da maioria. E estou batalhando para manter a casa porque é a casa das minhas filhas e vão tirá-la só por cima do meu cadáver.

— Bom, já era hora de você desapegar mesmo.

— Nisso podemos concordar. Eu tinha tantas coisas que realmente não eram necessárias na minha vida, inclusive um homem mentiroso e traidor. Esse eu também dispensei. Numa prisão federal.

— E eu aqui achando que você tinha me ligado para agradecer pelo dinheiro que mandei para pagar as mensalidades — Oneida diz, bufando de indignação do outro lado da linha.

— E *eu* aqui achando que você queria ajudar suas netas, já que seu filho roubou seis milhões de dólares e me obrigou a cuidar delas sozinha. Acho que nós duas nos enganamos.

— Bem, um agradecimento não machucaria. E ver minhas netas de vez em quando também não. Nem que seja só a Lupe.

Aperto o celular na mão.

— Ela está na idade perfeita para os concursos de beleza. Ela é uma garota tão linda — Oneida continua.

— Todas são lindas — interrompo de forma rígida. — Lupe odeia concursos de beleza. E só porque uma tem os traços do seu lado da família e as outras duas têm os traços da minha não significa que uma seja melhor do que as outras.

— Claro que não — Oneida suspira. — Estou ofendida pela sua insinuação.

— E eu estou ofendida por você achar que pode controlar a mim ou as minhas filhas com o seu dinheiro.

— Não é isso que estou fazendo — Oneida retruca com fervor. — Não sei o que o Edward viu em você.

— Acredito que foi a minha bunda e o fato de que eu basicamente o ajudei a se formar. Ele sabia que a minha ambição era constituir uma família e construir uma vida maravilhosa para a gente e decidiu ser o principal beneficiário de todo esse talento.

— Olha, você quer o dinheiro ou não? — ela retruca, com o tom tão gélido quanto o inverno de Boston.

— Não se vier com condições. Você não pode me dizer como criar as minhas filhas ou cuidar da minha casa ou coisa do tipo. Por necessidade, construímos uma vida sem o Edward, e por opção, quero que continue assim. Se você quer ter algum papel na vida das minhas filhas, precisa descobrir o que importa de verdade. Ou você defende seu filho criminoso e mentiroso e continua me humilhando ou encontra alguma maneira de estar na vida das suas netas que se alinhe com os nossos valores. Não dá pra ser as duas coisas.

O silêncio do outro lado se alonga, elástico e pegajoso.

— Fique com o dinheiro — ela finalmente murmura. — Elas são filhas do meu filho. *Elas* merecem o melhor.

A clara insinuação de que eu não mereço não me afeta. Houve um tempo em que meu orgulho não teria me permitido ficar com esse dinheiro, teria me feito jogá-lo na cara dela — e já não posso mais me permitir um gesto teatral desses. Vou depositar o cheque assim que desligar.

— Tem razão, Oneida — eu apenas respondo. — Elas merecem mesmo.

E, assim, desligamos.

28

SOLEDAD

— Você já conferiu tudo umas quatro vezes — Rhea diz, colocando o purê de batatas cremoso em pratos com bordas douradas. — Acho que está tudo pronto para servir.

— Não estaria pronto sem a sua ajuda. — Dou mais uma volta ao redor da enorme cozinha dos Callahans, conferindo os pratos que já servimos até agora. — Obrigada por tudo.

— Ei, *eu* que agradeço. Adoro trabalhar no Canja, mas sempre que posso ganhar um extra, estou dentro. — Ela sorri. — Além disso, estou tentando crescer na internet sem muito estardalhaço. Quando eu postar que fiz um evento com você, com certeza vou conseguir novos seguidores e muito engajamento.

Lanço para ela um olhar incrédulo.

— Eu, hein. Só não se esqueça de deixar as fotos bem genéricas. Não quero que os Callahan achem que saímos divulgando os negócios deles por aí.

— Pode deixar, chefe.

A CalPot contratou dez garçons para uma festa de 50 pessoas. São profissionais experientes que trabalham em muitos eventos e poderiam fazer o trabalho de mãos atadas, mas ainda assim reviso o planejamento da noite com cuidado, reservando tempo para perguntas ou sugestões sobre formas mais eficazes de gerenciar o jantar.

— Acho que estamos quase prontos — digo a eles, caminhando pela fila para cumprimentá-los. — Vamos lá.

— Cheguei na hora — Delores diz, entrando na cozinha. — Só vim dizer que estamos prontos quando vocês estiverem.

— Ótimo. Então eles vão servir.

— Calma. — Delores ergue a mão. — Gostaria que você começasse apresentando o cardápio.

— Eu? — Pressiono a mão no peito. Preparar a comida e garantir que ela esteja bem-servida é uma coisa. Sair e ter que encarar um salão cheio de ex-colegas de trabalho do Edward é outra. — Não é a sua mãe que costuma fazer o discurso de abertura antes do jantar? Eu não gostaria de tomar esse lugar.

— Foi ela quem pediu, na verdade. — Delores dá um sorriso de lado. — Ela ouviu falar que você é a sensação da internet.

— Não sou, não. — Balanço a cabeça vigorosamente. — Foram só muitas opiniões sobre um molho de salada bem comum.

— A mamãe é quem manda aqui em casa. — Delores dá de ombros. — O que ela quer, ela consegue.

— Mas havíamos combinado que…

— Eu sei. Eu sei. — Delores dispensa com a mão. — Você não queria ver ninguém, mas só precisa falar o cardápio e depois já pode dar o fora.

Hummm. Já saquei a trama dela.

Esse não foi o combinado. Apenas um ano antes, eu estava do outro lado daquela porta como convidada, reclamando da comida. Hoje, estou servindo. Eu sou uma empregada, não sou? Meu nome está na lama aqui.

Corrigindo.

O nome do Edward está na lama. Eu não fiz nada de errado. Na verdade, fiz o *certo*. Entreguei as provas que encontrei e ajudei essa família, a empresa, a recuperar milhões de dólares. E em vez de perdermos a nossa casa, ainda estamos morando lá.

Eu consegui.

Dou uma olhada nas minhas roupas. Não estou desleixada, mas não estou vestida para um jantar. Meu vestido preto de couro vegano tem botões frontais e se ajusta bem as minhas curvas, mas permite que eu me movimente com tranquilidade. E ainda que tenha optado por usar minhas botas de salto baixo pelo conforto, elas não estão nada mal. Acho que eu dou conta, mas o plano era ajudar a organizar, dar orientações e deixar tudo nas mãos da competentíssima Rhea. Não vim aqui para ver essas pessoas que Edward traiu e roubou. Com certeza não vim para ver Judah, mas ele sabe que o estou evitando por um motivo muito diferente. Tenho saído comigo mesma, lido sobre me amar e aproveitado a companhia das mulheres que embarcaram nesta jornada comigo. Não quero que este sentimento persistente por Judah me desvie do que estou aprendendo e de quem estou me tornando.

Mesmo assim... não consigo tirar esse homem da cabeça. Sei que ele está lá fora. Desde que eu não fique sozinha com ele, acho que vou ficar bem. Abrir o jantar e dar o fora. Eu consigo.

— Me dá um segundo — digo, pegando minha bolsa imitação da Hermès que guardei na despensa. Todas as minhas bolsas verdadeiras foram vendidas na internet ou consignadas.

Não estou com a minha maquiagem boa, mas tenho um batom e pó que sempre carrego comigo para aplicar rápido. Solto o cabelo e dou uma batida, deixando-o cair sobre os ombros, descendo até quase os cotovelos. Lupe, Deja e eu cumprimos a promessa que fizemos no último mês de não cortar o cabelo, então ele está meio indisciplinado. Está saudável, e eu não deixava tão comprido assim desde o ensino médio.

Delores me olha de cima a baixo, balançando a cabeça diante da minha mini-transformação.

— Você faz mágica.

— Mágica, é? — zombo. — Queria poder fazer uma mágica para desaparecer. Vamos acabar logo com isso.

O enorme salão de jantar está lotado e já vou logo notando muitos rostos familiares. Ergo a cabeça, me recusando a me sentir intimidada por qualquer julgamento ou especulação. Numa rápida olhada nas mesas redondas, não vejo Judah. Não tenho certeza se estou aliviada ou decepcionada, mas preciso seguir em frente e ir para casa.

— Boa noite a todos — digo, percorrendo o salão lentamente com o olhar e um sorriso descontraído. — Eu sou Soledad Charles.

Faço uma pausa para deixá-los digerir essa informação. Talvez da última vez que me viram eu estava de braços dados com Edward, mas eu me afastei daquele homem, e nem o sobrenome temos mais em comum.

— Foi uma grande honra preparar o jantar para vocês hoje.

Para minha total surpresa, muitos aplaudem. Um certo alarido. Não tenho certeza se é um elogio aos boatos das minhas habilidades culinárias ou uma crítica à comida da antiga cozinheira, Eileen. Provavelmente a crítica.

— Obrigada — agradeço. — Temos quatro pratos hoje. A entrada...

Um movimento na porta me distrai. Vacilo quando meus olhos se prendem aos de Judah. Ele para na soleira, sem se mover para encontrar seu lugar, e fica ali, simplesmente olhando para mim. Meu coração salta e meu pulso acelera. Desviando o olhar, me concentro novamente na sala cheia de convidados, que aguardam.

— Onde eu estava? — pergunto, pigarreando. — Ah, sim. A entrada é uma salada simples de espinafre, queijo feta, azeitonas e tomate. O que a torna especial é o vinagrete. Alguns de vocês devem ter ouvido falar de um certo "vinagrete viral". — Sorrio ao ouvir diversas pessoas assobiarem e baterem de leve os talheres nos pratos.

Comento sobre os outros três pratos e sobre a seleção de vinhos, terminando com a sobremesa.

— A sobremesa é um oferecimento da Skyland Bakery, que fica localizada na praça de Skyland. Espero que vocês gostem do que irão provar hoje e queiram saborear novamente.

Agora que consegui dizer o que precisava para as pessoas que eu esperava nunca mais ver, enfim me permito olhar de verdade. Não encontro nenhum julgamento ou antipatia. Apenas curiosidade e, se não estou enganada, boa vontade.

— Foi ótimo rever vocês — digo. — Desejo tudo de bom e boas festas.

Aceno para Rhea, que está na entrada com um pequeno contingente de garçons logo atrás. Ao meu sinal, ela e os outros entram, trazendo pratos de comida com um aroma delicioso. Eu me dirijo para a porta, tomando cuidado para não passar pelo lado do salão onde vi Judah se acomodar. Eu queria sair rápido, mas as pessoas não param de me deter. Elas me dizem como é bom me ver, que estão acompanhando meus posts. Uma jovem executiva até me puxa para o lado e sussurra que começou a sair sozinha uma vez por semana.

— Que incrível. — Aperto sua mão e compartilho um sorriso com ela.

— Meu último namorado me traiu — ela continua. — No começo, parecia que eu tinha perdido o amor da minha vida, mas ao dedicar esse tempo para mim, percebi que, sem honestidade e respeito, não pode ser amor de verdade.

O verbo "trair" me rasga como um curativo sendo arrancado. Será que ela sabe que o Edward me traiu? Na certa todos eles sabem. A informação sobre o caso dele com Amber foi fundamental para solucionar a situação. Todo mundo sabe que ele me traiu e, de repente, só quero ir embora. Não quero ser objeto do escrutínio de ninguém. Ou pior, de pena.

— Que bom que você está gostando desse processo — digo a ela com toda sinceridade. — Tem sido transformador para mim também. Agora vou pedir licença, porque preciso voltar para casa, para as minhas filhas. Divirta-se.

Lupe já tem idade suficiente para que elas fiquem sozinhas, o que acontece o tempo todo, mas preciso sair daqui antes que eu fique melancólica, beba algumas garrafas de vinho e acabe bêbada, dançando em cima de uma mesa e soluçando durante todos os pratos.

— Posso deixar nas suas mãos? — pergunto a Rhea assim que chego à cozinha e a encontro orientando os garçons, que correm para servir os pratos.

— Deixa comigo. — Ela me lança um olhar apressado. — Que bom que a senhora Callahan pediu para você fazer isso, e não eu.

— Não estava no contrato. Quero sair daqui antes que ela encontre mais alguma coisa que eu não concordei em fazer. Tenha uma ótima noite. A equipe deles vai cuidar da limpeza.

— Obrigada pela oportunidade — ela diz, me cumprimentando com um gesto.

Pego a bolsa na despensa e vou para a varanda dos fundos, já que toda a equipe de serviço estacionou no gramado dos fundos. Sinto um aperto suave no meu cotovelo que me faz parar antes de eu conseguir sair da cozinha. Olho por cima do ombro e vejo os olhos de Judah.

— Saindo sem se despedir? — A curva esculpida de sua boca se transforma numa linha de desaprovação. — Ou sem dar um oi, para ser mais exato.

— É... — Olho de canto para Rhea, que *não* parece estar nos observando agora. — Não.

— Então você só estava pegando a bolsa para ir para o carro, mas não iria embora?

— Judah. — Lanço um olhar constrangido para a cozinha e para os garçons entrando e saindo. — Por favor, não vamos fazer isso aqui.

Sem responder, ele pega minha mão e me conduz pela agitação da cozinha, me levando até o corredor. Passamos pelo salão de jantar, onde os convidados já começaram a comer e beber. Os risos e o tilintar abafado de copos nos seguem pelo corredor silencioso. Amo a forma como seus dedos se entrelaçam na minha mão. O contraste entre a força e a suavidade do seu aperto. Saboreio tudo como algo que não posso ter neste momento da minha vida. Com passos lentos, ele me leva para uma sala no fim do corredor. Quando a porta se fecha, olho em volta, deixando um sorrisinho se abrir, apesar da minha cautela. É a sala onde encontrei Aaron na festa do ano passado. As mesmas estantes forradas de livros e as mesmas poltronas gastas. Até o leve cheiro de charuto ainda paira no ar como um fantasma.

Judah se vira para mim, colocando as mãos nos bolsos da calça escura. Com seu porte esbelto e atlético, ombros largos e cintura estreita, as roupas o favorecem, envolvendo-o e se ajustando nos lugares certos. Ele vai absorvendo os detalhes do meu rosto, do meu cabelo, das minhas roupas. Um inventário que termina quando ele me olha nos olhos.

— Você está linda — ele diz. — Sempre está.

— Obrigada. — Fecho as mãos atrás de mim, agarrando a bolsa para me conter. Sentir nossos dedos entrelaçados foi melhor do que um beijo em muitos aspectos, e quero me agarrar a isso. — Imagino que você não tenha me trazido aqui para elogiar a minha roupa.

— Não, trouxe você aqui porque você não ia falar comigo. — Um dos cantos de sua boca se ergue. — E, se eu não conseguir te ver de verdade, não faz sentido eu continuar planejando maneiras de te ver.

— Eu já disse que sou grata por você ter me arranjado esse trabalho.

— Você não me deve nada, mas pensei que éramos amigos.

— É isso que os amigos fazem? — Minha risada sai como ar forçado, áspera e curta. — Se desejam?

Com dois passos, ele se aproxima muito de mim, com sua altura imponente, lançando um olhar que devora todo o meu corpo. Ele se inclina até que nossos narizes se roçam e nossos lábios entreabertos quase se tocam.

— Você me deseja, Sol? — ele pergunta, com a respiração acariciando meus lábios.

— Sim — ofego.

Ele agarra meu quadril com a mão, me puxando para si para eu sentir como eu o afeto, como eu o excito. Ele abaixa a cabeça e sei que, se eu não falar nada agora, nosso primeiro beijo consumirá todos os pensamentos.

— Mas eu me desejo mais do que desejo transar com você.

Minhas palavras ficam penduradas entre nossos lábios, que estão separados por um mísero centímetro. Seus cílios grossos se levantam e seus olhos encontram os meus.

— Continue.

— Eu desejo aprender sobre mim, melhorar, andar com as minhas próprias pernas — digo apressada. — Desejo isso mais do que tudo. Mais até do que você.

Estendo a mão para tocar a saliência alta da maçã do seu rosto.

— E eu te desejo tanto — confesso, deixando o polegar cair para acariciar seus lábios macios e carnudos destacados na beleza máscula do seu rosto. — Mas tenho que fazer isso sozinha. Se não fizer agora, vou repetir os mesmos erros, Judah. E não posso passar de novo pelo que passei com o Edward.

— Eu não sou o Edward.

— Mas eu *sou* a Soledad. Sou a garota que preferiu o conforto em vez da verdade. Será que eu ignorei os problemas do meu casamento, com o meu marido, porque achava que não havia mais nada para mim? Será que eu não queria mudar a vida das minhas filhas? Ou será que eu não queria mudar a *minha* vida? São perguntas que precisam de respostas.

Não desvio o olhar mesmo quando a vergonha se intensifica como uma sensação no estômago, por parecer fraca diante de um homem tão incrivelmente seguro e forte.

— Talvez eu não tenha visto que poderia ficar melhor sozinha. — Ergo o queixo, mesmo que isso aproxime minha boca do perigo da dele. — Mas estou aprendendo o que posso fazer sem um homem. Sozinha.

— E você quer ficar sozinha?

— Eu quero ter certeza de que, mesmo estando sozinha, não preciso sentir solidão. Que posso ficar contente. Estou dando um tempo para me conhecer e me entender melhor. Para conversar com o meu coração. Para ouvi-lo.

— Entendo. E eu respeito. — Ele olha para cima, perscrutando meus olhos.

— E isso é para sempre? Você quer dizer que nunca vou poder ter algo com você?

Um músculo se contrai em sua mandíbula enquanto ele espera, e vejo claramente as implicações dessa pergunta.

— Não, não é o que estou dizendo.

Ele se aproxima mais, encostando o nariz no meu pescoço e me inspirando.

— Então vou esperar. — Seus lábios roçam a pele macia do meu pescoço, e eu reprimo um gemido e me afasto o suficiente para olhar nos seus olhos.

— Não estou pedindo isso, Judah. Não é justo.

Sua mão sai do meu quadril e percorre minhas costas, deslizando entre meus ombros e subindo para acariciar minha nuca, por baixo da cascata pesada dos meus cabelos.

— E o que você acha que eu faria se não esperasse por você?

Dou de ombros, como se não soubesse, mas sei. Conheço o risco de me recusar a ficar com um homem como Judah: disponível, bem-sucedido, bonito, gentil, generoso, um pai incrível. O risco é perdê-lo antes de poder tê-lo.

— Acho que você poderia encontrar outra pessoa e…

— Estou divorciado há quase quatro anos — ele diz, erguendo meu queixo e captando meu olhar. — Não me relacionei com ninguém desde então. Não saí com ninguém. Nem tive vontade.

Parece que não consegui esconder o espanto, pois ele ri e diz:

— Acho que você ficou surpresa.

— Claro que fiquei!

— Por quê?

— Você já se olhou no espelho? — Dou risada. — Aposto que todas as mulheres solteiras que você conhece e algumas casadas estão interessadas em você.

— Nem notei.

— Mentiroso.

— Nada disso. — Ele balança a cabeça. — O meu hiperfoco é uma maldição ou uma bênção, dependendo do ponto de vista. Quando eu me concentro numa coisa, como um objetivo, um desejo, é a única coisa que enxergo. A única coisa em que presto atenção. Meus meninos são assim. Às vezes, o Aaron hiperfoca em um boneco colecionável, um cubo mágico específico ou… qualquer coisa. E isso o consome. Eu não entendia quando ele era mais novo, mas parece que algumas pessoas do espectro têm essa fixação. Adam também, mas não na mesma medida que o Aaron.

— Você é autista? — Não é a primeira vez que me passa pela cabeça, mas é a primeira vez que pergunto. Espero que ele não se importe.

— Pode ser que sim. Quando eu era criança, ninguém prestava atenção nesse tipo de coisa ou categorizava como fazemos agora. Eu era o nerd. O diferentão. O quietão. O solitário. Eu me adaptei. É mais difícil para o Aaron e para o Adam, mas eu me vejo neles e os vejo em mim. — Ele dá de ombros. — De qualquer forma, nosso divórcio foi amigável, mas foi uma mudança enorme para os meus filhos. Eles têm sido a minha prioridade há muito tempo, mas depois do divórcio, fiquei um pouco obcecado em garantir que eles estejam sempre bem. E, conforme eles envelhecem, estou me dedicando a ganhar dinheiro e investir para o futuro deles, mesmo depois que eu não estiver mais aqui. Não havia muito mais que me interessasse.

Seu sorriso desaparece e sua expressão fica sóbria.

— Até você chegar. — Ele puxa uma longa mecha de cabelo do meu ombro e depois solta. — Não consigo parar de pensar em você.

De forma perversa, mesmo sabendo que não vou começar um relacionamento com ele agora, é exatamente o que eu queria ouvir. A confissão dele revira lugares empoeirados do meu coração. Depois de tanto tempo com Edward, que, no final, não parecia nem se importar comigo, é bom saber que um homem como Judah não consegue me tirar da cabeça.

— Bom, como eu não estou disponível — me obrigo a dizer —, talvez você devesse procurar outra pessoa. Tenho certeza de que você tem necessidades.

Eu sei que eu tenho.

Não digo isso, mas as minhas necessidades de Judah Cross me torturam. São elas que me mantêm acordada à noite. Se eu não tomar cuidado, posso acabar estragando meu vibrador por causa delas.

— Sol, quando digo que não saí ou não me relacionei com ninguém desde o meu divórcio, significa que estou celibatário.

Meu queixo cai e não consigo nem disfarçar.

— Você está falando sério? — Suspiro.

— Nunca gostei de sexo casual. — Ele arqueia uma sobrancelha escura. — Você acha isso estranho?

— Bem, a maioria dos caras, desde a puberdade até o túmulo, só quer saber de sexo. Então sim... é meio estranho.

— Não me entenda mal. Eu adoro sexo e não estou dizendo que só transei com a Tremaine, mas eu *fiquei* casado com ela por mais de uma década. Antes disso, eu costumava ter namoros sérios. É... bem, acho que é uma questão de confiança. Tem algo mais íntimo do que isso? E não sou de confiar facilmente.

— E você está dizendo que confia em mim?

— Estou dizendo — ele responde, passando o polegar pela minha orelha, descendo pela curva da minha mandíbula, pelos meus lábios — que, quando a gente transar, vai significar muito para mim.

Suas palavras são tão cruas quanto a urgência em sua voz. A verdade nua e crua dele espelha a minha como um fragmento de vidro, cortando inibições e reservas. Passa pela minha determinação. Já faz muito tempo que um homem não olha para mim do jeito que Judah olha, com interesse ardente. Com tanta determinação e intensidade. E esse toque? Já faz séculos que não sou *tocada* assim. Com ternura. Com desejo mal contido. Quanto mais tempo ficamos juntos assim, mais rígido ele fica. Sua excitação insiste em se manifesar onde nossos corpos se tocam.

Não posso dar tudo a ele, não posso ter *tudo*, mas quem sabe hoje eu não possa dar uma coisa a ele. Uma única coisa.

— Me beija. — As palavras saem da minha boca antes que eu tenha tempo de parar ou pensar direito. Ele não hesita, distribuindo beijos pelo meu queixo, ao longo da curva do meu pescoço. É uma tortura a forma como ele me explora com toques suaves e lambidas delicadas, como se estivesse me provando antes de dar a primeira mordida. De boca aberta, ele suga o tendão que percorre a minha garganta, e uma corrente elétrica dispara até o meu íntimo. A bolsa escapa de meus dedos inertes enquanto seu toque me desvenda e acaricia o âmago do meu corpo, me acendendo como se eu fosse uma vela queimando até o pavio. Ele está em todo lugar, menos onde eu preciso dele. Quero prová-lo também. Agarro sua camisa e o puxo para a frente até que nossos lábios se encontrem. Ele sorri olhando nos meus olhos.

— Eu precisava ter certeza de que você também queria — ele diz.

— Eu quero. — Seguro seu rosto, envolvendo as maçãs salientes do seu rosto entre minhas mãos trêmulas. — Só um beijo.

— Então é melhor fazer valer a pena. — Sua mão passeia pelo meu corpo, subindo pelo meu tronco entre os seios até chegar para segurar meu queixo. — Abra a boca.

Assim que eu abro, ele mergulha. Um beijo de busca e exploração que vai até as profundezas, e qualquer linha de raciocínio foge da minha mente. Judah é tão controlado, tão meticuloso em tudo o que faz, que eu esperava que seu beijo fosse assim. Mas, na verdade, é uma força descontrolada na minha direção. Selvagem, seguro e feroz em seu desejo, como se tivesse sido privado de comida em uma gaiola e agora estivesse diante de... um banquete. Ele pressiona meus lábios nos dentes e empurra meu corpo contra a porta. Abro mais a boca para receber o movimento profundo da sua língua enquanto ele me prova, me possui. Sua outra mão segura meu quadril e ele me puxa ainda mais para perto até que o tecido, o milímetro que nos separa, as razões pelas quais eu não deveria estar fazendo isso, tudo se dissolve e vira apenas um desejo nu se entregando a um desejo nu. Um desejo que decola e incandesce no ar. Sei que preciso sufocar esta chama, mas não consigo.

Ele abaixa a cabeça, a respiração entrecortada no meu pescoço.

— Eu não quero parar, Sol, mas você disse só um beijo. Eu não quero me aproveitar de você.

Enterro a cabeça em seu ombro, o rosto em chamas, os pulmões queimando com a respiração difícil. Não tenho certeza se teria parado se ele não tivesse.

Acho que o teria pressionado contra a porta, com as roupas no corpo e a calcinha afastada, envolvendo as pernas nele como hera. Teria gritado o nome dele enquanto, lá fora, os convidados comem purê de batata cremoso. Meus joelhos tremem e meu coração bate contra as costelas num ritmo frenético de desejo. Eu me obrigo a me afastar de seus braços. Nos separamos, e tomando ar, sou abatida por uma onda de realidade. E lá se foi minha determinação de não me envolver mais fundo com esse homem.

— Obrigada — digo a ele, passando a mão pelos meus cabelos rebeldes. — Eu devo estar um caos.

Ele dá um leve sorriso.

— Tem batom espalhado no seu rosto todo.

— Droga. — Limpo a boca com as costas da mão.

— Permita-me.

Ele afasta minha mão e, com dedos suaves, limpa minha boca, seus olhos fixos nos meus lábios. Afastando o cabelo despenteado do meu rosto, ele encosta a testa na minha. Cada toque com ele parece tão íntimo quanto um beijo. Mesmo algo tão simples como esse toque está carregado de possibilidades poderosas. Essa coisa sem nome que sinto quando ele está perto dá um friozinho na barriga. É algo que toca no meu coração e aquece entre minhas pernas, destruindo o meu bom senso. Com apenas um olhar, ele inflama meus sentidos. Fico assustada com o pouco controle que tenho sobre mim mesma quando ele está por perto. Ele me atrai e, se eu não tomar cuidado, me afastará do que sei que ainda precisa ser feito na minha vida antes de me envolver com outra pessoa.

— Eu não… eu ainda não vou namorar, Judah. — Me forço a recuar o suficiente para olhar bem para ele. — Eu não deveria… Não quero te iludir.

— Você não está me iludindo. — Ele segura meu queixo, ergue meu rosto com seus dedos compridos que se esparramam pelo meu pescoço. — Foi um beijo. Não vou fingir que não te quero e espero que você não finja que isso não aconteceu, mas respeito a sua decisão.

— Esse beijo foi…

— Eu não me arrependo. — Ele se abaixa para beijar meu cabelo, ajeita uma mecha atrás da orelha até chegar ao meu ombro. — Mas eu entendo e vou esperar.

— Obrigada — sussurro.

— Isso não significa que a gente não pode se ver — ele continua. — Concordamos que somos amigos, não é?

— Amigos. Sim — concordo com cautela. — Devo estar com a aparência de alguém que acabou de atravessar uma cerca viva, então vou tentar passar de fininho pelo salão de jantar para ir até o meu carro.

— Eu te acompanho.

— Não, não precisa. — Eu me abaixo para pegar a bolsa, largada no chão há tanto tempo. — Vou ficar bem sozinha.

Ele me agracia com um de seus raros sorrisos largos.

— Disso não tenho dúvidas.

29

SOLEDAD

— Ho! Ho! Ho! Feliz Natal! — Hendrix diz, carregada de sacolas de compras ao entrar na cozinha. — Trazendo a alegria e a energia da tia rica.

— Presentes! — Lottie bate palmas. Ela sabe que Hendrix exagera na "riqueza" dos presentes. — Obrigada, tia Hen!

Ao espiar as sacolas, confirmo que Hendrix se superou mesmo mimando as meninas este ano.

— Agora você está ostentando — digo a ela, balançando a cabeça e sorrindo ao olhar para dentro da sacola.

— Só estou gastando de acordo com a minha conta bancária. — Ela ri. — Em que mais vou usar o meu dinheiro?

Lottie pega a sacola volumosa de Hendrix, na certa já imaginando as delícias e cartões de presentes que irá encontrar.

— Só vamos abrir os presentes à meia-noite, Lottie — lembro a ela.

— Ah, mãe. — Ela bate o pé sem entusiasmo.

— Foram vocês, meninas, que disseram que queriam uma *Nochebuena* tradicional. — Tiro os olhos da frigideira cheia de *pasteles* frescos. — Presentes à meia-noite. Como está indo aí, Inez?

— Estou preparando o óleo de urucum — ela diz, despejando as sementes vermelhas de urucum numa frigideira com óleo para esquentar.

— Maravilha. — Aceno para Lupe e sua tábua cheia de legumes. — Quando terminar, ajude a sua irmã com o inhame e o taro para os bolinhos.

— Este lote está pronto — Lola diz, vindo da despensa com uma caixa cheia de embalagens de presente coloridas e jarras de coquito.

— Ah, obrigada — digo, me virando para Hendrix. — Eu prometi para a Cora que passaria na casa dela para deixar uns *pasteles* e um pouco de coquito.

Quando fui lá para o clube do livro, ela disse que queria experimentar. Não vou demorar muito, Lola.

— Lola? — Hendrix olha para minha irmã e então para mim. — Enfim nos conhecemos!

— Hendrix! — Lola coloca a caixinha sobre o balcão e ergue os braços, avançando aos tropeços na direção de uma das minhas amigas de quem ela tanto ouviu falar. — Parece até que já te conheço.

Ver minha irmã e uma das minhas melhores amigas se abraçando como se já se conhecessem há tempos, mesmo sendo a primeira vez que se encontram, me faz parar e sorrir. Passei o dia todo na correria, tentando proporcionar às meninas uma autêntica experiência de *Nochebuena*, enquanto também preparo alguns presentes de última hora para entregar aos amigos. Ver pessoas que amo felizes e juntas faz toda a correria valer a pena.

— Deixa eu guardar o seu casaco — Lola diz.

— Ah, eu não posso ficar. — Hendrix ajusta as lapelas de pele falsa do casaco até o rosto. — Acabei de sair de um evento da empresa no centro. Agora tenho que pegar meu voo para Charlotte. Vou passar o Natal com a minha mãe, mas eu precisava vir aqui e pegar os *pasteles* que a Sol me prometeu.

— Aqui está. — Pego a caixa de presentes e entrego uma para Hendrix. — Como prometido. Você acabou de se desencontrar da Yasmen e da Deja. Elas passaram para pegar a caixa delas há mais ou menos uma hora.

— Já estamos no segundo lote. — Inez sorri, agora parada junto à estação de corte de Lupe, cortando taro.

— Vocês estão tocando uma fábrica de *pasteles* aqui. — Hendrix olha as folhas de bananeira alinhadas, a máquina de *pasteles* e os ingredientes em vários estágios de preparação.

— Parece férias de quando éramos crianças — Lola diz, melancólica. — Só que a gente tinha a *mami*, as irmãs todas e uma casa cheia de amigos. Jogávamos dominó a noite toda. Nossa casa era agitada na *Nochebuena*. A *mami* colocava "En Navidad", do El Gran Combo para tocar.

— A banda favorita da nossa *abuela* — digo às meninas, que parecem fascinadas por esse vislumbre da infância que Lola, Nayeli e eu tanto valorizamos.

— "Eles poderiam ter sido o *abuelo* de vocês" — Lola diz, imitando o forte sotaque da nossa avó. — "Todos eles".

— Lembra aquela vez que a *abuela e* a vozinha vieram para o Natal? — pergunto a Lola, olhando para ela para ressuscitar uma memória que só nós conseguimos apreciar de verdade.

— *Ay, Dios mío.* — Lola gargalha. — Teve *pasteles* sendo preparados de um lado e rabada com couve do outro. Salsa tocando na sala da frente e Nat King Cole cantando "The Christmas Song" de fundo.

— Foi um dos melhores natais da minha vida. — Engulo o nó quente que se forma na minha garganta. — Foi a última vez que a gente viu a *abuela* antes de ela falecer.

O sorriso desaparece devagar do rosto de Lola. Ela concorda.

— E a vozinha não foi muito depois.

Sentimos com mais intensidade a ausência das pessoas que mais amamos nos momentos em que elas nos faziam sentir mais vivo. Em algum momento do ano, revivo aquele Natal em que toda a minha família se reuniu e celebrou a estação, a vida e uns aos outros. Ouço o eco das risadas e sinto o calor de seus abraços, como se me envolvessem outra vez durante as festas. O que me lembra de uma entrega muito importante que preciso fazer.

— Preciso levar isto para a casa da Cora — digo, pegando algumas caixas vermelhas e verdes de *pasteles*. — Quero dar uma olhada nela antes que fique tarde demais.

— Quem é Cora? — Lola pergunta, se aproximando para levantar a tampa da panela de carne de porco cozinhando para o recheio do nosso segundo lote.

— Ela é mãe da minha amiga Lindee — Lupe diz, com o brilho de alegria do seu rosto se esvaindo também. — Ela está com câncer.

— Ah... — Lola me observa, com uma preocupação no olhar. Ela sabe como a morte da *mami* foi difícil para mim. — Como ela está?

— Difícil dizer. — Caminho na direção da área de entrada e pego o meu casaco. — É a segunda vez que ela luta contra o câncer. Está mais agressivo e a quimioterapia está acabando com ela.

— A mamãe organizou um rodízio de refeições e fez faxina na casa dela algumas vezes, além de organizar um clube do livro com ela — Lupe diz.

— Não é exatamente um clube do livro. — Dou de ombros. — Só eu, Cora...

— E eu e a Yas — Hendrix interrompe. — Começamos a ler *Tudo Sobre o Amor*, da bell hooks.

— Um clássico. — Lola pressiona as mãos sobre o peito. — A *mami* adorava esse livro.

— Estou lendo o original da *mami* — digo. — Tem anotações e rabiscos dela nas margens. É fantástico.

— Quero ver — Lola responde. — Ainda deve ter um monte de coisas dela no sótão. Vamos encontrar muita coisa quando a gente fizer uma faxina na casa para o Airbnb.

— Lola vai se mudar para abrir uma livraria em Austin — digo a Hendrix. — Ela e a melhor amiga dela.

— Ah, já ouvi falar dessa melhor amiga aí. — Hendrix ergue as sobrancelhas.

Lola lança um olhar para as meninas, que estão cuidando de seus afazeres culinários, e segura nossos cotovelos, nos arrastando para fora da cozinha até chegar à sala. Hendrix e eu nos sentamos na poltrona, e Lola se joga no pufe à nossa frente.

— O que a minha irmãzinha te contou? — Lola pergunta com os olhos semicerrados, mas um sorriso brincalhão nos lábios.

— Só que você se apaixonou pela sua melhor amiga. — Hendrix sorri. — Espero que não tenha problema.

— Tranquilo. Na verdade, estou precisando de uns conselhos. A gente se beijou. — Lola morde o punho, com os olhos arregalados se alternando entre mim e Hendrix.

— Ai, senhor — digo. — A Olive não era hétero, até onde a gente sabia?

— Ela teve algumas experiências na faculdade — Lola corrige. — Infelizmente nunca comigo, mas é isso aí. Ela só se relacionou com homens. A gente estava arrumando algumas caixas na casa dela para a mudança e simplesmente aconteceu.

— Como foi? — Hendrix pergunta.

Lola suspira com um olhar sonhador, se apoiando nas palmas das mãos.

— Foi como… chegar em casa. Sei que às vezes sou dramática…

— Às vezes? — Sorrio com carinho.

— Mas — diz Lola, enfática — quando a gente se beijou, pareceu que era assim que todos os outros beijos da minha vida deveriam ter sido. Foi natural, mas com alguma coisa de sobrenatural. Não consigo descrever.

— Você acabou de descrever. E muito bem — Hendrix diz. — Agora até eu quero um beijo desses. Conheci uns caras no evento hoje à noite que poderiam se dar bem comigo se souberem jogar meu jogo direitinho. Pode ser que eu tenha que colocar algumas garotas na lista também.

— Pois é, e ser uma híbrida feliz. — Lola dá um sorriso malicioso. — Eu recomendo muito que todos expandam suas ligas de possibilidades amorosas. Eu já experimentei os dois lados e posso dizer, com toda a certeza, que pepeca é melhor.

Nós três rimos. Hendrix e Lola têm muitas coisas em comum, sendo uma delas esse senso de humor escandaloso.

— E aquele cara que você conheceu no Tinder? — pergunto a Hendrix. — Ele era bonitinho.

— Ele pediu "tilábia" no restaurante. — Hendrix revira os olhos e balança a cabeça, claramente com nojo. — Pedi a conta na hora. Se a pessoa não sabe nem pronunciar o nome de um peixe direito, como posso confiar nela?

— E aquele cara que você conheceu no Encontro de Empreendedores Negros? — pergunto.

— Ricaço — Hendrix diz. — Jatinho particular, Lamborghini na garagem e teve a pachorra, a ousadia de dizer que a gente deveria dividir a conta. Com tanto dinheiro assim? Se o cara não vai dividir a conta com aquelas garotas de pele clara, aquelas branquelas, aquelas magrelas que postou no Instagram curtindo um passeio de iate em Saint Bart's, então que não ouse tentar dividir comigo. — Ela faz um gesto, apontando para seu corpo exuberante. — Quer ficar com a maravilhosa aqui e acha que vai sair barato? Sai pra lá, mané.

— É isso aí. — Lola faz um "toca aqui" com Hendrix e gargalha. — Se valoriza, *dulzura*.

— Hum, e o cara da igreja que seu primo te apresentou? — Reprimo um sorriso, já prevendo uma desculpa como motivo pelo qual esse também não conseguiu atender aos padrões exigentes da Hendrix.

— *Eu* tenho uma energia mais máscula do que aquele cara, o que basicamente significa que a gente não batia de jeito nenhum. *Como* eu posso ser a manifestação dos sonhos dos meus antepassados se eu aceitar um bunda-mole daqueles? Não posso decepcioná-los assim.

— Tudo acaba em pinto — Lola concorda, rindo. — Se eu tiver uma vontade dessas e não houver nenhum homem por perto que valha meu tempo, posso sempre usar uma cinta peniana.

— Falem baixo, por favor — sibilo, lançando um olhar cauteloso para a cozinha. — Não quero passar a manhã de Natal explicando para a minha filha de onze anos o que é uma cinta peniana.

— Só comentando — Hendrix sussurra, rindo. — Eu falei para o Papai Noel que tudo o que eu quero de Natal é um orgasmo que faça meus olhos rolarem para trás da minha cabeça. Um daqueles que leva uns três a cinco dias úteis para eu me recuperar.

— Cara — Lola suspira —, agora entendi por que a Sol te ama tanto.

Balanço a cabeça para as duas e tento mais uma vez.

— E aquele empresário que você conheceu no set com as donas de casa, Hen? Ele parecia ter potencial.

— Minha primeira incursão na palmitagem. — Hendrix cruza suas longas pernas. — Ele era atraente, mas usou as palavras "baboseira" e "lenga-lenga" *sem ironia*. Minha negritude não me permite, pelo menos não com ele. Se é para sair com um cara branco, que seja um que dê para chamar para o churrasco da minha turma. Um cara com aquela *vibe* Christopher Jamal Evans.

— Já que estamos falando de caras brancos que nunca deveríamos deixar entrar nas nossas vidas — Lola diz de forma cáustica —, como está o Edward naquele resort de baixa segurança que chamam de prisão?

Isso acaba com toda a diversão da conversa para mim.

— Não faço ideia, e prefiro assim — respondo, sem nem tentar disfarçar a amargura na voz. — Ele está puto comigo, claro, e só conversou algumas vezes com as meninas. Ele não quer que elas o visitem na cadeia, o que... é uma boa ideia. — Eu me jogo para trás nas almofadas, fixando o olhar nas molduras de gesso do teto. — Converso sobre isso com a minha terapeuta, e as meninas conversaram com um conselheiro familiar. No geral, elas se ajustaram muito bem, talvez porque o Edward tenha estado bastante ausente nos últimos dois anos.

— Você ainda acha que a Inez parece estar sofrendo mais? — Hendrix pergunta, com as sobrancelhas franzidas.

Suspiro e aperto o nariz.

— Para ela, Edward jamais poderia fazer alguma coisa errada, e mesmo com todas as provas irrefutáveis de que ele cometeu mesmo um crime, ela ainda está do lado dele.

— Sei que é difícil lidar com tudo isso, mas estou feliz que tudo tenha dado certo. Que bom que você se livrou dele e recuperou seu potencial — Lola diz.

— O Edward, além de ser um cara que *não* dá para convidar para o churrasco da galera — Hendrix interrompe —, é a uva-passa do salpicão. Tipo, quem deixou *você* entrar? Já vai tarde, seu inútil.

— Eu nunca gostei dele. — Lola oferece seu melhor sorriso de escárnio de irmã mais velha. — Cara arrogante. E aquela mãe dele nunca me desceu.

— Nesse ponto, concordamos — digo secamente. — Acreditam que ele achou que eu iria pegar as meninas e me mudar para Boston para morar com a minha sogra que nem gosta de mim?

— Ainda não superei o fato de que foi aquela camisa do Boston Celtics que ele tanto amava que acabou com ele. — Lola beija a ponta dos dedos.

— Não, quem acabou com ele, além da sua irmã poderosa, foi aquele contador gostoso pra cacete, o Judah Cross — Hendrix diz.

Um suor à la Whitney Houston brota no meu lábio superior assim que o nome do Judah surge na conversa.

— O contador que prendeu Edward é gostoso? — Lola me lança um olhar acusatório. — Por que só agora estou sabendo disso?

— Porque é irrelevante. — Cerro os punhos no colo.

— Menina, o jeito que ele olha para a sua irmã não é nada irrelevante. — Hendrix me lança um olhar de soslaio.

— Como ele olha para ela? — A expressão no rosto de Lola só pode ser descrita como extasiada.

— Como um cachorro vendo um osso suculento — Hendrix sussurra.

— Preciso levar esses *pasteles* para a Cora — digo, me levantando.

— Ou com uma bunda suculenta. — Hendrix dá um tapa na minha bunda e puxa minha cintura, me forçando a voltar para o sofá. — Senta aí.

— Você mal nos viu juntos — digo a Hendrix. — Você não sabe do que está falando.

— Eu o vi aqui na sua casa — Hendrix conta. — E ele parecia estar querendo consertar toda a merda que o Edward causou e depois levar você para a cama mais próxima para umas sessões de sexo selvagem nerd.

— Uma vez. Você nos viu juntos uma vez — concordo. — E ele não olhou para mim como...

— E, olha, você deveria ter visto o rosto dele no Festival da Colheita, quando a Soledad cozinhou — Hendrix continua.

— Aquela coisa da experiência Soledad? — Lola pergunta. — O que rolou?

— Quando eu disse o nome dela enquanto vendia os ingressos, a cabeça daquele homem girou de um jeito que parecia que eu tinha até usado um apito de cachorro. Quase descolou a retina — Hendrix exagera.

— Essas analogias caninas são infelizes — murmuro.

— Ele estava com a família — Hendrix continua, como se eu não tivesse falado nada. — A ex-mulher, o marido dela e os filhos gêmeos. Todos pretos, misturados e saudáveis. Uma visão linda de se ver. Eles queriam participar do jantar da Sol, mas os únicos ingressos disponíveis eram para o último horário da noite, e eles tinham que ir embora. Mas adivinha?

— O quê? — Lola pergunta, com os cotovelos apoiados nos joelhos.

— Judah foi embora com a família. — Hendrix faz uma pausa dramática. Típico dela. — E voltou mais tarde, querida. Voltou para ver a nossa garota, e eu não estava lá, mas a Yasmen disse que o homem seguiu a Soledad a noite toda com os olhos.

— Que dramático! — digo.

Hendrix aponta uma unha em formato de amêndoa para mim.

— Mas é verdade!

— Você nem estava lá — digo a ela com uma risada exasperada.

— A Yas mentiu, então? — Hendrix provoca. — Seja sincera e não esquece que ainda nem contei para a Lola que ele encomendou a sua cesta de focaccia só para poder ver você entregando.

— Ele nem sabia que eu iria entregar — digo sem jeito. — Ele só queria... me apoiar.

— Ooooooooim. — Lola pressiona a mão no peito. — Sol, por que você não contou para mim e para a Nay sobre esse homem?

— Não tem nada para contar — minto, pegando uma almofada decorativa para ocupar as mãos. — Ele é um cara legal. Admito que rola uma atração. — Fecho os olhos e passo a língua nos lábios, a lembrança do calor escaldante do beijo de Judah na festa de Natal. — Mas agora eu estou num relacionamento comigo mesma — lembro a elas... e a mim mesma.

— Você não pode se comer — Hendrix desabafa.

— Bom, tecnicamente... — Lola se arrisca com um tom malicioso na voz.

— Se você falar daquele cinto de novo — sibilo —, e a Lottie entrar aqui, você vai se ver comigo.

Eu e Hendrix caímos na gargalhada, e Lola se inclina, os ombros tremendo de tanto rir. Eu precisava disso. Conversar com elas é como se uma válvula tivesse sido aberta, permitindo que todas as emoções e dúvidas que eu segurei pudessem finalmente escapar.

— Eu gosto muito dele — sussurro no silêncio da nossa risada obscena, passando as mãos no rosto — Quero dizer... eu gosto muito *mesmo* dele.

Levanto a cabeça e vejo aquelas duas mulheres me observando com um misto de curiosidade e surpresa.

— A gente se beijou — confesso.

— Sua safada! Quando? — Hendrix pergunta, se sentando ereta, e belisca meu ombro.

— Ai! — Massageio o local que ela machucou. — Hen, eu odeio quando você faz isso. Que palhaçada é essa?

— Não, palhaçada sua — Hendrix dispara de volta. — Como você não conta para mim e para a Yas que beijou o contador?

— Ou para as suas irmãs. — Lola se aproxima de mim.

— Se você me beliscar — aviso —, juro que te dou um mata-leão.

Lola retira a mão devagar.

— Ela é pequena, mas feroz. Nunca ganhei uma luta livre no chão da nossa sala contra ela.

— Quando foi que você beijou o contador? — Hendrix pergunta.

— *Shhh* — Estico o pescoço para espiar o corredor. — Não quero que as meninas ouçam. Passamos por muita coisa no último ano. Toda a transição e toda a confusão com o Edward não me deixam nem pensar em namorar tão cedo. Sem contar que a Inez ainda culpa o Judah pelo Edward estar na cadeia.

— Tá, tá — Hendrix diz, com a voz baixa. — Mas quando foi que aconteceu? *Que garota insistente.*

— Na festa de Natal da CalPot, semana passada — admito.

— Como foi? — Lola sussurra.

— Foi... bom. — Eu minimizo, relutante em ir muito além por medo de revelar quantas vezes eu repeti aquele beijo. — Muito bom.

— Ele sabe que você está nessa de relacionamento com você mesma agora? — Lola pergunta.

— Sabe. Ele disse que vai esperar por mim. — Arrisco olhar de uma para a outra, encontrando a reação enlouquecida que eu sabia que estaria ali. — Isso é bom, né?

— Pô, claro! — Hendrix dá de ombros. — Só se você for do tipo que curte homens pacientes e gentis que se parecem com o Idris e poderiam te fazer economizar milhares de dólares em impostos.

— Não acredito que você não me contou que isso estava acontecendo — Lola diz.

— Não está acontecendo nada. — Torço os dedos no colo. — Não pode acontecer, pelo menos não agora, por vários motivos, então não falo muito sobre isso porque pode atiçar o meu desejo de fazer acontecer *agora*.

— Se for esse o caso, talvez não seja tão ruim tentar descobrir e ver no que pode dar. — Lola pega minha mão e aperta.

— Edward tirou muita coisa de mim. — Solto uma risada sem vida. — Sem falar em tudo o que sacrifiquei porque achei que estávamos juntos, quando, na verdade, ele só se importava com ele mesmo. Preciso de um espaço só meu. Não confio em mim mesma agora, muito menos em outro homem. Estou construindo uma nova base para mim e para as minhas filhas, e não vou arriscar isso pelo primeiro homem que demonstrar interesse em mim.

— Só não pense que esse relacionamento com você mesma precisa ser radical — Hendrix diz. — Sei que você está se conhecendo a fundo agora, mas você merece um pouco de prazer, Sol. Ser poderosa significa que você pode definir seus próprios limites. Fazer suas próprias regras. Se você quer beijar um cara sem se relacionar com ele, beije e não se sinta culpada por isso.

— Você já passou por tanta coisa, mana — Lola concorda. — E vive se sacrificando pelos outros. Não tenha medo de se presentear sem precisar de desculpas.

— Vou me lembrar disso — digo, me levantando de repente porque estou cansada de ser o foco da conversa. — Certo. Preciso levar esses *pasteles* para a Cora para poder voltar e passar o resto da véspera de Natal com as meninas.

— E eu não posso perder meu voo. Pensa bem no que a gente disse. — Hendrix se levanta e pega sua bolsa. Ela sorri para Lola. — Foi tão bom finalmente te conhecer. Espero que você volte logo. Você é muito mais divertida do que a sua irmã.

— Lá vem. — Reviro os olhos, mas observo com carinho enquanto as duas se despedem com um abraço. — Boa viagem e manda um beijo para a sua mãe.

— Pode deixar. — Hendrix sorri, mas sem seu característico humor fácil e caloroso. A mãe dela está com algum tipo de demência, e está ficando cada vez pior. Hendrix se sente bastante sobrecarregada e vai visitá-la em Charlotte sempre que pode.

— Vocês duas vão fazer alguma coisa especial para as festas? — pergunto, estendendo a mão para apertar a dela.

— Tenho ingressos para um show da Broadway. Mamãe adora, e a gente costumava... — O sorriso de Hendrix é um pouco nostálgico, levemente triste. Ela suspira e aperta minha mão de volta. — Vamos ver como ela estará se sentindo.

— Feliz Natal, Hen. — Beijo seu rosto. — Amo você.

— Feliz Natal — ela diz, exibindo seu habitual sorriso radiante. — Também amo você, Sol.

Assim que Hendrix sai, carrego a caixinha de *pasteles* e coquito no carro.

— Volto logo — digo às meninas, que ainda estão ocupadas, trabalhando no próximo lote.

— A gente pode jogar Uno quando você voltar, mãe? — Lottie implora.

— Vamos jogar dominó — Lupe diz. — Todas as tradições de *Nochebuena*, lembra?

— Acho que uma partida de Uno não faz mal. — Dou uma piscadela para minha filha mais nova e vou em direção à garagem.— Já volto.

Meu coração fica apertado quando chego à casa de Cora.

Da última vez que vim para o clube do livro, Yasmen, Hendrix e eu ajudamos os filhos de Cora a montar as decorações de Natal. Sei que há uma nuvem de incerteza e medo pairando sobre a casa dela agora que eles estão entrando nesta próxima fase de luta contra a doença, mas o brilho quente das luzes que adornam a varanda e iluminam a árvore na janela da frente acrescenta pelo menos um pouco de alegria exterior.

Afasto as duas caixas apoiadas no peito e toco a campainha com a mão que segura a jarra de coquito. A porta se abre e um homem que não conheço, mas já vi nas fotos na parede, está parado na soleira.

— Oi — digo, com um sorriso tímido. — Sou Soledad.

— Ah, sei quem você é — ele responde. — Eu viajo bastante, então estava fora nas vezes que você veio, mas a Cora e as crianças me contaram tudo sobre você. — Um meio-sorriso surge em sua boca entre as linhas de cansaço que marcam seu rosto. — Eles até me mostraram alguns dos seus vídeos.

— Ah. — Solto uma risada. — Aqueles vídeos. Pois é. É um prazer finalmente conhecer você. Robert, não é?

— Isso. — Ele aponta para o pequeno hall de entrada. — A Cora está dormindo e as crianças foram ao cinema. Achei que eles mereciam um momento de descontração, mas você pode entrar.

— Ah, não. — Ofereço as duas caixas junto com a jarra. — Eu e as minhas filhas fizemos *pasteles*, e prometi para a Cora que traria alguns para ela.

— O que são *pasteles*?

— São parecidos com tamales. Em Porto Rico, fazemos *pasteles* para celebrar a *Nochebuena*... Quer dizer, a véspera de Natal. De qualquer forma, ficamos fazendo *pasteles* o dia todo e eu quis trazer alguns. Podem comer quando quiserem. Ou congelar. Como preferirem.

— E isto aqui? — ele pergunta, virando a jarra.

— É coquito. Parece uma gemada. Com rum e coco. Acho que vocês vão gostar.

— Vou experimentar hoje — ele diz. — E obrigado.

— Ah, não foi nada. Eu disse para a Cora que traria, então...

— Quero dizer, por tudo — ele interrompe com gentileza. — Pelo mutirão de refeições, por ter feito faxina na casa, por vir vê-la. Pela amizade. Significa muito para ela e para as crianças. Para todos nós.

Pisco para conter as lágrimas, porque as coisas que fiz parecem tão insignificantes diante do que Cora e sua família estão passando. Sei por experiência própria como essa luta é assustadora. Sei como é perder o controle, fazer tudo o que todos nos disseram, e simplesmente não ser suficiente. A raiva impotente de perder a *mami* tão cedo cresce no meu peito, aperta meu coração. Odeio que minha nova amiga tenha que lutar contra o mesmo inimigo.

— Feliz Natal — digo depois de alguns instantes. — Diga para a Cora que virei vê-la em breve.

— Feliz Natal — ele responde, baixando os olhos solenes para as caixas de *pasteles* em suas mãos.

Me viro e desço rápido os degraus da varanda. Mesmo de costas, tenho medo de que ele, de alguma forma, perceba minhas lágrimas. Cambaleando pelo quintal meio abandonado, forço os pés a continuarem se movendo até chegar ao carro. Entro e olho depressa para trás na direção da casa. Consigo ver o Robert através da porta de tela, segurando as duas caixas festivas e o coquito. Ele não saiu do lugar, apenas ficou ali parado, com um ar meio perdido, como se não tivesse certeza do que vai acontecer a seguir.

E eu também conheço esse sentimento.

Ligo o carro, mas não saio de imediato. Em vez disso, olho de relance para o banco do passageiro, onde repousam uma última caixa de *pasteles* e uma garrafa de coquito. Posso tentar me enganar, mas quando empacotei a caixa extra, sabia para quem era.

Dirijo quase no piloto automático durante os poucos quilômetros que preciso percorrer para chegar ao meu destino. Pego o celular e mando uma mensagem.

> **Eu:** Olá! Tá ocupado?
> **Judah:** Não. Os meninos vão passar a véspera de Natal com a Tremaine. Amanhã pegamos o avião para visitar meus pais.
> **Eu:** Então você está em casa?

Uma sequência de pontinhos pisca na tela e meu coração parece ficar em suspenso também. Esperando para bater.

> **Judah:** Estou em casa, sim. Por quê?
> **Eu:** Tô aqui fora.
> **Judah:** Então entra.

30

JUDAH

Parece "transmissão de pensamento", como minha mãe costumava dizer. Tenho pensado muito em Soledad desde o beijo na festa. Em geral, me concentro apenas no que está bem na minha frente e minha atenção raramente se dispersa. Mas desde que ela entrou na minha vida — desde aquela primeira noite em que a conheci —, ela invadiu meus pensamentos e quebrou meu foco mais do que qualquer pessoa ou coisa jamais fez. Não quero incomodá-la, então não liguei. Estou conformado com essa situação de amigos a distância, mesmo desejando poder tocá-la todos os dias.

Parece que valeu a pena não tomar a iniciativa, pois ela veio até mim.

Deixo minha mala aberta em cima da cama, já cheia de roupas dobradas para o voo de amanhã. Eu me obrigo a dar passos lentos, como um homem adulto responsável por gerenciar um orçamento de vários bilhões de dólares de uma das maiores empresas do estado, e não como um adolescente ansioso e nervoso à espera de seu encontro para o baile de formatura.

Não que eu tenha tido qualquer interesse em ir ao baile de formatura. Não que eu tenha tido um desabrochar tardio, mas sim um longo desinteresse.

A campainha toca quando me aproximo do hall, e evito já sair escancarando a porta. Como é possível sentir saudade de alguém com quem mal consigo passar um tempo pra valer? Mas tenho acompanhado o crescimento da Soledad nas redes, e com isso sua confiança aumentou ao longo do último ano. Eu, como muitos de seus seguidores, sinto que ela é uma amiga. Alguém em quem posso confiar e por quem estou **torcendo**. Ela é uma influenciadora. Ela me influencia, e ela não deve nem ter ideia disso.

— Oi. — Ela está na minha varanda, envolta pelo brilho das luzes de Natal e pelos raios da lua do início da noite.

— Oi. — Recuo. — Entre.

Ela dá uma olhada para trás e morde o lábio, com uma batalha clara em seu rosto.

— Será que eu sonhei com uma mensagem em que a gente combinava que você entraria? — pergunto, sua óbvia relutância traz um sorriso para os meus lábios.

— Não. — Ela segura uma caixa dourada e uma garrafa de vidro com um líquido leitoso contra o peito. — Você tem razão. Eu só...

Ela está obviamente em dúvida sobre entrar. Talvez até sobre vir aqui. Tomara que isso signifique que ela tenha que lutar contra o desejo de me procurar, assim como eu tenho lutado todos os dias para ficar longe dela. Um impulso nobre me faz querer pegar a caixa e a garrafa e mandá-la de volta para o carro... para seu próprio bem. Já faz uma semana desde a última vez que a vi. Desde que provei sua doçura pela primeira vez. Desde que senti o efeito que nosso beijo causou nela, como o coração dela respondeu ao meu, pulsando entre nossos peitos. Mesmo não podendo dar outro beijo, pude ter aquele momento. A intimidade e o desejo, mesmo tendo que afastar isso agora. A possibilidade de passar alguns minutos com ela destrói o meu nobre impulso.

— Cinco minutos — negocio, recuando para abrir passagem para o hall de entrada. — E aí você pode ir embora.

Ela ainda hesita, olhando para a caixa e para a garrafa e respirando fundo.

— O que pode acontecer em cinco minutos? — pergunto, mesmo tendo em mente várias coisas que eu poderia fazer com ela em cinco minutos e que deixariam nós dois felizes.

Ela me lança um olhar de *Sério?*, mas enfim cede, abrindo um meio-sorriso, e entra, segurando a caixa e a garrafa.

Aceitando os dois itens, franzo a testa.

— Não comprei nada para você. Não pensei...

— Não é nada. Vai por mim. *Pasteles* e coquito. Estou dando de presente para amigos este ano.

Ergo a caixa até o nariz e inalo.

— O cheiro é delicioso. Você que fez?

— Bom, eu e minhas filhas. E minha irmã que está na cidade. Fazer *pasteles* é sempre um evento familiar.

— Mal posso esperar para provar. — Aceno com a cabeça na direção da cozinha. — Que tal a gente comer um?

Ela segura a alça da bolsa e dá um sorriso tenso.

— E dá para fazer isso em cinco minutos?

— Dez, no máximo. — Os cantos da minha boca se abaixam.

Ela revira os olhos, mas balança a cabeça e me segue até a cozinha.

Coloco a caixa sobre o balcão e retiro a tampa. Um aroma desconhecido, mas atraente, emana dos quitutes embrulhados em folhas e agrupados em papel-manteiga. São pares de *pasteles* amarrados com barbante. Soledad tira um par e desamarra o barbante, depois desdobra o papel. Ela abre as folhas verdes, que revelam algo que lembra muito um tamale.

— Caramba. Obrigado. Parece delicioso. — Olho para cima. — Topa provar?

— Um. — Ela ergue o dedo indicador. — E depois preciso voltar para as meninas.

— E para a sua irmã, não é? — Vou até o armário e pego dois pratos. — Qual irmã?

Ela inclina a cabeça, erguendo a sobrancelha com um ar interrogativo.

— Como você sabe que tenho mais de uma irmã?

— Ouvi você falar sobre elas no seu perfil. — Pego dois garfos na gaveta. — Lola ou Nayeli?

— Você fica de olho mesmo, hein. — Ela ri, balançando a cabeça.

Sorrio, sem me envergonhar do quanto a analisei nos últimos meses.

— Achei que isso já tinha ficado claro.

— É a Lola. Nayeli ficou na casa dela. Ela tem seis filhos e eles estão doentes.

— Que bom que parte da sua família vai passar o Natal com você este ano.

Seu sorriso desaparece e ela coloca a mão na caixa para tirar um dos *pasteles* e colocar no prato, depois faz o mesmo com o outro.

— Pois é. É o nosso primeiro Natal com o Edward na cadeia.

— Na verdade, eu não tinha pensado nisso, mas é verdade. Tento não ficar pensando no Edward.

— Somos dois. — As notas amargas parecem deslocadas nos seus lábios doces. — Você disse que você e os meninos vão viajar para ver seus pais amanhã. Onde eles moram?

— Silver Spring, Maryland. — Passo o garfo pelo pastel e o ergo até perto da boca. — Tenho trabalhado tanto que já faz muito tempo que não nos vemos.

Solto um grunhido na primeira mordida e um gemido prolongado na segunda.

— Caramba, Sol, que coisa boa. Acho que não vai sobrar para os meninos.

— Tem uns dez lá dentro. — Ela ri, mas parece satisfeita. — Guarde um pouco para eles. Não seja guloso.

— Eu sou guloso. — Lanço um olhar demorado para seu corpo, desde as botas enganchadas no apoio da banqueta, passando pelas suas pernas esguias, a curva completa de seus quadris e o volume sutil de seus seios sob o suéter, até chegar ao seu lindo rosto. Um tom cor-de-rosa invade seu rosto, deixando-a ruborizada. — Você está vermelha.

— Porque você está tentando me deixar assim. — Ela disfarça o sorriso, mordendo o pastel. — Você é próximo dos seus pais?

— Sim, muito. Eles têm sido incríveis com os meninos, mesmo não morando perto.

— Com quem você mais se parece? — Ela apoia os cotovelos no balcão e se inclina para a frente.

— Mais com o meu pai. Minha mãe é... — faço um gesto vago na direção dela — como você. Uma daquelas pessoas reluzentes que gosta de estar perto de gente o tempo todo. Aquela pessoa que é a *alma da festa*.

— Você quer dizer extrovertida? Então ela é mesmo diferente de você.

Solto risada.

— Valeu.

— Foi você que disse. E nem é ruim, só é diferente. — Ela lança um olhar através de um véu de longos cílios escuros. — Eu gosto. Eu gosto de você.

Essas palavras ficam suspensas entre nós por um fio sedutor, reluzindo com a possibilidade do prazer que experimentamos juntos há apenas uma semana. Uma onda que pede *de novo*, e *mais*, e *agora* percorre meu corpo, mas eu a contenho e espero que ela tome a iniciativa, pois *ela* tem o controle disso. Ela pigarreia.

— Hum... desculpa. Você estava falando.

— Só que sou muito mais parecido com o meu pai.

— O que eles fazem? Com que trabalham, quero dizer? Ou são aposentados?

— Minha mãe segue firme como enfermeira, mas deve se aposentar nos próximos anos, mesmo que seja só para ficar em casa com o meu pai. Se bem que agora ele está deixando a coitada maluca. Está entediado.

— O que ele fazia?

— Ele *era* agente do FBI.

Os olhos dela ficam arregalados e redondos.

— Está me zoando?

— Não. É verdade. Ele voltava para casa falando dos casos em que trabalhava, quando podia. A questão de desvio de dinheiro sempre foi a que mais me fascinou. Ou qualquer situação em que alguém roubou e tentou sair impune.

— Consigo até visualizar o Judah de dez anos passeando com uma calculadora, resolvendo os crimes da quinta série.

Dou risada e balanço a cabeça.

— Não era bem assim. Eu adorava números. Sempre me pareceu fácil, e acho que puxei isso da minha mãe, na verdade. Ela é ótima em matemática. E eu adorava quebra-cabeças. Resolver coisas.

— Como Aaron.

Tiro os olhos do meu prato, onde resta só um pouco do pastel.

— Exato. Acho que como Aaron. Consegui uma bolsa integral para o MIT e, no começo, não sabia bem o que eu queria fazer.

— É difícil imaginar você sem saber o que fazer. Você sempre parece saber.

Um sorriso autodepreciativo se ergue num canto da minha boca.

— Você deveria ter me visto quando soubemos dos diagnósticos dos meninos. Eu não sabia o que aquilo significava. Fiquei meio perdido por alguns anos, mas só percebi quando a Tremaine insistiu para eu começar a fazer terapia. Agradeço a ela.

— Quando eles foram diagnosticados?

— Quando eles tinham uns dois anos, e mais ou menos na mesma época. Por um tempo, os sinais eram muito semelhantes. Conforme foram envelhecendo, Adam começou a progredir mais que Aaron. Bem, não sei se é tão simples assim.

— Como assim?

— Adam fez progressos nas áreas que chamam mais atenção. Por exemplo, ele voltou a falar. Ele vai muito bem na escola, então os professores sempre ficaram fascinados com a inteligência dele. A escola não sabia muito bem o que fazer com uma criança de dez anos que sabia fazer cálculos do nível do ensino médio, mas não sabia usar o penico e nem amarrar os sapatos. Até hoje, ele só usa Crocs ou tênis sem cadarço porque ainda não consegue. Aaron tem uma inteligência cinestésica corporal incrível, mas nunca conseguiu aprender a andar de bicicleta. Têm essas... lacunas às vezes. O desenvolvimento não é uma linha reta e contínua, e às vezes pula algumas etapas por completo.

— Parece desafiador.

— Em vários pontos, é sim. Eu e a Tremaine nos revezamos entre ficar em casa ou trabalhar em *home office*. Houve um tempo em que era impossível a gente trabalhar fora, mas havia coisas que queríamos oferecer para os meninos que não eram cobertas pelo seguro. Aí a gente precisava de dinheiro. Vivíamos recebendo ligações da escola por causa das convulsões do Adam ou dos colapsos do Aaron ou de várias outras coisas. Sem contar as idas e vindas das terapias depois da escola.

— Então você ficou em casa?

— Nós dois ficamos. — Dou de ombros. — Eu pegava trabalhos como *freelancer* para poder trabalhar de casa. Isso acabou atrasando a minha escalada na boa e velha escada corporativa. A da Tremaine também. Ela poderia ter virado sócia do escritório há anos.

— Fazemos o que temos que fazer pelos filhos, não é? — Soledad fura seu pastel com um garfo e leva uma parte à boca.

— Quase esqueci o *coquito*. — Vou até o armário e pego dois copos.

— Só um gole para mim. Estou dirigindo e o rum está bem forte. Graças à mão pesada da Lola.

— Me conta mais sobre as suas irmãs. — Despejo uma dose de coquito para ela e um pouco mais para mim.

— Sempre fomos próximas. Lola é filha de outro pai, mas sempre brincamos que ela é nossa meia-irmã de coração inteiro.

— Legal. Sei que a Nay é casada. E a Lola?

— Quer dizer que a sua perseguição virtual não revelou tudo sobre as minhas irmãs? — ela brinca.

— Eu não quis ser bisbilhoteiro.

— Aham! — Ela toma um gole de coquito e olha para mim. — Sim, a Nay é casada. A Lola está solteira, mas apaixonada.

— Sério? Namorando?

— Ainda não. É a melhor amiga dela, na verdade. Elas vão se mudar para Austin para abrir uma livraria.

— Amor não correspondido? — pergunto com um sorrisinho.

— Pode não ser tão não correspondido quanto ela achava. Elas se beijaram. — Ela joga uma mecha de cabelo escuro sobre o ombro. — Estou tão tagarela hoje. Não sei por que eu te contei isso.

— Pode ser que inconscientemente você queira falar sobre o *nosso* beijo — arrisco, meio que provocando. — Você pensou no nosso beijo da semana passada?

Meu tom é sereno, suave, como se as palavras não tivessem importância, quando, na verdade, têm, e muita. Não quero que ela se apresse mais do que o necessário, mas, por algum motivo, preciso saber que está sendo tão difícil para ela quanto está sendo para mim.

— Pensei muito. — Ela repousa o copo com cuidado e ergue o olhar para encontrar o meu. — Você sabe disso.

— Eu tinha esperanças, mas não tinha certeza. É bom saber que não sou o único que precisa de grandes quantidades de autodisciplina para não agir conforme os sentimentos.

— Você com certeza não está sozinho nisso — ela diz, pegando o copo para mais um gole.

— Bom saber. — Decido mudar de assunto para algo que não me fará beijá-la de novo. — Como vai a sua lista de metas pessoais?

— Ah, nossa. — Ela me olha, curiosa. — Você viu a minha lista?

— Mais do que isso — digo a ela. — Eu fiz a minha própria lista.

— Você tem uma lista de metas pessoais, Judah?

— Tenho, fiz uma há pouco tempo. — Passo a mão na nuca. — Minha ex-mulher, a Tremaine, aliás, você vai adorar ela, vive me criticando por focar a minha vida só nos nossos filhos e no trabalho.

— Você disse que ela se casou de novo?

— Sim. No final, éramos praticamente colegas. Somos grandes amigos, mas não tivemos um casamento apaixonado. Os meninos eram tudo para nós dois e sabíamos que a maneira mais fácil de cuidar deles era ficando juntos.

— E ela queria mais?

— É, ela queria mais. E não comigo.

— Cheguei à conclusão que uma mulher que quer mais e percebe que merece mais é perigoso.

Sei que o que ela acabou de dizer é bastante empoderador, mas também muito sensual. Só de ouvi-la pronunciar *"pasteles"*, já fiquei excitado. Essa afirmação é ainda mais excitante porque me pergunto se posso fazer parte desse *mais* que Soledad merece. Um homem que apreciaria aquilo que Edward desrespeitou. Que a protegeria, enquanto ele a deixou vulnerável. Que procuraria todos os tesouros que aquele merda abandonou.

— Então Tremaine conseguiu algo a mais — Soledad diz, me trazendo de volta à nossa conversa. — E agora ela quer que você também tenha algo a mais.

— Isso. Acho que é válido para a maioria dos pais, mas como pais de pessoas com deficiência, às vezes caímos na armadilha de pensar que sacrificar tudo é a maior medida do nosso amor. Dedicamos tudo aos nossos filhos que precisam mais do que os outros. Isso me consumiu durante anos. Achei que uma dedicação assim expressaria a forma mais elevada de amor pelos meus meninos. A sua jornada e a sua lista me mostraram o quanto eu negligenciei qualquer coisa que fosse só por mim. Pode ser que seja valioso para eles ver o pai feliz.

— Acredito que sim, ou pelo menos comecei a entender o valor disso no último ano. Você pode me dizer o que está na sua lista?

Fico de pé e me coloco entre seus joelhos, absorvendo seu cheiro e seu calor, me perdendo por alguns segundos na escuridão infinita dos seus olhos.

— Vou fazer melhor. — Pego a mão dela e a levanto do banco. — Vou te mostrar.

31

SOLEDAD

Nuca houve um homem que me afetou tanto só por segurar minha mão, mas toda vez que Judah entrelaça meus dedos com os dele é como se o sol ficasse preso entre as nossas palmas. E esse ponto de contato é ao mesmo tempo ardente e reconfortante. Ele me leva para os fundos, para trás da casa, onde há um pequeno galpão.

— Se você me disser que também tem um refúgio feminino, vou pedir uma medida protetiva.

— Por algum motivo — ele diz, atraindo meu olhar para o contorno musculoso do seu ombro —, acho que você não vai fazer isso.

Solto sua mão e dou um tapa de brincadeira em seu braço.

— Convencido, né?

— Esperançoso — ele corrige, abrindo a porta do galpão e pressionando a mão nas minhas costas para me guiar para dentro. — Cuidado ao andar. Saí com pressa ontem à noite e talvez eu não tenha guardado tudo.

Ele acende a luz da parede, e me dou conta de que eu não estava preparada para o que está guardado neste galpão.

— Uma caminhonete? — Suspiro. — Você está consertando uma caminhonete? É um modelo mais antigo, mas isso é tudo o que eu sei dizer. A meu ver, ou não havia muito para consertar ou ele está avançado no processo. As rodas estão colocadas. As peças estão reluzentes e relativamente novas.

— Não é qualquer caminhonete — ele diz. — É um clássico, uma Chevy C10 1964.

— Você já fez isso antes?

— Eu e meu pai costumávamos restaurar carros e motocicletas clássicos, então já. — Ele anda até a frente, batendo de leve no capô. — Ele tem uma Honda CM400 1981 esperando por mim na garagem, e a gente pretende trabalhar nela no Natal.

— Não entendo muito de motos, mas parece muito legal.

— E é, e você deve conhecer essa moto. É aquela que o Prince pilotou em *Purple Rain*.

— Mentira! Como você conseguiu? Não faz parte do espólio dele?

— Não a *mesma* moto, Sol. — Seus ombros tremem com uma risada profunda. — Foi mal. Eu deveria ter sido mais claro. Uma Honda CM400 1981. Não *aquela*, e a nossa não é roxa. Acho que isso estaria fora do meu alcance.

— Tá, agora estou me sentindo boba. — Reviro os olhos, arrancando dele uma risadinha, o que faz valer a pena parecer um pouco boba. — Minhas irmãs e eu assistimos àquele filme uma centena de vezes. Que pena que a sua não é roxa. É a minha cor favorita, sabia?

— Vou ver o que dá pra fazer. — Ele ri.

— Enfim. Me conta sobre essa caminhonete.

— Motor Ramjet 350.

— Claro, eu sei muito bem o que isso significa. Prossiga.

Ele sorri, batendo de leve no teto com o punho.

— Interior customizado, transmissão automática com *overdrive*, sistema Positraction com 3,73 marchas, bobina dianteira com direção pinhão e cremalheira. E, para o máximo conforto nos bancos da frente, assentos de couro Tahoe.

— Você sabe que tudo isso parece grego para mim, né?

— Mas você está impressionada?

— Ah, muito. — Arregalo os olhos. — Conta mais.

— Se você estiver falando sério, e não vejo por que não estaria — ele diz, passando a mão de leve sobre o capô —, aqui temos grade de alumínio anodizado. Eu já repintei. Era uma cor verde nojenta, mas eu lixei, preparei e pintei de preto.

— Parece que você está quase terminando. — Circulo lentamente a caminhonete, parando na parte de trás e espiando para dentro da caçamba. Há um cobertor e dois travesseiros arrumados.

— Isso é uma armação, senhor Cross? — pergunto, fingindo estar brava. — Achou que ia rolar alguma coisa, é?

— Não, juro que não. Aaron e Adam vêm aqui às vezes e ficam na caçamba enquanto eu trabalho no motor.

Ele me agarra pela cintura e me levanta para me sentar na borda rebaixada da caçamba da caminhonete, me fazendo rir e soltar um gritinho.

— Mas você pode ficar sentada aqui um minuto e confiar que não vou tirar vantagem de você.

Sorrio para ele e dou um tapinha no espaço a meu lado.

— E eu prometo não tirar vantagem de você.

— Ah, por favor, fique à vontade. — Ele ri e pula para o meu lado. — Eu adoraria, na verdade.

— Aposto que sim. — Puxo os joelhos para perto de mim e recosto nas palmas das mãos, tentando regular a respiração que, de repente, fica superficial. Ele é grande, bonito e acolhedor, e seu cheiro limpo e masculino me envolve. Seu olhar me persegue e cada célula do meu corpo grita: *Me agarre*. Pigarreio e pergunto: — Então restaurar a caminhonete está na sua lista pessoal?

— Está. Eu não faço isso desde o verão do segundo ano da faculdade quando fui para casa. — Ele dá de ombros. — Tinha esquecido o quanto acalma a minha mente. Às vezes, passo o dia todo tentando descobrir alguma coisa no escritório. Uma hora aqui depois do jantar e a solução simplesmente se encaixa. Deve ter uma correlação entre trabalhar com as mãos e com a mente. Quando ficamos sentados a uma mesa o tempo todo, é fácil se esquecer disso.

— Mais alguma coisa na sua lista?

Seu sorriso vai aumentando devagar e então ele abaixa a cabeça um pouco mais perto de mim, como se estivesse compartilhando um segredo.

— Correr a maratona de Nova York.

— Sério? — Me viro para encará-lo, vê-lo melhor. — Você corre?

— Eu e os meninos corremos quase todas as manhãs. A corrida os ajuda a se autorregularem melhor ao longo do dia.

— Você é um pai fantástico.

— Isso é sedutor? — ele pergunta, sério.

Sei que ele está brincando, mas não consigo encontrar uma resposta leve, porque essa é de fato uma das coisas mais sedutoras nesse homem, e isso diz alguma coisa, porque até o pomo de adão dele me deixa excitada. Baixo o olhar para o colo, reprimindo o desejo de montar em cima dele.

— Quer saber o que eu acho sedutor em você? — ele pergunta, com a voz quase imperceptivelmente mais rouca. Tenho medo de olhar para cima, de olhar para ele, com medo de que o mesmo desejo ardente dentro de mim esteja refletido no seu rosto.

— Você não precisa...

— Sua resiliência. A maneira como você me faz rir quando não quer ser engraçada. Como você é inteligente.

Às vezes, esqueço que me formei com uma média mais alta do que a de Edward. Esqueço as vezes que ele usou minhas anotações porque eram muito melhores que as dele, e que ele não teria obtido seu MBA se eu não tivesse ajudado, não tivesse pressionado para ele ser melhor. Como ele chegava em casa falando sobre um caso difícil, porque sabia que eu enxergaria algo que ele tinha deixado passar. Esqueci tantas coisas de que eu era capaz, porque ele queria que eu acreditasse que dependia dele, quando, na verdade, ele dependia muito mais de mim.

— Adoro o jeito como você se preocupa com as pessoas — Judah continua. — Como a sua amiga Cora.

Levanto a cabeça, emocionada por ele ter lembrado o nome dela. A forte luz do galpão realça o ângulo das maçãs do seu rosto, expõe as linhas cheias e firmes de sua boca. Dá brilho à pele com um marrom mais profundo.

— Sua bunda — ele diz, baixinho, bem sério.

Rio alto, caio para trás no edredom e olho para a luz intensa.

— Minha bunda é a minha qualidade mais nobre.

— Quase isso — ele diz, se inclinando, sorrindo para mim.

Não consigo encontrar força de vontade para resistir e estendo a mão para traçar a curva de seu lábio inferior. A fenda em seu queixo. Ele fica parado, os olhos fixos nos meus com tanta intensidade que quase esqueço que estamos num galpão, em cima da traseira de uma caminhonete velha. Poderíamos estar num pomar, na encosta de uma montanha, num vinhedo. Eu poderia estar em qualquer lugar com ele agora, e pelo jeito como ele me devora com um olhar sedutor, parece que ele escolheria estar em qualquer lugar comigo. E, no entanto, a contenção fica evidente nos seus punhos cerrados ao longo do corpo, no músculo que se contrai na linha tensa de sua mandíbula. Se eu o beijar agora, não terei ninguém para culpar além de mim mesma, porque sei que posso confiar que ele não cruzará a linha invisível que tracei entre nós. As palavras que Lola e Hendrix disseram há apenas uma hora ecoam em mim.

Você merece se presentear.

Fazer suas próprias regras.

Fazer algo para você.

Judah Cross é algo para mim e eu o quero agora. É Natal e quero me sentir como um presente, quero me sentir valorizada. Ele me faz sentir assim só com um olhar. Imagine o que um beijo faria.

Estico a mão, devagar, caso ele não queira, e seguro seu pescoço, puxando-o para mim. Seu breve momento de hesitação deixa um pequeno suspiro entre nossos lábios.

— Tem certeza? — ele murmura.

— Um beijo, tá bem? — sussurro. — Podemos dar só um beijo, não é?

Ele concorda, deslizando os dedos pelo meu cabelo, minha nuca e me puxando para perto, tão perto que nossos lábios roçam, afastam-se, roçam novamente. Uma coreografia que diz *será, acho que sim* e *vamos com tudo,* que termina com a boca selada sobre a minha num beijo que, depois de iniciado, não volta atrás. Ele mergulha, e sua força desesperada combina com a minha. Ele me falou mesmo que era guloso, e o beijo reflete uma fome intensa e reprimida, tal qual a minha. Como se o desejo que mais de uma vez me levou a me tocar sob lençóis frios pensando nele também o consumisse. Os beijos que ele dá no meu pescoço destroem meu controle, e minhas mãos deslizam pelos músculos firmes de suas costas sob sua blusa.

Ele geme durante nosso beijo.

— Me toca, Sol.

Estou louca para fazer isso, e minhas mãos inquietas não hesitam, agarrando seus ombros e acariciando os músculos definidos em sua cintura. Explorando seu corpo com a ponta dos dedos, beijo a extensão do seu pescoço. Ele aperta mais firme minha cintura, e a rédea do seu autocontrole parece tensionada. Ele respira pesado na curva do meu pescoço. Sua ereção pressiona meu quadril, e sei que, se não pararmos agora, será mais que um beijo.

Eu quero que seja.

Encontro uma de suas mãos e a guio até meu peito. Meu mamilo se abre na sua mão, como uma flor que se transforma no calor do sol. Me observando de perto, ele massageia no ritmo da minha respiração irregular. Mantenho o lábio inferior como refém entre os dentes para não gritar. Faz tanto tempo que não me sinto assim nas mãos de um homem, com um desejo cortante que usa cada reação minha como um sinal de como me dar prazer em seguida.

— Posso ver? — ele pergunta, com a mão pronta na barra do meu suéter.

Neste casulo feito de paixão e desespero, não posso recusar mais nada. Concordo com a cabeça, fechando os olhos quando ele tira o meu suéter e abre o fecho frontal do meu sutiã. O ar frio batiza meus mamilos, transformando-os em pontos duros e tensos.

— Meu deus — ele solta, soprando calorosamente sobre a curva do meu peito. — Você é tão perfeita.

— Não sou, não. — Forço uma risada, pronta para listar todos os meus defeitos e apontar a minha flacidez depois de amamentar três bebês — Meu... — Engasgo com as palavras quando sua boca se fecha sobre um seio.

A pressão suave de sua boca me sugando devagar é uma tortura. Aperto as coxas, buscando aliviar a sensação latejante ali. Aliviar o calor que cresce dentro de mim e se espalha por cada pedacinho de pele e nervos. Ele aumenta a pressão, alternando mordidas, chupadas, lambidas, enquanto sua mão esfrega meu outro mamilo, puxando, apertando e tocando. É uma sedução sem pressa, tão persistente, paciente e precisa que o prazer vai subindo pouco a pouco pelo meu corpo. Minhas costas se arqueiam, minhas pernas se abrem e minha cabeça se inclina, a boca se alarga num grito silencioso.

— Vou gozar. — Suspiro, incrédula porque nunca gozei só com isso. Já faz muito tempo que o toque de um homem não provoca esta reação em mim, mas reconheço a tensão que sobe pelas minhas pernas e envolve a coluna.

— Isso — ele solta, sem ceder.

Eu suspiro, e gemo, e ofego, enquanto ele prossegue, se limitando aos meus seios. Meus quadris se movem involuntariamente e eu me contorço, mas ele não me deixa escapar. Finalmente, não aguento mais e explodo num estrondo de trovão. Com um clarão atrás dos olhos, eu me desfaço como um fio solto que ele continua puxando até ficar pendurado. *Eu* fico balançando sobre um desfiladeiro, esperando ser solta, mas ele não me solta. Ele me segura durante meu choque trêmulo de um prazer tão intenso que parece uma descoberta. Escondo o rosto na pele quente do seu pescoço, com o suéter dobrado entre nós, sutiã aberto, seios nus e arfando em seu peito.

— Eu nunca... — Respiro fundo, tentando desamparadamente acalmar o coração acelerado.

— Nunca o quê? — Ele afasta meu cabelo do rosto e dá beijos suaves no meu rosto quente.

— Nunca gozei assim — confesso numa pressa mortificada.

— Sério? — Seus olhos estão fixos no meu rosto. — Posso... Melhor não. Ele se move para se sentar, mas eu agarro seu braço para mantê-lo perto.

— O que foi? — sussurro. — O que você quer?

Ele hesita por um momento antes de me encarar diretamente.

— Posso sentir?

— Sentir? — Minha mente está confusa pelo orgasmo, com pensamentos agitados feito ovos mexidos. — Ah, você quer dizer *sentir*...

Ele concorda discretamente, com lábios e mandíbula tensos, mas não retira o pedido. Em resposta, sem desviar o olhar, abro o zíper da calça jeans, me contorcendo para soltar em volta dos quadris. Pego sua mão e coloco na minha calcinha. Nós dois estamos ofegantes quando seus dedos quentes me alcançam, explorando a umidade que inunda minha roupa íntima. Aperto os olhos com força. Ele disse que só queria sentir, mas abro as pernas caso ele queira mais, porque eu quero.

Sem titubear, ele roça meu clitóris com o polegar e eu me arqueio, olhando para a luz no teto como se aquele ponto brilhante me ancorasse ao mundo, a meu corpo.

— Sol — ele solta, abaixando a cabeça até meu pescoço e beijando as cavidades de minhas clavículas —, você está tão molhada.

— Pois é. — Ofego, involuntariamente girando os quadris a seu toque, na exploração dos seus dedos que me separam. — Por favor, continue.

— Continuar o que, minha linda? — ele pergunta, os dedos imóveis, posicionados na entrada do meu corpo. — O que você quer?

— Você sabe, Judah. — Um soluço fica preso na minha garganta. — Você sabe o que eu quero. — Ele roça meu clitóris novamente, o que me causa um arrepio nas pernas e faz meus dedos dos pés se curvarem dentro das botas. — Você sabe que eu quero você aqui dentro — digo, com esforço.

Dois dedos grandes mergulham em mim e suspiramos juntos quando ele invade aquele lugar mais íntimo pela primeira vez. Ele começa lento e constante, depois se torna urgente e implacável. Ele arranca de mim um segundo orgasmo, que é acompanhado por um grito que foge do meu corpo e sobe pelas paredes do galpão. Quase cerro as pernas para mantê-lo lá dentro quando ele se afasta de mim. Tento encontrar o constrangimento, a vergonha, de gozar na mão dele. De gritar seu nome na traseira da sua caminhonete vintage 1964. De sentir prazer nos lugares suaves, difíceis e certos que eu encontro.

Mas não há vergonha. Nenhum constrangimento quando ele olha para mim e sorri, os olhos examinando meu rosto.

— Foi… — Suspiro e descanso a mão em seu peito. — Se eu fumasse, acenderia um cigarro.

Sua risada profunda e gutural arranca uma risada de mim também.

— Você não… — Vacilo, com o riso murchando quando noto sua ereção… — A gente pode…

— Não precisa — ele me garante, com a voz profunda ressoando sob minha mão. — Vou ficar bem.

— Mas você…

— Dissemos dez minutos e já se passaram 30. — Ele dá um beijo na minha testa. — Você precisa voltar para as suas filhas e a sua irmã.

— Droga. — Eu me levanto e saio da caçamba da caminhonete. — Como pude esquecer…

Sua expressão em geral impassível não esconde a satisfação presunçosa que se esconde sob os fortes traços de seu rosto.

— Não acredito! — Dou risada e aponto para ele. — E você está feliz por ter me feito esquecer.

— Não estou feliz! — Ele pega minha mão e beija. — Mas não me arrependo disso. Não quero que você se sinta culpada por ter ficado aqui comigo por muito tempo na véspera de Natal enquanto sua família está esperando por você.

— Obrigada. — Me aproximo, fico na ponta dos pés e beijo seu rosto. No último instante, ele se vira para capturar meus lábios com os dele, gemendo quando nossas línguas se entrelaçam. Suas mãos deslizam pelas minhas costas para segurar minha bunda, me levantando para mais perto. Quando começo a me afogar nas sensações e me perder no tempo, movendo os quadris em sua dureza, é ele quem se afasta.

— Está na sua hora — ele diz, com as palavras e o rosto tenso.

Sua mão toma posse do meu quadril e ele dá um tapinha leve na minha bunda. Parece algo tão fora do comum para ele que rio. Minha risada é um som alegre e desimpedido que flutua a nossa volta no ar frio da noite. Ele pega minha mão e me leva até a cozinha para eu pegar a bolsa e depois me levar para o meu carro.

Sério que faz só um ano que o conheço? Sinto que nossos encontros foram intensos, cada interação tão cheia de significado. Aprendemos e revelamos muitas coisas um sobre o outro. Ele é um amigo que, por mais que eu resista, fica mais próximo a cada dia.

— Boa viagem — digo quando chegamos ao meu carro.

— Curta a sua irmã — ele diz, abrindo a porta para mim. — Obrigado pelos *pasteles*.

— Não esqueça de deixar alguns para os meninos.

— Eles só comem umas quatro comidas diferentes. — Ele ri. — Mas vou tentar.

Assim que entro, ele coloca um braço em cima da porta e se inclina até que nossas bocas se alinhem. Ele dá um beijo lento e profundo, e eu entrego tudo o que ele quer.

— Posso te ligar? — ele pergunta.

É uma pergunta inocente, mas tem significado. Não vamos nos encontrar "por coincidência". Não vamos nos esbarrar por aí. Mesmo que eu quisesse reduzir o que aconteceu hoje a apenas uma conexão física, há uma sinceridade na forma como nos tocamos, nos olhamos, que faria de mim uma mentirosa se eu tentasse fingir que foi casual.

— Pode ligar, sim. — Passo os dedos no seu rosto e meu coração fica tão quente que chega a doer. — Feliz Natal, Judah.

Ele beija minha testa e segura minha nuca com carinho.

— Feliz Natal, querida.

32

SOLEDAD

— Queremos ver o papai.

Minhas mãos congelam sobre o bolo que fiz para a sobremesa da noite, apertando o saco de confeitar com glacê de morango.

— O quê? — pergunto, entorpecida, sabendo muito bem o que elas querem, mas ainda despreparada para esse momento inevitável.

— Queremos ver o papai — Inez repete, parada na entrada da cozinha, com as mãozinhas nervosas se retorcendo.

— Ah. — Coloco o saco de confeitar no balcão e limpo as mãos num pano de prato. — Hum... Vou ter que verificar os horários de visita...

— Tem visita no dia de Ano-Novo — Lottie diz alguns passos atrás.

Minha filha mais nova desvia os olhos para o chão, sem me encarar.

— Talvez ele não... — Eu me contenho, me recusando a dizer as minhas filhas que o pai delas não quer vê-las. Ou pelo menos não quer que o vejam na prisão. — Preciso combinar com ele, se vocês tiverem certeza de que querem isso.

— Queremos — Lupe diz. — A gente sabe que ele cometeu um crime e que ele te magoou, mãe. Estou muito brava com ele por tudo isso, mas ele é nosso pai. E é Natal. Queremos vê-lo.

— Tudo bem? — Lottie pergunta com a voz trêmula e lágrimas cristalinas tremulando em seus cílios.

— A gente te ama. Juro. Só que...

— Vocês também amam o pai de vocês — termino por ela. — Claro. É natural, querida.

Ainda assim, parece ser a coisa mais antinatural do mundo organizar a visita das minhas filhas ao homem que virou nossa vida de cabeça para baixo, que me traiu e nos deixou a nossa própria sorte. A *minha* própria sorte. Se eu nunca mais visse Edward, morreria feliz, mas não se trata apenas de mim. Se trata, como sempre, das minhas filhas.

Eu me lembro, quando paramos no estacionamento da prisão no Ano-Novo, que é para elas. No ano passado, nesta época, eu estava totalmente alheia à avalanche que estava prestes a cair sobre toda a minha vida. Eu tinha minhas suspeitas, claro, e minhas preocupações sobre a situação do nosso casamento, mas nada era certo. E havia dias em que eu conseguia até fingir que estava tudo bem. Nunca mais vou me contentar com uma falsa felicidade.

— Prontas? — pergunto, me virando para observar Lupe no banco do passageiro a meu lado e Lottie e Inez no banco de trás.

— Sim, mas... — Lupe morde o lábio, brinca com as pontas da longa trança vermelha jogada sobre um ombro. — Você tem que entrar?

Franzo a testa, jogando as chaves na bolsa antes de ver a preocupação nos olhos de Lupe.

— Vocês são menores de idade. Tenho que acompanhar vocês e jamais deixaria vocês entrarem numa prisão federal sem mim. Vocês sabem disso. Por que não querem que eu vá?

— Ele te traiu — Inez diz, me surpreendendo, pois sei como é difícil para ela ver a sujeira do pai. O tom suave de sua resposta mal esconde a surpresa e decepção de uma garotinha que achava que o pai era tudo no mundo. Quando olho para trás, vejo que seus olhos carregam uma incongruência de emoções com a qual eu gostaria que ela ainda não tivesse que lidar.

Fúria. Decepção. Saudades.

Ela ama um homem que não merece seu amor. É uma tristeza que a maioria das mulheres experimenta em algum momento da vida, seja de um pai negligente, um filho ingrato ou um marido traidor. Esses homens nos decepcionam e nós nos reerguemos, cheias de esperança e com a ajuda de outras mulheres que nos amam e nos curam. Lola e Nayeli fizeram uma chamada de vídeo do Conselho Superior de Boricua hoje de manhã durante o café. Nayeli rezou para que eu encontrasse uma paz inexplicável, daquele tipo que surge quando o coração tenta nos derrubar. Yasmen chegou na minha casa hoje carregando um buquê de rosas amarelas da Stems, a minha floricultura favorita em Skyland.

— Pela amizade — ela sussurrou no meu ouvido. Mas eu sabia que, o que ela realmente quis dizer era: *para te dar coragem*. Ela me abraçou forte, apertado, e só me soltou depois que algumas lágrimas escorreram pelo meu rosto, porque ela sabia que eu precisava chorar *só* um pouquinho.

Minhas amigas, minhas irmãs, minhas filhas. Meus grandes amores.

Olho para cada uma das minhas meninas com cuidado consciente, querendo que elas vejam força e determinação. Amo o fato de ter criado meninas que se importam comigo, que se preocupam comigo como ser humano, não apenas como a mãe que existe para atender a todas as suas necessidades. Há honestidade nisso. Acho que enxerguei isso na minha mãe porque sabia que ela estava com meu pai, o amava do seu jeito, enquanto as partes mais profundas do seu coração pertenciam a outro homem. Eu a via não apenas como a *mami*, mas como uma mulher em todas as suas dimensões plenas e imperfeitas. Quero que minhas meninas me vejam assim também.

— Seu pai partiu meu coração — digo — e infringiu a lei. Na minha opinião, ele não é um bom homem. Queria ter protegido vocês da verdade, mas foi impossível. Então vocês entendem por que tive que me divorciar dele.

— Eu teria ficado brava se você não tivesse se divorciado — Lupe diz, com traços de amargura em suas palavras. — Ele não merece você, mãe.

— Não, ele não me merece, e também não merece vocês, mas aqui estamos. — Faço um gesto na direção do imponente prédio branco da prisão. — Ele é tudo isso que dissemos, mas também é o homem que te ensinou a andar de bicicleta, Lupe.

Ela baixa os olhos para o colo.

— E sempre jogou videogame com você, Inez — digo, olhando para trás para encarar a minha filha. — E fez paradas de mão com você no quintal, Lottie.

— Ele não era muito bom nisso. — Ela bufa, mas um sorrisinho surge no canto de sua boca.

— O que quero dizer é que é complicado. Ele não é de todo ruim e não é de todo bom, e ainda assim, é o pai de vocês. Descobrir que ele não é perfeito não apaga todo o amor que vocês sentem por ele.

— Tem certeza de que concorda com a nossa visita? — Lottie sussurra.

— Eu falei isso desde o início e estou repetindo agora. Não quero separar vocês do pai de vocês. Ele nunca, ouçam bem o que vou falar, *nunca* vai ter a guarda de vocês. Nenhum juiz concederia, e eu faria de tudo para impedir que isso acontecesse. Vocês podem amá-lo, mas nunca mais vou confiar meu coração a ele. Vocês três são as coisas mais preciosas do mundo e não vou confiar vocês a ele.

Deixo as palavras pousarem no interior silencioso do carro antes de continuar:

— E, quando vocês virem o Edward hoje, isso pode trazer à tona alguns sentimentos bem intensos. Não vou deixar vocês processarem tudo sozinhas. Então, sim, se vocês querem ver o pai de vocês antes de ele sair da cadeia, vou estar junto. — Pego a bolsa e abro a porta do carro. — Prontas?

Será que *eu* estou pronta?

Ao passarmos pelo check-in, pelos detectores de metal e termos as mãos examinadas com luz negra, meu estômago embrulha. Minha última visita me traumatizou de uma forma que só consegui falar disso na segurança de uma sessão de terapia. Edward não me via como igual. Ele não valorizou os anos de trabalho, aconselhamento e amor que dediquei a nosso relacionamento, à vida que acreditei estarmos construindo juntos, como fui tola. Eu era apenas mão de obra não remunerada para ele, e ele me tratava como papel higiênico barato. Me descartou por alguém que ele ainda não tinha usado.

— É muita gente — Lottie sussurra, pegando minha mão.

— É, será que não tem, tipo... um lugar privado para conversar? — Inez pergunta, olhando ao redor da sala de visitas, onde vários outros presos recebem suas famílias.

— Eu disse que seria uma sala de visitas comunitária — lembro. — Seu pai só conseguiria uma sala privada com a ajuda do advogado.

— Pai! — Lupe se assusta, arregalando os olhos.

Edward está na porta com um grupo de presidiários, todos vestidos com a mesma calça cáqui e camisa de botão. Ele vira a cabeça quando Lupe o chama. Seu rosto se ilumina ao ver as garotas. Mesmo não querendo que as filhas viessem, ele parece feliz em vê-las, vai logo estendendo os braços para um abraço. Inez e Lottie correm até ele, se jogando em seus braços. Odeio esse cretino, mas a visão de suas sobrancelhas franzidas de emoção, o rubor que percorre seu rosto e a umidade nos seus cílios me desperta uma pontada de pena.

Lupe fica para trás, ainda parada a meu lado, mas olhando com atenção para as irmãs e para o pai.

— O que foi? — pergunto, passando a mão na cabeça dela.

Ela olha para mim e, embora tenha os olhos de Edward, eu me vejo nela. Vejo a profunda preocupação que ela tem por mim em conflito com o amor que ainda sente pelo pai, apesar do que ele fez.

— Tem certeza de que você está bem, mãe? — As lágrimas aparecem no final de suas palavras, e ela pisca com os cílios úmidos.

— Estou bem — respondo, mantendo a voz calma apesar de estar emocionada com a preocupação que ela sente por mim. — Querida, vá ver seu pai.

Minha permissão parece desarrolhar a última de suas reservas e, em poucos passos, ela se junta ao abraço coletivo que ainda acontece com suas irmãs e meu ex-marido. Edward ergue os olhos do aglomerado de cabeças pretas e ruiva e me encara.

— Obrigado — ele murmura.

Eu não respondo, apenas devolvo um olhar duro para que ele saiba que não estou de brincadeira. Ele não pode mais me machucar. Essas meninas... ele já as afetou de maneiras que talvez eu nem saiba ainda, de maneiras que a terapeuta familiar pode não ter percebido. Eu nunca vou perdoá-lo pelo que ele as fez passar.

— Vamos sentar — ele diz, apontando para algumas cadeiras no canto da sala. Só tem três assentos disponíveis. Ele pega um e coloca Lottie no colo, enquanto Lupe e Inez pegam os outros dois.

— Podemos dividir, mãe — Inez oferece, encolhendo o corpo esguio para abrir espaço para mim.

— Estou bem aqui — digo, suavizando a rigidez do meu tom com um sorriso e me encostando na parede.

Pelos próximos 20 minutos, Lottie entretém Edward com histórias de suas competições e medalhas. Inez fala sem parar sobre *Animal Crossing* e sobre a escola, e depois de alguns momentos só observando, Lupe começa a se abrir e fala sobre suas notas, a equipe de debate e, por fim, Lindee e Cora.

— Eu e a mamãe estamos deixando o cabelo crescer para doar — ela conta, com as bochechas rosadas. — Legal, né?

— É incrível, querida — Edward diz, olhando para o cabelo trançado dela. — Já está comprido o bastante?

Com um sorriso enorme e dedos hábeis, ela desfaz a trança, soltando os fios grossos e brilhantes pelos ombros e costas. Ela herdou aquele cabelo ruivo do meu pai e, sempre que vejo suas madeixas, agradeço ao gene recessivo que desafiou todas as probabilidades para me presentear com este pedacinho do meu pai através dela.

Edward olha para o cabelo dela caindo até a cintura, e algo muda em sua expressão. Uma tristeza que, a princípio, não entendo.

— Você cresceu tanto, menina — ele diz a Lupe, depois olha para Inez e Lottie. — Todas vocês cresceram. Faz só um ano, mas parece que já perdi tanta coisa.

— Quando você volta pra casa? — Inez pergunta, depois me lança um olhar arrependido. — Quer dizer, vai *sair.* Quando você vai sair?

— Antes de você perceber — ele responde. — E então posso retomar a minha vida. Com vocês.

— Por que você fez isso? — Inez pergunta com a voz magoada.

No silêncio difícil que se segue à pergunta de Inez, Edward me procura ali onde estou, afastada. E me dou conta de que, como tantas vezes no passado, ele espera que eu fale. Que eu dê um jeito. Que eu arrume a bagunça que ele fez.

Nem ferrando.

Cruzo os braços e deixo a boca fechada em uma linha teimosa, enquanto espero, junto com suas filhas, para ouvir como ele explicará o golpe que deu.

— Eu queria mais para a nossa família — ele finalmente diz —, mas cometi erros e não me orgulho disso. Eu não deveria ter roubado da CalPot. — Seus olhos se tornam tão frios quanto aço. — Ainda mais com aquele Judah Cross na minha cola.

— A gente viu ele — Inez diz. — No evento da mamãe.

Todos os olhos se voltam para mim e minha coluna enrijece, mas não me movo.

— Que evento? — Edward pergunta — Por que ele estava lá?

Ninguém mais fala, é claro, então suspiro, irritada, e improviso uma resposta:

— Eu cozinhei no Festival da Colheita. Judah e a família dele estavam lá e ele chegou para comer.

Não devo nenhuma explicação a Edward, e ele sabe disso, mas seus lábios se contraem e sua mandíbula enrijece.

— Esse cara tem muita coragem.

— Melhor não falarmos de coragem, hein? — digo. — A sua audácia vai muito além de tudo o que ele fez.

— O que ele "fez", Sol? — As palavras de Edward saem como facas empunhadas, com uma suspeita no olhar que percorre meu corpo de cima a baixo, como se estivesse procurando as impressões digitais de Judah.

Ah, eu adoraria contar onde Judah colocou os dedos.

O olhar que devolvo a ele o avisa para recuar. Ele não tem autoridade moral aqui e, se me pressionar, vou lembrá-lo disso na frente das filhas e de qualquer pessoa que esteja perto o suficiente para ouvir. Ele finalmente desvia seu olhar de censura e olha para o relógio na parede atrás de nós, arregalando os olhos.

— Meninas — ele diz, beija a cabeça de Lottie e estende a mão para Lupe e Inez. — Tenho que voltar. É hora de ir.

— Mas... a gente... acabou de chegar — Inez gagueja.

— Já se passaram 30 minutos — digo, mas franzo a testa diante da súbita urgência de Edward para irmos embora. — Seu pai tem razão. Hora de ir.

— A gente pode voltar, pai? — Lottie pergunta, com seus dedos magros agarrando a manga da camisa de prisioneiro dele.

— Querida — Edward diz, se levantando com pressa —, sinto muita saudade de vocês, mas não quero que vocês me vejam aqui. E não quero que vocês visitem prisões. Este não é o lugar para as minhas princesas.

Ele as puxa para um abraço, as três amontoadas em volta dele em um coro de choramingos. Meu coração se dobra, não por ele, mas pelas meninas, que sabem o que ele fez, sabem qual é a situação e que a culpa é toda dele, mas que ainda amam e sentem saudade desse canalha.

— Eu vou sair logo — ele diz e beija o topo da cabeça de cada uma. — Mas podemos conversar mais pelo telefone. Que tal?

Inez concorda, enxugando as lágrimas do rosto. Lottie solta os braços dele e corre até mim, enterrando o rostinho no meu peito, molhando meu vestido com uma enxurrada de tristeza. Pisco diante das lágrimas quentes que surgem com a evidente dor da minha filha. Sinto raiva e desamparo, e eu olho para Edward por cima da cabeça dela.

Culpa sua!

O grito furioso fica preso na garganta, tentando romper a jaula dos meus dentes. Estou com tanta raiva por Edward ter destruído o mundo que nossas filhas conheciam, acabado com suas ilusões e trazido sofrimento para suas vidas, do qual tive que resgatá-las. Mas eu não trocaria a verdade pela facilidade da vida que tínhamos, não quando isso vinha acompanhado da paranoia que seu comportamento sorrateiro causava ou das inseguranças que ele plantou tentando me manipular para ser a esposa que ele queria. É uma merda que as nossas filhas tiveram que descobrir o verme que o pai delas é, mas vou ajudá-las a se recuperarem e a se curarem, e elas sairão mais fortes, com os olhos bem abertos para pessoas que podem explorar suas fraquezas.

E é mesquinho da minha parte, talvez imaturo, mas não posso sair sem dar pelo menos um golpe. Antes de partirmos, me viro para Edward e estendo a mão para puxá-lo para um abraço apertado. Pego de surpresa, ele fica tenso, e abaixo sua cabeça como se fosse sussurrar um segredo.

— Acho que você vai gostar de saber — sibilo em seu ouvido. — Descobri que o problema não era a minha xoxota frouxa. Eu só precisava de um pau maior. — Recuo e olho para baixo, depois ergo os olhos para encontrar seu olhar furioso. — Então temos isso em comum.

Eu ainda não sei se o pau de Judah é maior que o de Edward, mas só quero que esse desgraçado fique pensando na ideia de eu estar transando, enquanto ele está atrás das grades.

Não dou tempo para ele responder, mas agarro as mãos de Lottie e Inez e me movo às pressas na direção da porta.

— Vamos, meninas. Hora de ir.

— Obrigada por trazer a gente, mãe — Inez diz, quando chegamos ao carro.

— É, mãe. — Lupe abre a porta do passageiro e me olha por cima do teto do carro. — Acho que eu precisava ver se ele estava bem.

— Vamos conversar com ele por telefone, né? — Lottie pergunta. — Ele disse que a gente podia às vezes.

— Claro, querida. — Notando seus rostos sérios, forço um sorriso. — Ei, o que vocês acham de a gente se reunir para fazer um mural de visão hoje à noite? Vai ser divertido, né? Traçar metas e sonhar com o que desejamos para o Ano-Novo?

— Acho que *vai* ser divertido — Lupe diz, com os lábios se contraindo.

— E a gente pode dançar também. — Faço o meu melhor movimento de corrida bem no meio do estacionamento. Elas morrem de vergonha, mas acabam rindo como eu sabia que fariam.

— Sem Backstreet Boys — Inez resmunga, seus lábios lutando contra um sorriso.

— Que esculacho, filha. — Balanço a cabeça, fingindo estar magoada.

— Esculacho? — Inez franze a testa. — Hein? O que você quer dizer com esculacho?

— Coisa da geração dela — Lupe explica com sabedoria.

— A gente pode fazer uma tábua de s'mores? — Lottie pergunta, com o rosto iluminando.

— Isso, sim. — Concordo com a cabeça e alargo um pouco mais o sorriso. — Agora você está falando a minha língua. E a gente pode pedir algo gostoso para o jantar.

Abro a porta do motorista, mas sou distraída por um flash loiro no estacionamento. Demora alguns segundos para meu cérebro processar o que estou vendo. É como um *déjà-vu* bizarro. A última vez que visitei Edward, vi Amber saindo, e agora, enquanto estou indo embora, ela chega.

— Hum, meninas — digo, sem tirar os olhos da porta pela qual Amber acabou de passar. — Vão indo para o carro. Esqueci uma coisa.

— Esqueceu o quê? — Lupe pergunta, franzindo a testa.

— Já volto — digo. — Entrem no carro, por favor.

Ando depressa para acompanhar os passos confiantes da mulher antes que ela se distancie mais.

— Amber! — chamo, sem parar para ver se ela responde. Sei que é ela.

Ela faz uma pausa, mas não se vira. Continuo para me posicionar na frente dela, bloqueando seu caminho. Perco as palavras que venho guardando há meses e minha boca se abre quando vejo o que ela está segurando.

Ou *quem* ela está segurando.

É um menino, enrolado em um cobertor branco. Seus cabelos loiros-dourados aparecem por baixo do gorro de lã verde em sua cabecinha. A tonalidade combina perfeitamente com seus olhos verdes, de uma cor verde-folha sem igual. Eu suspiro, recuando diante da prova, da confissão daqueles olhos. Olhos que vi quase todos os dias durante metade da minha vida.

São os olhos da Lupe.

Os olhos do Edward.

— Meu Deus. — Dou um passo para trás. — O que...

— Soledad — Amber diz, puxando o peso do bebê contra o peito. — Eu não... Achei que você já...

— Teria ido embora? Não é de se estranhar que Edward tenha apressado a gente para ir embora. Ele não queria que a gente encontrasse a segunda família.

— Sei que é muita informação. — Amber se atreve a me encarar por um segundo antes de desviar os olhos. — Nunca tivemos a intenção de te machucar.

— Mentirosa — rosno, com veneno escorrendo da palavra. — Vadia. Você destruiu a minha casa.

Seus olhos se voltam para os meus, e, em sua garganta pálida, vejo descer um suspiro profundo. Seus braços se apertam, protegendo o bebê.

— Eu não destruí sua casa — ela responde. — A *minha* vida está destruída. Estou em liberdade condicional. Estou com a ficha suja. Perdi minha carreira. Mal consigo pagar as contas.

Observo sua escova feita no salão, as unhas bem-feitas dando tapinhas nas costas do bebê, as sobrancelhas laminadas, o vestido e os sapatos que meu olho treinado avalia em mais de dois mil dólares. Penso no Porsche que ela dirigia quando a vi pela última vez. Mal consegue pagar as contas? Que piada.

— Então, como era? — Faço um gesto para o bebê. — O trio. Você, o Edward e o Gerald? Como você sabe de quem é esse bebê?

Os olhos verdes já me contaram, mas estou curiosa para saber como ela responderá.

— Aquilo com o Gerald... — O olhar de Amber se desvia e ela passa a língua nos lábios, nervosa. — Não deveria ter acontecido, misturamos negócios com prazer.

— Hum, não foi exatamente isso que você fez com Edward? — Sufoco uma risada e aceno para o corredor que leva para dentro da prisão. — Foi ótimo para todo mundo.

— Foi diferente. É diferente, comigo e com o Edward. Gerald sabe que acabou entre nós. — Ela beija o rosto do bebê e encontra meus olhos em desafio. — Edward vai terminar de cumprir a pena e seremos uma família.

— Que ótima maneira de começar uma família, com traições, mentiras e golpes. Não duvido que os três tenham um pequeno pé de meia que o FBI nunca encontrou.

É um tiro no escuro, mas assim que as palavras saem da minha boca, sei que é verdade. Seu olhar apavorado voa na minha direção e seus lábios vermelhos brilham em choque. Ela fecha a boca e suaviza o rosto, em uma dissimulação neutra. Tarde demais. Eu blefei, mas descobri que não tenho vontade de usar essa informação contra ela, contra eles. Edward pode fazer o que quiser, desde que deixe minhas filhas e eu fora disso. Ele não tem mais poder sobre mim. E quanto a essa mulher? Só sinto pena. Sim, estou abalada com a novidade, mas ela não saberá disso. E eu não vou demonstrar.

— Boa sorte, Amber — digo, antecipando mais uma de suas mentiras e dando uma última olhada no garotinho com os olhos de Edward. — Você vai precisar.

33

JUDAH

— Tem certeza de que quer deixar os meninos passarem a noite aí? — pergunto a Tremaine, pressionando o celular entre a orelha e o ombro enquanto levo um sanduíche e uma cerveja da cozinha para o meu escritório.

— Claro — ela diz. — Sentimos saudades deles enquanto você estava em Maryland. Kent pensou em fazer uma trilha até Stone Mountain no Ano-Novo.

— Eles vão adorar — respondo, sem ter certeza se vão de verdade, mas já pensando na pilha de trabalho que deixei de fazer durante as festas.

— Eles podem ficar com a gente mais alguns dias, se você quiser. Já que ainda não precisam voltar para a escola.

Paro diante das portas duplas que dão para o meu escritório, com o prato e o copo gelado ainda nas mãos.

— *Você* quer que eles fiquem? Eles podem ir a qualquer hora. Eu não preciso te dizer isso.

— É claro. Não é como se eu não os visse todos os dias. Às vezes, sinto falta de tê-los em casa durante a semana. Ficar com eles só nos fins de semana e feriados…

— Não é definitivo. — Franzo a testa. — Você sabe que pode ficar com eles quando quiser.

— Sei, mas odeio atrapalhar a rotina deles. Além disso, eles preferem ficar com você — ela diz, baixinho.

— Não é verdade, ou pelo menos não é tão simples. — Entro no escritório e deixo o sanduíche e a bebida na mesa, depois me sento na beirada. — Aaron prefere ficar *aqui* e ficou muito apegado a mim quando estava com dificuldade para dormir. E Adam não quer ficar em qualquer lugar em que Aaron não esteja. É um milagre a gente ter conseguido que ele estudasse em Harrington sozinho.

— Eu sei que não é pessoal, mas no começo pareceu assim. Os filhos sempre preferem as mães, não é? — Um riso autodepreciativo percorre suas palavras, embora transpareça um tracinho de mágoa.

— Sinto muito. — Respiro fundo. — Não temos uma configuração familiar típica e nossa vida parece diferente da maioria das pessoas. Fizemos as melhores escolhas que podíamos um para o outro e para eles.

— Não quero que você se sinta mal, Judah. Sabe quantas mulheres em meus grupos de apoio aos pais gostariam de ter um parceiro tão envolvido quanto você? Ou que estivesse de alguma forma presente? Muitos simplesmente vão embora e só mandam dinheiro, quando muito. — Sua inspiração profunda chega do outro lado da linha. — Você não fez só o que era melhor para eles — ela continua, com a voz mais suave. — Você fez o que era bom para mim. Muitas mães só conseguem retomar a carreira quando os filhos já estão quase crescidos. Você não deixou isso acontecer comigo.

— Como isso seria justo? — pergunto. — Nós dois tínhamos objetivos, carreiras. Por que eu deixaria isso acontecer com você?

— Você está tão acostumado a ser assim que nem nota o quanto é extraordinário, mas eu noto.

Fico em silêncio por alguns momentos, porque nem sempre sei como responder em conversas como essa. Parece tão evidente. Éramos parceiros. Éramos uma equipe. Ainda somos.

— Enfim — digo, trazendo a conversa para um terreno mais confortável. — Obrigado mais uma vez por ficar com eles hoje, e eles podem ficar até a hora da escola na segunda, se você quiser.

— Nós dois sabemos que Aaron vai querer a cama dele antes disso. — Ela ri. — Mas hoje, sem falta. Vamos ver quanto tempo ele dura.

— É uma boa ideia. Mamãe pediu para você não sumir, viu?

— Ela me ligou hoje de manhã. Ela estava cozinhando feijão-fradinho, couve e pão de milho quando a gente conversou. Me deu vontade de preparar a minha receita de Ano-Novo também. Vamos ver se os meninos comem.

— Não crie expectativas. — Dou risada. — É melhor você ter uma caixa de macarrão com queijo de reserva, porque sabe que é isso que eles vão querer.

— Preciso tentar. — Ela ri. — Só um instante. Tá bom. Kent chamou a gente para a trilha. Mais tarde, conversamos.

Depois de desligarmos, me afundo na cadeira sentindo gratidão, coloco os óculos de leitura e abro o laptop pela primeira vez em dias. A familiaridade das células da planilha traz um certo conforto. Meu dinheiro é motivo de preocupação para mim, pois preciso garantir que haverá o suficiente para sustentar os meninos quando eu não estiver mais aqui, mas o dinheiro dos outros é como um parque de diversões, ainda mais quando há tanto para gerenciar quanto a Cal-Pot. E por mais estressante que meu trabalho possa parecer, não é. Meu trabalho tem sido uma válvula de escape, algo para aliviar as dificuldades que enfrento em casa. Algo em que sou bom e sempre acerto. Na paternidade, ainda mais nas nossas circunstâncias, muitas vezes sinto que estou falhando. Não por falta de tentar, mas simplesmente por não ter todas as respostas ou formas de melhorar as coisas.

Mas as coisas *estão* melhores.

Meus filhos estão numa boa situação, em geral, apesar dos solavancos habituais. Tremaine está feliz, o que é muito importante para mim.

Mas e *eu*?

Há anos que não pensava muito em ser feliz. Parecia um luxo, algo que eu nunca conseguiria. Mas, ultimamente, tenho pensado nisso. Várias possibilidades têm invadido minha mente desde a última vez que vi Soledad, cenários possíveis que nunca alimentei agora me provocam lá no fundo da mente.

O que poderíamos ser juntos?

Felizes? Absurdamente contentes?

Dou algumas mordidas no sanduíche e tomo um gole de cerveja, trabalho por alguns minutos na planilha, mas finalmente me afasto da mesa, sem conseguir me concentrar.

Eu quero vê-la.

Ela disse que eu podia ligar, mas não liguei. Ela estava recebendo visita da irmã. Passando tempo com as filhas. Eu estava com meus filhos e meus pais.

Pego o celular, fico olhando para a tela escura por alguns segundos antes de jogá-lo sobre a mesa. Me recosto na cadeira, abro a porta da memória para lembrar daquela noite no galpão. A sensação dela nos meus braços, seu cheiro, os sons que ela emitia, a maneira como ela gritou meu nome na segunda vez que gozou.

— Droga. — Passo a mão agitada pela nuca e mal consigo me conter para não tirar meu pau aqui mesmo no escritório. — Eu deveria sair para correr.

Eu me levanto e vou vestir roupas de corrida quando o zumbido do celular vindo do escritório me surpreende ao pé da escada.

Volto para o escritório e viro o celular, quase o deixo cair ao ver o nome de Soledad piscando na tela.

— Sol — digo, me forçando a parecer normal. — Ei, feliz ano-novo.

— Oi — ela responde. — Pois é, feliz ano-novo.

Franzo a testa ao ouvir a voz dela.

— Está tudo bem?

— Hum, na verdade não. — Ela ri, mas é alto e falso. — Será que eu poderia... Os meninos estão aí?

— Não, eles vão ficar com a Tremaine pelos próximos dias. Voltamos hoje de manhã e eles foram direto para a casa dela. Ela estava com saudades.

— Ah, então você... Posso ir até aí?

— Claro. — Faço uma pausa para respirar, para não parecer tão ansioso. — Pode sim. Eu estou aqui.

— Você se importa se eu parar na sua garagem? Quero evitar boatos ou fofocas... As meninas...

— Sem problemas. Avise quando estiver aqui fora para eu abrir.

Ela ri.

— Já estou aqui fora.

Assim que ela entra na minha cozinha, sei que algo está errado. Seus olhos são como hematomas no contraste com o dourado mel do seu rosto. Seu cabelo, sempre ondulado, agora está desgrenhado, emaranhado, como se ela tivesse passado os dedos entre as ondas. Apanho o casaco dela, e quando ela me entrega, fico momentaneamente distraído pelo vestido preto que abraça a forma curvilínea de seu corpinho. É um vestido modesto que a envolve, com gola alta e mangas compridas que se encontram nos pulsos, mas Soledad não tem um corpo modesto. É um corpo ousado na curva dos quadris e na firmeza das coxas, contrastando à saliência exagerada da sua bunda. Quando consigo desviar o olhar do seu corpo para olhá-la nos olhos, ela vê que a estou observando.

— Foi mal. — Me viro para pendurar o casaco dela na chapelaria. — Como está?

— Eu não deveria ter vindo. — Ela vai até o balcão e se senta em um dos bancos altos, cobrindo os olhos com as mãos trêmulas e tirando os cabelos do rosto. — Mas a Hendrix ainda está em Charlotte. Yas e Josiah foram viajar para as montanhas.

— Você não precisa explicar por que eu fui sua última opção — digo com uma ironia divertida. — Está tudo bem.

— Na verdade, você foi a primeira pessoa em quem pensei — ela diz, estreitando os olhos ao olhar para o meu rosto. — Você usa óculos?

— Ah. — Eu os tiro e esfrego os olhos, colocando-os sobre o balcão. — Só para trabalhar. Ler.

— Gostei.

Passo um dedo pelo seu queixo para virar seu rosto para mim. Tenho me comportado bem, mas o bom comportamento desaparece quando ela me olha com o mesmo desejo que tenho tentado ignorar desde a última vez que ela esteve aqui. Baixo a cabeça para um beijo. Não me passa pela cabeça relaxar ou começar devagar. Abro sua boca e mergulho, lambendo-a por dentro e saboreando a reação intensa do seu desejo. Ela agarra meus ombros, me puxando para entrar no meio de suas coxas. Ergo o vestido para poder chegar mais perto, expondo suas pernas e ficando entre elas. Ela se estica, tentando envolver meu pescoço com os braços. Paro de beijar sua boca para beijar seu rosto e testa, mas paro quando sinto uma umidade com os lábios. Eu me afasto e olho para o rosto dela.

— Sol, você está chorando?

Ela fecha os olhos e balança a cabeça, lágrimas escorrem por baixo de seus longos cílios.

— Não.

— Ei. — Eu gentilmente passo os polegares sob seus olhos, enxugando as lágrimas. — Me conta o que está rolando.

— Que jeito de quebrar o clima, hein, Sol — ela diz, revirando os olhos e tirando os braços do meu pescoço. — Me desculpa. Achei que poderia... esquecer por um tempo, mas não está dando certo.

— Esquecer o quê?

— Edward.

Seu nome surge na conversa como um fio de gelo. Dou um passo para trás e enfio as mãos nos bolsos, me encosto na bancada e fixo o olhar no chão de madeira da cozinha. Ela está nos meus braços, na minha casa, comigo, para chorar por causa daquele merda? Isso desperta uma nova chama em mim, e não tenho certeza se já experimentei isso antes. Sinto uma luz azul e brilhante vindo de dentro, e acho que deve ser assim a sensação de sentir ciúme.

— Eu me expressei mal — Soledad diz quando não respondo, já rígido e tenso. — Eu não estava pensando nele quando... Quer dizer, eu estava, mas não...

— Se você puder dizer logo o que está querendo, porque isso está me deixando... Não gosto de me sentir assim, Sol.

— Assim como?

— Com vontade de socar a parede, porque você está me beijando e pensando nele — admito, com os dentes cerrados.

Ela sai do banquinho e fica na minha frente, entrelaçando os dedos com os meus.

— Fomos ver Edward na prisão hoje — ela diz, com a voz suave, mas os olhos conectados com os meus, não escondendo nada. — As meninas pediram.

— Droga. Sinto muito. — Coloco a mão na base de sua coluna e a puxo para mais perto, me rendendo a seu calor e ao sedutor perfume de jasmim.

— Acho que a visita em si foi tranquila. — Ela dá de ombros, morde o lábio e coloca uma mecha ondulada de cabelo atrás da orelha.

— O que aconteceu?

— Quando a gente estava saindo... — Ela fecha os olhos e solta um suspiro contido. — Eu vi a Amber.

— Ela também foi visitar o Edward? — pergunto, erguendo as sobrancelhas ao ouvir esse detalhe que complica a trama.

— Ela teve um filho, Judah. — Ela pisca os cílios molhados para mim. — Um filho do Edward.

— Cacete — murmuro completamente perplexo. — Tem certeza?

— Eu a confrontei e ela admitiu, então sim. Tenho certeza. — Ela abaixa a cabeça no meu peito, abafando as palavras com a minha camisa. — Mas eu teria notado. O bebê tem os olhos da Lupe. Os olhos do Edward.

Meus músculos ficam tensos de raiva por ela.

— Sinto muito. Suas filhas viram?

— Não. Em algum momento, vou ter que contar para elas, é claro, mas eu os vi no estacionamento quando a gente estava entrando no carro. Ter um bebê em segredo com a secretária? Que clichê de merda.

— Se ele não tivesse sido pego, sabe-se lá por quanto tempo ele teria sustentado a mentira.

— Ah, acho que pelo menos parte teria vindo à tona. — Ela ri sem graça, com o olhar fixo nas botas de cano baixo. — Ele acabaria me deixando.

— Por que você acha isso? Por causa da Amber? — Balanço a cabeça. — Ele tinha que reconhecer a sorte de ter você, Sol. Ele era um idiota, mas sempre se gabava da linda esposa e de como ela era um grande achado. Que dava as melhores festas, recebia os clientes melhor do que ninguém. Ele não trocaria isso por uma amante.

— Mas ele estava com um modelo mais novo e mais brilhante. — Ela morde o lábio. — Mais cedo ou mais tarde, ele teria ido embora. Fico feliz por ter percebido quem ele era de verdade.

— Então o que ela disse quando você a confrontou?

— Ela só insistiu que não havia destruído a minha casa, o que é verdade. Nossa casa já estava destruída. Eu só não queria encarar a verdade, porque isso teria virado do avesso toda a minha existência. — Soledad olha para mim e oferece um sorriso unilateral. — Eu tinha muito medo de perder uma vida que não estava me fazendo bem só porque não tinha certeza se havia algo a mais. Eu deveria agradecer a Amber, para falar a verdade.

— Sério?

— Sério, porque agora ela tem que aturar o Edward por pelo menos mais 18 anos. Apesar do pouco contato que ele tem com as meninas — ela diz, dando de ombros, pensativa. — Eu estarei livre dele.

— Você parece estar lidando bem com isso.

— Acho que ainda estou processando. Estou chocada e com raiva, mas isso também me fez enxergar as coisas de outra forma. Não saí de um casamento ruim e de um marido horrível para viver a vida pela metade. Quero mais do que tenho agora. Em alguns meses, Edward sairá da prisão e será um homem livre. Ele finalmente conseguiu um filho homem. Ele vai ter tudo o que queria, e eu tenho me dado tão pouco.

Fico tenso.

— Foi por isso que você veio aqui hoje? Para se dar alguma coisa?

— O que você pensaria se eu dissesse sim?

Apesar de todo o meu ímpeto para levá-la para cima antes que ela mude de ideia, eu paro e penso. Faz tempo que desejo a Soledad. Investi em conhecê-la, em entender o que a motiva, e esse comportamento não é típico dela. Não vou jogar tudo fora por uma trepada rápida, embora minha ereção persistente pense que é exatamente isso que devemos fazer.

— Não sei bem como me sinto sendo seu sexo por vingança, Sol — digo.

— Você não é. O que me provocou foi perceber que o Edward consegue tudo o que quer, e eu não, mas se eu reduzir a minha história a uma vingança, ela vai passar a ser sobre *ele*. A traição foi um catalisador, sim. Foi uma faísca que incendiou uma existência insatisfatória. Eu silenciei tanto a mulher que gritava dentro de mim que nem percebi como ela estava insatisfeita. *Eu* estava. Esta vida, esta aventura que estou vivendo... que estou orquestrando. O Edward é uma nota de rodapé, uma reflexão tardia.

— E quanto a seu relacionamento com você mesma?

— Eu ainda estou nessa jornada de solitude — ela diz, seus olhos encontram os meus com franqueza. — Isso não significa que não possa ter algo que seja estritamente para meu prazer. Para nosso prazer, se você aceitar minhas condições.

— Que são...?

— Estou oferecendo uma vez. Se eu quiser fazer de novo, vou pedir de novo.

— E se eu quiser de novo? Ou só você vai conseguir o que quer com isso?

— Eu achei que você me queria.

— Você sabe que eu quero.

— Então qual é o problema?

E se eu quiser mais?

Não digo isso, mas sei, pelo véu que cobre sua expressão, que meu pensamento reverbera por toda a sala a nossa volta. O que ela quer hoje não é discutir as águas mais profundas em que poderemos mergulhar se dermos este passo. Ela está se enganando se pensa que qualquer coisa que fizermos juntos será superficial. Ela está se apegando a uma ilusão de controle, e acho que é isso que ela precisa depois do que Edward a fez passar. Mas é só uma ilusão. Eu sei como é ter controle. É algo que sempre busquei, e insisti nisso sempre que pude. Isto aqui é o oposto. Isto aqui é uma queda livre. É se lançar a um glorioso desconhecido. É avançar a toda velocidade em direção a uma promessa ardente.

É um risco, e nada calculado, porque como posso saber se a Soledad estará pronta para o tipo de relacionamento que eu desejo com ela? Por quanto tempo eu poderia manter isso? Desejar tê-la como parceira sendo que ela só quer a própria parceria?

Mas ela quer transar com você.

É um pensamento perigoso, que tento ignorar, mas arranha meus ouvidos e zumbe dentro da minha mente. Nossos dedos ainda estão entrelaçados e a cabeça dela está inclinada. Há uma tensão na suave curva de seus ombros, como se ela estivesse se preparando para alguma coisa.

Rejeição?

Depois do dia que ela teve, essa é a última coisa que ela precisa de mim. E pode ser uma feliz coincidência. Antes de ela chegar, eu não estava mesmo pensando em como coloquei a felicidade de todos à frente da minha? E não me ressinto disso, mas decidi que quero ter um pouco de felicidade também.

E pode ser que ela ainda esteja descobrindo exatamente o que quer, mas eu já tenho certeza. Eu quero um futuro com ela. Seria complicado. Tenho uma situação complexa com meus meninos e uma situação pouco convencional com a minha ex-mulher. Soledad tem... todas as merdas que o Edward fez. As filhas dela devem me odiar e pensar que coloquei o pai delas atrás das grades. Existem obstáculos, mas com a Soledad tão perto, calorosa e doce, disposta e me desejando, nenhum deles parece mais importante do que este momento.

Capturo seu olhar, procurando por incerteza ou relutância e não encontro nada disso.

— Tem certeza, Sol? — pergunto, porque preciso ter certeza.

— Eu sei o que quero — ela diz, a linha delicada do seu queixo tensa e apertada.

Seguro suas mãos e dou um beijo em sua testa.

— Então vamos lá para cima.

34

SOLEDAD

Às vezes, quando estou nervosa, digo coisas estranhas.

— Eu fiz uma resenha de um *dupe* desse edredom na semana passada.

Judah está parado ao lado da cama com um edredom cinza-ardósia e inclina a cabeça para me analisar.

— O que é um *dupe*?

— Ah, é… uma cópia. Uma versão mais barata do original. — Deixo escapar uma risada ofegante. — Não é tão bom quanto este. Você escolheu bem.

Um sorriso quebra a expressão séria de Judah, e ele coloca as mãos nos bolsos da calça jeans escura. Ele está vestindo um moletom do MIT.

— MIT — digo. — Muito renomado.

— Cornell também.

— É verdade.

A excitação e o nervosismo parecem ter atrofiado o meu cérebro. Engulo em seco e passo a língua nos lábios secos.

Lábios secos?

Minha nossa.

Cadê meu protetor labial? Vou transar com alguém que não é Edward pela primeira vez em quase 20 anos e estou com os lábios rachados.

— Acho que deixei minha bolsa lá embaixo — digo, com a voz saindo alta e tensa. — Preciso do meu protetor labial… hum… da minha bolsa. Eu volto já.

Ele pega minha mão antes que eu chegue à porta e me vira para encará-lo. Ele segura meu rosto com mãos grandes e gentis e se inclina até minha altura, prendendo meus olhos nos dele.

— A gente não precisa fazer isso.

— Como? — Cubro suas mãos com as minhas, piscando diante das lágrimas estúpidas. — Mas eu quero.

Ele solta uma risada superficial.

— Tem certeza? Porque não faço isso há muito tempo, mas não me lembro de falar sobre edredons e protetor labial como preliminar.

— Então acho que você não estava fazendo direito. — Sorrio, sentindo o calor da mão dele. — Foi mal. Estou nervosa. Desde a faculdade, só transei com o Edward, e nos últimos dois anos, nossa vida sexual quase não existiu.

— Você sabe que não transei com ninguém além da Tremaine desde a faculdade, e estamos divorciados há quase quatro anos.

Ele se eleva sobre mim, forte e viril, e minha curiosidade supera o nervosismo.

— Como você conseguiu? Ficar sem por quatro anos?

— Falei que não gosto de sexo casual. Sei que é incomum, mas...

— Você se masturba muito? — As palavras saem da minha boca como balas de um rifle desgovernado. — Ai. Desculpa. Eu não quis dizer...

Fecho os olhos, mortificada, mas solto um suspiro de alívio quando o vejo sorrindo.

— E então? — pergunto novamente, devolvendo o sorriso.

— Quando eu preciso. Saio para correr, mas ultimamente... — Ele me lança um olhar curioso e depois dá de ombros, como quem diz *que seja*. — Desde que te conheci, eu diria que a frequência deve ter triplicado.

— Você quer dizer das corridas? — provoco.

Uma de suas mãos desce do meu rosto e se espalha pelo meu pescoço e então vejo o desejo intenso em sua expressão antes indecifrável.

— Não, da outra coisa.

— Eu penso em você quando me toco — confesso.

Ele fica completamente imóvel, como uma estátua queimando dos pés à cabeça, com uma onda de calor se acumulando nos olhos.

— Há quanto tempo? — ele pergunta, e a serenidade calculada do seu tom é tão reveladora quanto se ele tivesse berrado as palavras.

Baixo a cabeça e seus dedos mergulham no cabelo da minha nuca.

— A primeira vez foi alguns dias depois de a gente se conhecer, depois da festa de Natal. — Mordo o lábio, soltando uma exalação aguda. — Eu me senti tão culpada. Não era a minha intenção. Eu nunca tinha pensado em outro homem dessa forma.

— Me conta. — Ele deixa uma das mãos no meu pescoço e desliza a outra nas minhas costas, uma carícia em movimentos longos que sinto queimar através do tecido do meu vestido.

Um riso brusco arranha minha garganta e engulo a dor que ainda não foi curada.

— Na noite em que a gente se conheceu, eu e o Edward discutimos antes de ir para a festa porque não fazíamos sexo havia dois meses. Ele sabia o quanto eu...

Hesito, sem saber como esse homem, tão disciplinado e controlado, reagirá à verdade sobre mim.

— Ele sabia o quanto você... o quê? — Judah pergunta, afastando os cabelos do meu pescoço e passando o polegar pela pele sensível.

— Ele sabe do meu apetite sexual — digo às pressas, sem encará-lo.

Seu polegar no meu pescoço faz uma pausa por um segundo, mas depois retoma a carícia que causa faíscas nas minhas clavículas e peito. Observo meus mamilos ficarem pontudos e duros sob a lã fina do vestido.

— Tira a roupa. — As palavras dele, firmes e diretas, mas com uma urgência súbita fervilhando no fundo, me impedem de prosseguir.

— O quê? — Pisco para ele.

— Isso que você estava me contando sobre o Edward, eu não quero saber. — Ele passa as mãos na minha barriga e nos quadris, na minha bunda. — Você quer que eu tire? Como abre isso aí?

— Hum, tem um zíper no...

O susto engole as minhas palavras quando ele me vira de repente e puxa o zíper no alto do meu pescoço, abrindo com determinação até a base da minha coluna. Ele desliza as mangas para baixo dos meus ombros até o corpete se desdobrar em volta da minha cintura. Ele afasta as alças delicadas do meu sutiã com os lábios.

— Ah, a sua pele, Sol.

Ele afasta meu cabelo e enche minha nuca de beijos de boca aberta, quentes e reverentes. Ele chupa a curva do meu ombro, desabotoa o sutiã nas minhas costas. O bojo rendado cai para a frente, indo ao chão e deixando meus seios nus no ar frio. Eles não ficam descobertos por muito tempo porque Judah passa a mão em volta, formando uma concha, esfregando e puxando os mamilos com dedos firmes e seguros.

— Ah. — Amoleço e sinto a pele sensível das minhas costas nuas formigar contra sua blusa de moletom macia. — Eu não imaginava que meus seios eram tão sensíveis até...

— Você disse que nunca tinha gozado assim — ele sussurra na curva do meu pescoço, sem desistir dos mamilos endurecidos nas suas mãos, implorando pela sua atenção. Pedindo mais. — Vamos encontrar todas as outras maneiras de fazer você gozar.

Suas mãos se afastam dos meus seios e quase choro com a despedida, mas ele *não* sai de perto. Ele puxa meu vestido, que desce pelos meus quadris, pela bunda e pelas coxas.

— Soledad — ele fala atrás de mim —, se eu soubesse que você estava usando esse fio dental, já teríamos transado na mesa da cozinha. Eu não conseguiria esperar.

Eu tinha esquecido. O vestido fica tão justo e eu não queria que a calcinha marcasse. Estou formando as palavras para me explicar, mas grito ao sentir o calor úmido da sua boca na curva da minha bunda.

—Judah!

Viro a cabeça para espiá-lo por cima do ombro e meus joelhos ficam todo bambos. Ele está ajoelhado, com olhos bem fechados, boca aberta numa nádega generosa da minha bunda. Ele espalha beijos por ali, lambe a curva, puxa a tira de seda para baixo, fazendo a calcinha deslizar em volta dos meus tornozelos, que vai parar junto com o vestido e o sutiã numa pilha de seda aos meus pés.

— Ah, porra — ele murmura, apertando minha bunda, chupando, lambendo. — Essa bunda.

Sua mão desaparece entre minhas pernas.

— Ahhh! — Suspiro quando dois dedos grandes deslizam sobre meu clitóris, me esfregando e explorando livremente a minha vulva. Eu não consigo nem ficar envergonhada com os sons na sala silenciosa, os sons líquidos da minha boceta enquanto ele me acaricia. Seus dedos se afastam de mim por um momento, e quando olho para ele por cima do ombro novamente, os dedos estão na sua boca.

— Seu gosto… — Ele se levanta, se virando para me encarar e se inclinando para apoiar o ombro na minha cintura para me erguer. Antes de me dar conta do que está acontecendo, já estou no ar, pendurada nas suas costas.

— Judah! — Estou meio rindo, meio protestando. — Me coloca no chão.

Ele me joga na cama e eu quico um pouco, o que me faz rir. Pareço uma virgem tonta. É assim que me sinto, bem diferente da mãe de três crianças, de quarenta anos, que já fez isso durante metade da vida.

— Você, Soledad Charles — ele diz, parado entre meus joelhos, aos pés da cama, olhos famintos percorrendo meu corpo nu —, é fantástica.

Deixo os olhos percorrerem todo o meu corpo e não posso deixar de notar as imperfeições. Todas as maneiras em que eu *não* sou fantástica. As estrias de três gestações. A barriguinha pós-gravidez que abdominal nenhum faz desaparecer. A pele ao redor do umbigo, um pouco mais solta que o resto, que só um bisturi resolveria.

Nada disso parece importar para Judah, que se ajoelha aos pés da cama para abrir o zíper das minhas botas de bico fino. Ele beija o arco do meu pé, lambe minha panturrilha, chupa a pele interna da minha coxa até chegar ao meu âmago.

— Eu esperei tanto por isso. — Sua voz fica ainda mais grave e rouca do que o habitual. Encontro seus olhos inebriados de luxúria por trás do minúsculo tufo de pelos…

PELOS!

Droga, não pode ser.

— Ééé, Judah. — Aperto os joelhos. — Faz muito tempo que não faço isso, sabe?

— Eu sei. — Ele afasta meus joelhos um pouquinho. — E faz muito mais tempo para mim.

— Aham. — Fecho os joelhos de novo. — É que… mas eu… o problema é que eu não sabia que a gente faria isso.

Ele separa meus joelhos, com esperança no olhar que encontra meus olhos novamente.

— Mas é o que a gente vai fazer, não?

— É, mas eu não... eu não me depilei. — Desvio o olhar para longe dele e olho para o teto.

— Eu quero você do jeito que você estiver.

Meus olhos voltam para os dele. Minha respiração falha e um nó quente sobe na garganta. Tento engolir, mas não consigo, e um gemidinho escapa dos meus lábios.

— Abra as pernas para mim, linda — ele diz, passando as mãos pela minha panturrilha. — Eu desbravaria uma floresta para chegar até você, e já esperei bastante.

Assim que abro, ele me puxa até a beirada da cama, até minha bunda ficar quase pendurada, e coloca minhas pernas sobre seus ombros. Ele me despe com os dedos e então sinto sua boca em mim. Ele geme, grunhe, sorve. Morde, suga, invade. É minucioso, como Judah é em todas as coisas. Não sobra um pedaço de mim seco quando ele termina. Estou pingando, gritando, me esforçando para escapar porque é insuportavelmente bom, mas ele me mantém no lugar e me engole até eu gozar com tanta força que o sangue pulsa em meus ouvidos e meu clítóris lateja. Esse orgasmo atinge meu sistema com força, e fico tão embriagada que mal consigo raciocinar. Ele lambe a umidade entre as minhas pernas, sua fome cresce de novo quando ele dobra meus joelhos, deixando meus calcanhares pendurados na beira da cama. Estou delirando, tão fraca e fora de mim que mal penso em como estou exposta. O ar frio na faixa quente e úmida de pele exposta me desperta por tempo suficiente para vê-lo acariciando o interior das minhas coxas e abaixando a cabeça para começar tudo de novo.

— Não consigo, Judah — gemo. — De novo não.

E, mesmo assim, agarro sua cabeça com as duas mãos, puxo-o para o centro do meu corpo, implorando pelos seus lábios, dentes, luxúria. Há um poço sem fundo de vontade dentro de mim, e ele verte e verte mais até que milagrosamente começo a me sentir satisfeita.

Quando gozo de novo, ele fica ao lado da cama e tira a roupa com rapidez e eficiência. Abro os olhos para observá-lo e me apoio nos cotovelos.

— Você que é fantástico — digo, com a voz embargada e rouca de tanto gritar seu nome, implorando por misericórdia e por mais.

Ele é alto, com linhas vigorosas e músculos ondulados bem condicionados. Ele tem corpo de corredor, mas é mais volumoso nos bíceps e nas coxas do que eu imaginava. Seus ombros e costas são uma paisagem de beleza masculina esculpida.

E o seu pau...

Seu pau se projeta orgulhosamente ereto a partir de um abdômen trincado. Engulo em seco, sem me preocupar, pois já pari três filhas. Sei que posso aguentar, mas faz tanto tempo que ninguém entra em mim. Faz tanto tempo que não tenho a intimidade de um homem nu olhando para mim do jeito que Judah me olha agora. Eu adoraria ficar olhando para ele, de boca aberta, por alguns minutos.

Ele tem outras ideias.

Ele abre a gaveta da mesa de cabeceira e tira uma camisinha, fazendo um trabalho rápido para abrir e colocar.

— Para alguém que não faz isso há quatro anos — digo, sorrindo para ele —, você com certeza está preparado. Quantos anos têm esses preservativos?

— Quando foi o Festival da Colheita? — Ele sobe na cama, vestindo apenas a camisinha e um sorriso. — Comprei naquela noite a caminho de casa.

— Quanta presunção — digo, estendendo a mão para envolver seu pau.

— Esperança — ele murmura, o sorriso desaparecendo do seu rosto. — Você sabe que já faz quatro anos. E entende que não vai durar muito.

Abro as pernas e toco de leve no seu quadril, convidando-o a vir até mim.

— Quatro anos, é? — Envolvo as pernas em volta dele, enganchando os tornozelos na base da sua coluna. — Tomara que a espera valha a pena.

Eu me empurro para cima no mesmo momento em que ele se empurra para baixo, e nós dois ficamos completamente imóveis. A primeira coisa que noto é como parece incrivelmente certo, como se alguém tivesse me moldado de acordo com suas proporções. Então me dou conta de que, dentro desse prazer profundo, há um leve desconforto.

— Desculpa — ele murmura no meu pescoço. — Está apertado.

Eu congelo. As palavras provocativas de Edward percorrem os corredores da minha mente, atravessam as câmaras do meu coração.

As coisas ficam frouxas lá embaixo.

— O que você disse? — pergunto, respirando apesar do desconforto e do choque do prazer que não é apenas físico, mas também representa a felicidade da cura.

— Está um pouco apertado. Ele levanta a cabeça para me olhar com os olhos preocupados. — Está tudo bem? A gente vai precisar...

— Não pare. — Exploro suas costas com mãos inquietas, desço até a curva firme de sua bunda e o pressiono mais fundo em mim. — Está gostoso.

Ele abaixa a cabeça novamente, enterrando-a na curva do meu pescoço, mergulhando e engolindo um mamilo com a boca quente.

— Não quero te machucar, mas quero te foder com força, Sol.

Um choque elétrico percorre minha espinha e eu aperto as pernas ao redor dele.

— Com toda a força que você quiser — sussurro em seu ouvido, passando os braços em volta de seus ombros para me apoiar. — Eu aguento.

Palavras ousadas, porque este homem me testa, encaixa um cotovelo sob meu joelho e desliza seus centímetros devagar, sem rodeios, firme, duro. O impacto faz o ar sair dos meus pulmões. Ele não para, mas descobre um lugar que eu não sabia que existia e o acaricia várias vezes. Ele não diminui o ritmo, não perde o ímpeto, não desiste.

— Essa bocetinha é tão gostosa, Sol — ele geme, me virando de joelhos, separando minhas pernas. Ele envolve o meu cabelo em uma das mãos e segura meu quadril com a outra, me ancorando antes de continuar. — Está tudo bem aí?

Bem?

Essa palavra é incapaz de descrever como é receber a adoração incansável e avassaladora de um homem com o dobro do meu tamanho, mas que me faz sentir toda no comando em um segundo e toda subjugada no instante seguinte. Ele me coloca do jeito que quer, me vira de lado, ergue minha perna e me coloca com os joelhos apoiados nos dele.

Não tenho ideia de quanto tempo isso vai durar, mas sei que nunca me foderam assim. Estamos encharcados com o suor um do outro, e minhas pernas estão tremendo quando ele me vira outra vez, puxa minhas pernas para seu peito, os tornozelos em seus ombros, e empurra para dentro de mim.

— Quero ver seu rosto — ele diz, com a mão gentil afastando meu cabelo úmido para trás. Ele estende a mão entre nós e me acaricia, devagar no início, depois acelerando o ritmo enquanto minha expressão se desfaz com um novo prazer. Nessa nova posição, a penetração é tão profunda que caio gozando, gritando tão alto que sinto as veias do meu pescoço se contraírem.

— Sol! — Meu nome sai arrancado dele, e ele fica imóvel, tremendo sobre mim, os olhos cerrados, seu corpo poderoso, tenso e de alguma forma vulnerável, mesmo sendo tão forte.

Sei que nós dois já fomos casados. Esta não foi a primeira vez para nenhum de nós, mas algo aconteceu dentro de mim, e acredito que nele também. Os sinais são os beijos que ele dá no meu cabelo. Os elogios gentis que ele fala ao longo da minha clavícula, na parte inferior dos meus seios, nas minhas costelas, como se, mesmo depois de terminar, ele não conseguisse parar de me amar. Ele olha nos meus olhos e não posso deixar de pensar que ele também sente isso. É uma semente que brota em terreno baldio e, enquanto adormeço no berço dos seus braços fortes, reconheço que ela pode ter apenas começado a crescer e ainda ser delicada, mas já demonstra sua força.

35

JUDAH

Sei que tenho que deixá-la ir embora, mas, caramba, como?

Não estou falando de deixar Soledad sair da minha casa. Claro que ela precisa voltar para as filhas. Aaron só deve aguentar mais uma noite na casa da Tremaine antes de fazer as malas e ficar esperando na porta. Ele costuma ficar no banco de trás do carro, esperando que alguém o leve para casa. Então tenho que voltar para a minha vida, para as minhas responsabilidades, para os meus filhos também. Não estou falando de como vou deixá-la sair daqui hoje, mas o que vou fazer se acabar assim? Ela disse uma noite.

Que inferno.

Uma noite? Com ela? Impossível. Mas não sei como pedir mais sem atrapalhar o que ela está tentando fazer por si mesma agora. Não quero que ela tenha um relacionamento com ela mesma. *Eu* quero ter um relacionamento com ela. Quero ser o ombro em que ela se apoia e que ela seja o ombro em que eu me apoio também. Quero que a gente desembarace os fios emaranhados de nossas vidas, derrube as barreiras para estarmos juntos. Quero que ela esteja inteira.

Eu só quero estar inteiro com ela.

Como consertar algo que não parece estar quebrado? Porque tê-la na minha cama, nua, com o cabelo caindo por todo o meu travesseiro, parece certo. E se eu puder ter isso, então terei. Já sei que vou aceitar as coisas da maneira que for possível. Do jeito que ela quiser oferecer.

Está ficando tarde e uma sensação de desconforto começa a surgir. Eu deveria acordá-la. As filhas dela estão bem em casa sozinhas. Soledad disse que elas costumam ficar em casa sozinhas, mas ainda assim… Foi um dia difícil para elas. Ver o pai na cadeia deve ter sido difícil. Olho o relógio na mesa de cabeceira. Essa mulher virou todo o meu mundo de cabeça para baixo e está aqui há menos de duas horas.

— Quem sabe ela não possa ficar mais um pouco — murmuro, voltando a me enfiar debaixo das cobertas e estendendo a mão para ela. Ela é pequena… mas a bunda, os quadris, as pernas são grossas e perfeitas.

O lençol cai e eu acaricio uma pinta aveludada no meio de suas costas, como uma gota de meia-noite no mar dourado de suas costas e ombros suaves.

— Droga — gemo em seu pescoço, sem conseguir resistir à vontade de virá-la, beijar seus seios e levar um mamilo cor de amora à boca. — Caramba.

— Você é um amante muito carnal — Soledad resmunga, segurando a minha cabeça dos dois lados e passando a mão no meu rosto. — Mas eu gosto.

— Gosta? — Solto seu seio com um estalo, sorrindo para ela. — Então você vai ficar comigo?

A risada vai desaparecendo, e ela passa o polegar pelas minhas sobrancelhas, pelo maxilar e pelos lábios.

— Veremos. Isso foi um *test drive*.

— Então vamos dar outra volta. — Eu me ajoelho e a agarro pelas coxas, rastejando entre suas pernas, para começar a fazer cócegas em suas costelas.

— Judah! — Ela suspira, fugindo para longe dos meus dedos. — Para! Eu não aguento.

— Estou vendo.

Dou risada, me sentando com as costas encostadas na cabeceira da cama e a puxando para cima de mim, aproximando-a para um beijo. O beijo começa de forma divertida, mas esquenta e transborda até que ela começa a rebolar sobre minha ereção. Estamos perdidos um no outro novamente, mas um som distante interrompe o fluxo do beijo.

— Ah, droga! — Soledad se afasta, deixando meus braços e minha cama vazios. Ela pega meu moletom, tenta enfiar os braços e a cabeça. — É o meu celular. Vamos fazer uma colagem hoje.

Ela sai correndo e seus passos descem as escadas. Visto minha calça jeans, sem me preocupar em colocar uma camisa, e vou atrás dela.

— Sim, querida. Eu sei — Soledad diz, com o celular no ouvido, o quadril encostado na bancada da cozinha. — Mas você pode se acalmar? Diga para Inez que eu disse para ela devolver sua blusa. Vou tirar a mancha quando chegar em casa, e você estará pronta para as fotos da semana.

Ela me lança um olhar exasperado e revira os olhos, cruzando um pé descalço sobre o outro.

— Lupe, eu já consegui tirar sangue do nosso sofá branco, então sorvete no seu suéter é brincadeira de criança.

Paro ao lado dela no balcão, pego sua mão livre e entrelaço nossos dedos. Viro a mão dela, franzindo a testa ao ver uma cicatriz nova que cruza a palma da sua mão como um raio.

— Você quer comida indiana? — ela pergunta. — Peça do Saffron's. É, aquele na praça. Eu quero o curry de frango amanteigado. Posso pegar na volta. Preciso de uns… sei lá. Uns 30 minutos? Tá bem. Sem brigas. Logo estou em casa. Sim, nossa festa ainda está de pé, mas diga para a Inez que os Backstreet Boys estão de volta depois dessa palhaçada. Também te amo.

Ela desliga e olha para nossos dedos entrelaçados, com um sorriso hesitante nos lábios nus. O batom já se foi há muito tempo. Seu cabelo está todo bagunçado. Ela está visivelmente perturbada, e é assim que me sinto: como se uma tempestade tivesse soprado e desarrumado minha mente, minha vontade, minhas emoções. Transar com essa mulher mexeu com a minha alma, revirando tudo o que havia lá dentro, e aqui está ela, conversando tranquilamente sobre manchas de sorvete e comida para viagem.

— Tenho que ir. — Ela delicadamente solta os dedos dos meus. Pego de novo sua mão e viro a palma para cima.

— O que aconteceu aqui? — pergunto, traçando a longa cicatriz.

Seu rosto fica nublado. Ela puxa a mão e passa pelos cabelos cacheados em volta dos ombros.

— Longa história.

— E você só tem 30 minutos. — Vou até a geladeira para pegar uma cerveja.

— Você sabe que tenho que voltar para casa, para as minhas filhas. — Ela franze a testa e vai na direção da escada. — Você entende, né?

Respiro fundo e tomo um gole da cerveja antes de segui-la escada acima. Quando chego ao quarto, ela já está de calcinha e sutiã, de joelhos, olhando embaixo da cama.

— A outra bota está atrás de você — digo, com os braços cruzados, o gargalo da garrafa de cerveja preso entre dois dedos.

— O quê? — Ela olha por cima do ombro, com a bunda para cima, lembrando uma das diversas posições em que a tive.

Eu tive *Soledad*? Esta mulher *me* teve. Me possuiu entre suas pernas. Ela deve saber disso.

— Se você está procurando o outro sapato, está atrás de você — respondo, cerrando os dentes com mais força a cada peça de roupa que ela veste, a cada minuto que passa, aproximando mais a hora de ela sair daqui, como se isso fosse uma espécie de aventura de uma noite, como se eu fosse um parceiro de sexo casual, e não o homem que vem se apaixonando por ela cada vez mais desde o momento em que nos conhecemos.

E agora já fui longe demais. A intimidade que compartilhamos me fez sentir algo que nunca senti antes. Mas eu sabia o que estávamos fazendo. Soledad me disse que foi uma noite. Ela me disse que precisa ficar sozinha agora. Ela não me enganou, mas a frustração ferve sob minha pele enquanto a vejo lutar com o zíper do vestido.

— Eu ajudo. — Paro atrás dela e puxo o zíper até os últimos centímetros. Seu cabelo cai em ondas grossas até o meio das costas, e enterro o rosto naquela nuvem perfumada, respirando o cheiro de óleo de jasmim e os vestígios de nós dois que ainda estão grudados em sua pele.

— Tenho que ir. — Ela se vira para mim. — Sabe como é.

— Sim, eu sei. — Até eu consigo ouvir a tensão nas minhas palavras, mas mantenho o olhar no chão quando sinto os olhos dela em mim.

— Você está bravo comigo? — ela pergunta, franzindo as sobrancelhas. — Eu ficaria, se pudesse.

— Sério? — Encontro o olhar dela antes que ele se desvie novamente. — Porque parece que, mesmo que elas não estivessem brigando, mesmo que não houvesse uma mancha, ou uma festa, ou um jantar, você encontraria algum motivo para fugir daqui.

— Não. — Ela se abaixa para pegar a outra bota, senta na beirada da cama e a coloca no pé descalço, mas deixa o zíper aberto no tornozelo. — Eu não estou fugindo. Só estou mantendo o que a gente combinou. Uma vez e...

Ela para, se move na cama na direção da mesa de cabeceira e abre a gaveta mais larga. Há uma caixa enorme de preservativos ali. Não quero que ela pense que planejei algum tipo de orgia.

— Era o único tamanho de caixa disponível — explico, fechando a gaveta às pressas. — Eu não estava...

— Você está lendo *Tudo Sobre o Amor*? — ela pergunta com a voz suave, os olhos fixos na gaveta que fechei.

— Hum... estou.

— Eu também.

— Pois é. — Inclino a cabeça, franzindo a testa para ela. — Por que você acha que estou lendo?

Eu poderia dizer a ela que cheguei à conclusão que mostrar interesse faz parte de como *ela* expressa amor, e que fiquei pensando se é assim que ela recebe amor também. Eu poderia dizer a ela que tudo o que interessa a ela interessa a mim também, porque é um sinal de como posso conquistá-la, como posso amá-la do jeito que ela merece, mas ela já parece um pouco assustada com o livro, então me contenho.

Ela solta um suspiro trêmulo, enterra o rosto nas mãos e apoia os cotovelos nos joelhos.

— Droga, droga, droga — ela repete, as palavras abafadas na palma das mãos.

Me sento ao lado dela e afasto suas mãos.

— O que foi, linda?

— Não deveria ser assim — ela diz, com a voz trêmula. — Eu deveria conseguir transar e ir embora. Estou numa jornada de solitude. É só a primeira vez que transo desde o divórcio. Eu não deveria sentir... — Ela morde o lábio, se interrompendo.

— Não deveria sentir o quê? — pergunto, prendendo a respiração, instigando-a em silêncio a articular o que ecoou entre nós enquanto eu estava dentro dela.

— Como se tivesse ido para o espaço sideral. — Ela fecha os olhos, mordendo o lábio que não para de tremer. — Como se eu tivesse descoberto um novo planeta. Como se eu estivesse flutuando.

Toda a tensão que acumulei nos músculos desde que percebi que ela ia embora sem reconhecer como o nosso ato de amor foi incrível se dissipa, e meus ombros relaxam. Pego seu queixo entre os dedos e viro a cabeça dela para que possamos olhar um para o outro, nossos rostos a apenas alguns centímetros de distância.

— Te consola saber que eu me senti assim também? — pergunto.

— Não, pior que não. Eu... estou com medo, Judah. Ainda não posso fazer isso de novo. Ainda não estou preparada. Eu não deveria...

— Não vou te apressar. — Passo o polegar pela maçã do rosto dela. — Mas eu disse que sexo não é uma coisa casual para mim, então quando tive a impressão de que para você foi só...

— Não foi. — Ela pega minha mão e beija meus dedos. — Com certeza não foi, mas isso não significa que estou pronta para um relacionamento. O que está rolando entre a gente pode ser algo especial e, ao mesmo tempo, algo que não estou pronta para levar adiante.

— E eu respeito. Isso significa que a gente não vai se ver assim de novo?

Fiquei quatro anos sem sexo, mas eu não conhecia *Soledad*. Agora que eu conheço, não tenho certeza se conseguirei aguentar quatro *dias* sem ela.

— Não sei. — Ela passa as duas mãos no rosto. — Será que a gente pode viver um dia de cada vez?

— Sim, claro. — Beijo sua testa e me curvo para fechar o zíper da outra bota. — Agora é melhor você ir pegar o jantar no Saffron's.

— Tem razão. — Ela fica em pé e hesita na mesa ao lado da minha cama, então abre a gaveta, encarando a enorme caixa de preservativos e a cópia de capa vermelha de *Tudo Sobre o Amor*. — Já terminou de ler?

Afirmo com a cabeça, tirando o livro e entregando para ela. Pequenos post-its voam enquanto ela passa as páginas e pausa para ler as coisas que eu rabiscava nas margens. Ao me lembrar de algumas anotações que fiz, penso em pegar o livro de volta, mas me contenho e deixo que ela olhe. Ela faz uma pausa no capítulo quatro, em que seu nome aparece, e a ponta do seu dedo acaricia a linha onde destaquei e circulei *soledad hermosa*. Ela tira um pedaço de papel rosa que usei como marcador. Droga. É aquela maldita lista de compras dela de meses atrás que encontrei na minha carteira e não consegui jogar fora. Se ela já achava que eu a estava perseguindo...

Ela não comenta, mas passa o pedaço de papel rosa entre os dedos antes de colocá-lo de volta nas páginas e guardar o livro na gaveta aberta.

— Posso perguntar quando a gente vai se ver de novo? — Suavizo a expressão do rosto, sem querer demonstrar nada que a faça se sentir culpada ou obrigada, mas quero saber.

— Me liga. — Ela dobra meu moletom com cuidado e coloca no banco ao pé da cama.

— Beleza. — Eu a sigo para fora do quarto e descemos as escadas. Ao entrar na garagem e abrir a porta do carro, ela se vira para mim e sorri, com ondas de cabelo rebeldes se espalhando ao seu redor.

— Você achou mesmo que ia recuperar o tempo perdido com aquela caixa gigante de camisinhas, né?

Dou risada e mostro o dedo do meio para ela.

— Saia da minha casa e não volte mais.

— Você não está falando sério.

Ela mostra a língua, entra e liga o carro. Ela sai da minha garagem com o carro e um vazio se instala em meu peito assim que ela some de vista.

— Não — digo para a garagem vazia. — Não estou falando nada sério.

36

SOLEDAD

— Estou com a periquita roxa graças a você.

Bufo de rir com a declaração ultrajante — e precisa, aliás — de Hendrix.

— É o que se chama de beijo de vara — digo, sorrindo para ela e Yasmen, ao olhar por cima do meu cardápio. — Nós todas estaremos assim amanhã, em lugares inusitados, mas dizem que é mais difícil na primeira vez.

Coloco o cardápio na mesa e sorrio para Cassie, chefe de cozinha do Canja, enquanto ela se aproxima da nossa mesa.

— Vocês já decidiram o que vão querer? — Cassie pergunta, pousando uma cesta que contém muffins de milho e biscoitos.

— A que devemos esta honra? — Hendrix sorri para ela. — Não é todo dia que a própria chef vem anotar nosso pedido.

— Ouvi dizer que a patroa estava aqui com as amigas. — Cassie faz um gesto para Yasmen, com seu rosto lisinho e sem rugas sob o lenço branco imaculado que cobre seus cabelos louros dourados. — Quis atendê-las pessoalmente, senhoras. Alguma dúvida sobre o cardápio?

— Sim, por que tudo parece tão bom? — Dou uma olhada em todos os pratos gordurosos e substanciosos. — Acabei de malhar, mas esse mac'n'cheese recheado... hmmm. Pelo menos, as costelinhas não estão mais no cardápio para me tentar.

— No Canja de Charlotte ainda tem — Hendrix diz, lançando um olhar malicioso para Yasmen. — Passei por lá quando fui visitar a mamãe no mês passado. A receita da Vashti continua fazendo sucesso e atraindo muita gente.

Yasmen lança um olhar irônico diante do comentário discreto de Hendrix sobre uma ex-funcionária gostosona que foi transferida de Atlanta para a unidade da Carolina do Norte.

— Não é bem a saída da costelinha do cardápio que me deixa feliz. — Yasmen sorri. — Mas sim da cozinheira que preparava. Quero mais é que a galera de Charlotte se esbalde nas costelinhas. Estamos bem aqui.

E isso é tudo que diremos sobre esse assunto.

— Eu quero as asinhas de peru. — Hendrix fecha o cardápio com um estalo decisivo. — Tomates verdes fritos e espiga de milho.

— Quero o de sempre, a canja com camarão — Yasmen diz, entregando o cardápio para Cassie. — Em time que está ganhando não se mexe.

— Vou querer o peixe. — Dou uma rápida olhada nos acompanhamentos. — Arroz, molho, vagem.

— Parece bom — Cassie diz, me dando uma piscadela. — E vou trazer um pouco da compota de pera da Soledad para acompanhar os biscoitos.

Sorrio com o comentário dela, compartilhando um sorriso com Yasmen sobre aquela pequena, mas consistente, contribuição para a minha renda mensal. Alguns restaurantes da região de Atlanta agora servem as Compotas Secretas da Sol. As quantidades ainda são relativamente pequenas, mas cada contribuição é válida.

— Eu só queria experimentar o pole dance — continuo de onde paramos. — Algumas aulas experimentais, antes de me comprometer a instalar um poste no meu galpão. Então, obrigada por me acompanharem nessa aventura.

— Acho que não é para mim — Hendrix diz. — Se for para ficar pendurada de cabeça para baixo, é melhor que seja por um homem me levando para o quarto.

— Também não tenho certeza se eu topo, Sol — Yasmen concorda. — Acho que você vai ter que se virar sozinha nessa.

— Tudo bem — digo. — Talvez eu nem instale o poste no final das contas, mas parece uma maneira divertida de ficar em forma, e tenho me esforçado para experimentar coisas novas.

— Como vai o refúgio feminino? — Hendrix pergunta.

— Você não tem assistido às minhas atualizações ao vivo? — Finjo estar ofendida. — Você deveria ser minha empresária.

— Ah, eu sou sua empresária, garota. — Hendrix me lança um olhar misterioso. — Tenho algumas coisas na manga para você.

— Que coisas? — Yasmen pergunta, mastigando um muffin.

— No seu devido tempo — Hendrix responde, enigmática. — Está no forno. Só vou falar quando estiver assado.

— Eu poderia fazer uma piada imatura sobre essa sua frase. — Dou risada. — Mas vou escolher ser superior e madura.

— Falando em ser madura — Yasmen diz, séria —, que é exatamente o que você foi ao não dar um soco na cara da Amber, já pensou em como contar às meninas que elas têm um irmão mais novo?

Esmago um biscoito no meu prato.

— Vou esperar por enquanto. Por que sou eu que preciso contar para elas todas essas merdas?

— Isso aí — Hendrix diz. — Deixa que o Edward se vire com isso quando sair da cadeia. Continua se esforçando no pole dance.

Dou risada, erguendo a minha água para um brinde.

— Um brinde pelo meu esforço como se o aluguel estivesse atrasado, mesmo que eu não esteja ganhando dinheiro com os meus esforços.

Elas aceitam meu brinde, mas Hendrix faz careta.

— Se a minha periquita doer, vou querer pelo menos três orgasmos para compensar.

Engasgo um pouco, cuspindo ao ouvir falar de orgasmos múltiplos, mas me recomponho. Contei a Hendrix e Yasmen sobre a visita à cadeia e sobre o pacotinho de alegria da Amber, mas não mencionei o sexo avassalador que tive com Judah. Elas costumam dar ótimos conselhos, e depois da forma como fugi da casa de Judah, como se estivesse sendo perseguida, pode ser que eu esteja precisando de conselhos.

— Então, eu meio que... ééé... — digo, tirando os talheres do guardanapo. — Meio que transei com o Judah.

Minha novidade é recebida com dois pares de olhos chocados e queixos caídos.

— Sua danadinha. — Hendrix ri, me dando um soco de parabéns. — Quando?

— No Ano-Novo — confesso.

— E só agora você conta para a gente? — Yasmen pergunta.

— Faz só uns três dias — lembro a ela.

— Você tem que contar essas coisas imediatamente — Hendrix diz. — Estamos na seca e comemoramos qualquer previsão de chuva. Pelo menos uma de nós está se dando bem.

— Ei, com licença. — Yasmen ergue a mão. — Eu me dou bem com frequência, e o negócio é bom, viu.

— Pois é, mas você é casada. — Hendrix acena, desdenhando com a mão. — Com o mesmo cara. Duas vezes. Que chaaaaato.

Todas nós rimos da piada, mas quando o humor desaparece, Yasmen estreita os olhos para me encarar.

— Então conta o que aconteceu entre o momento *Ai, meu Deus, meu marido presidiário tem um bebê secreto* e *eu transei com o cara que botou ele na cadeia* — Yasmen diz, apoiando o queixo nas mãos dobradas. — Que drama de novela mexicana.

— Nossa, que saudades das novelas mexicanas — Hendrix diz. — Minha avó costumava assistir todos os dias quando a gente passava o verão na casa dela.

— Mesma coisa lá em casa! — digo. — *General Hospital* com a vozinha e várias novelas com a *abuela*.

— Foco, gente. — Yasmen bate palmas três vezes e lança um olhar meio sério para Hendrix e para mim. — Olha, uma de nós foi virada do avesso por um contador bonitão, e eu quero todos os detalhes antes que chegue a hora do toque de recolher da mamãe aqui e eu tenha que sair para verificar as tarefas de casa e preparar almoço para amanhã.

— Tá bom. — Hendrix toma um gole de água. — Prioridades. Desembucha, Sol.

— Bom, eu fiquei perturbada depois de ver a Amber — digo.

— E você pensou: "Já sei o que vai me fazer sentir melhor" — Hendrix diz, imitando minha voz mais aguda. — "O pau do Judah."

— Hen! — Os lábios de Yasmen se contraem. — Deixa ela contar.

Não quero rir, mas elas deixam tudo mais difícil — e melhor! — que deixo escapar uma risada antes de retomar a história.

— Bem, na verdade, a culpa foi sua, Hen — aviso. — Você e a Lola me disseram que um relacionamento comigo mesma não significava que eu não pudesse me dar algum prazer de vez em quando.

— Fico feliz em receber os créditos. — Hendrix dá um tapinha nas próprias costas. — Se tem alguém que merece algum prazer, depois do que aconteceu no ano passado, é você.

— Fico feliz se você estiver feliz, Sol — Yasmen diz. — Mas por que tenho a sensação de que isso vai além de um caso de uma noite?

— Ele gosta de mim — admito.

— A gente já sabia disso desde que ele chegou na sua casa olhando para você como se você estivesse coberta de granulado de chocolate — Hendrix diz. — Você também gosta dele. A gente já sabe disso também. O que a gente não sabe é como foi o sexo.

Cubro o rosto.

— Estou ferrada.

Yasmen afasta meus dedos um por um, fixando os olhos nos meus.

— Foi tão bom assim?

Baixo as duas mãos e suspiro.

— Acho que, no fundo, assim que ele disse que os filhos não estavam em casa, eu sabia que ia rolar. — Faço uma pausa para dar a minha próxima declaração a importância que ela merece. — Ele estava usando óculos quando cheguei lá.

As duas engasgam porque todas nós sabemos que tenho uma queda por caras de óculos.

— E você foi logo se perguntando — Hendrix entoa sem nenhum sinal de humor —, "Qual é a melhor forma de sentar no rosto de um homem que está usando óculos?".

— Eu me perguntei isso e não foi nem a primeira vez. — Dou de ombros, impotente. — Era de aro preto. Eu não tenho sangue de barata.

— Menina, ninguém pode culpar você nessas circunstâncias. — Hendrix toma um gole de chá. — É claro que você foi até ele de pernas abertas.

— Vocês são adultos que sabem bem o que querem — Yasmen diz. — São solteiros. Vocês dois sabiam no que estavam se metendo, né?

— É, eu falei para ele que seria uma vez e ele entendeu. Ele perguntou se era vingança por causa do que eu tinha acabado de descobrir sobre o Edward e a Amber.

— E aí? — Hendrix ergue as sobrancelhas escuras e curiosas. — Foi mesmo um sexo pra *dar o troco*?

— Não, não mesmo. Só que eu queria algo para mim. Eu queria *ele* para mim, e sabia que o Judah me queria. Foi bom ser desejada assim. Com ele, foi lindo... — Engulo em seco. — Foi tão perfeito. Eu só conseguia pensar: *Eu tenho quarenta anos. Como eu não sabia que podia ser assim? Como me contentei com menos do que isso por tanto tempo? E eu teria continuado a me contentar se a máscara do Edward não tivesse caído? E se eu tivesse passado a vida inteira sem me sentir assim?*

A mesa fica silenciosa com as minhas perguntas retóricas pairando no ar.

— Ele não esteve com ninguém desde que se divorciou, há quase quatro anos — continuo, minha voz carregada com o significado dessa informação. — Não saiu com ninguém. Nada. Ele é celibatário e não faz sexo casual mesmo.

— E você acreditou quando ele disse que seria um lance para uma noite só? — As palavras de Hendrix saem um pouco exasperadas. — Esse homem está apaixonado por você, Sol.

— Não. — Balanço a cabeça. — Ele não pode estar. — Mordo a unha do polegar e lanço a elas um olhar suplicante. — Será que está?

— Como você está se sentindo? — Yasmen pergunta. — Seja sincera com a gente. Seja sincera com você mesma.

Engulo as desculpas e afasto a cortina de fumaça das respostas para dizer uma verdade não filtrada.

— Estou com medo. E se os meus sentimentos não forem por ele, mas por não gostar de ficar sozinha? Por não querer confiar em mim mesma, porque depender de um homem era um hábito?

— Você não está pedindo para ele pagar as suas contas — Hendrix diz secamente.

— Têm outras maneiras de confiar em alguém, Hen — digo. — Este capítulo deveria ter a ver com contentamento, com saber a diferença entre estar sozinha e estar solitária.

— Você foi casada com o Edward, mas não se sentia sozinha durante o seu casamento? — Yasmen pergunta.

Eu me sentia. As duas sabem disso. Responder seria redundante, então não me dou ao trabalho.

— Talvez o segredo seja encontrar contentamento onde quer que você esteja, com quem quer que esteja — Yasmen continua. — Saber que você sempre terá você. Será que você precisa abrir mão da felicidade com outra pessoa para ser feliz com você mesma?

— Esse é o problema. — Olho para as mãos no colo. — Já não sei mais. De todas as coisas que o Edward tirou de mim, a minha autoconfiança parece ser a mais difícil de recuperar.

Os garçons trazem a comida antes que eu possa dizer mais alguma coisa, mas assim que nossos pratos são servidos e começamos a comer, minhas amigas voltam ao assunto, é claro.

— Eu vi o jeito como ele ficou te olhando no Festival da Colheita — Yasmen diz, com uma colher de canja com camarão na boca. — Aquele homem estava caidinho por você.

— Ele *vem* planejando isso há algum tempo. — Rio com a boca cheia de vagens. — Você deveria ter visto o que ele tinha na mesa de cabeceira.

— Camisinhas? — Hendrix pergunta, abrindo um sorriso.

— Isso! Um monte! — Aperto os lábios com um guardanapo para não cuspir a comida ao rir. — Ele estava megapreparado, o que é a cara dele. Fiquei surpresa que ele não tinha lubrificante.

— Uma garota precisa ter seu próprio lubrificante. — Hendrix faz careta. — Eu sempre carrego lubrificante em caso de emergência.

— A gente sabe. — Yasmen rega suas palavras com sarcasmo. — Você encheu nossas meias de Natal com isso no ano passado.

— De nada. — Hendrix gargalha.

— E aí, como você está se sentindo em relação a tudo isso? — Yasmen pergunta, nos levando de volta às coisas que venho tentando não enfrentar.

— Não sei. — Dou de ombros sem forças. — Só sei que ele é incrível. Não tenho certeza se *quero* voltar a como as coisas eram antes daquela noite, mas talvez eu *deva* voltar para não me apegar ou ficar muito dependente.

— Não fica caçando pelo em ovo — Hendrix diz, com um tom sóbrio ainda mais evidente, porque em geral é ela quem nos faz rir. — Você gosta do Judah. Judah gosta de você. Não deixe o Edward estragar o que você tem de bom.

— Não tem a ver com o Edward — digo. — Tem a ver comigo. Se trata de eu conseguir ficar sozinha e confiar em mim mesma.

— Você já *estava* sozinha — Yasmen interrompe. — Edward não estava com você no final do casamento. Ele não estava presente. Ele não era amoroso. Você estava criando aquelas meninas, administrando aquela casa, construindo sua carteira de investimentos. O único jeito que aquele homem tinha para construir riqueza de verdade era roubando. Ele tentou te derrubar. Ele precisava mais de você do que você precisava dele. Azar dele que você finalmente descobriu isso.

— E assim que ele saiu de cena — Hendrix diz —, você mostrou para todo mundo, inclusive para você mesma, do que você é bem capaz.

— Não é que você não possa confiar em você mesma, Sol — acrescenta Yasmen, apertando minha mão. — Era nele que você não podia confiar. Você é a pessoa mais capaz e confiável que eu conheço.

— E eu? — Hendrix pergunta, abrindo espaço para um pouco de leveza.

— É, tá, você também, que seja. — Yasmen revira os olhos e lança um sorriso afetuoso para Hendrix. — O que quero dizer é que todo mundo sabe como você é incrível, Sol. Edward é a única pessoa que não queria que você acreditasse nisso. Não tem nada que ele deseje mais do que você desperdiçar mais 20 anos "se recuperando" dele.

— Eu simplesmente não esperava encontrar algo, *alguém*, que fizesse eu me sentir assim em tão pouco tempo após o divórcio — admito. — É meio aterrorizante.

— Você sabe o que a minha tia Byrd costumava dizer? — Yasmen pergunta, uma breve sombra nubla sua expressão ao mencionar a falecida tia de Josiah, a mulher que era como uma segunda mãe para ela.

— O quê? — pergunto prendendo a respiração.

— *O que Deus dá fácil* — Yasmen diz —, *tira fácil também.* Nunca se deve questionar uma bênção.

— E você acha que o Judah é uma bênção? — pergunto.

Hendrix afasta um pedaço de tomate verde frito para me dar um meio sorriso.

— Você não acha?

37

SOLEDAD

— Alguém acordado por aí?

Dirijo a pergunta para a minha câmera que está na espreguiçadeira, que comprei numa loja de antiguidades. Embora ainda faltem alguns trabalhos de bricolagem para fazer no meu refúgio feminino, acho que consigo encaixá-la aqui assim que me livrar do estofado rosa.

— Caso vocês queiram saber — continuo —, já passou da meia-noite aqui e ainda estou acordada. Pois é. Vocês devem ter visto o meu post do início da semana falando sobre a importância de dormir oito horas. Eu tentei. Só que continuo acordando.

Ouço o barulho de comentários martelarem a minha tela com a participação dos meus seguidores.

— Chá de camomila — leio um comentário. — Ótima sugestão, MarilynMonMo. Vamos ver o que mais. DTF2000 diz: "Transar sempre me derruba. Algumas pessoas ainda transam mesmo quando estão num relacionamento com elas mesmas. Vai nessa". #desafioencontroasos.

Pigarreio e espero que o rubor no meu rosto não apareça.

— Devidamente anotado. Obrigada por esse sábio conselho, DTF2000. Depois dessa, acho que já vou indo e tentar mais uma vez. Boa noite, meus amores. Durmam bem.

Saio e apago a luz do suporte, mas deixo o celular ali.

— Transar, é? — murmuro, me jogando de volta na espreguiçadeira. — Melhor não. Não hoje.

Eu e Judah conversamos ou trocamos mensagens quase todos os dias desde que transamos, mas não nos vimos mais. Nós dois estivemos ocupados. Durante a semana, seus filhos ficam em casa e cuidar deles toma muito tempo. Eu entendo. Entre levar e buscar Inez e Lottie para a escola, acordar cedo para a academia, ficar até mais tarde nos clubes e ser voluntária nos comitês de pais, sem mencionar todos os trabalhos com marcas que assumi ultimamente para conseguir pagar as contas, quando teríamos tido tempo para repetir o nosso acasalamento mágico, por assim dizer?

E será que estou mesmo preparada para deixar acontecer de novo?

Meu corpo grita *Siiiiiim, mulher. Você com certeza está.*

Transar com Judah despertou algo em mim. Antes eu sentia tesão, claro, mas agora é diferente. Sei muito bem como é a sensação de ter Judah dentro de mim. Como ele fica quando goza. Como ele é selvagem, altruísta e paciente como amante. Meu corpo quer isso de novo, e de novo, e de novo, quantas vezes for possível.

Minha mente não tem tanta certeza. Meu coração quer ficar de fora disso. Deixe que meu corpo e minha mente lutem, porque assim que meu coração tomar um lado...

Pego um catálogo de papel de parede para ver algumas opções marcadas como possibilidades para a parede dos fundos.

— Isso não vai me fazer dormir — murmuro, acariciando uma amostra floral. — Amostras me deixam muito animada.

Uma notificação de mensagem soa, alta e inesperada. Deixo cair o catálogo e atravesso a sala. Pego o celular do suporte de luz e o viro para ler a mensagem recebida.

Judah: Ouvi dizer que você não consegue dormir.

Abro um sorriso incontrolável e me sento no braço da espreguiçadeira, quase deixando cair o celular, com os dedos ansiosos para responder.

Eu: Me perseguindo de novo, é? Mas sim, estou de pé.
Judah: Você ainda está no seu refúgio feminino?

Meu coração dá uma cambalhota no peito, mas respiro fundo e digito.

Eu: Tô. Ainda aqui.
Judah: Está sozinha?
Eu: Lottie e Inez estão dormindo. Lupe vai passar a noite na casa da Deja. Então, sim. Estou sozinha aqui fora. E os seus meninos?
Judah: É fim de semana. Eles estão com a Tremaine.
Eu: O que você está fazendo acordado?
Judah: Estou trabalhando numa apresentação para segunda-feira e acabei vendo você ao vivo.
Eu: Coincidência, né? kkk.
Judah: Tenho umas coisinhas que podem ajudar você a dormir. Quer ou não, espertinha?
Eu: Eu adoraria ver essas coisas das quais você tanto fala.
Judah: Ótimo. Posso passar aí?

Transar sempre me derruba. Cala a boca, DTF2000.

Eu: Claro. Vou destravar o portão.
Judah: Preciso de cinco minutos.
Eu: Tão rápido assim?
Judah: Eu já estava a caminho ☺

Claro que estava.

— Cinco minutos? — berro de repente ao me dar conta. Corro para destravar o portão e volto para o minúsculo lavabo no canto de trás do refúgio. Na verdade, não passa de um vaso sanitário e uma piazinha com um espelho pendurado acima. Meu cabelo está todo bagunçado. Estou usando um cropped que diz *DOBRE AQUI* e uma legging da Lupe escrito *PINK* na bunda. A legging ficou muito comprida para mim, então enrolei até o joelho. E para completar, adicione a esse visual um par de chinelos brancos de pele falsa de um anúncio patrocinado que fiz umas semanas atrás. Estou uma confusão só, mas não dá para arrumar nada disso agora. Estou ao menos tentando desembaraçar o cabelo com os dedos quando escuto um *toc-toc-toc*.

— Merda — sussurro, mas atravesso a curta distância do lavabo até a porta.

Judah está ali fora, na minúscula varanda de cimento, carregando uma mochila da escola Harrington e vestindo uma blusa de moletom preta com calça de moletom cinza. A maneira como aquela calça se ajusta em seus quadris magros e abraça sua bunda... a noite não está sendo justa.

— Quase esqueci que o Adam estuda na Harrington — digo, recuando para que ele possa entrar. — É estranho nunca ter visto você lá.

— Ele é mais velho que as suas filhas, aí fica no *campus* norte. Além disso, a escola fica mais perto do escritório da Tremaine, então ela que costuma levar o Adam. A escola do Aaron é mais perto do meu, aí eu o levo.

— Um ótimo sistema — digo, precisando de algo para me distrair da sua beleza. Ele está com um novo corte de cabelo, bem aparado, mas há um leve indício de barba que cresceu ao longo do dia e que abraça a linha esculpida de sua mandíbula, e isso está me enlouquecendo. Se ele estivesse usando óculos, eu já estaria sentada no seu rosto.

— Quando os meninos não conseguem dormir, principalmente Aaron — ele diz, pegando a mochila —, isto aqui ajuda.

Ele me entrega um cobertor cinza. Eu aceito, surpresa com o peso.

— É tricotado com cimento? — brinco. — Deve pesar uns 50 quilos.

— Quinze, na verdade. É um cobertor com peso. Ele tem uns cinco desses. Com o cobertor, a melatonina e o chá que eu trouxe, você vai apagar antes mesmo de contar as primeiras ovelhinhas.

— Espero que você esteja certo.

— Em geral estou. — Ele olha as palavras estampadas no meu peito. — Gostei da camiseta.

Só então me dou conta de que não estou usando sutiã e que meus mamilos ficaram felizes ao vê-lo.

— Ai, meu Deus. — Seguro meus seios como se quisesse protegê-los.

Sua risada repentina me assusta, não só pelo som, que é cheio e ressonante, mas pelo efeito que ela causa no seu belo rosto. A forma como quebra as linhas austeras e aquece seus olhos escuros, em geral sérios. Suaviza a expressão severa da sua boca. Deixando-o aberto e me convidando a entrar.

— Vem cá. — Ele larga a mochila, se senta na espreguiçadeira e me puxa para seu colo. — Fiquei com saudades.

Ele diz isso com tanta liberdade, e é difícil acreditar que algum dia pensei que esse homem fosse frio e reservado. Ele é generoso com suas palavras, com seu carinho, pelo menos comigo. Envolvo sua nuca com uma das mãos e pressiono seu peito com a outra, sobre seu coração.

— Fiquei com saudades também — sussurro, pegando seu lábio inferior entre os meus. Ele me ajeita na espreguiçadeira embaixo dele e segura meu rosto, abrindo minha boca, e me mima com beijos caramelizados. Sinto aquele calor doce e sensual se derreter, se derramar entre nós. Estou me afogando nisso. Ele não desiste e eu perco o fôlego, buscando ar para respirar em seu pescoço. Sua mão desliza sob a barra da minha blusa curta, apertando um seio nu e depois o outro.

— Durante a sua ciberperseguição noturna — suspiro entre beijos, enfiando a mão em sua calça jogging —, você viu o que a DTF2000 sugeriu que eu deveria fazer para pegar no sono?

Ele geme quando minha mão se move ao longo do corpo dele. Ele pressiona a testa na minha, soltando um longo suspiro.

— Eu vi a sugestão.

Ele se afasta para olhar meu rosto, procurando a resposta para uma pergunta que ainda não fez, mas que está clara em seus olhos.

— Tem certeza? — ele pergunta.

Se eu tenho?

— Tenho certeza de que quero você. — Me sento e tiro a camiseta pela cabeça, distraindo-o com meus seios, como eu sabia que aconteceria.

Ele tira o moletom, revelando uma camiseta justa por baixo que se molda aos músculos dos seus ombros, costas e peito. Ele tira a camiseta também, e eu percorro sua topografia esculpida com mãos ansiosas. Ele tira a calça de moletom e a cueca, enquanto eu tiro a calça da Lupe. Esqueci que não estava usando calcinha por baixo.

Ops.

Uma coisa que fiz desde a última vez que o vi foi cuidar da depilação. Embora ele não parecesse se importar com um pouquinho de pelos lá embaixo quando me chupou *duas* vezes, achei melhor dar uma boa aparada para uma ocasião como esta.

— Parece bobo se eu disser que tenho sonhado com isso? — ele pergunta, estudando meu corpo nu como se eu fosse um bufê e ele estivesse em jejum.

— De forma alguma — digo, correndo para trancar a porta do galpão. — As meninas estão dormindo, mas só por precaução.

Volto para a espreguiçadeira devagar, parando para ficar entre os joelhos dele.

— Por acaso você trouxe camisinha?

— Trouxe — ele responde, tirando uma do bolso. — Só por precaução.

— Me deixa adivinhar. — Monto nele, colocando os joelhos ao lado de suas coxas musculosas. — Você tem uma caixa enorme de camisinhas nessa mochila aí.

— Só preciso de uma — ele diz, com a voz rouca e áspera.

— Não se subestime.

Ele agarra minha bunda e me puxa um pouco para cima para colocar meu seio na boca. Deixo a cabeça cair para trás, meu cabelo corre pelas minhas costas num rio de ondas. Meus quadris começam a se mexer, se preparando para o ritmo do qual, mesmo após uma única vez, meu corpo se lembra. A embalagem faz barulho quando ele abre a camisinha, e eu olho para baixo.

— Deixa comigo. — Pego a camisinha e seguro firme com a mão por segurança. Eu me afasto, mas, em vez de já ir colocando a camisinha nele, deslizo para o chão entre seus joelhos abertos e o agarro na minha mão. Olhando nos seus olhos, sem desviar, abaixo a cabeça e o coloco na boca.

— Sol — ele geme, se recostando, o marrom-escuro da sua pele brilha contra o brocado rosa berrante.

Eu havia esquecido como sou boa nisso. O quanto gosto disso. Eu o seguro na mão, percorro todo o comprimento, chupo e lambo até sentir sua mão segurando meu cabelo e forçando minha cabeça para baixo para engolir mais. Eu engasgo um pouco, mas respiro, querendo que ele sinta isso, mas ele me segura pelos braços e me puxa depois de alguns minutos, me levando para seu colo. Ele pega a camisinha, se protege e toca entre minhas pernas.

— Queria ter certeza de que você está pronta — ele diz, com a respiração entrecortada. — Você está encharcada.

— O que posso dizer? — Dou de ombros e me levanto, pronta para recebê-lo. — Fazer você se sentir bem faz isso comigo.

Quando ele desliza dentro de mim, é diferente da última vez. Nós nos olhamos nos olhos enquanto eu subo e desço sobre ele. É como se nossos corpos tivessem marcado esse ponto para que pudéssemos continuar bem de onde paramos no Ano-Novo, nos arrastando ainda mais fundo para um redemoinho de paixão. E cada toque, cada carícia, cada beijo é como um salto quântico, que nos leva rápido e para longe, para um momento que não existe em nenhum outro lugar além deste. Um lugar no tempo que reivindicamos como só nosso, isolado do mundo além destas paredes. Selado entre nossos corpos. Algo feito a partir da fusão das nossas moléculas, das células que coligem formando um novo *nós* onde somos inseparáveis e tudo é possível. Um milagre de intimidade. Uma fé enraizada no compasso dos nossos corpos e nos suspiros das nossas almas.

Ele enrosca a mão no meu cabelo, me puxando para a frente e invadindo a minha boca, saqueando-a para que eu revele todos os meus segredos. Até que meus lábios digam tudo o que ele quer saber sem deixar para trás uma só palavra.

— Eu quero isso o tempo todo, Sol — ele diz, distribuindo beijos pelo meu queixo, pelo pescoço, pelos ombros. — Tenho que ficar fingindo que não?

Não tenho palavras para responder porque esta fusão da nossa carne, alma e espírito me deixa sem pensamentos, confunde a minha razão e os meus motivos. Bloqueia minhas dúvidas e hesitações. Quando estamos unidos assim, eu daria qualquer coisa para ele, e essa pode ser a verdade mais perigosa de todas.

Depois de preenchermos as paredes com nossos gritos abafados, me deito em seu peito e ouço seus batimentos cardíacos. Acelerados, se ajustando aos poucos, até ficarem outra vez estáveis como um metrônomo.

— Eu não queria te pressionar — ele diz depois de alguns minutos de silêncio, seus dedos brincam sobre a pele úmida e nua das minhas costas. — Enquanto a gente estava... Eu não deveria ter dito aquilo.

Viro a cabeça, girando para olhar para o rosto dele.

— Ainda estou resolvendo algumas coisas, mas não quero te segurar, Judah.

— Essa é a minha fala. — Ele solta um suspiro sem graça. — Tem coisas que você precisa descobrir sozinha, sobre você mesma, e eu não quero interferir, mas estou achando muito difícil ficar longe.

Ficar longe? Ir embora? Viver sem isso? Um tremor percorre meu corpo ao pensar em perder aquele momento que criamos. Em nunca mais poder encontrá-lo.

— Não fique longe. — Traço o arco, a linha e a curva de sua boca. — Estou aprendendo a confiar em mim mesma de novo.

— E em mim? — ele pergunta, mordendo a ponta do meu dedo com os dentes. — Você está aprendendo a confiar em mim?

Não respondo, mas deito a cabeça em seu peito, me aconchegando mais perto sob o cobertor pesado.

— Talvez eu esteja aprendendo a confiar em nós dois.

38

SOLEDAD

— Você trapaceou — Judah me acusa, sentado à mesa de jogos no meu refúgio, vestindo apenas cueca e uma meia.

— Como é possível roubar no Uno? — Tento manter a cara séria, mas não consigo conter a risada.

— Você inventou esse jogo.

— Uno é um jogo de verdade. Jogo desde os seis anos de idade. Eu sempre jogo com as minhas filhas. Eu não inventei as regras.

— Tá, mas nunca ouvi falar de strip Uno.

— É como jogam na França. — Sorrio para ele por causa da única carta que ainda tenho na mão. — E como eu iria roubar?

— Quando você me convenceu a ligar para o trabalho dizendo que eu estava doente. E eu nunca fiz isso, aliás.

Nós dois fizemos coisas fora do comum nas últimas duas semanas. Faltamos compromissos. Faltamos trabalho dizendo que estávamos doentes. Fizemos encontros às escondidas. Tem sido maravilhoso.

— Ah, então agora eu também te corrompi. — Dou risada. — Continue.

— Você sabia que queria jogar essa versão pervertida do jogo.

— Pervertida? — Levo a mão ao peito. — Não achei que você se ofendesse tão fácil. Jamais teria imaginado, pela maneira como me dobrou sobre aquela mesa e fez o que quis comigo totalmente vestida assim que chegou.

Seus lábios se contraem.

— Isso não vem ao caso.

— Vem ao caso, sim, afinal, foram *duas* vezes.

Seus olhos faíscam e ele continua:

— Como eu disse, você planejou tudo, aí sabia que deveria vestir todas essas peças. — Ele aponta para meu casaco de inverno, cachecol, chapéu e luvas por cima da calça jeans, uma camiseta, dois pares de meias e minhas pantufas de pele falsa. — E eu vim despreparado e estou quase pelado depois de uma hora.

— Não estou pelada o suficiente para o que tenho em mente. — Dou risada, esticando a perna por baixo da mesa para passar o pé pela panturrilha dele.

— Para com isso. — Ele me lança um olhar severo. — Estou acusando você de algo muito sério.

— De querer ver você pelado? — Franzo a testa e inclino a cabeça. — Ou de querer ver você perder?

— Os dois. — Ele olha para a única carta que resta na minha mão. — E aposto que é uma carta curinga. Você também trapaceou assim. Não entendo como, mas você ficou com as cartas curingas em todas as mãos.

— O que posso dizer? Eu atraio essas cartas. Sempre consigo pelo menos uma vez. Eu adorava quando era criança, porque podia mudar a cor do jogo e escolher a que eu quisesse.

— Bem, eu tenho quatro cartas — ele diz. — E você só tem mais uma, aí nós dois sabemos que você está prestes a ganhar. Joga logo.

Em vez de jogar minha carta final, me levanto e caminho até o lado dele da mesa. Passo uma perna sobre a dele e o monto na cadeira, deslizando a borda da minha carta pelo seu peito e seu abdômen. Seus músculos se contraem sob a trajetória da carta. Viro a carta e bato no seu peito nu. Ele olha para baixo e solta uma risada incrédula.

— Você só pode estar trapaceando! — Ele pega a carta curinga e joga para o outro lado da sala.

— Que mau perdedor. Agora vamos ver. Você tem uma meia e essa cueca. O que é que eu vou pedir?

— Não quero mais brincar — ele diz, tirando meu chapéu e o jogando no chão.

Meu cabelo cai sobre os ombros.

— *Isso* sim é trapacear. Você não pode simplesmente começar a tirar minhas roupas. Você não ganhou nem uma rodada.

— Posso, sim — ele diz, puxando meu cachecol e o jogando por cima do ombro. — E é o que vou fazer.

— Trapaça! — Tento, sem vontade, sair do colo dele, mas ele me segura, mexendo nos botões do meu casaco.

— Isso tem que sair.

— Que injustiça — digo, rindo e me contorcendo, enquanto ele aproveita para fazer cócegas nas minhas costelas por baixo do casaco.

Ele agarra minha mão e arranca uma luva. A risada morre em seus olhos quando ele observa a palma da minha mão, levando-a aos lábios e deixando um beijo na cicatriz.

— Você nunca me contou o que aconteceu aqui.

— Não contei? — Exalo a minha última risada e me levanto, indo até a mesa para pegar a carta curinga e trazê-la de volta.

— Não, mas lembro que você estava com um curativo no dia em que foi lá no meu escritório com o pen drive.

Faz tanto tempo que não falamos sobre aquele dia. Parece outra vida, uma em que ele ainda era um enigma, e não o homem cujo corpo conheço quase tão bem quanto o meu agora. Uma vida em que o único escape que encontrei para a raiva estava dentro das paredes desta sala. Aquela era outra mulher, e não quero reencontrá-la.

— Eu me cortei — digo finalmente, tiro o casaco de inverno e o penduro no cabide perto da porta.

— Como? — ele pergunta, se recostando na cadeira, tão confiante de cueca e meia como a maioria dos homens só ficaria em um terno Armani.

— Eu descobri uma coisa sobre o Edward que me fez perder um pouco a cabeça — digo, forçando uma risada. — Peguei meu facão para destruir as roupas e os sapatos dele. — Meus olhos vão direto para os buracos e amassados ainda presentes em uma parede. — O esconderijo masculino dele. — Dou de ombros. — Eu sabia que a camisa do Bird era o bem mais precioso dele, aí quebrei o vidro e, claro, foi onde encontrei o pen drive.

— E foi assim que você cortou a mão?

— Foi.

— O que você descobriu sobre Edward?

Eu me acomodo na espreguiçadeira e puxo os joelhos para o peito, a vergonha vai se infiltrando, numa sensação fria e familiar.

— Minha médica me ligou e disse que eu estava com clamídia.

— Que merda, Sol. — Ele se levanta e atravessa a salinha para se sentar a meu lado na espreguiçadeira. — Que filho da puta.

— Tem cura… Quer dizer, eu estou bem agora, mas foi assim que eu soube que o Edward estava me traindo. — Viro a palma da mão no colo. — Mas você sabe o que percebi?

— O quê? — ele pergunta, traçando a cicatriz horrorosa.

— Essa cicatriz divide a minha vida em duas partes. — Sorrio para a cicatriz em forma de raio em alto relevo na minha mão. — É assim que a vejo. Naquele dia, essa constatação foi um divisor de águas na minha vida, que me levou da confiança cega à plena consciência. Jamais abriria mão de saber quem Edward é.

— Ainda não consigo imaginar como você se sentiu ao ouvir isso. — Ele ajeita meu cabelo para trás com a mão.

— Ei, mas teve um lado positivo. — Sorrio para ele. — Se eu não tivesse perdido temporariamente o controle, nunca teria encontrado o pen drive e ele talvez não estivesse na cadeia.

— E talvez a gente não estaria aqui agora. — Ele entrelaça nossos dedos e coloca nossas mãos unidas em seu joelho.

A ideia de que Judah estaria no mundo com outra pessoa, ou simplesmente não comigo, e que eu ainda estaria presa naquela bolha de plástico que Edward tentou manter, me faz estremecer. Me aterroriza. Eu me aconchego em Judah e seguro seu rosto, encostando a boca na dele. É tanto uma súplica quanto um beijo: uma súplica suave trocada entre nossos lábios, um convite para ele ficar comigo enquanto eu me resolvo, porque não quero imaginá-lo fora da minha vida. Não sei bem o que está acontecendo entre nós ou do que devo chamá-lo, mas quero isto para mim. Eu quero o Judah, mesmo que uma parte de mim questione se estou mesmo pronta.

Acho que ele finge não ver as lágrimas nos cantos dos meus olhos. É uma gentileza, porque ele deve estar imaginando que estou no meu limite. Ele estaria errado. Não estou chorando porque posso acabar surtando. Estou chorando porque estou me curando e estou muito grata pela jornada que escolhi. Preciso levar isto até o fim, mas será que posso perder o Judah enquanto me encontro? Ele aperta meu ombro e passa o dedo pela ponta do meu nariz, que tenho certeza de que já está vermelho.

— Outra coisa, devo me preocupar com a naturalidade com que você disse "o meu facão"? — ele pergunta, quebrando o tom sombrio da conversa.

— Relaxa. — Lanço um olhar provocativo. — Acho que nunca vou precisar usar meu facão por causa de um mau comportamento seu.

Ele segura meu queixo entre os dedos, olha bem nos meus olhos, e seu humor desaparece para dar lugar à seriedade.

— Prometo que você não vai precisar.

É uma promessa que cai como um bálsamo nas minhas memórias feridas, e sei que posso confiar nele. Não consigo nem imaginar o Judah fazendo as coisas que Edward fez, me tratando do jeito que Edward me tratou.

— Eu sei — digo, cobrindo a mão dele que repousa no meu rosto.

— Bom — ele diz, pegando a minha carta curinga. — E aí, que tal uma última rodada?

Escondo uma risada e olho para seu corpo quase sem roupa.

— Você sabe que vai perder e acabar pelado, né?

Inclinando a cabeça, ele beija a curva do meu pescoço e segura o lóbulo da minha orelha entre os dentes, sussurrando:

— Achei que era esse o objetivo.

39

JUDAH

— Você pode me lembrar como acabei virando o pai que vem falar do próprio trabalho para a turma do Adam? — pergunto a Tremaine.

Ela ri, escrevendo seu nome no crachá de visitante na recepção da Harrington.

— Eles já receberam três advogados esta semana. Nenhum contador, aí você foi o escolhido, queridão.

— E eles vão ficar tão animados ao saber que eu passo o dia processando números — digo secamente, afixando o crachá de visitante no suéter. — O que fez você querer vir também?

Seu sorriso some, dando lugar a uma expressão fechada.

— Quero ver essa nova professora do Adam em ação. Tem alguns pontos do PEI que quero verificar se estão sendo implementados. Parece uma boa desculpa.

— Não vai ter aula — lembro a ela. — Só eu falando sobre como uma carreira em contabilidade pode ser empolgante. Então, como é que isso vai te dar uma noção do que está acontecendo?

— Eu vou *saber*, Judah. — Tremaine me observa sob as sobrancelhas elegantes e escuras. — Você duvida das minhas habilidades investigativas?

Certa vez, Tremaine, seguindo apenas seu instinto, tirou os meninos de uma escola para crianças autistas, que mais tarde acabou aparecendo nos jornais por negligência e atitudes que beiravam o abuso. Minha especialidade é pesquisa e dados, reunir fatos, mas sempre vou confiar no instinto dela quando se trata de Aaron e Adam.

— Você sabe para onde precisa ir? — pergunta a recepcionista, nos estudando por cima da armação fina de arame dos seus óculos. Conheço muito menos este *campus* do que a Tremaine, então confio quando ela afirma que sabemos.

— Merda!

O xingamento numa voz doce atrás de nós faz com que eu e Tremaine nos viremos e olhemos para a entrada da recepção. Soledad está parada à porta, parecendo pequena ao lado de um carrinho coberto. Ela ergue a cabeça e vejo o horror estampado em seu rosto corado.

— Desculpa, Diane! — Ela dirige o pedido de desculpas à mulher da recepção. — Pelo palavreado, quero dizer. Esta rodinha bamba está me dando trabalho, e eu... — As palavras de Soledad morrem quando seus olhos encontram os meus. — Judah. Ah, oi. Não sabia que você estava... Oi.

— Oi. — Sinto os raios laser dos olhos de Tremaine abrindo um buraco de curiosidade no meu rosto. — Precisa de ajuda?

— Não, sou menos caótica do que pareço. — Ela ri. — Juro.

Ela não está um caos. Seu cabelo está preso em uma única trança, mas alguns cachos teimosos insistem em brotar na linha do cabelo. Um macacão jeans preto se ajusta ao busto, revelando suas curvas exageradas da cintura para baixo. Com um macacão estiloso e tênis New Balance verde e preto, ela está bonita e bem-cuidada, a clássica dona de casa suburbana. Mas não consigo me livrar da imagem de todo aquele cabelo solto, jogado sobre um ombro para eu beijar seu pescoço, enquanto ela me cavalgava de costas, lá no seu refúgio feminino há alguns dias na hora do almoço. Encontrar tempo para nos vermos tem sido difícil, e não passamos tempo suficiente juntos nas últimas três semanas desde que entreguei aquele cobertor pesado, marcando o início de uma nova fase do que quer que seja esse nosso arranjo.

— Aham. — Tremaine pigarreia, lançando olhares para mim e para Soledad. — Quer nos apresentar, Judah?

— Ah, claro. — Tento manter o rosto neutro, mas quero sorrir como uma criança ao apresentar uma das mulheres importantes da minha vida para outra mulher importante da minha vida: — Tremaine, esta é a Soledad. Soledad, esta é a Tremaine.

— Prazer em finalmente conhecer você — Soledad diz, dando um sorriso hesitante para minha ex-mulher.

— Finalmente? — Tremaine percebe o deslize. — Vocês dois se conhecem muito bem, né?

— Hum… nem tanto. — Soledad redireciona a atenção para Diane. — Estou aqui para o *Dia da Família* na escola.

— Ah, já sabemos. As crianças estão animadas. — Diane sai rápido de trás da mesa e vai até Soledad e seu carrinho bambo. — Já estão todos no auditório.

— Auditório? — Tremaine pergunta.

— Muitos alunos ficaram interessados no que Soledad faz. — Diane se envaidece. — Ela vai fazer uma apresentação especial para toda a turma da filha dela, a Inez.

— Não é grande coisa — Soledad contesta. — Acho que eles só querem comer.

Diane ri e abre a porta para que Soledad possa manobrar o carrinho no corredor.

— Não consegui preencher meu crachá de visitante — Soledad diz do outro lado da porta.

— Não precisa — Diane diz com uma fala mansa. — Todo mundo conhece você aqui, senhora Charles.

Ouve-se um barulho metálico enquanto Diane ajuda Soledad a ajustar algumas coisas no carrinho lá no corredor.

— Quer me contar alguma coisa sobre a senhora Charles? — Tremaine pergunta com curiosidade e com a voz baixa.

— Não estou muito a fim, não — digo, olhando para a frente e sem responder às perguntas insistentes que sei que estão naqueles olhos.

— Bom, mas você vai. Assim que acabar aqui.

O evento só acaba uma hora depois, porque a turma de Adam tem muito mais perguntas sobre meu trabalho do que eu esperava. Deixei escapar que trabalhei com o FBI em vários casos e, de repente, virei uma figura fascinante. Vale a pena passar uma ou duas horas longe do escritório para ver Adam radiante e rindo com seus colegas de classe, apreciando a recém-descoberta admiração nos olhos dos adolescentes quando eles ouvem que ajudei a colocar criminosos atrás das grades. A socialização ainda é um grande desafio para Adam, mas ele se esforça. Os grupos de apoio o ajudaram muito, mas ele ainda prefere ficar em casa com Aaron e comigo a qualquer ambiente social fora de casa. Mas, poxa, eu também.

— Muito obrigada pela participação, senhor Cross — a professora de Adam, a senhora Bettes, diz quando terminamos. — Eu não sabia que a contabilidade poderia ser tão interessante.

O toque suave dela na manga do meu suéter chama a atenção de Tremaine, que ergue as sobrancelhas. Essa professora está... flertando comigo? Não pode ser, mas em geral sou desligado para esse tipo de coisa. Tremaine brinca que teve que me bater na cabeça com um livro de estatística para chamar minha atenção.

— Senhora Bettes — Tremaine diz —, já que estamos aqui, queria lembrá-la de que estamos testando um novo medicamento contra convulsões para o Adam. Estamos muito atentos, observando quaisquer reações adversas. Por favor, nos informe se observar comportamentos ou reações fora do comum.

— Pode deixar. — A senhora Bettes retira lentamente a mão do meu suéter. — Obrigada mais uma vez por ter vindo, senhor Cross.

Assim que nos despedimos de Adam e saímos no corredor, pergunto a Tremaine:

— Foi só impressão minha ou ela estava...

— Dando em cima de você? — Tremaine ri, passando um lenço infinito em volta do pescoço enquanto voltamos para a recepção para sair da escola. — Sim. Com certeza, mas parece que ela está perdendo tempo, já que você está louco pela Soledad.

— Você está imaginando coisas — minto. Nem sei por que estou mentindo, só não tenho certeza se estamos prontos para compartilhar o que está acontecendo com o mundo. Eu sei que *ela* não está. Se suas filhas descobrissem, as coisas poderiam ficar complicadas. Ainda mais complicadas.

— Você é um péssimo mentiroso — Tremaine me lembra. — E foi feio ficar olhando o jeito que você estava babando por causa daquela mulher, para ser sincera. Eu fiquei meio que com vergonha por você.

— Eu não estava babando. — Franzo a testa, me perguntando se sou tão óbvio assim. — Estava?

Tremaine para no corredor para me encarar, colocando as mãos nos quadris estreitos. Ela é magra e quase tão alta quanto eu. Quando ela usa salto, ficamos quase cara a cara.

— Devo me sentir ofendida por ela ser diferente de mim em todos os senti-dos? — Tremaine pergunta. Apesar do brilho alegre em seus olhos, me apresso em discordar.

— O quê? Não. Na verdade, ela é muito parecida com você.

— Pele clara, cabelo nas costas e baixinha? — Tremaine pergunta, mas seus olhos me dizem que ela está brincando. — Isso parece praticamente o oposto para mim.

— Vocês duas são mães fantásticas. Vocês duas são mais espertas do que eu nas coisas que importam de verdade. Ela é esforçada, inovadora, resiliente, determinada e solidária. — Toco seu ombro, olhando em seus olhos para mos-trar minha sinceridade. — Vocês duas são pessoas incríveis.

— Fico feliz por você. Sinceramente, eu e o Kent quase perdemos a espe-rança de que você fosse encontrar alguém.

— Valeu — digo, sério.

— Mas conta, há quanto tempo isso está rolando? Desde toda aquela merda que aconteceu com o marido dela?

— Ex-marido, e não. Começou há pouco tempo...

Eu não sei o que dizer. Nem pensar que vou falar de sexo com a Tremaine. Ela vai zombar de mim por muitos anos se descobrir sobre a caixa de preserva-tivos tamanho jumbo na minha mesa de cabeceira.

— A gente começou a se ver há pouco tempo — afirmo. — E não é de conhecimento geral. As filhas dela não sabem. É complicado.

— Por causa daquela história de você ter colocado o pai delas na cadeia?

— É, um pouco isso. Bom, para uma delas em específico. Parece que a filha do meio está passando por momentos mais difíceis do que as outras duas. — Olho rápido para o meu relógio, feliz por ter uma desculpa para terminar esta conversa. — Você não tem uma audiência?

— Tenho. — Ela lança um olhar astuto para mim. — Não pense que termi-namos. Eu quero saber de tudo.

— Bom, você não vai, não.

Entregamos nossos crachás de visitantes a uma mulher que Tremaine reco-nhece ser a bibliotecária e saímos. Uma gargalhada vinda do auditório no cor-redor chama minha atenção quando estamos prestes a sair do prédio.

— Vá em frente — digo distraído a Tremaine. — Vou ao banheiro antes de sair.

— Banheiro, né? — Tremaine abotoa o casaco e começa a andar na dire-ção da porta. — Diga para a sua namorada que mal posso esperar para convidá--la para jantar. Ela pode fazer aquele molho de salada que está fazendo sucesso para a gente.

Eu não me dou ao trabalho de responder. Ainda de olho em Diane, no caso de ela me arrastar de volta para a recepção para pegar um crachá de visitante, vou de mansinho na direção do auditório. Enfio a cabeça apenas o suficiente para ver, mas não ser visto. Soledad está no palco atrás de uma mesa, mexendo algo numa tigela e vestindo um avental por cima do macacão que diz *MÃE + DESCOLADA*.

— Este prato é um dos favoritos das minhas filhas — ela diz aos alunos do sexto ano reunidos. — A gente assa tudo na mesma fôrma. Esta versão é vegetariana, porque a irmã da Inez não come carne. Prometo que vocês não vão sentir falta. Eu trouxe degustação para todo mundo. Que tal?

A plateia aplaude quando os alunos da turma andam pelos corredores carregando bandejas com copinhos de comida e colherezinhas de plástico para degustação.

— Me passa o sal, Nez — Soledad diz para a jovem que está a seu lado. Vi fotos das meninas nas redes sociais de Soledad e sabia que a filha mais velha, Lupe, se parece muito com Edward, mas tem cabelos ruivos, e não loiros. Ao vê-las lado a lado, noto pela primeira vez os fortes traços em comum entre Soledad e sua filha do meio. Inez sorri, com orgulho em cada gesto, enquanto ajuda a mãe.

— Eu sei que estou aqui cozinhando. — Soledad faz uma pausa para se dirigir à plateia, saindo de trás da mesa. — Mas não sou só cozinheira. Eu sou uma influenciadora. Criadora de conteúdo. Isso nem era uma profissão quando eu era criança, mas agora é. — Ela junta as mãos na frente do corpo, sorrindo para a plateia de estudantes. — Vocês são a geração que está abrindo caminho para tudo isso, eu estou só tentando acompanhar. Sempre quis que minhas filhas fossem para a faculdade. — Ela lança um olhar que finge ser severo para Inez. — E ainda quero. Não vá tendo ideias, mocinha.

Todos riem e ela volta a sorrir para a plateia.

— Mas é incrível o que podemos fazer hoje em dia, a carreira que podemos ter com um celular, um anel luminoso, algumas boas ideias e consistência. Esta é a carreira perfeita para mim, porque me permite fazer o que mais amo. — Ela faz uma pausa para dar de ombros. — Proporcionar o melhor lar possível para minhas meninas e para mim. Agora, eu compartilho com o mundo as refeições que preparo, a forma como mantenho a casa limpa, como administro a nossa agenda e o nosso orçamento. É o meu nicho e mudou minha vida. Isso me deu muito mais do que só um ganha-pão. Me devolveu minha confiança e me ajudou a valorizar o fato de que cuidar de uma casa é uma vocação válida, de uma forma que a sociedade não valorizava antes. — Ela sorri, observando os alunos comerem as degustações. — Alguma pergunta?

Mãos se erguem por toda a sala e eu fico no corredor por mais 15 minutos, ouvindo-a responder as perguntas e divertir os colegas de turma da filha. Enfim, o momento acaba e eles voltam para suas salas de aula. Fico no canto, esperando a multidão passar. Por fim, Soledad e Diane aparecem no corredor, puxando um carrinho bambo.

— Preciso ir cobrir a bibliotecária — Diane diz. — Ela está no meu lugar na recepção. Posso encontrar alguém para ajudar você a levar essas coisas para o carro.

Saio de trás da parede, como se estivesse casualmente virando o corredor.

— Senhora Charles — digo. Sei que sou ruim nessas coisas pela expressão divertida que Soledad me lança. — Ainda está aqui? Como foi?

— Acho que foi ótimo. — Ela se volta para Diane. — Não precisa encontrar ninguém para me ajudar. Vou ficar bem sozinha.

Diane balança a cabeça.

— Ah, mas…

— Estou de saída — digo, entrando na frente para tirar o carrinho das mãos de Soledad —, posso ajudar.

— Tem certeza? — Diane pergunta, olhando de mim para o carrinho.

— Tenho — Soledad e eu dizemos em uníssono.

— Está bem. — Diane olha por cima do ombro na direção da recepção. — É melhor eu voltar, então. Obrigada.

Ela se afasta e eu e Soledad ficamos nos observando por alguns segundos em silêncio.

— Que coincidência você ainda estar por aqui para me ajudar — ela diz, começando a andar na direção do carro.

Empurro o carrinho e acompanho o ritmo dela, seguindo o caminho de tijolos ladeado de camélias que leva ao estacionamento da escola.

— Talvez você não acredite, mas dei um jeito de estar por perto quando você terminasse para poder te ver — digo.

— Mentira! — Soledad revira os olhos, fingindo estar chocada, apertando uma mão no peito. — Senhor Cross, Se eu não soubesse de nada, acharia que você está me perseguindo.

— Parece que é a única maneira de te ver.

Ela fica séria, com um pedido de desculpas marcando sua expressão.

— Eu sei que não é o ideal. Desculpa. Eu…

— Você não me deve nada — digo, estacionando o carrinho ao lado do carro dela. — Não é como se estivéssemos num relacionamento de verdade, não é mesmo?

Me arrependo das palavras assim que elas saem da minha boca. Ela se afasta de mim, colocando pratos no porta-malas, e a linha estreita de seus ombros fica tensa. Ela faz uma pausa, baixando os braços e a cabeça. A porta de trás aberta nos protege da vista da escola, então aproveito a oportunidade, seguro seus braços gentilmente e me inclino para sussurrar em seu ouvido:

— Desculpa. — Aconchego seu corpo ao meu e envolvo as mãos em sua cintura, me inclinando para o contorno de seu pescoço. — Não quero te pressionar. Você está fazendo o que é melhor para você agora. Eu respeito isso. Eu só…

Quero você.

Não digo em voz alta, mas a maneira como as mãos dela se fecham sobre as minhas, a maneira como ela se inclina em mim, deixando a cabeça cair no meu peito, me diz que ela sabe. Diz que ela também se sente assim. No tempo dela, ela saberá como devemos seguir em frente. Posso ser paciente e dar a ela esse espaço.

O som de respirações rápidas e passos se aproximando nos afasta, mas quando Inez chega ao carro, ainda há suspeita nos olhos que viram sua mãe e eu juntos.

— Inez — Soledad diz, batendo a porta do porta-malas — Ei. O que você está fazendo fora da aula?

Sua filha franze a testa, olhando para nós dois, e então joga o avental para Soledad e se vira.

— Você esqueceu isso! — ela grita virada para a frente, correndo de volta para a escola.

Soledad olha para o tecido apertado junto ao peito, depois o afasta e olha para a mensagem chamativa.

MÃE + DESCOLADA.

40

SOLEDAD

— E aí, como foi a escola? — pergunto, meu tom soando falsamente animado até para meus ouvidos.

— Legal. — Lupe pega um pouco da salada de legumes grelhados no centro da mesa. — Tirei A naquela prova de história.

— Incrível, querida. — Sorrio com prazer genuíno. — Valeu mesmo a pena estudar, né?

— É. — Ela acena com a cabeça. — Não esquece que preciso pagar aquele curso preparatório para o SAT.

— Tá bom. — Começo a fazer contas de cabeça para ter certeza de que conseguirei arcar com mais uma despesa extra. — Vamos resolver isso.

— Posso arranjar um emprego, mãe — Lupe diz, colocando um pouco da sopa de tomate em sua tigela vazia. — Posso contribuir.

— Não. — Solto um suspiro e balanço a cabeça. — Ainda não, filha. Quero que você foque na escola agora e em todas as atividades extracurriculares que as faculdades procuram.

— E no verão? — ela arrisca. — Eu e a Deja pensamos em trabalhar no Canja como garçonetes.

— Eu quero ser garçonete! — Lottie diz, com uma folha de alface pendurada na boca.

— Seja criança, Lottie. Pode deixar que eu aviso quando chegar a hora de ser outra coisa. — Volto a atenção para Lupe e saboreio a sopa da minha tigela. — Pode ser uma boa ideia, Lupe. A gente pode conversar sobre isso mais tarde.

Inez, que não me disse uma palavra desde que me "pegou" com Judah no carro, mexe a sopa, com os olhos fixos no redemoinho de líquido. Não estávamos fazendo nada, mas minha filha não é burra. Ela tem olhos e sem dúvida percebeu a conexão entre mim e o homem que ela considera responsável pela prisão do seu pai.

— E você, Lottie? — Bebo água e sorrio quando o rosto da minha filha mais nova se ilumina.

— Hoje de manhã, o treinador disse que a minha rotina na trave é uma das melhores que ele já viu — Lottie diz.

— Que ótimo. — Estendo a mão e seguro uma das tranças penduradas no seu ombro. — Estou orgulhosa de você.

— Ele disse que te mandou um e-mail sobre três imersões de férias. Preciso entrar em uma delas se eu quiser acompanhar — ela continua, espetando algumas tiras de frango grelhado na travessa e as transferindo para a salada no prato.

— Ele perguntou se você recebeu o e-mail.

— Recebi. — Solto um suspiro. — As imersões são muito caras, querida. Vamos ver, tá bom?

O brilho se apagando em seus olhos faz meu coração apertar. Me parte o coração não poder dar a elas tudo o que elas querem ou precisam, mas há limites para o que posso fazer. Estou ganhando dinheiro de forma estável agora, mas nem sempre é previsível. Tento economizar um pouco como reserva, caso eu tenha que enfrentar alguns meses difíceis. Meus pais não moravam numa casa como esta, num bairro como Skyland. Estudamos em escola pública do jardim de infância à escola secundária. Não havia escola particular chique como a Harrington, mas nossas necessidades básicas eram atendidas e éramos amadas. Todas nós sabíamos disso, e esse é o maior presente que posso dar as minhas filhas, mesmo que às vezes pareça que elas precisam de mais.

— Mas o papai já terá saído até lá, não é? — Lottie pergunta com a voz insegura. — E a gente vai voltar a ter muito dinheiro, né?

Cerro os dentes. É irritante que, depois de todo esse tempo trabalhando duro, encontrando uma nova carreira e um caminho totalmente novos para proporcionar uma casa e colocar comida na mesa, minha filha ainda pense que é o pai dela quem vai aparecer para nos salvar. Foi ele quem estragou tudo. *Eu* nos salvei.

— Seu pai não vai poder voltar ao trabalho — resolvo dizer, cravando o garfo na salada. — Você sabe disso. Quando sair, pode ser que ele não consiga ajudar muito com dinheiro.

— Tenho certeza de que o seu namorado rico vai ajudar a gente, mãe — Inez diz, as primeiras palavras que ela me dirige desde o começo da noite.

Tudo e todas ficam completamente imóveis, como se alguém tivesse derramado um balde de água gelada sobre a mesa e nós todas ficássemos congeladas no lugar. A colher de Lupe balança sobre a tigela. Lottie parece um peixinho, com a boca aberta em estado de choque.

— Você tem um namorado, mãe? — Lottie pergunta.

— Do que ela está falando? — Lupe deixa a colher cair e bater na tigela.

— É bem como o papai falou — Inez continua às pressas, com os olhos estreitados na minha direção como uma acusação.

— Como assim? — Lupe franze a testa, olhando para a irmã e para mim. — Você não sabe do que está falando…

— Judah Cross — Inez interrompe, desistindo de fingir que está comendo e empurrando a comida intocada. — Eu flagrei os dois juntos no estacionamento hoje.

— Inez, você não me "flagrou" fazendo nada. — Cerro os dedos com força em volta da colher, como se fosse uma tábua de salvação.

— Conta logo, mãe — Lupe diz, franzindo as sobrancelhas.

— Meninas, eu não… A gente não está… — Fico em silêncio, porque parece mentira dizer que não há *nada* acontecendo, mas não vou contar às minhas filhas que estamos *só transando*. E essa ideia parece errada, pois menospreza o que está acontecendo entre mim e Judah. — Não é bem assim.

— Mas tem alguma coisa acontecendo? — Lupe insiste. — Com você e o Judah Cross?

— Tem — Inez diz, com mágoa e raiva na voz. — Ela está saindo com o homem que colocou o papai na cadeia.

— Não estou saindo com ninguém além de mim mesma. Você sabe disso. Depois de tudo o que seu pai me fez passar, fez a gente passar, não sei se estou pronta para voltar a ter um relacionamento sério, mas eu gosto, sim, do Judah Cross. — Não tenho certeza se essas foram as palavras certas e sinto vontade de retirar minha confissão na hora, mas está feito, e talvez seja melhor assim. — E pela última vez, Inez, Judah não colocou seu pai na cadeia. Ele mesmo fez isso.

— Mas ele estava falando a verdade quando disse que o Judah Cross tinha uma queda por você — Inez retruca.

— Seu pai é a última pessoa em que você deve confiar para te dizer alguma verdade — declaro, com todo o sarcasmo impregnado na minha afirmação.

— Você mesma disse que ele não é perfeito, mas ainda é nosso pai — Inez diz.

— Isso não faz dele um bom homem — digo, tentando conter a própria raiva. — Ou alguém em quem você possa confiar.

Inez se levanta e se vira, depois dá alguns passos para se afastar da sala de jantar.

— Aonde você vai? — pergunto.

— Para o meu quarto — ela diz sem olhar para trás.

— Senta. Agora — digo, e as palavras são como tiros disparados que atravessam a sala de jantar.

Ela não para e quase chega às escadas.

— Inez Ana Maria, eu disse para você se sentar. Agora.

Ela para no meio do caminho, mas não se vira. Não percebe que estou prestes a agarrá-la e fazê-la sentar aquela bundinha miúda com as minhas próprias mãos.

— Eu não estou nem aí para a forma como seus amigos da Harrington agem — digo, com a voz estalando como um cinto — ou como tratam as mães, mas você não sai da minha casa batendo os pés. *¿Lo entiendes?* — Silêncio. — Estou esperando sua resposta, Inez. Você entendeu?

— Sim, senhora. — Ela se vira para mim, com a boca fechada, mas não se move para se sentar.

— Então senta. — Aponto para o lugar dela na mesa — E termine de jantar.

O ambiente fica quieto e tenso durante o resto da refeição, com apenas o som dos talheres raspando os pratos e o barulho da sopa sendo engolida para quebrar o silêncio.

— Guardem a comida e lavem a louça, meninas — digo a elas. — Vou até o galpão pintar um pouco antes de dormir.

— Você quer ajuda? — Lottie pergunta, lançando um olhar para mim e para Inez. Minhas filhas são muito próximas e odeio que duas das minhas meninas sintam que precisam escolher um lado nessa história.

— Eu só quero que vocês organizem a cozinha — digo, segurando sua cabeça e beijando seu rosto. — Quero esse chão mais limpo do que os pratos em que comemos, entendido? Façam a lição de casa e depois vão para a cama.

— Tá bom. — Ela segura minha mão quando me viro para sair. — Eu te amo, mamãe.

Suas palavras são carinhosas, como se sua mãe precisasse ser tratada com cuidado. Raramente conseguimos isso dos filhos. Eles nunca pensam que *nós* também precisamos de cuidados. Sei que as brigas, a tensão, o divórcio, a prisão de Edward, tudo isso foi muita informação para elas, talvez mais do que elas sejam capazes de articular ou perceber. Há um limite para o quanto consigo resguardá-las.

Dou uma olhada na cozinha, onde Inez e Lupe estão tendo uma conversa intensa junto à pia. Lupe aponta o dedo para o rosto de Inez, franzindo as sobrancelhas com raiva. Inez avança para o espaço da irmã, sem recuar enquanto elas sibilam uma com a outra. Eu nem vou me meter. A noite já deu pra mim. Saio pela porta dos fundos e caminho pelo quintal, sentindo a grama molhada e fria nos calcanhares, com os chinelos de pele falsa que não consigo parar de usar.

— Bom, já sei o que minhas irmãs vão ganhar de Natal — murmuro, entrando no meu refúgio feminino. Em geral, sinto orgulho ao entrar aqui, pelo progresso que estou fazendo. Mas hoje só vejo os destroços do que Edward deixou para trás. O buraco onde a camiseta do Celtics ficava pendurada. O papel de parede rasgado na parede dos fundos, a tinta fosca que Edward queria ainda cobrindo a outra metade. Tudo parece inacabado, pela metade, longe de estar completo. E é assim que me sinto hoje. Como um espaço bagunçado, ainda marcado pelos erros de Edward misturados aos meus.

Pego sem entusiasmo o rolo de papel de parede, determinada a melhorar alguma coisa neste lugar antes de dormir. Meu celular vibra no bolso de trás e, ao pegá-lo, vejo uma mensagem de Judah que me faz deixar cair o papel de parede.

Judah: Posso te ligar?

Não respondo, mas ligo para ele, com o coração disparado. Nervosismo, animação, medo… todas as emoções zumbem como uma colmeia ansiosa sob minhas costelas.

— Oi — ele diz, atendendo antes do primeiro toque terminar. — Como está?

— Bem. Eu acho. Inez tentou me confrontar durante o jantar. — Dou uma risada sem graça e me jogo na espreguiçadeira. — Não deve ter saído como ela esperava.

— O que aconteceu?

— Ela disse que meu namorado rico poderia sustentar a gente, já que o pai dela não vai poder voltar ao antigo emprego quando sair da cadeia. Da cadeia onde você o colocou, claro.

— Essa doeu.

— Foi o que pensei. Acho que a Lupe está dando uma bronca nela agora mesmo, então pelo menos isso me consola um pouco.

— O que você disse para elas?

— Que não estamos namorando, mas que eu gosto de você e… — Paro, porque tudo parece tão inadequado. — É complicado.

— Entendo — ele diz.

— Está tudo tão confuso. Quero fazer o que é melhor para elas, mas também quero o que é melhor para nós. Quero ser justa com você. Quero ter certeza de que estou pronta para isso que estamos começando, seja lá o que for.

O ar fica pesado com as palavras que ele ainda não pronunciou.

— Eu não quero dificultar ainda mais as coisas para você, Sol. Pode ser melhor a gente não continuar com isso agora. Está gerando problemas para você em casa com as suas filhas. Você está confusa. E para quê? Por sexo?

— Não é por sexo, Judah. — Puxo os joelhos e encosto a testa neles, fechando os olhos diante da dor que se esconde sob o tom frio que ele costuma usar com o resto do mundo, mas não comigo. — Não é só sexo e você sabe disso.

— Você não está pronta para mais do que isso. Não é o momento para as suas filhas, com tudo que aconteceu com o Edward há tão pouco tempo. Não é o momento para você, porque você não está pronta para um relacionamento. Não quero desmerecer nada disso, mas eu...

— Você está terminando comigo? — Levanto a cabeça, com uma dor tão aguda se acumulando no peito que pressiono a mão ali para aliviá-la.

— Como eu poderia terminar sendo que nem estamos juntos?

— Mas temos algo.

— Você acha que eu não sei disso? — As palavras rompem a barreira fria que ele ergueu entre nós. — Você está fazendo o que tem que fazer, Sol. Eu já disse que entendo. Faça isso. Lide com isso. — Ele respira fundo. — Você anda muito ocupada tentando limpar o passado e acertar as coisas para a sua nova vida, como deveria estar, mas enquanto você está tentando consertar o que passou, eu só consigo pensar no que a gente poderia ser. Quero que meus filhos conheçam você. Quero que você conheça a Tremaine. Que conheça de verdade ela e o marido dela, Kent. Quero que você conheça meus pais. Você sabia que meu pai está fazendo suas receitas de panela elétrica?

— Seu pai o quê...?

— É isso aí. E ele ficaria emocionado em saber que a minha namorada é aquela mulher bonita do Facebook, porque ele é velho e o Facebook é o máximo com que ele consegue lidar.

— Judah.

— Só que você não é a minha namorada. Você é a mulher incrível com quem eu dou escapadas e transo nos fins de semana, na hora do almoço. Que vejo mais on-line do que na vida real. E eu achei que conseguiria aceitar esse meio-termo, esse limbo, em que a gente pode dividir a cama, mas nada mais.

— Não é verdade — digo, sentindo o gosto de lágrimas salgadas nos cantos da boca. — É mais do que isso.

— Não quero que você se contente com nada menos do que deseja para a sua vida agora, mas também não estou disposto a aceitar menos.

— Não sei se algum dia vou querer me casar de novo — deixo escapar, porque meu coração não me deixa mais esconder isso de mim ou dele. — Talvez eu nunca queira isso, Judah.

— Dane-se! — ele fala mais alto do que jamais ouvi de seu tom. Mais ríspido do que nunca. — Não estou pedindo para você casar comigo. Estou pedindo que você fique comigo. Não estou nem aí se as suas amigas se casarem duas vezes, se divorciarem e se casarem de novo. Eu não ligo se o seu casamento com o Edward foi uma droga. Não estou procurando os 45 anos de casamento dos meus pais ou a parceria que tive com a Tremaine. Eu quero uma vida com você, a vida que a gente criar, e quem dá a mínima ao que os outros acham ou esperam? Isso pode ser o nosso curinga, Sol. A gente pode fazer o que quiser.

Eu fungo, sentindo todas as palavras que gostaria de dizer presas na garganta, sem saída. Aquela coisa que murchou e morreu dentro de mim quando Edward traiu nossos votos, abandonou nossa família, renegou promessas talvez possa voltar a viver dentro de mim com um homem como esse. Com Judah, estou recuperando a minha confiança, mas não tenho certeza se algum dia isso voltará a assumir a forma de um casamento. Mesmo com ele. Levei tempo suficiente para realmente me tornar a mulher que estou me tornando e sou agora. Eu amo Soledad *Charles*. Não quero o nome de mais ninguém. E mesmo que Judah diga que não liga...

— Eu te amo, Sol.

— Judah, eu...

— Não, não. Porque não importa o que você sente se não estiver pronta para mim.

— Não quero perder você — digo, com lágrimas e tristeza estampadas no rosto. — Mas só vou estar pronta quando *eu* estiver.

— Não vou a lugar nenhum e não quero mais ninguém. Só acho que o que a gente anda fazendo agora está confuso para todo mundo, inclusive para nós.

Gostaria de dizer que ele está errado e que podemos continuar fazendo o que estamos fazendo, ter apenas o pouco que temos, mas temo que ele tenha razão. Nos contentar com o pouco disponível, abrindo mão do que merecemos de verdade, é um desserviço ao que podemos ser quando chegar a hora certa.

— Não estamos terminando? — Eu me encolho na espreguiçadeira e enxugo o rosto molhado.

— Acho que temos que namorar antes de a gente poder *terminar* — ele diz. — Foque nas suas filhas. Foque em você mesma, mas quando pensar na nossa relação, não compare com mais nada, com mais *ninguém*. Crie uma imagem na sua cabeça de como o futuro pode ser, acreditando no que poderíamos ser. E quando você estiver pronta, estarei aqui.

41

SOLEDAD

— O Conselho Superior de Boricua está de volta! — Lola cantarola e vasculha uma caixa de discos na garagem da casa onde crescemos.

— Que Deus nos ajude. — Nayeli revira os olhos, mas um sorriso aparece em seu rosto. — Fazia anos que eu não vinha para a Carolina do Sul.

— Nay, não sei se você está feliz por ver a gente — digo a ela, me agachando para transferir as roupas de uma caixa para uma sacola, para doação — ou se está animada por estar livre de todos os seus filhos.

— As duas coisas! — Ela gira o corpo, com a língua para fora. — Isso aí.

— Você não vai ligar a cada dez minutos para ver como eles estão? — pergunto.

— Não, eles estão com o papai. — Ela fecha as mãos num gesto de oração. — Ele vai conseguir cuidar dos próprios filhos sozinho por alguns dias. Eu faço isso o tempo todo.

— As minhas devem estar dando uma festa agora mesmo. — Me levanto e apoio as mãos na cintura. — Passar um fim de semana com a tia Hen é um sonho. Elas vão jantar fora todas as noites, devem comprar sapatos novos e videogames e serão mimadas até eu chegar em casa.

— Que bom que você tem amigas que podem ajudar assim — Nayeli diz. — É uma bênção.

— Menos conversa — Lola grita. — Mãos à obra para a gente terminar logo. A equipe de limpeza chega amanhã e precisamos organizar tudo isso aqui.

— Essa sua ideia de ir morar com a Olive antes do previsto e começar o Airbnb agora não teria nada a ver com aquele beijo antes do Natal, teria? — Nayeli diz, arrastando uma caixa de um canto da garagem.

Lola faz uma pausa, se vira para nos avaliar por cima do ombro, com o cabelo trançado e preso por baixo de um lenço vermelho brilhante.

— Não mesmo. A gente só concordou que seria inteligente ir em frente e começar a fazer uma renda com este lugar enquanto nos preparamos para a mudança para Austin no verão. Então por que não morarmos juntas nesse meio-tempo?

— E ainda não te ocorreu que vão ficar só vocês duas naquele miniapartamento? — pergunto. — Só duas melhores amigas cheias de tesão?

— Ela não está cheia de tesão — Lola protesta.

— Olha, você nem tentou fingir que *você* não está. — Dou risada.

— Claro que estou com tesão. — Lola revira os olhos. — Não seja ridícula.

— E você, Sol? — Nayeli pergunta. — Como vai sua vida amorosa?

— Inexistente. — Forço uma risada, separando uma caixa de livros empoeirados em pilhas para guardar e doar.

— E aquele cara que a Hendrix mencionou no Natal? — Lola pergunta. — Rolou alguma coisa com ele?

Nayeli se levanta em frente à pilha de discos de vinil antigos que está separando.

— O cara que acusou o Edward?

— Ele não acusou o Edward — corrijo. — Ele foi o contador que descobriu o desfalque. A gente meio que... está resolvendo as coisas.

— Você está namorando e não contou para a gente? — Nayeli pergunta com a voz cheia de mágoa.

— Não estamos namorando. Estamos... — Dou de ombros, cansada de esconder e tentar explicar as coisas para deixar as pessoas, inclusive eu mesma, mais à vontade com a resposta... — Começamos a transar, mas...

— Peraí! — Lola se aproxima e arrasta uma caixa vazia para sentar a meu lado. — Você não pode simplesmente passar batido por essa informação. É o primeiro homem com quem você transa além do desgraçado do seu ex-marido depois de quase 20 anos.

— Como foi? — Nayeli sussurra, como se nossos pais pudessem ouvir no quarto ao lado.

— Foi bom? — Lola pergunta.

— A melhor transa que já tive. — Divido um olhar travesso entre elas.

— Ai, que droga. Como é que eu não tinha ideia de que podia ser assim?

— Sério? — A voz de Nayeli contém admiração e curiosidade. — Assim como? Eu me viro para ela, encontrando seu olhar.

— Orgasmos múltiplos, ser chupada *sem pressa* e gozar só com...

— Porra! — Lola ri. — Eu quase nunca chego perto de *pau* e agora você me faz querer um.

Caímos na gargalhada e parece que voltamos ao ensino médio, compartilhando segredos, trocando nossas histórias, desabafando. Uma coisa é nos falarmos por videochamada, mas estarmos juntas nesta casa de novo, cercadas pelas memórias que nos moldaram... Isso não tem preço.

— Então, se foi assim — Lola diz, depois de mais gritinhos e segredos trocados —, por que você disse que sua vida amorosa é inexistente?

Minha risada se esvai quando sou atingida pela lembrança da complexidade da nossa situação.

— As meninas, principalmente a Inez, ainda estão se adaptando à ideia de a mãe delas namorar com o homem que colocou o pai delas na cadeia. E eu não estou pronta para um relacionamento, mas ele está apaixonado por mim e prefere esperar até que eu esteja pronta para estar com ele por inteiro. Então meio que não estamos juntos.

Não levanto os olhos, mesmo sentindo os olhares, e começo a folhear uma cópia surrada de *Waiting to Exhale*.

— Esqueça as meninas por um instante — Nayeli diz. — Digamos que elas aceitem que você namore com o Judah. Como você se sente em relação a ele?

Não estou preparada para essa pergunta. Não falar com Judah ou não vê-lo nas últimas duas semanas tem sido um inferno. As coisas parecem estar se ajeitando com as minhas filhas. Pelo visto, Lupe deu um belo puxão de orelha na Inez. Inez pediu desculpas e nos abraçamos, mas não voltamos a falar sobre Judah. Yasmen e Hendrix continuam me ancorando e me fazendo sentir apoiada e amada. Tenho uma comunidade on-line que não para de crescer. Todo um exército de mulheres que estão se relacionando consigo mesmas e descobrindo muito sobre o que aceitarão ou não durante o processo. É incrível.

E ainda assim… há esta dor, que não é um vazio. Não que uma parte de mim esteja faltando. Eu me sinto plena sozinha. Não é uma dor por dentro, mas uma dor *a meu lado*. É aí que está o vazio.

— Eu gosto dele — finalmente respondo. — Sinto tanta saudade que chega a doer, mas, gente, e se eu cometer os mesmos erros que cometi antes? Meu divórcio é tão recente. Será que não preciso de mais tempo?

— Você já deu um tempo — Lola diz — e melhorou muito. Quando é que a gente para de melhorar? Acredito que a plenitude não é um destino, mas um processo contínuo que dura a vida toda. Algo que, em vez de esperar, você poderia estar vivendo.

— Ei. — Nayeli toca meu ombro, me fazendo olhar para ela. — Se ele te faz feliz, seja feliz agora. Você merece.

Cubro sua mão e sorrio para ela.

— Agradeço, mana.

— Beleza. De volta ao trabalho. Se a gente ficar de conversa o dia todo, nunca vamos terminar — Lola diz. Ela se levanta e vai até o celular, que está em cima de uma das caixas lacradas. — Com música, tudo vai mais rápido.

"Saturday Love", de Cherrelle e Alexander O'Neal, toca no celular de Lola, trazendo lembranças das manhãs de sábado em que limpávamos esta casa sob o olhar atento da *mami*. Ela adorava essa música, e não posso deixar de rir ao me lembrar dela dançando pela cozinha enquanto preparava o jantar. Chegamos à fase Sade da playlist, com "Smooth Operator" nos embalando suavemente, quando encontro um dos diários de couro da *mami* com suas iniciais gravadas na capa. Não há nada além de um barbante amarrado protegendo seus segredos de olhares indiscretos. Olho para cima para conferir o que minhas irmãs estão fazendo. Lola leva uma caixa até meu carro, que está estacionado na garagem.

— Pausa rápida para ir ao banheiro — Nayeli diz, se levantando e correndo para entrar em casa, me deixando sozinha com as lembranças encadernadas em couro da *mami*.

Dou uma olhada na garagem vazia, como se alguém pudesse me pegar abrindo a cortina dos pensamentos íntimos e antigos da minha mãe.

— Que se dane — murmuro e abro o diário.

Na maior parte, são coisas mundanas, literalmente um registro de eventos da vida. Ela escreveu sobre coisas que conquistamos, como quando Lola entrou para o quadro de honra e quando Nayeli foi colocada na primeira cadeira na flauta. Quando eu virei capitã da equipe de torcida. Ela descreveu as fofocas mesquinhas do escritório na biblioteca onde ela e meu pai se conheceram e trabalharam juntos. Um fluxo de pensamentos indo do sublime ao mundano, passando pelo seu dia a dia e seus devaneios. Em uma única página, ela escreveu sobre ele, o pai da Lola, que foi um mistério durante a maior parte da minha vida. Mas, mais do que tudo, ela escreveu sobre si mesma, revelando coisas que acho que eu nunca soube.

Meu coração não está partido ao meio. Meu coração está inteiro. Quando estou com Jason, ele tem tudo. Quando estou com Bray, ele não aceita nada menos que tudo, então por mais que eu o deseje, nosso tempo já passou. Ele não pode mais aparecer por aqui, pois seus olhos o entregam, e ele é o tipo de homem que faz virar a vida de pernas pro ar. Não farei isso com Jason, não farei isso com minhas filhas e não farei isso comigo mesma. Nem mesmo por ele, o homem que ensinou a minha alma o que é paixão.

Nunca pensei que perdoaria Bray por ter me traído, e uma parte de mim talvez nunca perdoe. Éramos jovens demais para todo aquele sentimento. Foi como se envolver em dinamite. Imprudentes, emocionados. Explodimos, ferindo todo mundo que estava na nossa zona de explosão.

Lola é muito parecida com ele. O coração dela é enorme e espírito, livre. Talvez seja por isso que vivemos brigando. Fiquei arrasada ao vê-la partir, mas ela está com a *mami*. É melhor por enquanto.

Uma mulher tem o coração partido de tantas maneiras. Pelos filhos. Pelos amantes. Pelo corpo que a trai. A vida é inteligente, traça planos para a nossa morte desde o momento em que nascemos. Uma morte por um milhão de tristezas, mil arrependimentos, cem despedidas.

Quando deixei Lola na ilha, a *mami* perguntou quem foi meu verdadeiro amor. Eu sabia o que ela queria dizer. Jason ou Bray? Eu disse que sou o amor da minha vida. Aprendi a me amar sem julgamento ou condições. É a única maneira de ter amor suficiente para todo mundo que precisa: amar a mim mesma. Ninguém pode me amar como eu. Ninguém me conhece como eu me conheço.

Li aquele livro do Richard Bach sobre o qual todo mundo na biblioteca vem falando. Para ele, o que a lagarta chama de fim do mundo, o mestre chama de borboleta. Entendo o que ele quis dizer. Quando passamos por momentos difíceis, grandes mudanças parecem ser o fim do mundo, mas, na verdade, são uma incubadora para a metamorfose. Para um novo começo.

Acho que ele não entende o cerne da questão, como costuma acontecer com os homens. Quando você sente a dor que nós, mulheres, às vezes sentimos, quando você perde tanto, quando o mundo acaba várias vezes, não somos mais borboletas. As asas das borboletas são frágeis demais para nos levar adiante.

Eu sou uma vespa. Eu posso amar. E eu posso ferir.

Fecho o diário, reatando o barbante que guardava a vida íntima da *mami*. Vou mostrar para Lola e Nay. Elas precisam conhecer essas facetas da *mami* reveladas em páginas amassadas e tinta desbotada. Nossa mãe, a bibliotecária que preferia livros a festas e programas de tevê, se via como uma vespa. Amava-se com tanta intensidade que, se ninguém mais a visse, nunca a amasse plenamente, ela se amaria o suficiente para ter um pouco de amor de sobra para todo mundo.

Como isso soa ousado. Corajoso. Uma mulher que se conhecia e se amava o suficiente para não confiar em ninguém, e que decide entregar seu coração a mais de um homem. Que decide abrir espaço para o amor em todas as suas variadas formas. De certo modo, acho que ela estava falando sobre contentamento, e é essa a essência da minha batalha.

Sozinha ou solitária? Solteira ou num relacionamento? Posso me amar incondicionalmente? Me aceitar, criando um alicerce, um modelo, de como quero amar todas as outras pessoas? Talvez a pergunta não seja *Será que estou pronta para amar de novo?*, mas sim *Será que estou pronta para me amar com tanta intensidade, não importa o que aconteça?* Isso me traz de volta à questão que continua pairando na minha cabeça.

Posso ser o amor da minha própria vida?

42

JUDAH

— Já soube da novidade?

Tiro os olhos do relatório financeiro do último trimestre e contenho a irritação. Por que Delores Callahan está a minha porta numa tarde de sexta-feira? Daqui a pouco, preciso sair para pegar o Aaron na escola.

— Que novidade? — pergunto, mantendo a voz desinteressada, mesmo enquanto ela avança para dentro do meu escritório e se senta.

Eu lhe dou toda a minha atenção, fixando o olhar em seu rosto. Algo nela está diferente, mas não consigo definir o que é.

— Você mudou alguma coisa? — finalmente pergunto.

— As sobrancelhas — ela diz, obviamente satisfeita pela reação que me causou. — Faz muita diferença. Eu tirei. Soledad me recomendou um lugar.

Ao ouvir o nome de Soledad, meus dentes cerram. Por mais que eu tenha tentado me convencer de que só sinto falta de transar com ela, sei que não é verdade. Sinto falta de tudo nela. Do cheiro do óleo de jasmim. De vê-la tirando os sapatos minúsculos no refúgio dos fundos da casa dela e observá-la andar descalça. Da risada dela. Da sensação dela debaixo de mim, no meu colo, nos meus braços. Eu nem me permiti ver as postagens dela nas redes sociais. Acho que estou passando por uma abstinência.

— Você perguntou se eu soube da novidade — lembro a Delores, sem tecer comentários sobre Soledad. — Qual é?

— Aquele advogado famoso do Edward conseguiu tirá-lo da cadeia antes do esperado.

— Você está de brincadeira. — Tiro os óculos e os jogo em cima da mesa. — Como é possível?

— Ele é um homem branco, réu primário, que cometeu um crime de colarinho branco e cooperou com as autoridades — Delores ironiza. — Faça as contas.

— Quando você soube disso?

— O papai me contou há alguns minutos. O FBI fez questão de que ele soubesse.

— Seu pai está puto? Ele acha que a gente deveria ter pressionado para o Edward ficar preso por mais tempo?

Minhas engrenagens começam a girar, pensando em maneiras de mantê-lo na prisão. Mais provas que possam ter sido negligenciadas no processo. Me sinto tenso, me preparando para a batalha, procurando uma maneira de evitar que aquele filho da puta miserável não torne a vida da Soledad mais difícil.

— Acho que o papai já nem liga mais. — Delores dá de ombros. — Edward cumpriu a pena, ou pelo menos uma boa parte dela. Ele devolveu o dinheiro e nunca mais vai trabalhar num ambiente corporativo, porque esse escândalo vai persegui-lo pelo resto dos seus dias.

— Quando ele vai sair? — pergunto, olhando o calendário na beirada da mesa.

— Mês que vem. Achei que você gostaria de saber, considerando... enfim, considerando.

— Considerando o quê? — pergunto com cautela, franzindo a testa.

— Que você gosta da esposa dele.

— Eles não são mais casados.

— Tá vendo? — Delores sorri e cruza os tornozelos, se recostando e se acomodando. — Como eu disse. Você gosta dela.

Meu celular interrompe e a foto de contato da Tremaine aparece na tela.

— Preciso atender — digo a ela, olhando direto para a porta do meu escritório. — Você pode fechar a porta ao sair? — Ela revira os olhos, mas se levanta para sair.

— Delores — chamo, esperando-a se virar. — Obrigado por avisar.

Ela sorri e mexe as sobrancelhas recém-feitas ao sair.

— Oi, Tremaine — atendo. — O que foi?

— Judah, ele... eles... Ele está no hospital. Ai, meu Deus, se ele...

— Ei, calma — peço, enquanto pego minha jaqueta e saio do escritório o mais rápido que posso. — Me conta o que está acontecendo. O que foi?

— Foi o Adam — ela engasga. — Ele teve uma convulsão, uma convulsão forte, e bateu a cabeça. Só... só venha, Judah.

43

SOLEDAD

— Olha, antes de contar o que andei aprontando — Hendrix diz, apoiando os cotovelos no balcão da cozinha —, pode me dizer quem é a melhor agente do mundo inteiro?

— Você. — Olho para o meu celular e noto uma chamada perdida de Brunson. Não tive muitas notícias do advogado desde que Edward foi para a prisão. Posso retornar a ligação mais tarde. Sirvo uma fatia de pão de canela com glacê e passo o prato sobre o balcão para Hendrix. — Conta, o que você andou aprontando?

Ela dá uma mordida no pão e geme, puxando a assadeira inteira para ela.

— É tudo meu.

Eu puxo de volta, rindo.

— Não é, não. Prometi para a Yasmen que guardaria um pouco para ela. Ela está me fazendo um grande favor ao buscar a Lottie e a Inez. Eu participei da *live* daquele chef do reality show hoje.

— Ahh, sei. Bom, que sorte da Yasmen estar fazendo um favor, senão não sobraria pãozinho de canela para ela. — Hendrix dá outra mordida, apontando o garfo para mim. — Você já ouviu falar da Haven?

— É claro. A marca de estilo de vida da Sofie Baston Bishop. Coisa chique, né? Moda, casa, bem-estar. — Sirvo uma pequena fatia da pão de canela para mim. — Eu adorava as coisas dela quando tinha dinheiro para isso.

— E se as coisas dela — Hendrix faz uma pausa para me dar um grande sorriso — virassem as suas coisas?

— Como assim?

— Ela está procurando uma parceria para uma linha mais acessível e viu você na internet. Anda acompanhando você e está muito impressionada.

— Como é que é? — Fico sem palavras por alguns segundos, processando o fato de que uma pessoa tão poderosa e influente como a Sofie Baston Bishop, uma ex-top model conhecida como a deusa, queira fazer uma parceria comigo.

— Ela sabe de todas as merdas que aconteceram com o Edward — Hendrix continua. — Porque é claro que ela investiga a fundo qualquer pessoa com quem está pensando em trabalhar.

— E aí? — pergunto, esfarelando um pedaço de pão entre os dedos. — Ela está com medo de trabalhar com a ex-mulher de um criminoso?

— Medo nenhum. Na verdade, a maneira como você se levantou para sustentar a família torna a ideia de trabalhar com você ainda mais atraente. Além disso, ela quer mesmo que a marca seja inclusiva.

— Ai. Não vai ser um teatrinho bizarro? Algo como, *eu sou branca, mas veja como sou progressista trabalhando em ocupar espaços com minorias?*

— Não é teatrinho, mas ela quer retribuir e gostaria que a marca fosse inclusiva de verdade. O sogro dela é indígena. Sofie já fez parcerias com alguns criadores indígenas em alguns projetos. Ela adoraria trabalhar com você também.

— Que incrível.

— Pode ser muito mesmo. Ela estava pensando em chamar a marca Haven x Sol, mas está aberta a sugestões. Pode ser o início da sua própria marca.

— Isso é coisa séria, Hen. — Ao ver a emoção em seu rosto, sorrio também. — Eu não poderia estar mais feliz.

Hendrix mastiga, pensativa, sem tirar os olhos do meu rosto.

— Estou prestes a transformar você na mamãe magnata. Acho que você *poderia* estar um pouco mais empolgada, né? Eu esperava que você estivesse nas nuvens. Você ainda está com o pé no chão. Está tudo bem?

— Tudo. Não, claro, estou muito feliz com isso. E estou bem. Só revirando um monte de coisas na minha cabeça. — Percorro os dedos nos veios do balcão de mármore. — Principalmente o que vou fazer em relação ao Judah.

— O drama com a Inez?

— É, tem isso, mas ele meio que sugeriu que ficássemos afastados até que eu estivesse pronta para um relacionamento de verdade.

— Vocês dois *não* estavam num relacionamento de verdade? Ele não estava aproveitando todas as chances que tinha?

Tento repreendê-la com o olhar, mas esta é a Hendrix, e embaraço não é algo com o qual ela tenha intimidade.

— Só estou dizendo que é uma questão semântica. — Hendrix dá de ombros. — Você evoluiu muito desde que o Edward te deixou na mão. Você precisava desse tempo depois de conseguir andar com as próprias pernas. E conseguiu.

Pague pra ver.

Essa foi a minha resposta quando Edward previu que eu não sobreviveria sem ele. De forma subconsciente, o desprezo dele foi tão motivador quanto todas as outras coisas que eu precisava provar para mim mesma.

— Me corrija se eu estiver errada — Hendrix continua —, mas você também precisa de outras coisas. Sei que você quer ser plena, mas acho que ser plena significa aceitar todas as suas partes. E partes de você querem ser abraçadas, querem ser necessárias e amadas. Isso é tão válido emocionalmente quanto as partes que desejam independência.

— Pode ser que eu esteja tão preocupada em garantir que sou independente que não achei que poderia ouvir aquelas partes de mim que desejam tanto compartilhar minha vida com alguém.

— Agora você sabe que *pode* se virar sozinha — Hendrix diz, com carinho. — Mas também sabe que, quando a pessoa certa aparece, você não *tem que* ficar sozinha… Ao menos não para provar alguma coisa. Já não passamos tempo suficiente das nossas vidas provando coisas para as pessoas?

— Ele disse que quer construir uma vida comigo — digo a ela, engolindo a emoção que brota na garganta ao me lembrar da dureza das palavras dele naquela noite. — Do nosso jeito, sem ligar para os outros. Eu disse para ele que não tenho certeza se quero casar de novo.

— E o que ele achou? — Hendrix pergunta, com as sobrancelhas erguidas.

— Acho que a palavra exata que ele usou foi "Dane-se?" — digo, rindo um pouco, mesmo tentando conter as lágrimas.

— Vamos refletir, Sol. — Hendrix começa a contar nos dedos. — Primeiro, ele te persegue nas redes sociais porque quer te conhecer e te entender.

— Perseguir é uma palavra forte.

Ela lança um olhar perspicaz, contorcendo os lábios.

— Tá, mas era basicamente uma perseguição.

Dou risada.

— Mas de um jeito bom.

— Segundo — ela diz, erguendo outro dedo. — Edward deu prioridade aos objetivos dele, e não aos seus, e não enxergava todo o trabalho que você fazia em casa.

— Pois é. — Suspiro, surpresa por sentir apenas uma pontada de irritação com a lembrança, e não a dor que ela costumava causar.

— E esse homem, o Judah, chegou a ficar em casa com os filhos, dando um tempo do trabalho para que a ex-mulher não ficasse para trás na carreira.

— Ele é um santo entre os homens, não é?

— Três — outro dedo —, você disse que ele viu você lendo *Tudo Sobre o Amor* e começou a ler também, para se questionar sobre o privilégio masculino dele.

— Quando perguntei "Você está lendo *Tudo Sobre o Amor?*", ele respondeu "Você não está?".

— Menina, eu entendo que, pelo fato de o Judah ter colocado o seu doador de esperma na cadeia, pode parecer que ele é o último homem com quem você deva se relacionar — Hendrix diz, abaixando os três dedos para estender a mão por cima do balcão e segurar a minha. — Mas parece que o universo te entregou a pessoa *certa*. Alguém que viu toda a sua jornada, viu você crescer, entende seus medos, suas reservas, seus limites e aceita todos eles.

— Tem razão, e é como se toda vez que eu aumento o nível do que devo esperar de um parceiro, Judah ultrapassa. Fácil. Aprendi que se abrir para um parceiro deve ser uma forma de cura, e não de mágoa. Que um verdadeiro relacionamento íntimo é um lugar seguro, sem fachadas. Um espaço em que podemos ser nós mesmas. Eu tenho isso com Judah.

— Então não jogue fora. Dê uma chance para ele. Dê uma chance para você.

A porta do hall se abre, interrompendo a nossa conversa. Hendrix e eu compartilhamos um olhar, prometendo terminar a conversa mais tarde.

— Oi, mãe! — Lottie entra saltitando na cozinha, com seu cabelo longo em tranças inspiradas no penteado que Lola usou durante as férias. — Oi, tia Hen.

— Oi, querida. — Beijo seu rosto. — Como foi a escola?

— Foi bem! — O rosto dela se ilumina. — O treinador disse que eu...

— Estou falando da *escola*. — Ergo um dedo em advertência, mas sorrio. — Não do treino. Se as notas começarem a cair, a ginástica já era.

— Não vai acontecer — ela se apressa em me garantir. — Vou fazer minha lição de casa agora mesmo.

— Quer lanchar primeiro? — Empurro o pão de canela pela bancada na direção dela.

— Tarefa de casa! — Ela sai trotando da cozinha. — Depois eu como.

Ao entrar, Inez quase esbarra nela enquanto Lottie sai apressada.

— Ei, Nez — eu a cumprimento. — A Yasmen está com você?

— Não, ela pediu para avisar que precisava ir para o Canja, mas disse que é para guardar um pouco de pão de canela para ela.

Lanço um olhar de *eu avisei* para Hendrix antes de voltar a atenção para Inez.

— Como foi o dia na escola?

Ela hesita, mexe nas miçangas da alça da mochila.

— Foi... tudo bem. Aconteceu uma coisa. Eu não vi, mas ouvi falar.

— Ah, é? — Me levanto e pego os pratos de Hendrix e o meu para levar até a lava-louças. — O que foi?

— Uma ambulância — ela diz, com a voz e os olhos baixos.

— Nossa. — Me viro para encará-la. — Espero que esteja tudo bem.

A Harrington prefere não se arriscar e chama a ambulância por causa de uma unha encravada, então não parece muito incomum. Na verdade, alguns pais até reclamam de ter que pagar a conta de "uma emergência" que poderia ter sido resolvida pela enfermeira da escola.

— Foi um aluno? — pressiono, tentando ver a expressão no rosto abaixado de Inez. — Uma professora?

— Foi o Adam — ela diz, finalmente erguendo os olhos para encontrar os meus. — A ambulância veio atender o Adam, mãe.

Meu coração para, fica imóvel e então dispara, e eu me agarro à beira da pia.

— Você está falando do... Adam do Judah? Adam Cross?

Inez confirma, com os olhos grudados nos meus...

— Sim. Foi... Eu não vi, mas ouvi dizer que ele teve uma convulsão e bateu a cabeça.

— Ai, meu deus. — Minha mão voa para cobrir a boca e tento recuperar o fôlego. — Mas ele... ele estava bem? Ele estava consciente quando...

— Não. — Ela balança a cabeça miseravelmente. — Disseram que não.

Não espero por mais informações.

— Já volto. — Pego minha bolsa no hall de entrada. — Hen, Lupe deve chegar em casa em uns dez minutos. Você pode...

— Vai! — ela insiste, franzindo o cenho de preocupação. — Deixa comigo.

Tiro os chinelos e calço os tênis ao lado da porta. A Harrington sempre recorre ao hospital mais próximo em casos de emergência. Vou começar por lá. Não me preocupo com as especulações de Inez ou se ela acha que eu não deveria estar com Judah, ou se isso vai despertar sua raiva. Não me preocupo nem se Judah gostaria de me ver lá ou não. Na minha cabeça, vejo o pedaço rosa e amassado da minha lista de compras enfiado nas páginas do exemplar de *Tudo Sobre o Amor* de Judah. Vejo sacolas e mais sacolas de mantimentos na minha varanda quando não tínhamos comida. Vejo a cesta de focaccia que ele encomendou pensando que eu nunca saberia que ele fez isso para me ajudar.

Um mosaico de cuidado, uma dezena de maneiras pelas quais ele demonstrou seus sentimentos por mim. Sei o quanto ele ama aqueles meninos. Tenho certeza de que a ex-mulher dele vai estar lá, e provavelmente o marido dela também, mas algo grita na minha cabeça, dizendo que *eu* tenho que estar lá. O vazio que estou sentindo doer a meu lado desde a nossa última conversa... não posso deixá-lo se sentir assim agora. É isso que fazemos para apoiar e estar ao lado de quem amamos.

Amor?

Tropeço, meu sapato fica preso no tapete da cozinha, ou talvez seja minha mente tropeçando nessa nova descoberta.

Amor?

— Desculpa, mãe — Inez diz, suas palavras me pegam pelas costas enquanto corro até a porta da garagem.

Paro e me viro para observá-la.

— Por quê, querida? Não é sua culpa. Eu só preciso saber se o Adam... se o Judah...

A preocupação aperta minha garganta e forma um nó no meu peito.

— Quer dizer, desculpa por... — Inez passa a língua nos lábios, cabisbaixa. — Pelo que eu disse.

Ando até ela, seguro seu rosto entre as mãos e olho bem nos seus olhos.

— Está tudo bem, meu amor. Eu te amo.

— Eu também te amo. — Ela se inclina no meu ombro e fala baixinho junto a minha blusa. — Espero que ele esteja bem.

— Ele vai estar.

Dou um beijo rápido na minha filha, corro para a garagem e rezo durante todo o percurso até o hospital para que minhas palavras sejam verdadeiras.

44

JUDAH

— Ele vai ficar bem.

Ao ouvir as palavras do médico, respiro como se fosse a primeira vez em um ano. O alívio é avassalador e eu me apoio na parede do quarto do hospital, passando a mão trêmula no rosto.

— Meu deus. — Tremaine afunda na cadeira ao lado da cama de Adam e coloca o rosto nas mãos. — Obrigada.

— Eu disse que estou bem — Adam diz, embora pareça acabado com a bandagem branca cobrindo parte da sua testa.

— Os enfermeiros provavelmente só queriam uma segunda opinião — o médico responsável, o doutor Carolton, diz com um sorriso gentil. — Lamento que o seu neurologista esteja de férias, mas posso garantir que a tomografia mostra atividade convulsiva típica para a condição do Adam. Temos certeza de que a complicação se deu pelo trauma na cabeça quando ele caiu.

— Ele nunca apagou assim — digo. — Ele até já bateu a cabeça antes, mas a gente sempre conseguia acordá-lo.

— Claro, eu não estava no local — o doutor Carolton diz —, mas o paramédico informou que Adam recuperou a consciência logo depois de ter sido atendido.

— É. — Adam balança a cabeça. — Minha cabeça estava doendo, mas foi divertido andar de ambulância.

Tremaine lança a ele um olhar incrédulo e repreensivo.

— Garoto, se você não...

— Pode ser melhor deixar a conversa sobre a "diversão" para mais tarde, filho. Acho que sua mãe ainda não está pronta para isso — digo.

— Ele está tomando uma nova medicação. — Tremaine balança a cabeça. — Eu sabia que a gente precisava monitorá-lo com mais cuidado.

— Ei. — Toco em seu ombro e espero que ela olhe para mim. — A nova medicação reduziu as convulsões em 70%. Está funcionando, mas ele nunca vai ficar totalmente livre. Sabemos disso. Estamos obtendo bons resultados e fazendo o melhor que podemos.

— Seu marido tem razão — o doutor Carolton comenta. — A intercorrência aconteceu por conta do trauma na cabeça, não da convulsão em si.

— Ah, não somos casados — Tremaine diz. — Não mais.

— Não precisa falar assim — meio que brinco, feliz ao conseguir um pouco de leveza depois das últimas horas angustiantes. — Que droga, Maine.

Ela abre um sorriso, o primeiro desde que chegamos em pânico aqui no hospital, e então balança a cabeça, revirando os olhos.

— Você sabe o que quero dizer. Falando nisso, preciso ligar para o Kent. Ele estava tentando pegar um voo de volta de Chicago quando soube do ocorrido. Posso dizer para ele voltar para casa amanhã, como planejado, se estivermos mais tranquilos? — Ela dirige a última pergunta ao doutor Carolton.

— Ah, claro. — O médico pendura o prontuário de Adam ao pé da cama. — Em casos assim, gostamos de ser cautelosos e observar durante a noite para ver se não houve concussão, mas pelo que estamos vendo, ele deve ficar bem.

— Posso ficar com ele? — A voz de Tremaine treme, aliviada, contradizendo sua postura serena.

— Acho que podemos dar um jeito. — O doutor Carolton sorri com empatia.

— Legal — Adam diz, e tenho certeza de que está feliz por não ter que ficar sozinho no hospital.

— Vamos providenciar uma cama — o doutor Carolton diz, antes de sair, prometendo que uma enfermeira virá em breve.

— Cadê o Aaron? — Adam pergunta.

— A senhora Coleman foi buscá-lo na escola. — Tremaine se vira para mim. — Mas com você *e* o Adam fora de casa, ele pode começar a ficar ansioso, Judah.

Eu me aproximo da cama do hospital.

— Vou para casa ver seu irmão, beleza? — Me inclino para beijar o rosto de Adam.

— Tá bom. — Adam levanta os olhos ansiosos. — Fala para ele que volto amanhã e que estou bem.

— Pode deixar. — Olho para Tremaine. — Me acompanha?

Ela acena com a cabeça e se vira para Adam, apertando seu ombro.

— Já volto.

Assim que chegamos ao corredor e fechamos a porta, estico os braços e Tremaine se aconchega.

— Está tudo bem?

Ela se permite desabar em mim por um segundo, e sei que, apesar de sua aparente compostura, ela está abalada. Porra, eu estou abalado. Já fazia muito tempo que não precisávamos trazer Adam para o hospital, e a sensação de pavor nunca diminui.

— Estou bem. — Quase posso vê-la mentalmente colocando as peças da sua calma de volta no lugar. — Você é o melhor pai do mundo. Sabia?

— Só se você admitir que é a melhor mãe. — Eu me afasto e aperto a mão dela. — Manda um oi para o Kent quando falar com ele.

— Vou mandar, e não pense que você se safou de abrir o bico sobre a senhora Charles — ela diz, o primeiro sinal de provocação desde que tudo aconteceu hoje. — Já faz semanas que você tem se esquivado das minhas perguntas.

Fico tenso e libero a tensão repentina dos ombros.

— Ando ocupado, isso sim.

— Bem, agora que a crise foi evitada, você vai ter que me contar tudo.

Curvo os lábios num sorriso triste.

— Ah, não tenho muito a dizer.

— Não deu certo? — Tremaine franze a testa, colocando a mão no meu braço para me impedir de sair.

Não consigo admitir. Não tenho certeza se *não* vai dar certo. Sei que Soledad gosta de mim e quer algo comigo, mas não tenho certeza se é a mesma coisa que preciso dela. Até que estejamos em sintonia, o que temos?

— Vamos dizer que estamos no *processo* — afirmo. — Quando houver algo para contar, você será a primeira a saber.

— Ela parece incrível. Não estrague tudo.

— É, vou tentar. Vou ligar de casa para que você possa ver o Aaron antes de ele ir para a cama.

— Obrigada.

Ligo o celular assim que começo a atravessar o corredor. Liguei para pedir que a senhora Coleman ficasse com Aaron em casa, depois desliguei o celular porque estava recebendo muitas ligações do escritório. Assim que o ligo novamente, chamadas perdidas e mensagens da CalPot inundam minhas notificações.

— Eles que esperem até amanhã — resmungo, erguendo a cabeça para me orientar e procurar os elevadores. Quando viro em um corredor, paro de todo, chocado ao ver uma mulher sozinha na sala de espera.

— Sol?

Ela está encolhida em um dos sofás de couro, mas se levanta na hora e vem até mim, com preocupação estampada no rosto.

— Oi. Desculpa por pegar você de surpresa assim, mas soube do que aconteceu com o Adam e queria saber se ele estava bem. Se você estava bem.

— Agora ele está bem.

— Ai, graças a deus. — Seus ombros caem e ela fecha os olhos, respirando aliviada.

Hesito, mantendo os braços colados ao lado do corpo. Senti muita saudade dela, e abraçá-la, ser abraçado por ela, é exatamente o que quero depois de um dia como este, mas não tenho certeza da nossa situação depois da última conversa.

— Como você soube? — pergunto.

— Inez me contou quando voltou da escola. Ela ficou preocupada com o Adam. Acho que muitos alunos ficaram, depois que a ambulância chegou. Ela supôs que eu gostaria de saber.

— Ah, nossa. — Pigarreio e guardo o celular de volta no bolso. — Obrigado por ter vindo. Por vir ver como estamos.

— Sem problema. — Ela olha para cima, na direção dos elevadores. — Você estava de saída ou...

— Estava. Preciso voltar para casa, para ver o Aaron. Tremaine vai ficar aqui com Adam hoje.

O rosto dela se fecha.

— Ah. Não quero te atrasar. Sei que você...

— Posso te acompanhar até o carro?

Por hábito, minha mão vai parar em suas costas e seus músculos ficam tensos. Já se passaram duas semanas, e até o mais leve dos toques parece inflamável, queimando no calor de um minúsculo ponto de contato. O silêncio se aprofunda a nossa volta, interrompido apenas pelo leve ruído do elevador descendo.

— É só um andar — ela diz, os olhos erguidos e fixos nos números acesos do elevador. — Acho que vou pegar a escada. Dar os meus passos.

— Boa ideia. — Me viro para analisar as linhas suaves do seu perfil. — Vamos pegar a escada.

Ela se vira para olhar para mim, e o ar entre nós é consumido pelo desejo, saudade e desespero. Caminhamos depressa até as escadas. Assim que a porta se fecha e ficamos sozinhos na escada, nos aproximamos um do outro. Ela me pressiona contra a parede, o que deve parecer cômico, já que ela tem metade do meu tamanho, mas é tão excitante porque o desejo dela se manifesta, chamando o meu para enfrentar o dela. Nossos dentes batem, nossos lábios se encontram e nossas mãos buscam feito loucas qualquer parte do corpo um do outro. Ela segura meu pescoço, agarra minha bunda, acaricia meu rosto, tudo isso na ponta dos pés para aprofundar o nosso beijo. É um beijo de favo de mel, com um sabor doce escondido entre as fendas, guardado sob sua língua e na superfície suave da sua boca. Aperto sua bunda e a levanto, gemendo quando ela passa as pernas em volta da minha cintura.

— Estava com saudades — ela sussurra entre nossos lábios, distribuindo beijos no meu pescoço e queixo.

— Eu também. — Enterro o rosto na curva do seu pescoço, inalando seu perfume de jasmim. — Meu deus, Sol. Não...

Não o quê?

Não me faça esperar mais?

Não faça isso com nós dois?

Engulo as palavras; palavras que a pressionariam antes de ela estar pronta. Que implorariam que ela nos escolhesse. Que escolhesse a vida que poderíamos ter juntos *agora*. Não quero manipulá-la, pressioná-la. Todos os motivos que nos separaram nas últimas duas semanas surgem na minha cabeça, interrompendo esses segundos frenéticos. Ergo a cabeça, tiro as mãos da sua bunda e a coloco no chão, deslizando-a pelo meu corpo.

Nada mudou. Ela ainda precisa descobrir o que quer. Eu ainda quero... *tudo*. Não quero casar nem fazer com que ela sacrifique suas necessidades, mas quero uma vida com ela do nosso jeito, sem nada escondido. Enquanto não podemos ter isso, o sexo é apenas uma solução temporária. É muito bom, mas não chega perto do que poderíamos ser.

— Está na minha hora. — Preciso fazer um esforço consciente para afastá-la de mim, e os poucos centímetros entre nós logo transbordam de desejo. Deslizo o olhar pelo corpo dela com cuidado, devagar, registrando cada detalhe na memória. Compacta e curvilínea, cabelos ondulados caindo pelos braços, lábios carnudos cor de ameixa.

— Judah.

Sua voz, suave e urgente, me instiga a olhar em seus olhos, algo que eu não queria fazer por medo de não conseguir desviar o olhar. Posso me perder neles e esquecer que esse meio-termo não é suficiente, fazendo o que for preciso para voltar para sua cama, seus braços, sua vida.

— O quê? — pergunto, mas dou um passo em direção à porta da escada, me afastando da beira do precipício. De uma longa queda.

— Assim que o Adam estiver melhor — ela diz, enfiando as mãos nos bolsos e olhando para os tênis —, pensei que talvez vocês pudessem ir jantar com a gente. Você e os meninos.

Paro, olhando para seus lábios, embora eles não estejam mais se movendo, e me pergunto se ouvi direito.

— Sei que eles não comem muitas coisas — ela continua, os olhos ainda abaixados. — Mas você mencionou que eles adoram o macarrão com queijo da sua mãe. Quem sabe eu não possa conversar com ela e pedir a receita. Sou boa em seguir receitas. Quero pelo menos tentar...

— Você quer falar com a minha mãe? — pergunto, tentando esclarecer. — E quer que a gente vá jantar? Na sua casa?

Ela concorda com a cabeça, hesitante.

— Suas filhas estarão lá?

Ao ouvir isso, ela ergue o olhar, com um leve sorriso irônico.

— Elas moram na casa, então, sim. Elas estarão lá para o jantar.

— Soledad, o que você está querendo dizer?

— Estou dizendo que quero o que você quer. — Suas sobrancelhas franzem, com olhos sérios. — Uma vida juntos do nosso jeito.

Por um segundo, nem sei como responder, não consigo encontrar palavras para perguntar sobre estar ganhando exatamente o que eu quero. Estou desnorteado.

— Eu... nós... o que mudou? — pergunto.

Ela respira fundo e junta as mãos com força na frente do corpo.

— Acabei de voltar da Carolina do Sul. Eu e as minhas irmãs tivemos que limpar a casa onde crescemos, e encontrei alguns dos diários que minha mãe escrevia. — Ela balança a cabeça, em uma expressão de autocrítica. — Eu sei. Não deveria ter lido, mas sinto muita saudade da minha mãe e há tantas coisas que nunca entendi sobre ela como mulher. Não como minha mãe ou como a esposa do meu pai, mas como ela mesma. Ela compartilhou tanto no diário, e eu precisava ver.

— Faz sentido — digo. — Continue.

— Ela amou dois homens durante a vida. — Soledad se apoia na parede da escada. — O pai da Lola e o meu. O pai da Lola era aquela paixão avassaladora que consome tudo ao redor. O amor dela pelo meu pai era... mais terno, caloroso, não apaixonado, mas era aquele tipo de fogo duradouro que continua queimando e deixando você brilhar.

Ela morde o lábio, como se não tivesse certeza de como continuar, mas deixo que ela descubra no silêncio, com medo de que qualquer coisa que eu diga possa estragar tudo.

— Eu costumava pensar nessa grande paixão como uma planta que se agarra em volta da sua alma, faz a gente se sentir louca, abandonada e quase fora de controle. E pensava que o que ela teve com o papai era como uma semente que vai crescendo devagar por dentro. Algo que você cultiva ao longo do tempo e que faz a gente se sentir segura e protegida.

Ela olha para mim, com uma expressão determinada e admirada.

— Eu não sei se cheguei a ter algo assim com o Edward, mas com você, eu encontrei as duas coisas. Você me faz esquecer o mundo quando me beija... é intenso e descontrolado, e ainda assim não tem lugar mais seguro. Ninguém em quem confio mais. Você é um porto seguro, não só para mim, mas para seus filhos, para sua ex-mulher, para qualquer pessoa que você ama e que precisa de você. Você é a semente e a planta que me envolve, e eu te amo, Judah.

Deixo suas palavras me envolverem, acalmando a incerteza das últimas duas semanas, sem saber como responder. Eu a abraço novamente, sem conseguir ficar longe ao ver o que vi em seus olhos, sentir o que senti em seus braços, e finalmente falo:

— Eu também te amo, Sol. Não existe nada que eu queira mais do que uma vida com você.

O brilho em seus olhos diminui um pouco, e ela morde o lábio, aperta os olhos com força, como se tivesse medo de olhar para mim ao dizer suas próximas palavras.

— Judah, eu te amo, mas falei sério. Não sei se quero me casar de novo. Eu sei que quero *você*. Isso é suficiente?

Seguro seu queixo e espero que ela olhe para mim, querendo dissipar a incerteza em seu olhar.

— Eu não ligo para isso. No fim do meu casamento, eu e a Tremaine éramos basicamente colegas que dividiam os cuidados com os filhos. Não tinha nada a ver com paixão, conexão, amor ou qualquer uma das coisas que um casamento de verdade tem que ter. E são *essas* as coisas que eu quero. Não me importa se vem embrulhado numa certidão de casamento ou confirmado por alianças que dizem para as pessoas que somos um do outro. A gente sabe, e as coisas podem ser diferentes hoje do que serão quando nossos filhos saírem de casa. No meu caso, meus filhos talvez nunca saiam. Sei lá.

— E a maneira como você está comprometido com eles para o resto da vida é uma das coisas que mais amo em você — ela diz. — Eu também não vou a lugar nenhum.

Não consigo deixar de pensar na primeira vez que a vi, em como Aaron se aproximou dela, se conectou com ela, algo que para ele é tão raro. Muitas vezes, as pessoas o subestimam porque ele não fala, mas acho que mesmo sem fazer contato visual, ele está atento. Mesmo quando não parece estar prestando atenção, ele ouve. Ele escuta. Fico imaginando se ele notou Soledad naquela primeira noite antes mesmo de eu ter notado, se viu que ela era alguém especial.

Fique.

Ele me disse em um dos momentos mais cruciais da nossa vida, e essa palavra reverbera por cada célula do meu corpo ao sentir Soledad se aconchegando para um último abraço.

Fique.

Não tenho tido muitos motivos para sorrir ultimamente. Hoje o dia foi um pesadelo, e a incerteza sobre nós me deixou pra baixo nas últimas duas semanas, como se tivesse perdido minha melhor amiga. Porque, de certa forma, perdi mesmo. Conheço Soledad há pouco mais de um ano, mas, nesse período, me senti visto por ela como nunca fui visto por ninguém na vida. E a possibilidade de ter a parceria, a união, a paixão que Tremaine disse que eu e ela merecíamos... de viver essa história com a mulher por quem me sinto atraído desde o momento em que nos conhecemos? Isso me arranca um sorriso bobo do rosto. Eu sei. Percebo que estou ridiculamente feliz, mas não consigo me segurar.

— Nunca vi você assim. — Soledad ri, colocando as mãos no meu rosto e se inclinando para beijar meu nariz, meu rosto, meus lábios.

— Você me fez feliz — digo, passando os braços em volta de sua cintura e puxando-a para mim. — Você me *faz* feliz.

É verdade. Ser feliz estava no topo da minha Lista de Prioridades, e eu não tinha certeza se conseguiria de verdade. Talvez tenha sido errado dizer isso, pois sei que ela passou o último ano fazendo de tudo para poder ser feliz sozinha, que poderia estar contente sozinha, mas a dúvida não transparece em seus olhos. Apenas uma emoção intensa que reflete o sentimento que bate à porta do meu coração.

Ela sorri enquanto nos beijamos.

— E eu amo ser feliz com você.

45

SOLEDAD

— Parece uma delícia, Soledad.

Recebo os elogios de Margaret Cross e observo o macarrão com queijo recém-saído do forno.

— Você acha? — pergunto, com dúvida aparente na voz enquanto o vapor sobe da fôrma. — Tomara que eles gostem.

— Olha — Margaret diz na tela do iPad encostada no revestimento da minha cozinha. — Aqueles meninos são bastante exigentes. De vez em quando ainda jogam fora a comida da Tremaine.

— Na verdade, eu vivi isso na pele. Fizemos três testes. Eu fiz e levei para a casa deles. Da última vez, Adam comeu um pouco, mas o Aaron só foi até o lixo e jogou tudo fora.

Nós duas rimos, e isso alivia um pouco a minha ansiedade, não apenas se os filhos de Judah vão comer o meu macarrão com queijo, mas também o primeiro encontro das nossas famílias.

— Está nervosa? — a mãe de Judah pergunta, com um sorrisinho aparecendo nos lábios.

— Está tão na cara assim? — Passo as mãos úmidas na frente do avental.

— Muito.

— Não tem por que ficar nervosa. Você já conheceu a Tremaine. Ela está feliz pelo Judah finalmente ter encontrado alguém. Kent gosta de quem a Tremaine gosta. Os meninos já te conhecem e você tem o macarrão com queijo de caixinha em caso de emergência, não é?

— Isso. — Dou risada. — Sei que poderia fazer a versão de caixinha para eles e me poupar de todo o trabalho e dor de cabeça, mas eu tinha que tentar.

— Então deve ser a *sua* família que está te deixando nervosa — ela diz, com uma expressão compreensiva.

Olho ao redor, só para ter certeza de que as minhas filhas estão no segundo andar.

— É. É um pouco estranho. Você deve saber sobre o meu ex-marido e o Judah e...

— Pois é, estou ciente. A vida é complicada, mas vale a pena lutar pelas coisas boas. Sei que o Judah acha que você é uma das melhores coisas que já aconteceu com ele.

Um quentinho sobe do meu coração até minhas bochechas.

— Sinto o mesmo por ele.

— Então faça o que for preciso para que dê certo. Tenho a impressão de que não será tão difícil quanto você pensa.

— Espero que você esteja certa.

Sou interrompida por passos descendo as escadas.

— Tenho que desligar. Obrigada mais uma vez pela ajuda com a receita, senhora Cross.

— Já falei para você me chamar de Margaret. — Ela ri. — Espero que você consiga quando meu filho te trouxer para conhecer a gente.

— Vou tentar. Seu marido ainda faz aquelas receitas na panela elétrica? — Sorrio para a câmera.

— Faz. A última com carne moída foi a melhor até agora.

— Que bom. Manda um abraço para ele. A gente conversa depois. Tchau.

Desligamos assim que Lupe chega.

— Precisa de ajuda? — ela pergunta, dando uma olhada na cozinha.

— Você pode levar os pratos para a sala de jantar — digo, desamarrando o avental.

— Tá bom. — Ela pega uma travessa de repolho e me examina com um olhar crítico. — Você está linda, mãe.

Combinei calça jeans escura *wide leg* com uma camisa branca simples bordada com florezinhas alaranjadas e rosa. Fiz uma escova no cabelo, que, liso, chega até meus cotovelos.

— Obrigada. — Verifico se minhas argolas douradas ainda estão no lugar e não caíram enquanto eu terminava de cozinhar. — Acho que está quase na hora de cortar o cabelo e doar, né?

Uma nuvem escura paira sobre seu rosto e meu coração afunda. As notícias sobre Cora não têm sido boas ultimamente. Ela está no hospital com uma infecção.

— Eu e a Deja vamos levar a Lindee ao shopping amanhã para distraí-la — Lupe diz, com a voz contida.

— Você é uma boa amiga, Lu.

— Aprendi com as melhores — ela diz, sorrindo e levando a travessa para a sala de jantar.

— Posso ajudar também? — Lottie entra na cozinha ainda usando o agasalho de treino da ginástica.

— Você pode trocar de roupa — digo, tirando o frango frito do forno e colocando-o no fogão. — Você está com cheiro de treino de solo.

Ela cheira debaixo do braço.

— Tem certeza de que sou...

— É, querida. É você. Por favor, tome o banho mais rápido da sua vida. Eles vão chegar logo.

Ela se vira para sair, mas para à porta.

— Então o Judah Cross é seu namorado, né? É isso que a gente vai dizer.

Faço uma pausa, me viro para encará-la e apoio o quadril na bancada da cozinha.

— Ah, é. Sim. Estamos... estamos namorando.

Não pergunto se está tudo bem ou se ela tem algum problema com isso. Amo minhas filhas e elas têm sido o foco da minha vida desde o dia em que nasceram, mas também merecem uma mãe feliz. Estou feliz comigo mesma, sim, mas também estou feliz com Judah. Elas irão embora um dia, antes do que eu gostaria, e não vou mais adiar minha felicidade por ninguém.

Um sorriso se espalha devagar pelo seu rosto.

— Que legal, mãe.

Mesmo tendo decidido ser feliz com ou sem a aprovação dela, sua aceitação me deixa muito contente. Dou um passo à frente para bater na bunda dela com um pano de prato. Ela solta um gritinho, cobrindo a bunda com as duas mãos e correndo na direção da escada.

— Vai logo para o banho, menina. — Franzo o nariz, rindo.

Coloco o frango na mesa da sala de jantar e peço para Lupe subir e se trocar, pois ela está vestindo short e uma blusa minúscula que deveria ter sido aposentada ou passada para uma irmã mais nova anos atrás. Passo os 20 minutos seguintes verificando se a mesa está mesmo pronta.

— Está tudo perfeito — Inez diz do arco de entrada da sala de jantar.

Me viro para encará-la, controlando o rosto para manter a expressão neutra. Lupe e Lottie encararam a situação com Judah de maneira tranquila, mas eu e Inez, aparentemente por um acordo tácito, ainda não tocamos no assunto.

— Obrigada. — Coloco os pãezinhos na mesa e os cubro com um pano de prato. — Fiz seu frango favorito.

— Aquele que você cozinha no forno? — ela pergunta, dando um passo hesitante para dentro da sala.

— Esse mesmo. — Volto para a cozinha e pego o macarrão com queijo.

— Esse é um dos poucos pratos de que o Adam e o Aaron gostam de verdade. Eles são meio exigentes com comida.

— Ele está bem? — ela pergunta. — O Adam? Ele estuda no *campus* norte, aí não vejo ele muito, mas ouvi dizer que ele voltou à escola e parece estar melhor.

— Está. Ele está ótimo. — Sorrio e aceno para a geladeira. — Pode pegar a jarra de limonada para mim?

— Claro. — Ela vai até a geladeira, pega a jarra, mas não se mexe. — Eu só queria dizer...

Eu me preparo para qualquer crítica que ela tenha para fazer contra mim. Vamos acabar com isso antes que Judah e sua família cheguem. Nós nos encaramos, e vejo meus próprios olhos escuros piscando para mim num rosto tão parecido com o meu, tão parecido com o da minha mãe, que meu coração amolece.

— O que foi, amor? — pergunto, colocando o macarrão com queijo na bancada enquanto espero.

— Desculpa por ter sido babaca.

As palavras dela me fazem sorrir.

— Por acaso sua irmã te obrigou a pedir desculpas?

Sua boca se abre num sorriso.

— Pois é, a Lupe me ameaçou com violência física se eu estragar as coisas para você hoje, mas eu ia me desculpar de qualquer jeito. Eu só... é que eu ainda sinto saudades do papai.

Meu sorriso se desfaz ao ouvir menção a Edward, mas fico parada para ouvi-la.

— Eu sei que o que ele fez foi errado — ela continua. — E sei que o senhor Cross estava apenas fazendo o trabalho dele. Eu queria que as coisas ainda fossem como eram antes.

Não respondo, porque não escolheria a facilidade daquela vida de mentira com Edward. Eu não trocaria o amor, o respeito e a paixão verdadeiros que eu e Judah temos hoje pela vida vazia e de fachada que eu e Edward compartilhávamos. Eu não voltaria atrás. Só quero seguir em frente e não vou fingir o contrário, nem pela minha filha que eu tanto amo.

— Mas sei que as coisas nunca mais vão ser as mesmas — Inez diz após alguns segundos de silêncio. — Aí eu só queria que você soubesse que vou ser legal com o senhor Cross e a família dele.

Estico os braços e ela corre para me abraçar, se enterrando no meu pescoço.

— Obrigada, querida — digo a ela, beijando seus cabelos. — Eu te amo, tá?

— Também te amo, mãe.

A campainha me assusta e eu dou um pulo, pressionando a mão no peito.

— Ai, meu deus! — Inez aponta para mim e ri. — Você está tão nervosa.

— Quieta! — Dou risada também e dou um tapa no ombro dela. — Leve aquele macarrão com queijo para a mesa e veja se está tudo pronto.

Ela volta para a sala de jantar e eu respiro pela última vez para me acalmar antes de caminhar até o hall de entrada e abrir a porta. Judah, Aaron, Adam, Tremaine e o homem que presumo ser o marido dela, Kent, estão na minha varanda.

— Oi! — digo, abrindo um sorriso e torcendo para que pareça natural. — Por favor, entrem. — Me afasto e eles entram um por um. — É um prazer rever você — digo para Tremaine, cuja pele macia e tranças *twist* duplas e bem-cuidadas exalam elegância e estilo. Tremaine é uma mulher impressionante, com tudo o que ela fez e sacrificou pelos filhos. A advogada durona, em breve sócia do escritório e, é claro, uma grande amiga para Judah.

— O prazer é meu — Tremaine responde, apontando para o homem que é alguns centímetros mais baixo que ela. — Este é o meu marido, Kent.

— Prazer em conhecê-lo. — Estendo minha mão para um aperto rápido. — Ouvi falar muito sobre você.

— Digo o mesmo — Kent diz. — Obrigado por receber a gente. Vi pela internet o que você é capaz de fazer na cozinha. Não vejo a hora de experimentar.

— Ah, não vá criando expectativas — digo a ele. — Não é nada sofisticado.

— Não acredite nela — Judah diz. — Até o queijo quente dela é chique e delicioso.

Reviro os olhos, mas sorrio agradecida.

— Oi, Aaron. Oi, Adam.

— Oi — Adam diz, com um leve sorriso.

Aaron sorri um pouco, fazendo um breve contato visual, e esse gesto parece um presente para mim, como sempre. Os dois meninos carregam mochilas, onde sei que guardam cubos, brinquedos, fones de ouvido e tudo de que podem precisar se começarem a ficar sobrecarregados.

— Bem, está tudo pronto aqui. — Eu os levo para a sala de jantar e peço que se acomodem. — Vou chamar as meninas. Já volto.

Saio da sala de jantar e, quando chego à base da escada, prestes a chamar minhas filhas, sou agarrada por trás e ganho um beijo no rosto.

— Ai, meu deus — sussurro, ofegante e dando um tapa em Judah. — Não me deixe com vergonha.

Seu sorriso malicioso, nada característico, me mostra que ele está muito contente com esta situação e que não liga para o que nossas famílias vão pensar.

— Comporte-se — digo, mas estendo a mão para segurar seu rosto.

— Oi, senhor Cross — Lupe diz lá de cima.

Dou um passo para trás, me afastando alguns centímetros de Judah, com o sorriso um pouco rígido.

— Lu, você pode ver se suas irmãs estão vindo? — pergunto.

— Chegamos — Lottie diz, parando ao lado de Lupe. Inez se junta a elas, e ver as três lá no alto da escada me lembra Lola, Nayeli e eu, sempre juntas. Corações inteiros.

Não posso evitar que seus corações sejam *partidos* por muito mais tempo. Quando retornei a ligação de Brunson, ele me contou que Edward sairia antes do previsto da prisão. Eu queria deixar Edward contar às meninas sobre o filho que ele teve com a Amber e, embora esse seja o caminho mais fácil para mim, não deve ser o melhor para elas. Não confio nele para lidar com essa situação com cuidado ou sinceridade.

Eu me acostumei a fazer as coisas difíceis, já que Edward não era homem o suficiente para fazer. Vou fazer de novo para garantir que minhas meninas tenham as ferramentas necessárias para lidar com a mais recente safadeza do pai delas.

Nós conseguimos. Tanta coisa poderia ter dado errado. Tanta coisa *deu* errado depois da noite em que nosso mundo inteiro ruiu. Mas nada disso nos arruinou. Eu e minhas filhas continuamos aqui, mais fortes, mais próximas, e o nó de nervosismo que ficou apertando a minha barriga o dia todo se desata. Já superamos tanta coisa e ainda estamos de pé. Eu não estou apenas de pé. Eu estou bem. Estou apaixonada... por mim mesma e por um homem incrível que não poderia ser mais perfeito para mim. Nós vamos ficar bem.

— Meninas, este é o senhor Cross. — Olho para Judah, cujo rosto exibe suas habituais linhas severas, mas sua boca se abre num leve sorriso.

— A gente já se conheceu — Inez diz, um tanto atrevida. — Lembra? — Arregalo os olhos para ela, mas ela sorri sem arrependimento.

— É verdade. — Judah dá um sorriso discreto. — Que bom rever você. Prazer em conhecê-las, Lottie e Lupe.

— O prazer é meu — Lupe diz.

— Você tem dois filhos? — Lottie pergunta, começando a descer os degraus.

— Tenho. — O sorriso de Judah cresce. — Quer conhecê-los?

Está indo melhor do que eu esperava. Todo mundo devora o repolho, o frango e o macarrão com queijo. Adam me surpreende e pega um pouco do frango, e repete a porção de macarrão.

Prendo a respiração quando Aaron leva a primeira colherada de macarrão com queijo até o nariz para investigar. Depois de alguns segundos, ele experimenta. E depois come mais, e mais. Tenho que segurar um gritinho de alegria e não consigo tirar os olhos dele.

— Ele vai parar de comer se você continuar olhando — Judah sussurra.

— Desculpa. — Desvio os olhos, mas volto a olhar, porque meu coração se enche a cada garfada. — Ele gostou! Ele gostou!

O riso abafado de Judah me faz dar um chute de brincadeira nele por baixo da mesa. Quando olho para ele, por alguns segundos toda a sala desaparece. O riso em seus olhos se transforma em algo suave, intenso e afetuoso. Ele se inclina e dá um beijo leve no meu cabelo. Eu nem verifico se tem alguém nos observando. Eu não ligo. Me inclino e aperto a mão dele no meu joelho.

Lupe e Lottie trouxeram o jogo Uno para a mesa e estão jogando com Adam. Eu não costumo permitir jogos na minha mesa de jantar, mas abro uma exceção porque é incrível ver nossos filhos interagindo. Depois de comer uma porção de macarrão, Aaron pega um de seus cubos e começa a mexer e rodar até completar em pouco tempo. Ele deve ter notado Inez observando, porque tira um cubo da mochila e lhe oferece. Seu rosto se ilumina e eles começam a disputar. Inez nunca vai ganhar dele, mas ela está rindo e tentando, e não parece incomodada por ele ganhar todas as vezes. Ele é realmente excepcional. Um dos professores de Aaron sugeriu inscrevê-lo em torneios locais de cubo mágico. Quem sabe aonde isso pode levar?

— Bem, estava uma delícia — Tremaine diz, raspando o prato com o meu pavê-livramento de pêssego com sorvete de baunilha. — Mas já está na nossa hora. Amanhã é sábado, mas preciso passar no escritório.

— Meninos, estão prontos? — Kent pergunta.

A dinâmica que Kent tem com os meninos é tão natural, nada autoritária, simplesmente... participativa. Tremaine e Judah estão entre os pais mais maduros que já vi. É óbvio que há muito amor, respeito e amizade entre eles.

— Ainda é cedo — Judah diz, pegando minha mão.

Olho para nossas mãos unidas e me lembro de não me afastar. Sei que é deliberado da parte dele, querendo que todos se acostumem com o fato de estarmos juntos, e ele tem razão. Eu me inclino para mais perto dele.

— É — concordo. — Você tinha alguma coisa em mente?

— Que tal um passeio? Os meninos vão passar o fim de semana na casa da Tremaine, e tenho uma surpresa lá fora para mostrar. Tudo bem para você?

— A gente cuida da louça, mãe — Lupe diz.

Não percebi que ela estava perto o suficiente para ouvir.

— É, pode deixar, mãe — Inez diz, olhando para Judah e para mim, com um sorriso discreto, porém perceptível. — Só não passe da hora de ir pra cama.

— Não vou demorar muito com ela. — Judah a tranquiliza com um sorriso.

Nós rimos e nos despedimos de Tremaine, Kent e dos meninos.

— Certo. Já volto — digo às meninas e pego minha jaqueta. — Quero este chão da cozinha...

— Limpo o suficiente para comer em cima — Lottie interrompe, revirando os olhos e recolhendo os pratos da mesa da sala de jantar. — A gente já sabe.

— Obrigado por receberem a gente, meninas — Judah diz a elas. — E por me emprestar a mãe de vocês. Vou trazê-la de volta logo, logo.

— Pode ficar com ela por um tempo — Lupe diz. — Aí a gente tem uma folguinha.

— Engraçadinha — digo, dando um soquinho de leve no braço dela. — Eu volto logo.

Saímos na varanda, sentindo a noite fria. Estamos no auge da primavera, e eu inspiro uma golfada de ar fresco e então expiro toda a tensão que carreguei ao me preparar para a noite, torcendo para que tudo corresse bem.

— Conseguimos — digo a Judah. — Jantamos com as nossas famílias e não houve nenhum derramamento de sangue.

— Claro que conseguimos. — Ele pega minha mão mais uma vez, me guiando pelos degraus da varanda. — Eu disse que daria certo.

— Eu sei, mas...

Vejo uma moto estacionada na minha garagem, reluzindo à luz dos postes da rua e da lua.

— Minha nossa, Judah!

Me viro para ele e cubro a boca, sorrindo e encontrando seus olhos cheios de orgulho e empolgação.

— É a...

— Honda CM400 1981? — Ele se posiciona atrás de mim e passa os braços pela minha cintura. — É, agora que você mencionou, acho que é.

— Sua lista pessoal.

— Eu e meu pai terminamos de reformar a moto no Natal e eu trouxe para cá.

— É roxa. — Me viro para espiá-lo por cima do ombro. — Mas... achei que você disse que não poderia pintar de roxo?

— E eu achei que você tivesse dito que roxo era sua cor favorita.

Fico atordoada por um instante, não só pelo ato em si, por ele ter pintado a moto de roxo, mas pelas suas repetidas demonstrações de como me escuta e me considera.

— Tenho que ter cuidado perto de você — digo, baixinho. — Você presta atenção em tudo o que eu digo.

— É claro que eu presto. — Ele beija atrás da minha orelha, me puxando para mais perto de seu peito. — Quer dar uma volta?

— Nunca andei de moto — digo, contendo a empolgação que tenta se espalhar por todos os lados.

— Se você conseguir se segurar em mim, vai ficar bem — ele diz, me puxando pela rua na direção da moto.

Paramos em frente à moto, com o luar refletido no roxo e no cromado.

— Se tudo que eu preciso é me segurar em você — digo, passo os braços em volta dele e inclino a cabeça para trás para olhar em seus olhos —, então vou ficar bem.

Ele abaixa a testa na minha e eu entrelaço os dedos nos dele. Como sempre, apenas o toque de nossas mãos me faz estremecer, como se nossos corações se encontrassem e batessem entre as nossas palmas.

— Eu te amo, Judah.

Ele mergulha em um beijo ao longo do meu pescoço.

— Eu te amo — ele diz, com a respiração em meu ouvido causando uma enxurrada de arrepios —, *Soledad hermosa*.

A cada passo, esse homem demonstra seu cuidado, interesse, sua necessidade de conhecer e compreender quem eu sou. Sou vista de uma forma que nunca fui antes. Depois da negligência e do desrespeito que vivi no meu casamento, Judah é um presente que foi feito especialmente para mim.

— É melhor a gente ir — Judah diz, se afastando e apontando para a moto. — Antes que dê a sua hora e suas filhas venham procurar a gente.

Dou risada e, ouvindo suas instruções, passo a perna por cima da moto e coloco o capacete que ele me ofereceu. Ele puxa minhas mãos para o redor de sua cintura e as cobre com as suas.

— Não esquece de segurar firme.

— Não vá muito rápido — grito. — Você já dirigiu uma dessas antes?

— Sol — ele diz, e sinto a vibração da risada em suas costas, chegando ao meu peito —, como você acha que a moto veio parar aqui?

— Estou falando de antes. — Dou risada, sentindo uma vertigem infantil explodir no meu peito, transbordando alegria, embora a moto ainda não esteja em movimento.

— Já, eu costumava pilotar bastante. Agora, fica quieta antes que eu faça você se purificar no Lago Minnetonka.

— Ah! — Me inclino para a frente e mordo sua orelha. — Então eu sou a sua Apollonia?

— Eu com certeza não sou o Prince — ele diz, pisando no pedal de partida, provocando um rugido no motor, que pulsa com uma força contida abaixo.

— Discordo — digo, pressionando o rosto em suas costas e apertando-o com toda a minha força. — Você é o meu príncipe.

Mas não preciso que esse príncipe venha me salvar, porque eu me salvei. Ele não precisa me acordar com um beijo. Estou bem acordada, renascida, recriada pela minha própria chama, dor, trabalho e sabedoria. Ele segura meu braço a sua volta, mas não aperta. Nunca me senti tão segura nos braços de alguém e ao mesmo tempo tão livre. Com o vento soprando em meus cabelos, o céu da noite logo acima, em uma colcha de ônix costurada com estrelas brilhantes, a moto devora os quilômetros enquanto percorremos a cidade, e a emoção só aumenta e transborda. As lágrimas brotam nos olhos, mas a brisa fresca da noite as enxuga antes que tenham tempo de cair. Não pergunto para onde estamos indo e não tenho certeza se ele tem um destino em mente. A jornada é o que importa, assim como o fato de estarmos nesta estrada juntos.

EPÍLOGO

SOLEDAD

Cerca de um ano depois

> "Eu me apaixono por mim mesma e quero que alguém compartilhe essa paixão comigo."
> — **Eartha Kitt, atriz**

Não é todo dia que a gente acorda no Marrocos com o homem que amamos nos devorando no café da manhã.

— Meu deus, Judah. — Pisco, atordoada, olhando para o ventilador de teto, que gira devagar, meu bocejo tragado por um gemido que solto em meio à sonolência. — De novo? Mal consigo me mexer depois da noite passada.

— *Shhh*. — Ele não se dá ao trabalho de erguer a cabeça, mas desliza as mãos nas minhas coxas e abre mais as minhas pernas. — Estou saboreando minha refeição.

Com dedos hábeis, ele afasta minhas pernas, abrindo bem a boca e chupando, lambendo, adorando. Meus dedos dos pés se curvam e o prazer sobe pelas minhas panturrilhas, chegando atrás dos meus joelhos, apertando os músculos. Afundo os calcanhares nos lençóis luxuosos, me contorcendo, arqueando as costas, passando a mão pelos cachos curtos ao redor das minhas orelhas, a outra segurando sua cabeça, trazendo-o mais fundo para dentro de mim. Ele aproxima os dedos para percorrer meu corpo, apertando meu seio, beliscando meu mamilo.

— Não é justo. — Suspiro. — Você sabe como isso me deixa.

Ele ri, o ar frio forma uma névoa no lugar quente e úmido ao qual ele continua dando toda a atenção. E então ele se move, nos virando com força e facilidade para mudar de posição, ele de costas e eu por cima. Agarrando minha bunda, ele vai me puxando para cima até que meus joelhos encostem nos seus ombros, e ele me chama para descer no seu rosto.

É a minha fantasia se tornando realidade. Olho para a mesa de cabeceira e vejo seus óculos de aros pretos, e isso me deixa ainda mais excitada. Um gemido sai flutuando da minha garganta, se espalhando pelo lugar, que está silencioso, exceto pelos sons do meu prazer e da sua boca ávida devorando. Rolo os quadris sobre seu rosto, e todas as inibições desaparecem, flutuando na brisa do

Mediterrâneo. Segurando a cabeceira da cama com uma das mãos, aperto meu seio com a outra, me perdendo em níveis de prazer tão intenso que chego a perder o fôlego. As mãos enormes de Judah apertam minhas coxas, me levando ao limite com seu desejo voraz e devorador.

Quando gozo, o orgasmo arranca de mim um grito sufocado, e eu soluço, pressionando a têmpora contra a cabeceira da cama, com lágrimas escorrendo pelo rosto e o desejo escorrendo pelas minhas coxas. Estou do avesso, desorientada mesmo depois que ele me ergue e me vira, me colocando deitada. Sem pensar duas vezes, ele encaixa os cotovelos por baixo dos meus joelhos e mergulha, sem nada entre nós. A intimidade é ainda maior pela confiança que o simples ato exige, essa confiança que outro homem quebrou, e que agora está totalmente restaurada com este homem.

— Caramba — ele grunhe, fechando os olhos com força, enquanto eu o aperto, ainda gozando. — É tão apertado, Sol. Eu te amo.

— Eu também te amo, muito.

Prendo os tornozelos na base de sua coluna, me erguendo para encontrá-lo. Agarro seu pescoço e o trago para um beijo desajeitado com gosto de mim, dele e de entrega. Tem gosto da nossa devoção, e eu lambo cada cantinho dela. Passo a língua em sua boca e não deixo nada sem amor. Ele firma um braço musculoso sobre nós, com a palma da mão apoiada na parede enquanto me penetra, sacudindo a cama, abalando as minhas *estruturas*, até eu desmoronar por ele outra vez, e ele, com um grito rouco, desmoronar por mim.

Depois disso, ficamos quietos, imóveis, como se tivéssemos medo de interromper um ritual sagrado. Ficamos unidos, mesmo quando ele ergue a cabeça para encontrar meu olhar, cheio de amor ardente. Sem desviar os olhos, ele me beija, deslizando os lábios pelo meu queixo, pela curva do meu ombro, até sugar meus seios. Ele endurece dentro de mim.

— Não se atreva — resmungo, com a voz embargada pelos gritos da noite passada e da manhã. — Eu preciso de uns minutos, umas horas. Você é insaciável.

— Por você — ele sussurra na minha clavícula. — Tudo bem. Você merece uma folguinha, mas eu volto.

Ele tira, se levanta e puxa os lençóis, expondo meu corpo, nu e exausto, ao ar fresco da manhã.

— Chuveiro — ele declara, me pegando nos braços e andando pelo banheiro.

— Eu posso andar — digo, com a cabeça apoiada em seu ombro, mas não tenho certeza. Minhas pernas estão bambas e meus joelhos parecem gelatina.

— E eu posso carregar.

Ele dá um beijo no meu cabelo, passa pela banheira e pelo chuveiro enorme, e cruza a porta aberta que leva ao chuveiro externo. Ele me coloca no chão, minha pele úmida desliza sobre a dele, deixando as marcas do amor e da paixão que vivemos momentos atrás. Meus pés tocam o chão e ergo o rosto para o sol marroquino, sorrindo para os raios quentes e a brisa fresca. Nosso hotel é tão isolado que não nos preocupamos com a privacidade, e, sempre que podemos, aproveitamos cada oportunidade para transar ao ar livre.

— É perfeito — digo.

— É, é perfeito — ele diz, sentindo o peso dos meus seios em suas mãos.

— Judah. — Dou risada, abrindo os olhos para encontrar a adoração em seu olhar. — Banho.

— Se é o que a minha garota quer.

Ele aperta o sabonete nas mãos e o passa pelas minhas mãos e pernas, pelos seios e ombros, tomando um cuidado especial entre as pernas. Ele não perde a chance de me acariciar, de me invadir. Fico sem fôlego diante da deliciosa punição por ter negado isso a ele antes. Retribuo o favor, acariciando-o com as mãos ensaboadas, subindo e descendo, até que sua cabeça se inclina para trás e, com um gemido, ele jorra sobre meus dedos. Eu sorrio, satisfeita por tê-lo desarmado com tanta facilidade, maravilhada com os contornos rígidos e os músculos tensos do seu corpo bem condicionado. Cada pedacinho dele é uma prova da sua disciplina, tão controlada em todas as áreas de sua vida. Só eu posso ver esse controle se curvar e se desfazer para mim, vê-lo desabar no altar que nossos corpos constroem juntos. Ele me vira de costas para massagear as ondas e cachos aparados que estão bagunçados ao redor das minhas orelhas e pescoço.

— Você sente falta? — pergunto, virando a cabeça para espiá-lo. — Do meu cabelo?

— Você é linda de qualquer jeito. — Ele beija minha nuca. — E foi por uma boa causa.

Inclino a cabeça para que ele possa enxaguar a espuma do meu cabelo e do meu corpo.

— Lupe e Deja ficaram muito orgulhosas quando levamos nossos cabelos para doar. Graças a deus que a Cora está em remissão. — Expiro aliviada. — Foi por pouco. Sei, melhor do que ninguém, que as coisas poderiam ter sido diferentes. Estou tão feliz pela recuperação dela. A cura dela fez o nosso corte de cabelo parecer um momento de triunfo.

— Aquele não foi um dos seus posts mais visualizados quando você compartilhou?

— Foi, e eu adorei que as meninas puderam mesmo ver o impacto, ver como pessoas de todo o mundo reagiram ao que elas fizeram. As meninas são incríveis.

— Você e a Yasmen são incríveis. Vocês criaram boas meninas.

— Falando nisso — digo, pegando as toalhas cuidadosamente dobradas ali perto. — A gente tem que ligar para casa hoje. Preciso fazer umas coisas antes.

Ele pega uma das toalhas e seca meu cabelo com passadas e carícias rápidas.

— Estamos de férias.

— Tecnicamente, eu estou trabalhando, querido — lembro a ele. — O hotel quer pelo menos um pouco de conteúdo em troca do nosso voo e desta hospedagem luxuosa.

— Eu sei. Estou orgulhoso de você. É impressionante. Só trouxeram grandes criadoras para esta campanha. É fantástico você ser uma delas.

— E você me deixa incluir algumas fotos suas? — Fico na ponta dos pés. — Por favor? Minhas seguidoras querem conhecer o homem incrível que conquistou meu coração.

Ele revira os olhos, mas concorda com relutância. Ele não é um cara que fica ostentando sua vida particular, e eu respeito isso, mas tenho uma comunidade que representa uma grande parte da minha carreira e da minha vida. Essas mulheres caminharam comigo, assim como eu caminhei com tantas delas, na minha jornada do relacionamento comigo mesma. A reação que tive quando elas souberam que encontrei alguém foi extremamente positiva. Elas viram imagens cortadas de Judah e eu de mãos dadas no nosso primeiro encontro de verdade, quando eu usei *o* vestido preto para ele. Elas viram vídeos cuidadosamente editados que mostraram um pouco dele e sempre pedem que eu revele o meu namorado.

Assim que estamos secos e vestidos, pedimos o café da manhã e planejamos o dia enquanto comemos ovos fritos com azeitonas e queijo macio. Eu passo mel, manteiga e azeite no pão *msemen*. Pegamos algumas uvas e romãs da cesta de frutas.

— Quer ligar para as meninas? — ele pergunta, olhando o relógio. — É o comecinho da tarde por lá.

— Acho que vou esperar um pouco. Elas estão trabalhando na livraria durante o dia enquanto estão hospedadas com a Lola. Melhor trabalho de verão de todos os tempos.

— Aposto que estão se divertindo muito.

— Estão. — Estico as pernas e mexo os dedos dos pés, ainda me sentindo lânguida pela exaustão, sono e orgasmos múltiplos. — Elas adoram a Olive, claro.

— As coisas estão ficando sérias entre ela e a Lola?

Meu sorriso se abre de imediato. Ver minha irmã encontrar o final feliz dela é tão recompensador quanto encontrar o meu.

— Estão. Eu não ficaria surpresa se a gente ouvir os sinos de casamento em breve. Elas se conhecem desde sempre e, depois que abriram o negócio juntas em Austin, só ficaram mais próximas.

Meu humor azeda quando me lembro da última conversa que tive com a minha irmã.

— Lola me disse que ouviu as meninas conversando sobre o Edward. — Mordo o lábio e passo a mão com impaciência pelo cabelo. — Desde que contei para elas sobre o bebê e a Amber, algo mudou.

— Como assim? — Judah pega uma uva da tigela e toma um gole de suco de laranja.

— Para Lupe, acho que foi a gota d'água. Ela é a mais velha, então entende mais e tem muito menos tolerância com as besteiras do pai. Inez e Lottie ainda tinham um pouco de adoração pelo herói, ainda que bastante abalada. Saber que ele estava traindo já era ruim, mas ter um filho com outra mulher? — Pressiono o lábio inferior, com a apreensão aumentando sem saber como minhas filhas estão processando as últimas revelações sobre o pai delas que não presta.

— Sol, tem uma coisa que preciso te contar — Judah diz, se inclinando para frente.

A súbita solenidade de sua voz, em seus olhos, prende toda a minha atenção.

— O quê? — pergunto, segurando a gola do meu roupão no pescoço. — É sobre as meninas?

— Não. — Ele estende os braços. — Vem cá.

Fico de pé, com o coração na garganta enquanto espero para saber o que causou aquela expressão em seu rosto. Ele me puxa para seu colo e se acomoda, soltando um longo suspiro. Eu me deito em seu peito, enrolando as pernas sob seus joelhos e inclino minha cabeça para trás para estudar seu rosto.

— Diz logo.

— O Edward foi embora.

A notícia é como um soco no peito e o choque me paralisa por um segundo antes de uma enxurrada de perguntas inundarem minha mente e saírem da minha boca.

— Foi embora? Como assim, foi embora? Para onde? Como ele conseguiu...

— Ele saiu do país. — Judah me lança um olhar cuidadoso por baixo das sobrancelhas retas e escuras. — Depois que você me contou suas suspeitas de que poderia haver mais dinheiro que não tínhamos encontrado, investiguei um pouco e descobri outra pista. Eu vinha mantendo um controle muito rigoroso sobre ele. Se ele espirrasse, eu saberia.

— E ele espirrou?

— Ele não fez contato com o oficial da condicional, já faz mais de uma semana que ninguém viu ou ouviu falar dele. Eu também estava de olho na Amber. Ela e o bebê também foram embora. Devem ter ido com todo o dinheiro que nunca encontramos para algum lugar que não tem tratado de extradição com os EUA.

Por um momento, a raiva, do tipo que só Edward já inspirou, toma conta dos meus olhos como uma névoa vermelha, e desejo sentir o peso do meu facão, encontrar algo que ele ama e destruir. Minha respiração fica pesada e meu rosto está quente, por causa de mais uma confusão que ele causou, com a qual eu vou ter que lidar e explicar para as meninas. Mais um trauma que ele causou sem pensar e depois fugiu em busca dos próprios interesses e prazeres. Mas então outra emoção me invade e toma conta de mim.

Alívio.

Estou livre dele. Como veneno que é sugado de uma mordida e cuspido. Se ele realmente não voltar com medo de ser preso, talvez eu nunca mais precise ver sua cara mentirosa de novo. Lágrimas brotam nos meus olhos. Aquele filho da puta já me fez chorar tantas vezes, mas essas são lágrimas purificadoras, lágrimas catárticas. Enterro o rosto no algodão macio do roupão de Judah e as deixo fluir, me enroscando nele, segurando-o, enquanto ele massageia minhas costas e beija meu cabelo.

— Sinto muito — ele diz, depois que já estou exausta e deitada em seu peito com o rosto molhado de lágrimas. — Sei que é demais para processar.

Eu me afasto para olhar para ele, examinando seu rosto.

— Você sabe que eu estou feliz por ele ter ido embora, não sabe?

Ele deixa a cabeça cair para trás na almofada macia da espreguiçadeira.

— Queria que você estivesse mesmo, mas sei que é complicado, ainda mais para as meninas.

— Você contou para a CalPot sobre as novas contas que encontrou?

Ele hesita, passando os dentes no lábio inferior antes de balançar a cabeça.

— Não.

— Você... confrontou o Edward? — pergunto, confusa pelo fato de Judah não ter ido atrás de uma pista até solucioná-la.

— Não.

— Por que não? Você poderia ter...

— Eu queria ele fora da sua vida mais do que queria pegá-lo — Judah diz, com a voz ficando firme e decidida. — Eu queria ele fora da vida das suas filhas. Ele não é um bom homem e nunca será. Quanto mais tempo ele estiver por perto, mais ele irá decepcioná-las e tornar as coisas mais complicadas para você.

Mais lágrimas ardem nos meus olhos porque estou tão grata, não apenas por esse ato que ele fez, mas por *ele*. Nada que encontrei nos diários da minha mãe, nada do que li nas reflexões de bell hooks, poderia ter me preparado para este homem. Para esse cuidado, alegria e graça.

Nossas vidas são complicadas. Ainda faltam alguns anos para eu ter a casa vazia, e de certa forma, Judah talvez nunca tenha. Aaron pode morar em uma casa separada, ou talvez em um cômodo sobre a garagem de Judah, dependendo de quanto de independência ele quer e com a qual pode lidar. Adam pode ir para a faculdade, mas é mais provável que frequente uma bem perto de casa. Eles podem acabar se casando. Podem encontrar parceiras para a vida. Não sabemos como será a trajetória dos meninos, como suas vidas mudarão ao longo dos anos.

Talvez um dia eu queira me casar novamente. Ou eu e Judah podemos morar juntos quando as meninas forem morar sozinhas. Não sei que formato nosso relacionamento assumirá em cada fase com o passar dos anos, mas sei que estaremos juntos. Esse compromisso é tão sólido que sinto isso toda vez que Judah segura minha mão, uma promessa pressionando nossas palmas como um juramento das nossas almas. Um voto que nossos corações declaram.

— Eu te amo, Judah Cross — digo, segurando seu queixo e beijando essa boca séria até que ela se suavize como sempre faz comigo.

— Eu te amo, Soledad Charles. — Ele me abraça forte, com os olhos cheios de respeito e adoração. — Estou muito orgulhoso de você, querida.

Sei que um sorriso bobo floresce no meu rosto. Isso é o que Hendrix chama de "rosto de alegria", e ela diz que é assim que eu fico quando falo sobre o Judah. Não posso evitar. Por mais que eu tente, *não* sou a mãe descolada. Eu não sou nada descolada. Sou a mulher que sempre amou demais e entregou demais, às vezes para quem não merecia. Sempre me senti tão distante desse sentimento que arde entre mim e Judah. Como se fosse algo que eu observasse de longe nos outros. Um sentimento que ficou evidente entre Yasmen e Josiah, mesmo quando eles se divorciaram. A *mami* e o papai tinham sua própria versão. Sempre houve uma tensão latente em cada interação entre a *mami* e o Bray, até que eles não puderam mais ignorá-la e tiveram que voltar correndo por esse sentimento. A sensação de que, depois de estar sozinha, às vezes solitária e às vezes contente, a gente olha para baixo e encontra um fio pendurado nas mãos. Uma extremidade do infinito, e ao longo dos anos e apesar das circunstâncias, ele fica ali parado, segurando a outra ponta. Extremos para sempre unidos e atados.

Foi um longo caminho até encontrar esse sentimento, pois tive que me encontrar primeiro. Tive que me conhecer e me honrar. Agora percebo que podemos nos permitir amar plenamente quando nos amamos por completo. Mesmo que nosso coração esteja partido, o amor não significa que *a gente* quebrará. Nunca tive tanta certeza da relação que tenho com Judah. Este momento, esta vida com ele, independentemente da forma que assuma, é tudo o que eu poderia desejar. Foi por isso que orei, mas não tinha certeza se chegaria a ter. Eu não tinha certeza do que *nós* poderíamos ser. Sofri uma traição tão devastadora que poderia ter me fechado, poderia ter me obrigado a proteger meu coração. Em vez disso, aprendi a *guardar* meu coração para alguém digno dele.

Trocamos beijos, respirações e batimentos cardíacos, completamente satisfeitos nos braços um do outro e sob um sol que pertence só a nós dois.

Sua pele é uma noite de verão e seu beijo é tudo o que eu desejo.

É um sussurro silencioso na minha cabeça enquanto o abraço. Ele é um milagre nos meus braços e tremo de admiração. Não digo as palavras em voz alta, mas as deixo conversando com o coração: este sentimento que a *mami* me deixou de herança, como tantos outros segredos guardados entre as páginas. Ela era mesmo uma vespa, não uma borboleta. A vastidão do seu coração permitia que ela amasse dois homens tão intensamente, amasse suas filhas tão puramente, amasse sua mãe, seus amigos e o mundo a seu redor com tanto fervor silencioso... porque, antes de tudo, ela se amava.

RECEITAS

PICADILLO

Ingredientes
- 2 colheres de sopa de azeite de oliva
- 1 batata em cubos
- 1 xícara de *sofrito* (refogado de cebola, alho frito e pimentão com especiarias)
- ½ xícara de cebola picada
- 1/3 de xícara de pimentão verde picado
- 1/3 de xícara de pimentão vermelho picado
- 1/3 de xícara de pimentão amarelo picado
- 3 dentes de alho picados
- 500g de carne moída (ou frango moído, ou alguma alternativa vegetariana para Lupe ☺)
- 1 colher de chá de cominho moído
- Sal e pimenta a gosto
- 2 colheres de sopa de sazón
- 1 xícara de molho de tomate
- ¼ de xícara de azeitonas com pimenta em cubos
- Arroz branco, para servir

Preparo
- Adicione o azeite a uma panela/frigideira média em fogo médio a alto. Adicione a batata em cubos. Refogue o *sofrito* por 2 a 3 minutos, abaixando o fogo quando estiver levemente dourado. Adicione a cebola, os pimentões e o alho picado. Mexa por 2 a 3 minutos.
- Adicione a carne moída, o cominho, o sal, a pimenta e o sazón. Mexa e cozinhe por 2 minutos.
- Adicione o molho de tomate e as azeitonas em cubinhos. Combine todos os ingredientes até que estejam misturados de forma homogênea. Aumente o fogo para médio até a carne dourar, destampando de vez em quando para mexer.
- Abaixe o fogo e cozinhe até a consistência desejada.
- Sirva com arroz branco.

BROWNIES MOLHADINHO

Ingredientes
- 1 xícara de gotas de chocolate meio amargo
- 230g de manteiga amolecida
- 1¼ de xícara de açúcar de confeiteiro
- 1 xícara de açúcar mascavo
- 1 colher de sopa de extrato de baunilha
- 3 ovos grandes
- 1¼ xícara de farinha de trigo
- ½ colher de chá de sal
- ½ xícara de cacau em pó sem açúcar
- ½ xícara de gotas de chocolate ao leite

Preparo
- Pré-aqueça o forno a 180 °C. Forre uma fôrma de 22 × 22 cm com papel-alumínio antiaderente ou papel-manteiga.
- Em uma tigela/recipiente adequado para micro-ondas, derreta as gotas de chocolate meio amargo por cerca de 1 minuto. Deixe descansar por um minuto e depois mexa até ficar com uma textura lisa.
- Adicione a manteiga, os açúcares, a baunilha e os ovos. Misture bem. Junte a farinha, o sal e o cacau em pó.
- Junte as gotas de chocolate ao leite.
- Transfira a massa para a assadeira e leve ao forno por 35 a 40 minutos (até que, ao espetar um palito ou garfo, ele saia com apenas algumas migalhas grudadas). Se você assar um pouco menos, o brownie ficará ainda mais molhadinho!
- Deixe esfriar e corte em quadradinhos para servir.

SANGRIA DE *PROSECCO* COM MORANGO E LIMÃO

Ingredientes
- 1 limão cortado em fatias finas
- 2 colheres de sopa de açúcar
- ¼ de xícara de morangos (sem talos, fatiados)
- 1 garrafa de 750 ml de *prosecco* refrigerado

Preparo
- Coloque os limões no fundo de uma jarra.
- Polvilhe o açúcar por cima e esmague os limões com as costas de uma colher ou um pilão.
- Adicione os morangos fatiados.
- Esmague os morangos com o açúcar e as rodelas de limão.
- Adicione o *prosecco* à jarra.
- Sirva imediatamente ou guarde na geladeira até a hora de servir.
- Sirva a sangria sobre gelo em copos.

PAVÊ-LIVRAMENTO

Ingredientes
- 4 colheres de sopa de manteiga
- ¾ de xícara de açúcar, mais 1 colher de sopa para polvilhar
- ¾ de xícara de farinha de trigo
- ¼ de colher de chá de sal
- 1 colher de chá de fermento em pó
- ¾ de xícara de leite (ou o que for melhor para você! Use qualquer alternativa ao leite que a sua intolerância à lactose permita)
- 2 xícaras de pêssegos frescos fatiados (ou enlatados, sem julgamento!) ou mirtilos inteiros, morangos, framboesas, amoras ou uma combinação de frutas (ou substitua por um pacote de 350g de frutas congeladas). Use a criatividade!
- Chantilly ou sorvete, para servir (opcional)

Preparo
- Pré-aqueça o forno a 180 °C.
- Use as 4 colheres de sopa de manteiga para untar uma fôrma quadrada de 20 x 20 cm ou uma fôrma redonda de 23 cm.
- Leve a fôrma ao forno até a manteiga derreter. Retire a fôrma do forno e reserve.
- Misture ¾ de xícara de açúcar, farinha, sal e fermento em uma tigela. Acrescente o leite. Você deverá obter uma massa lisa.
- Despeje a massa na fôrma que você reservou.
- Jogue as frutas sobre a massa e polvilhe com 1 colher de sopa de açúcar.
- Asse por cerca de uma hora, até que o topo esteja levemente dourado e as frutas comecem a borbulhar.
- Se quiser, pode adicionar uma colherada de chantilly ou sorvete.

COMPOTA DE PERA DA TIA EVELYN

Ingredientes
- 8 potes de vidro de 300 ml
- 12 peras descascadas, sem caroço e fatiadas
- 2 xícaras de açúcar
- 1½ xícara de água
- 2 colheres de sopa de suco de limão

Preparação dos potes
- Lave os potes, as tampas e os anéis com água quente com sabão. Enxágue e deixe escorrer. Encha um caldeirão com água e coloque os potes de vidros em uma grade. Se você não tiver um caldeirão, pode usar uma panela funda o suficiente para cobrir os potes com água. Você também pode ferver os anéis e as tampas na panela, se quiser. Leve a água ao fogo médio. Abaixe o fogo, mas mantenha os potes aquecidos até a hora de enchê-los com a conserva.

Preparação
- Misture as peras, o açúcar, a água e o suco de limão em uma panela.
- Cozinhe sem tampar por 1 a 1 hora e meia. A conserva vai ficar espessa. Retire a panela do fogo. Com uma pinça, remova os potes, as tampas e os anéis do caldeirão. Coloque a conserva nos 8 potes quentes. Deixe cerca de meio centímetro de espaço livre em cada frasco. Passe uma faca de plástico ou uma espátula não metálica em volta da conserva para remover as bolhas de ar. Centralize as tampas dos potes. Aperte os anéis até ficarem bem firmes. Leve os potes de volta ao caldeirão com água quente. Você precisa de 2,5 cm de água sobre os potes. Deixe os potes ferverem na grade dentro do caldeirão por 7 a 10 minutos. Desligue o fogo e deixe descansar por 5 minutos. Retire os potes da água e deixe esfriar. Não mexa nos potes enquanto esfriam.
- Leve à geladeira todos os potes não lacrados e consuma nos próximos dias após o preparo. Guarde os potes lacrados de conservas em local fresco e escuro até a hora de usar.

AGRADECIMENTOS

Uma história de nós dois é, de várias formas, um dos livros mais profundamente pessoais que já escrevi. Ao mesmo tempo, há tantas coisas além da minha experiência de vida, que a escrita desta história se tornou tão fascinante. Quero agradecer especialmente às mulheres porto-riquenhas que conversaram tanto comigo sobre a herança e as tradições que espero que tenham enriquecido a história de Soledad. A visão e o cuidado que elas tiveram na leitura das primeiras versões deste romance o transformaram em algo que espero que ressoe profundamente para muitos leitores.

Aos autistas e entes queridos do espectro que tão generosamente compartilharam suas experiências, obrigada! Não existe uma única maneira de ser autista. Não há apenas uma expressão ou apresentação do autismo, mas vocês compartilharam suas inúmeras maneiras pessoais e singulares, e esta história está mais rica e, espero, mais representativa por causa da participação de vocês.

E por último, mas não menos importante, quero agradecer aos meus meninos. Vocês são sem igual. Os únicos que verdadeiramente compreendem o que os últimos 20 anos significaram na trajetória do autismo de nossa família. Este livro é para meu filho, que me ensinou mais sobre o amor incondicional do que qualquer pessoa no planeta. Que mostrou a meu coração do que ele realmente é capaz. Eu não fazia ideia de tudo o que poderia ser, mas você conseguiu, querido.

A meu marido, que tem sido tudo o que a vida exigiu dele. Provedor. O pai que fica em casa para cuidar dos filhos. Parceiro e amigo para toda a vida. Sei que você viu um pouco do seu amor intenso na maneira como Judah ama os meninos dele. Nunca vou me esquecer de como foi compartilhar "aquela" cena com você antes de o livro ser lançado.

Você leu e ficou emocionado, sussurrando: *Somos nós.* Sim, meu amor. Somos nós, e este livro é para você.

ASSINE NOSSA NEWSLETTER E RECEBA INFORMAÇÕES DE TODOS OS LANÇAMENTOS

www.faroeditorial.com.br